L'ANTRE DES LOUVES

Elodie Harper est journaliste. Elle est diplômée d'Oxford en littérature, où elle s'est découvert une passion pour la poésie antique. *L'Antre des Louves*, qui se déroule à Pompéi en 74 de notre ère, est son premier roman.

ELODIE HARPER

L'Antre des Louves

Tome 1

TRADUIT DE L'ANGLAIS (GRANDE-BRETAGNE)
PAR MANON MALAIS

CALMANN-LÉVY

Titre original :

THE WOLF DEN
Publié par Head of Zeus Ldt, Londres, 2020.

ISBN : 978-2-253-93887-3 – 1re publication LGF

À mon frère et mes sœurs de naissance et de cœur,
Eugenie, Ruth et Tom, avec tout mon amour

AN 74
FEBRUARIUS

Chapitre 1

Les bains, le vin et le sexe précipitent le destin.

Maxime romaine.

En levant les mains, comme en signe de prière, elle voit la vapeur monter de sa peau. Elle se laisse aller dans l'eau chaude qui lui lèche la nuque. Autour d'elle, des rires et des voix de femmes se confondent avec l'écho des murs de pierre. Elle en fait abstraction pour se concentrer sur ses doigts, en examinant les gouttes d'eau qui en tombent, les volutes blanches qui s'enroulent vers le plafond. Ce pourrait être n'importe quelles mains, songe-t-elle. Celles de n'importe qui. Mais c'est à Félix qu'elles appartiennent.

Puis d'autres doigts viennent s'agripper aux siens, brisant le fil de ses pensées. Victoria la tire vers le haut, hors de l'eau.

— Amara ! Tes cheveux ! Ne te penche pas en arrière comme ça !

Les ongles de Victoria lui pincent la peau tandis qu'elle tente de rendre leur volume aux boucles désormais collées aux épaules d'Amara.

— On dirait des queues-de-rats ! Mais qu'est-ce qui t'a pris ?

Une bouffée d'angoisse la saisit. Comment a-t-elle pu se montrer si distraite ? Par un après-midi d'une telle importance ?

— Je ne sais pas, je…

— Ce n'est pas si grave.

Amara tourne la tête vers Didon qui s'est glissée jusqu'à elle, un léger froncement de sourcils sur son doux visage.

— On ne remarque presque rien.

— De toute façon, ce n'est pas pour vos cheveux que les hommes sont là !

Cette voix-là est moins aimable. Drauca, la fille la plus rentable de Simon, les regarde depuis l'autre bord de l'étroit bassin. Elle se lève dans l'eau, ouvre les bras et fait onduler son corps. Ses boucles noires sont aussi brillantes que le plumage d'un corbeau. Derrière elle, par les fenêtres ovales, la mer, plate et grise. Incapable de détourner le regard, Amara songe à la statue d'Hélène de Troie, chez elle, à Aphidna, à l'époque où elle avait un autre nom, une autre vie.

Victoria s'agrippe à elle en surjouant la stupéfaction.

— Vénus Pompéiana ! La déesse est parmi nous ! Mes yeux, protégez mes yeux de sa gloire !

Drauca laisse retomber ses bras dans l'eau avec une éclaboussure, l'air mécontent. Victoria éclate de rire.

— Elle se croit la seule à avoir des seins ? fait-elle, trop bas pour que Drauca l'entende.

— Mais c'est vrai qu'elle est très belle, répond Didon en regardant leur rivale. Et ce n'est pas sa première fois aux bains, je crois. Peut-être que les hommes la préféreront elle. Peut-être que…

— Oublie-la une minute, et dis-moi ce que les autres ont de plus que nous, l'interrompt Victoria avec un regard méprisant pour les compagnes de Drauca.

Celles-ci prennent presque toute la place et s'éclaboussent avec des rires factices, une scène étudiée plutôt qu'un jeu.

— On voit bien qu'elles travaillent toutes dans des bars. Regarde Maria, elle a des bras de porteur !

Amara n'est pas certaine de pouvoir s'autoriser le mépris, vu leur propre statut de filles de bordel : des louves, comme on dit ici. Son estomac se tord, une sensation familière.

— Je me demande comment seront les clients.

— Sans doute que…, commence Victoria.

Mais elle s'interrompt : quelque chose derrière Amara a attiré son attention, et elle se met à traverser le bassin en direction d'une vieille femme qui a agrippé le bras de Cressa et tente de la sortir de l'eau.

— Hé ! Lâche-la ! Lâche-la tout de suite !

Après avoir tiré une Cressa dégoulinante du bassin, la vieille femme fait face à Victoria, qui la regarde d'en bas, et pointe sur elle un doigt osseux.

— Félix ? Vous êtes de chez Félix ?

Personne ne répond. La vieille femme examine leur groupe – Béronice s'est également rapprochée, la bouche ouverte – et désigne la porte d'un geste impatient.

— Les putains de Félix, dehors !

Cressa essaie de lui parler, mais la vieille femme la repousse en arrière. Les filles de Simon ont cessé de s'éclabousser et de rire. Sans même les regarder, Amara sent qu'elles se sont retirées tout au bout du bassin. Comme personne ne bouge, la vieille attrape le bras d'Amara.

— Dehors ! hurle-t-elle d'une voix perçante. Allez, maintenant ! Dehors ! Sortez toutes de l'eau !

Elle lui érafle la peau contre la pierre en la tirant contre le bord. Sa poigne est étonnamment forte, avec ses doigts qui s'enfoncent dans sa chair. Amara se hisse sur le sol chauffé et se dégage d'un geste. La femme les menace à présent d'appeler Vibon si elles ne se dépêchent pas. En l'entendant mentionner le propriétaire des bains, les filles de Félix cessent de protester et quittent le bassin. Toujours nues, elles passent dans l'autre pièce, bien plus sombre et froide. Une cascade se déverse dans le bassin du frigidarium, en ne couvrant qu'à peine les hurlements de la vieille femme. Amara garde la main contre le mur d'un bleu vif orné de créatures marines, en essayant de ne pas glisser. Elle doit se plaquer contre la paroi pour conserver son équilibre, à deux doigts de la bouche énorme d'un poisson peint.

Victoria est la seule à se plaindre encore lorsqu'elles arrivent aux vestiaires des bains. Ce n'est pas l'entrée qu'elles ont empruntée. Les casiers en bois verni sont surmontés de scènes érotiques, dépeignant toutes les positions possibles. Les habits des filles ont été jetés en tas sur le sol.

— Allez, allez, on se dépêche ! exige la vieille en jetant sa cape à Béronice, qui semble toujours stupéfaite.

Amara n'a pas besoin d'en entendre plus et se

baisse pour fouiller la pile de vêtements. Elle tend une toge jaune à Didon qui tremble violemment, sans doute autant de peur que de froid. Celle-ci n'a été réduite en esclavage que récemment et chaque indignité semble lui enfoncer un poignard dans le cœur. Victoria refuse de se presser. Les autres ont depuis longtemps fini de s'habiller qu'elle prend encore le temps de nouer le dernier pan de sa toge, sans cesser de poser sur la vieille femme un regard de haine pure. Lorsqu'elle détourne enfin la tête, Amara voit la femme faire un signe pour repousser le mauvais œil.

Avec une dernière pression de doigts osseux dans les omoplates, Amara et les autres filles se retrouvent dehors, dans la cour des bains. Le vent marin est glacé, chargé de bruine. Elles se serrent les unes contre les autres, déjà mouillées sous leurs toges et leurs capes. Amara ne s'attendait pas à trouver la cour déserte et la parcourt du regard jusqu'à repérer deux hommes abrités sous les colonnades. Sous le mur orné de nymphes et de roses, leurs silhouettes musculeuses font tache. L'un d'eux s'approche d'elles en les fusillant du regard : Thrason, l'homme de main de Félix.

— Qu'est-ce que vous faites ? Qu'est-ce qui se passe ? aboie-t-il, les poings serrés.

Amara s'éloigne d'un pas, elle sait qu'il frappe fort.

— C'est à lui qu'il faut poser la question ! dit-elle en désignant l'autre homme debout dans l'ombre. Il n'est pas avec Simon ?

— Quelqu'un a doublé Félix, ajoute Victoria. Les filles de Simon ont pu rester, mais nous, on nous a jetées dehors avant l'arrivée des clients. Drôle de coïncidence, non ?

Thrason n'attend pas d'en entendre plus et traverse la cour pour charger l'autre homme, le poing levé.

— Balbus ! Salopard de menteur de merde ! Je vais te tuer !

Balbus esquive la pleine force du coup, qui l'atteint malgré tout à l'oreille, en le faisant tituber. Thrason lui agrippe les épaules et lui écrase le nez d'un coup de tête. Balbus se dégage en rugissant de douleur, les mains sur le visage ; Thrason se jette sur lui et les deux hommes s'effondrent dans une mêlée de coups de poing, de morsures et de hurlements. Les filles les fixent sans savoir quoi faire.

— Félix ne sera pas content…, dit inutilement Béronice.

Amara regarde Victoria du coin de l'œil, espérant quelque mot sarcastique, mais celle-ci détourne la tête.

Des cris s'élèvent à l'entrée des bains et un groupe d'esclaves se rue dehors, forçant les filles à leur laisser le passage. Ils se précipitent sur les deux hommes et tentent d'intervenir. L'un d'eux reçoit un coup de pied au visage. Puis Vibon, le propriétaire des bains, fait son apparition, aussi bedonnant qu'à l'ordinaire, enveloppé d'une toge verte. Il bouscule Cressa dans sa hâte pour gagner la scène.

— Assez ! hurle-t-il. Tout de suite ! Ou vos maîtres en entendront parler !

Les deux hommes se séparent enfin. Thrason se redresse le premier. Balbus est relevé par plusieurs esclaves.

— Vous essayez de me couler ? crie Vibon. Vous battre comme des chiens de rue devant ma porte ! Vous mériteriez le fouet !

Balbus marmonne quelque chose qu'Amara ne peut entendre.

— Ça ne m'intéresse pas ! vocifère Vibon. Dégagez, maintenant. Et emportez-moi toutes ces putains !

Les filles n'attendent pas qu'on les fasse bouger et traversent la cour avant que Thrason ne puisse les atteindre. Amara remarque qu'il boite. Même si Balbus semble plus mal en point, il doit avoir réussi à lui porter quelques sérieux coups : la lèvre de Thrason est fendue, et il garde un bras serré contre son torse. Aucune d'elles n'a la bêtise de lui demander comment il se sent.

Elles remontent l'escalier qui mène au grand portique, Victoria en tête et Béronice fermant la marche, pas assez rapide pour éviter une claque de la part d'un Thrason furieux. Toutes savent bien pourquoi il se défoule sur elles : la rage de Félix les attend au bordel. Amara sent déjà la peur monter, sa gorge se serrer.

Regagner la rue lui donne l'impression de se jeter dans une rivière en crue. Elle attrape la main de Didon et toutes deux se fraient un passage dans la foule, en remontant la colline vers le portique du Forum. Les pavés sont mouillés, glissants. Amara était avec Didon lorsqu'elle a vu Pompéi pour la première fois, un événement qui ne peut pas dater de plus de quelques mois, mais qui lui semble déjà si loin. Elles sont arrivées par cette même rue après leur achat par Félix au marché aux esclaves de Puteoli, fin octobre. Il faisait plus chaud et les cieux étaient sans nuage. Félix leur avait offert des figues bien mûres pour le voyage, elle s'en souvient. L'odeur sucrée du fruit, ses entrailles roses et luisantes quand elle l'avait ouvert, le jus qui lui poissait les doigts… Presque un moment de bonheur, à supposer que le bonheur puisse exister dans ce monde où on l'avait vendue. Il arrive encore à Amara de s'interroger sur cette marque de gentillesse de la part de Félix. À l'époque, elles ne pouvaient pas savoir à quel point cela ne lui ressemble pas.

Un homme transportant un lourd panier de poissons sur la tête s'ouvre un chemin à grands coups d'épaule. Elles s'engouffrent à sa suite sous la haute voûte, dans le sombre tunnel rempli d'échos. La pente se fait plus raide, la foule plus oppressante encore. En se retournant, Amara aperçoit Cressa, l'air résigné, aidant une Béronice essoufflée à gravir la colline. Thrason est encore plus loin derrière, presque hors de vue. Sa jambe doit le faire souffrir, sans quoi il harcèlerait Béronice pour sa lenteur. Victoria, bien sûr, a pris la tête. Des cinq filles de chez Félix, elle seule est native de Pompéi. Elle a beau être esclave, la ville lui appartient d'une façon qui restera toujours hors de portée des autres.

Une fois dans l'enceinte, elles retrouvent le plat, mais l'eau s'y accumule davantage, en recouvrant les chaussures d'Amara. Didon l'aide à monter sur le trottoir ; deux vendeurs de tissus doivent s'écarter en marmonnant. Un homme enveloppé de guirlandes de myrte, offrandes au temple de Vénus, se rapproche d'elles.

— Pour votre déesse ? Pour l'amour ? Un sou de cuivre les deux. Le meilleur prix ! Pour porter chance !

Il brandit les feuilles si près du visage de Didon que celle-ci lève la main par réflexe, tentant de se couvrir d'un voile qu'elle ne porte plus. Amara repousse les guirlandes en secouant la tête.

La foule se fait moins dense près du Forum, qui est suffisamment vaste pour lui permettre de s'y disperser. Son flot se brise sur les colporteurs comme une rivière sur les rochers : certains passants ralentissent pour jeter un œil, voire marchander, tandis que d'autres accélèrent le pas. Tout au bout de la place s'élève le temple de Jupiter, aux marches noyées d'encens. Le sommet du bâtiment se perd dans une brume de chaleur et la fumée s'estompe au-delà, devant le bleu de la montagne. Amara songe à son père, à son sourire lorsqu'elle lui demandait s'il croyait aux dieux. *Les histoires ont un certain pouvoir, que l'on y croie ou non.* Elle repousse le souvenir de sa voix.

Les autres cherchent Thrason du regard. Didon finit par le repérer dans la foule, transpirant d'effort.

— L'autre ne lui aurait pas recassé le nez ? demande Béronice. Il a une tête affreuse…

— Pire que d'habitude, tu veux dire ? Je ne sais pas, réplique Victoria. Peut-être bien que Balbus le lui a remis en place.

La plaisanterie échappe entièrement à Béronice qui hausse la voix pour insister :

— Non, il a vraiment une tête affreuse !

— Il va t'entendre, fait Cressa.

Thrason finit par arriver à leur hauteur, en leur grommelant de se dépêcher. Elles traversent la place. Un groupe de marins, qui viennent sans doute de jeter l'ancre au port, sifflent le passage d'Amara. L'un d'eux mime ce qu'il voudrait lui faire. Elle lui sourit, puis baisse les yeux ; ils s'envoient des claques sur l'épaule en éclatant de rire.

La route qui descend la colline en s'éloignant du Forum ruisselle, et les bâtiments rouges et jaunes qui la bordent s'y reflètent comme une mosaïque brisée. Le passage d'une litière leur fait lever la tête. Les porteurs sont trempés, avec de l'eau jusqu'aux genoux, leur riche fardeau bien au sec derrière d'épais rideaux. Amara remarque le corps d'un chien coincé entre deux pavés par la force du flot : l'averse matinale ne suffira pas à laver la ville de toutes ses ordures. Les filles suivent laborieusement la rue piétonne jusqu'à tourner à gauche dans une étroite ruelle qui sinue jusqu'au bordel. Moins d'espace, mais aussi moins de gens.

Enfant, Amara se serait réjouie à l'idée de rentrer chez elle pour s'abriter de la pluie, assise avec sa mère devant le brasero, en buvant du vin chaud aux épices apporté par une servante. Mais la sombre façade du bordel n'a rien d'un foyer. Pas de boisson chaude pour les accueillir, rien que Félix et sa colère.

Elles se serrent contre le bâtiment, en file indienne le long du mur, abritées sous le balcon. Thrason semble presque aussi nerveux qu'elles.

— Vous deux, dit-il en désignant Victoria et Amara. Vous aviez tout un tas de choses à dire, aux bains. À vous d'expliquer ce qui s'est passé à Félix.

Les autres se glissent à l'intérieur, non sans un regard en arrière plein d'inquiétude de la part de Didon. Victoria effleure le bras intact de Thrason en levant vers lui un regard si sincère qu'Amara manque y croire elle-même.

— Je lui dirai comme tu t'es battu. Tu as défendu son honneur, ça comptera pour lui.

Thrason répond par un bref signe de tête ; témoigner davantage de gratitude à une putain lui serait insupportable. Puis il fixe Amara, à l'évidence dans l'attente de paroles similaires. Celle-ci reste muette ; rien ne lui vient. Victoria écarquille les yeux en signe d'avertissement. Amara finit par hocher la tête, son accent grec encore plus prononcé dans sa frayeur :

— Oui. C'est vrai. Très courageux.

Thrason frappe à la porte en bois menant aux appartements de Félix, à l'étage du bordel. Elle s'ouvre sur Paris, dont les sourcils se rejoignent en une expression maussade qui ne le quitte jamais. Depuis l'encadrement de la porte, Amara sent une bouffée de l'odeur des latrines cachées sous l'escalier. Elle avait autrefois pitié de Paris, de sa solitude, de sa jeune vie qui se partage entre faire le ménage chez son maître et satisfaire les clients du bordel. Mais Paris ne semble rechercher ni la compagnie des louves, ni leur amitié.

— On veut parler à Félix, dit Thrason avec impatience.

— Il est avec un client. Vous allez devoir attendre.

Paris remonte les escaliers et ils le suivent jusqu'à l'étroit balcon couvert entourant l'appartement. Amara songe toujours à une toile d'araignée lorsqu'elle arrive au logement de son maître par ce couloir qui en fait d'abord le tour, contraignant les visiteurs à ne s'en approcher que peu à peu. Une voix d'homme inconnu lui parvient, trop étouffée pour qu'elle distingue d'autres mots que « vous payer ». Paris leur fait signe de passer dans la petite salle d'attente.

Thrason se laisse tomber lourdement sur le banc face au brasero, en ne laissant quasiment aucune place aux deux femmes qui doivent s'installer tout contre lui, de chaque côté. Le balcon laisse entrer la lumière, mais aussi le froid, et le feu ne répand que peu de chaleur. Le cœur d'Amara bat à grands coups. Savoir Félix occupé à extorquer le dernier de ses sous à un malheureux débiteur au bout du couloir ne l'aide en rien. Thrason fixe les courtes flammes à ses pieds, comme hypnotisé. La peur émane de tout son corps, Amara la sent.

Elle fixe le mur. Pas de nymphes gambadantes ni d'amants en pleines cabrioles, rien qu'un motif géométrique en noir et blanc, aux lignes acérées qui s'entremêlent en un labyrinthe infini. Le suivre du regard autour de la pièce lui donne le tournis.

Tous trois patientent en silence. La pluie forcit encore, en tambourinant sur le toit. Avec ce vacarme, impossible de savoir si Félix et son client négocient encore. Puis Amara voit une silhouette abattue sortir du bureau, et l'entend descendre l'escalier à pas lourds. Aucun d'eux ne quitte le banc.

Paris passe la tête par l'encadrement.

— Vous feriez mieux de venir.

Thrason se lève et entre à grands pas, suivi d'Amara et Victoria.

Chapitre 2

Elle empeste la suie du bordel !

SÉNÈQUE, *Controverses*, I, 2.

La large pièce est à dominante rouge. Leur maître se tient derrière son bureau et ne se lève pas à leur entrée. S'il est surpris de les voir arriver si tôt, il n'en montre rien. Deux fois plus mince que Thrason, Félix est aussi deux fois plus fort : maigre et nerveux, il n'est fait que de muscles. Amara sait que les plis de sa toge ne dissimulent qu'un corps dépourvu de douceur, rien qui puisse donner l'illusion de la tendresse.

— Plutôt rapide, comme orgie, remarque-t-il. Aucune endurance, ces gosses de riches, j'imagine. Mais bien sûr, ils vous ont payé le double. C'est pour ça que vous êtes là, n'est-ce pas, Victoria chérie ? Pour me parler de tout l'argent que vous avez gagné ?

Il sourit, mais Amara sent la colère vibrer sous le sarcasme. La pièce s'assombrit : elle sait, sans même tourner la tête, que Paris a fermé la porte menant au balcon. Victoria ouvre la bouche, mais Thrason parle le premier.

— C'était Simon ! Simon nous a doublés…

— Il a dû s'arranger avec Vibon, ajoute Victoria. Toutes les filles de Simon sont restées dans l'eau, mais une espèce de vieille folle nous a sorties de force ! En disant que c'étaient les ordres de Vibon, ce gros tas de graisse ! On n'a pas vu l'ombre d'un client !

— Et Balbus aussi était dans le coup, l'interrompt Thrason. Je l'ai défoncé pour toi, ce sale petit…

— C'est Vibon qui lui a crié de s'arrêter ! place Victoria. Et Drauca se moquait de nous. Elle était au courant, j'en suis sûre…

Amara regarde Félix, qui écoute Victoria et Thrason faire de leur mieux pour se décharger de toute culpabilité, comme on vide une latrine. Elle sait que s'il ne les interrompt pas vite, ils se mettront à s'accuser l'un l'autre. Il absorbe tout en silence, sa rage de plus en plus visible. Si elle le pouvait, Amara se ferait aussi petite qu'un loir pour ne pas qu'on la remarque.

— Et toi ? demande abruptement Félix en se tournant vers elle. Tu n'as rien d'utile à dire ? À rester debout, là, comme un chien battu !

— Tout… tout s'est passé comme ils l'ont dit…, balbutie-t-elle.

Félix attend la suite, irradiant la colère devant le mur écarlate. On n'entend que le martèlement de l'averse. Amara sait que son maître n'est plus qu'à deux doigts de l'éruption. Si elle ne trouve pas vite quelque chose à dire, c'est une pluie de coups qui s'abattra sur elle.

— La vieille femme nous a forcées à quitter les bains…

Elle détourne les yeux pour les poser sur la fresque autour du bureau, suivant du regard les plinthes noires jusqu'aux crânes de taureaux qui s'alignent sous le plafond.

— Elle a mentionné ton nom. Elle ne voulait chasser que les filles d'ici. C'est toi qui étais visé, personne d'autre.

Victoria étouffe une exclamation ; Amara lui jette un regard, voit la peur sur son visage, et baisse à nouveau les yeux.

— Je ne pense pas que l'insulte venait de Vibon. Ça ne lui rapporterait rien.

Personne ne réagit. Amara s'adresse désormais à la bourse posée sur le bureau à la droite de Félix.

— Simon l'a soudoyé, je ne vois pas d'autre explication. Il gagne beaucoup avec la clientèle des bains ; pourquoi doubler le nombre de filles et ne toucher que la moitié des profits ?

L'averse s'abat toujours, et Amara est presque à court de courage. Personne ne l'a jamais autant terrifiée que l'homme qui lui fait face. Elle relève les yeux. Comme elle évite toujours de croiser directement son regard, son expression la prend de court. *Il l'écoute vraiment.* L'espace d'un instant, elle le voit, lui. C'est ce dont elle avait besoin pour raffermir sa voix.

— Je ne pense pas que c'est de Vibon qu'il faille se venger. Il pourrait nous rapporter beaucoup. Si Simon peut le soudoyer, alors nous aussi. Ce qui nous permettrait de gagner quand même de l'argent aux bains, et aussi de montrer qu'on ne se laissera pas intimider aussi facilement.

Félix hausse les sourcils. Elle l'a étonné. Amara tente de laisser s'évaporer sa peur, l'imagine s'élever de tout son corps.

— Quant à Simon, tu pourrais sûrement lui donner une leçon. Il tient une taverne, non ? Il suffit que ses clients aient une bonne raison de passer leur chemin.

L'expression de Félix n'a qu'à peine changé, mais elle sait que le pire de sa colère est passé.

— C'est toujours les petits chiens qui aboient le plus, commente-t-il avant de se tourner vers Thrason et sa lèvre fendue. Et toi, là. Tu as remercié Balbus pour son cadeau, au moins ?

— Je lui ai cassé le nez.

— J'espère que tu ne t'es pas arrêté là.

Félix se lève, et les deux femmes reculent d'un pas. Thrason ne bouge pas. Félix claque des doigts vers Victoria, qui s'empresse d'approcher. Il fait courir ses mains sur son corps en rajustant ses vêtements, l'œil critique. Cela n'a rien d'un homme touchant une femme : c'est un revendeur vérifiant sa marchandise. Il lui met une claque sur les fesses, assez brutale, puis lui saisit le menton.

— Tu pourrais me rapporter autant que les putains de Simon ? Hein ? L'autre a l'air d'y croire, fait-il en indiquant Amara sans la regarder, mais je n'en suis pas si sûr. Qu'est-ce que vous faisiez aux bains, aujourd'hui ? Vous attendiez que ça se passe, je parie. Les yeux ronds comme des paysans aux jeux, assises sur vos grosses fesses…

Il tient Victoria trop fermement pour qu'elle puisse secouer la tête.

— J'ai déjà vu Drauca. Elle a le plus beau cul de Pompéi, celle-là. Et vous, qu'est-ce que vous avez ? C'est des seins, ça ?

Il repousse Victoria qui trébuche mais parvient à ne pas perdre l'équilibre.

— Simon a peut-être soudoyé Vibon, mais est-ce que Vibon vous aurait vraiment jetées dehors si vous aviez eu l'air de savoir baiser comme Drauca ?

Il marque un temps, en les défiant de lui répondre. Personne n'ose.

— Notre ami Simon se vante d'avoir les meilleures filles de Pompéi. Alors vous avez intérêt à prouver à Vibon que ce sont des conneries. À partir de maintenant, pour lui, c'est gratuit. Quand il veut, comme il veut, tout ce qu'il veut. Si vous n'êtes pas ses préférées après ça, je saurai pourquoi.

Amara tente de décrypter la réaction de Victoria, mais ses traits semblent faits de cire.

— Allez, on se *bouge* ! hurle Félix en les faisant sursauter. Et pour votre paresse, je veux cinq deniers par tête d'ici demain. Dites aux autres qu'elles feraient mieux de s'activer !

Amara manque de trébucher sur Paris dans sa hâte de quitter la pièce, ce qui n'empêche pas Victoria de la devancer. Elles retraversent le balcon et se précipitent dans l'escalier. Victoria arrive en bas la première et se retourne d'un coup pour lui bloquer le passage vers la rue. Amara se raccroche au mur, plus secouée par la visible colère de Victoria que par cet arrêt abrupt.

— Pourquoi tu as fait ça ? siffle Victoria à voix

basse. Félix aurait lâché Vibon ! Maintenant, il va nous renvoyer là-bas ! Qu'est-ce qui t'a pris ?

— Pense à l'argent, chuchote-t-elle. Pense aux riches clients des bains ! Pas comme les miséreux qui viennent ici…

Elles ont à peine la place de se parler au bas de la cage d'escalier sombre et puante. Le murmure de Victoria enfle d'exaspération.

— Tu es complètement folle. Tu crois quoi ? Qu'ils se pointent aux thermes avec des sacs d'or ? Ils y vont pour baiser, pas pour se marier ! Et maintenant, il faut qu'on se tape Vibon !

Amara voudrait lui expliquer qu'elle tenterait tout, même le plus absurde des plans, même le plus horrible – n'importe quoi, pourvu qu'elles puissent quitter le bordel. La voix de Paris claque depuis l'étage.

— Qu'est-ce que vous attendez ?

— On y va, répond Victoria en poussant le battant.

Elles sortent sous la pluie et, quelques pas plus loin, rentrent par une autre porte. Même sous un ciel aussi couvert, l'extérieur n'a rien à envier au bordel question pénombre. Les volets ont été fermés pour protéger les minuscules pièces de l'humidité, et l'air s'est chargé de fumées d'encens et de lampes à huile. L'endroit n'était pas beaucoup plus petit que les appartements de Félix à l'étage, mais il semblait à Amara aussi étroit qu'une tombe.

Fabia écope, tentant d'empêcher les latrines de déborder à force d'eau de pluie. La puanteur, toujours marquée à cet endroit du couloir, est pire qu'à l'ordinaire. Elle lève brièvement les yeux pour les saluer puis revient à sa tâche. Autrefois employée comme louve – elle a même accouché du malheureux Paris dans l'une des cellules –, Fabia est désormais trop vieille et peine à se rendre suffisamment utile. Félix ne tardera sans doute pas à la jeter dehors sans ressources.

Cressa et les autres sortent de la cellule de Béronice.

— Qu'est-ce qu'il a dit ?

— Il va retenter le coup avec Vibon, répond Victoria. Il veut le persuader de nous reprendre aux bains. Ça veut dire que ce gros tas puant va venir ici et qu'il faudra lui donner tout ce qu'il veut !

Elle croise les bras. Amara s'attendait à ce qu'elle leur apprenne à toutes qui est responsable, mais elle n'en fait rien.

— Vibon va venir ici ? s'écrie Béronice. Oh non !

— Il est vraiment si terrible que ça ? demande Amara.

La satisfaction qui l'avait saisie en impressionnant Félix achève de s'évanouir.

— Vous ne l'avez jamais eu, vous deux ? demande Cressa à Didon et Amara, qui secouent la tête. Il est horrible. Il m'a pratiquement étranglée la dernière fois.

Elle porte une main à sa gorge, comme hantée par ce souvenir. Amara jette un regard plein de remords à Victoria, qui l'ignore pour ajouter :

— Et le mieux, c'est qu'il faut qu'on gagne chacune cinq deniers pour notre cher et glorieux maître d'ici demain.

Cressa pousse un grognement. Béronice, qui n'arrive jamais très bien à déceler la dérision chez les autres, semble pleine d'espoir :

— Peut-être qu'il n'était pas sérieux ?

— Très sérieux, réplique Victoria. Il n'était pas d'humeur à plaisanter, crois-moi.

— Mais on n'y arrivera jamais ! C'est beaucoup trop !

Le regard de Cressa vient se poser sur Fabia, qui vide toujours les latrines.

— Il n'y a plus qu'à faire au mieux… mais Vénus elle-même aurait du mal à trouver des clients par ce temps.

— Je ne pars pas racoler le ventre vide, déclare Victoria. On peut commencer par le Moineau, pour manger quelque chose. La pluie aura peut-être le temps de se calmer.

Les cinq femmes se mettent à éteindre les lampes pour économiser l'huile et limiter la fumée. Le brouillard malodorant qui baigne le bordel en permanence a déjà entaché de suie les peintures que vient de payer Félix – un enchaînement sans fin de scènes érotiques sur le haut des murs. Au-dessus de la cellule d'Amara, une femme se fait prendre par-derrière, son lit entaché d'une trace noire toute récente. Amara se penche pour éteindre la lampe de terre cuite qui brûle dessous, en forme de verge comme toutes celles du bordel. La flammèche tremblote à son extrémité. Certaines sont dotées d'un petit homme en argile, exhibant son énorme et brûlante érection. Félix les trouve amusantes et prétend qu'elles encouragent les clients. Amara les déteste : comme si elle n'en voyait déjà pas assez comme ça.

Gallus, l'affranchi de Félix, monte la garde devant la porte d'entrée, juste en face de l'Éléphant. Grand et large d'épaules, il est plus beau que Thrason, quoique tout aussi violent. Il attrape le bras de Béronice lorsqu'elles tentent de passer.

— Une minute. Vous ne pouvez pas toutes sortir en même temps. Il en faut une qui reste. Et si un client arrive ?

— Tu ne pourrais pas venir nous chercher au Moineau ? demande Victoria. Ce n'est qu'un peu plus loin dans la rue…

— Non. Tu connais les ordres de Félix. Allez, on y retourne, dit-il en bousculant Béronice.

— Quel con, marmonne Victoria tandis qu'elles s'éloignent en hâte. Il faudra qu'on ramène quelque chose à Béro.

— À Fabia aussi, fait Cressa. Elle est si maigre.

La présence de la vieille femme, qui ne s'accroche plus qu'à grand-peine à l'existence, est comme l'ombre d'un futur auquel nulle d'entre elles ne veut faire face. Son sort, songe Amara, est encore plus angoissant pour Cressa, leur aînée de plusieurs années.

Même à cette heure de la journée, la taverne d'en face est très animée. Une fresque immense éclabousse sa façade de couleurs vives : un éléphant entouré d'une ronde de Pygmées et drapé de serpents pour porter chance. Sous l'image, ces mots pleins de fierté : *Sittius a rénové l'Éléphant !* Les quatre femmes passent leur chemin. Trouver des clients à l'Éléphant n'est pas impossible, mais Sittius loue des chambres en plus de servir à boire et à manger. Par ce temps, ses clients préféreront monter à l'étage avec l'une des serveuses plutôt que sortir sous l'averse pour gagner le bordel.

Le Moineau n'est qu'à quelques pas de là, son enseigne peinte assombrie par la pluie, ce qui n'empêche pas Amara d'y distinguer le petit oiseau entouré de fleurs, perché sur son message plein de sous-entendus : *Puissiez-vous trouver la même satisfaction que le Moineau !* Personne ne s'attarde sur les pavés blancs qui luisent d'humidité. Lors de l'arrivée d'Amara à Pompéi, le parvis était bondé ; les clients buvaient debout en discutant ou en écrivant des messages sur les murs. Depuis, elle a repéré quelques graffitis parlant de Félix, certains commentant les mérites du bordel. Beaucoup sur Victoria, rien sur elle. Elle ne sait pas s'il vaut mieux s'en réjouir ou non.

Elles se glissent à l'intérieur en tapant des pieds pour faire tomber les gouttes. Victoria marche jusqu'au bar et s'accoude au marbre pour défaire sa cape, en laissant sa toge jaune lui dénuder l'épaule. Quelques sifflements s'élèvent de la table dans le coin.

— Alors, Mesdames, je vois qu'on s'active dès le matin ?

Zoskalès, le propriétaire, a un torchon sur l'épaule et le visage luisant de sueur. Il n'a pratiquement pas la place de se retourner derrière son comptoir, avec les amphores de vin qui s'entassent contre le mur du sol au plafond, mais Amara ne l'a jamais vu heurter quoi que ce soit. Elle ne saurait dire ce qui l'a fait venir d'Éthiopie – un endroit si distant qu'elle peine à se représenter son existence – pour s'installer à Pompéi. Zoskalès aime à dire aux clients, sur le ton de la plaisanterie, que c'était par amour pour sa femme. Amara ne l'a quasiment jamais vue à la taverne ; parfois dans la rue, l'air épuisée par ses trois jeunes enfants. Drôle de sirène dont le chant a attiré son mari depuis l'autre bout du monde.

— On aimerait bien s'activer un peu plus, répond Victoria. Tu n'as personne ici qui voudrait s'amuser ?

— Si c'est le cas, vous vous trouverez vite, répondit Zoskalès. Je vais dire à Nicandrus de vous amener du vin chaud et du ragoût.

Pas de façons entre le bordel et la taverne. Toutes les quatre partent s'installer à une table non loin de ceux qui les ont sifflées. Amara sent une pointe de peur. Dans sa ville de naissance, elle aurait traversé la rue pour les éviter – sa mère l'aurait sans doute pressée en lui murmurant de baisser les yeux. Les deux hommes sont déjà ivres, vêtus des habits tachés et usés de marchands itinérants. Le plus proche de leur table a perdu ses quatre dents de devant. Son compagnon a une barbe épaisse, imprégnée d'une huile bon marché pour dissimuler ses poils gris.

Amara et Didon prennent place sur un banc le long du mur. Victoria tente de rapprocher deux tabourets pour elle et Cressa, mais l'homme aux dents manquantes lui attrape le poignet. La salive lui mousse entre les lèvres lorsqu'il parle.

— Y a plein de place pour toi ici, dit-il en tapant son genou, tout en écartant les jambes.

Ses compagnons éclatent de rire.

— J'espère que vous n'embêtez pas ces dames, intervient Nicandrus en arrivant avec son plateau.

Il garde un ton léger mais passe délibérément entre les tables, forçant l'homme à lâcher prise.

— Mais non, pas du tout, répond Victoria en adressant un charmant sourire à celui qui l'a agrippée.

Elle s'assoit en repoussant sa cape pour exposer sa cuisse, avant de la recouvrir d'un geste vif. Lorsqu'elle sourit de nouveau à l'édenté, il lui rend son regard, les joues rouges. *Un premier poisson de ferré*, songe Amara.

Nicandrus pose un bol de ragoût de haricots devant Didon.

— Tu as l'air d'avoir froid...

— Il pleut tellement dehors.

— J'espère que ça te réchauffera.

Il s'attarde dans l'espoir visible qu'elle lui parle encore. Amara a déjà remarqué le regard qu'il pose sur Didon, sa nervosité lorsqu'un client agressif l'approche de trop près. Pour cela, elle l'aime presque.

— Nicandrus ! crie Zoskalès depuis l'autre côté du bar. Le vin ne va pas se servir tout seul !

Didon baisse la tête pour se mettre à manger. Elle n'a aucun talent pour appâter le client. Quelques mois auparavant à peine, c'était une respectable jeune fille des environs de Carthage, qui ne sortait jamais de chez elle sans voile. Fiancée à un homme choisi par son père, elle était promise à une existence recluse : tenir sa maison, élever ses enfants. Amara sent une douleur monter dans sa poitrine. Elle est esclave depuis plus longtemps que Didon, mais pas assez pour avoir déjà oublié ce qu'elle a éprouvé en perdant sa propre liberté.

Victoria n'est pas du genre à laisser un client potentiel lui échapper et a vite englouti son ragoût.

— Vous n'êtes pas de Pompéi, dit-elle aux deux marchands tout en sauçant son bol.

— Vous êtes venus par bateau ? demande Cressa. J'ai toujours voulu voyager en mer.

Elle prend une gorgée de vin en fixant l'homme barbu comme s'il s'agissait du dieu Poséidon daignant rendre visite aux mortels du rivage.

— Non, on arrive de Puteoli, répond-il. On vend de la viande. Surtout du boudin.

— Je parie que ça te plaît, le boudin, ajoute son compagnon en caressant la cuisse de Victoria.

Le filet de salive entre ses lèvres s'étire lorsqu'il sourit. Victoria se couvre joliment la bouche d'une main pour rire, comme s'il avait dit quelque chose d'hilarant. Amara essaie de ne pas grimacer. Toujours la même chose. Pourquoi les hommes n'ont-ils jamais rien d'original à dire à une prostituée ? Ces deux-là ne sont plus qu'à deux doigts de se vanter d'être bien membrés.

L'édenté se frappe à nouveau le genou, et cette fois, Victoria s'y assoit. Cressa vide tout son verre de vin en une longue gorgée, puis se lève pour aller se draper sur son compagnon. Victoria se presse contre son client, qui a le souffle court, mais Amara remarque qu'elle prend garde à ne pas laisser les mains de l'homme s'aventurer trop loin. Zoskalès est tolérant mais a ses limites.

Le barbu embrasse Cressa, qui s'écarte pour reprendre une gorgée de vin, cette fois dans son verre à lui. Il lui envoie une gifle, sans doute par jeu, mais suffisamment brutale pour qu'un peu du liquide rouge vienne éclabousser ses vêtements.

— Sale petite louve, va !

Cressa échange un regard avec Victoria qui murmure quelques mots à l'oreille de son amant. Après un temps, tous quatre se lèvent – les hommes pas très assurés sur leurs jambes – et quittent le bar.

— C'était rapide, commente Nicandrus qui vient débarrasser. Même pour Victoria.

Il s'est mis à parler grec : sa langue natale, et celle d'Amara. Didon la maîtrise aussi, mais Amara soupçonne Nicandrus de ne pas s'être aperçu qu'elle parle avant tout le punique.

— Félix nous a dit de lui faire cinq deniers chacune d'ici demain, répond Amara.

— Aïe… Qu'est-ce qui lui prend ?

— Ça s'est mal passé aux bains, ce matin.

— Désolé de l'entendre, fait-il avec un regard pour Didon qui n'a rien dit. J'espère que personne ne vous a causé d'ennuis.

Didon secoue la tête. Nicandrus lui sourit avant de repartir en cuisine avec sa pile de vaisselle sale.

Amara regarde autour d'elle pour tenter de repérer d'autres clients potentiels. Trois hommes qui jouent aux dés l'ignorent. Un autre, qui boit seul au comptoir, lui fait la grimace lorsqu'elle parvient enfin à croiser son regard. Le déjeuner n'est pas le plus facile des créneaux. Victoria et Cressa se sont bien débrouillées.

— Il va falloir s'aventurer plus loin, n'est-ce pas ? demande Didon dont les minces épaules s'affaissent à cette idée.

— Il y avait quelques marins qui traînaient au Forum tout à l'heure, dit Amara. Et la pluie est en train de se calmer. On y arrivera peut-être assez vite.

Didon lui jette un regard désolé. Leur malheur est assez profond pour s'y noyer, pour peu qu'elles laissent monter les eaux. Amara s'y refuse. Elle se lève et tend la main à Didon pour qu'elle la suive, avec toute la confiance de sa vie d'avant.

Chapitre 3

Les autres animaux se rassasient du coït,
l'homme en est presque insatiable.

PLINE l'ANCIEN,
Histoire naturelle, X, 83.

L'édenté témoigne bruyamment son enthousiasme à Victoria : on l'entend dans toute la rue. Félix a laissé la cellule près de l'entrée à Victoria précisément pour cette raison, bien conscient qu'elle constitue la meilleure des publicités pour les passants. Gallus, appuyé au mur, semble s'ennuyer ferme.

— Tu veux bien donner ça à Béronice et Fabia ? demande Amara en lui tendant un bout de pain. On part tenter notre chance au Forum.

Gallus hoche la tête et enfouit le pain dans l'un des plis de sa toge. Elle espère qu'il ne le mangera pas lui-même.

La pluie a assaini l'atmosphère, mais a aussi changé l'étroite rue en canal. Amara et Didon avancent avec précaution, en soulevant leurs capes pour ne pas les laisser traîner dans l'eau. En hiver, il est plus difficile d'identifier leur métier au premier coup d'œil. Sous leur manteau, elles sont en toge – un vêtement réservé aux hommes et aux prostituées. Autrefois enveloppée de tissu de la tête aux pieds, Amara s'est d'abord sentie dénudée dans cette tenue, mais sur ces pavés glissants, avoir les jambes libres pour plus d'agilité procure un avantage certain.

Le trajet devient plus facile une fois dans la via Vénéria, la rue principale, qui repart vers le Forum. Elles peuvent désormais marcher côte à côte plutôt qu'en file indienne. Amara prend la main de Didon et lui serre doucement les doigts.

— Tu ne peux pas continuer à baisser les yeux. Je sais que c'est difficile, mais nous sommes censées attirer l'attention des hommes, pas l'éviter.

— Je sais bien… Mais c'est vraiment dur…

— Mais non. Ton visage fait déjà le plus gros du travail. Tu es de loin la plus jolie femme de Pompéi.

Amara n'a jamais vu quelqu'un d'aussi ravissant que Didon, mais sa beauté est aussi fragile que celle de l'exquise statue de verre d'Athéna de son enfance, si précieuse que ses parents la maintenaient hors de portée.

— Je déteste ça, souffle Didon. Leurs regards, et puis après, quand il faut… Enfin, j'imagine que je finirai par m'y habituer…

— Non. Il faut l'endurer, mais pas s'y habituer. Jamais.

Elles passent devant un marchand de bijoux et s'arrêtent un moment pour admirer joyaux et camées. Didon en désigne un.

— Ma mère portait une pierre comme celle-là.

— La rouge ?

— Oui. Elle l'avait au cou la dernière fois que je l'ai vue.

Amara connaît le reste de l'histoire. Les pirates qui ont fondu sur la ville natale de Didon en enlevant les gens pour les revendre comme esclaves. Didon kidnappée avec sa jeune cousine, son oncle tué en tentant de les défendre. Sa cousine morte durant le trajet de Carthage à Puteoli. Comme Amara, Didon était seule lors de leur rencontre, en rang, au marché aux esclaves. Amara voudrait lui dire qu'elle pourra peut-être revoir sa mère un jour, mais elle en est incapable. Elle n'y croit pas.

Elles se sont trop attardées : le vendeur sort pour tenter de les persuader d'essayer un collier de perles bon marché, et s'offense de leur refus. Elles repartent en hâte vers le Forum au sommet de la colline. Il est encore plus bondé qu'avant ; les marchands de rue se sont vite réinstallés après la pluie. Amara mène Didon vers les larges colonnes qui jalonnent la place.

— Souris à tout le monde, dit-elle. Fais semblant d'être Drauca.

— C'est comme ça que tu y arrives ? Tu fais semblant d'être quelqu'un d'autre ?

— Je *suis* quelqu'un d'autre. Amara n'est même pas mon vrai nom, et Didon n'est pas le tien.

Elles s'avancent lentement, bras dessus, bras dessous, dans la rue peinte de couleurs vives. Le cœur d'Amara s'emballe malgré ses bravades. Personne ne leur prête attention. Des hommes richement vêtus, qui viennent sans doute discuter des élections prochaines, les dépassent sans leur accorder un regard. Les marchands les ignorent aussi, trop occupés à attirer leurs propres clients. Personne n'a le temps d'acheter ce que vendent ces femmes, pas à cette heure de la journée. Amara propose de changer d'endroit.

Elles se remettent à marcher, en s'arrêtant plus souvent. Amara croise tous les regards, sans se rendre compte qu'elle se comporte avec l'assurance d'un jeune homme plutôt que d'une enjôleuse. Didon parvient de temps à autre à sourire, timidement. Elles n'ont l'air ni de prostituées ni de femmes respectables, flottant entre les deux, mais elles reçoivent cette fois quelques regards curieux. Elles s'attardent devant l'étalage d'un vendeur de chaussures, baigné de la puissante odeur du cuir frais. Le vendeur tord les lanières d'une paire de sandales entre ses doigts pour prouver leur souplesse. Un homme se met à marchander ; un autre, peut-être l'ami du vendeur, patiente sur le côté. Amara le frôle, comme par accident. En levant les yeux, il croise ceux de Didon qui parvient, pour une fois, à ne pas les baisser. L'espace d'un instant, Amara craint qu'il ne les voie telles qu'elles sont : deux filles terrifiées qui ne savent pas s'y prendre. Mais ce n'est pas le cas. Comme Didon ne se détourne pas, il se penche vers elle, encouragé.

— J'imagine que ce serait trop rude pour tes adorables petits pieds…

— Oh, nous n'avons pas beaucoup de trajet, dit Amara. Rien qu'une rue. Vous et votre ami pourriez vous joindre à nous.

Elle le regarde droit dans les yeux pour qu'il ne puisse se méprendre. Ils sont si près les uns des autres que l'homme n'a aucun mal à glisser sa main sous la cape de Didon. Elle se raidit en agrippant le bras d'Amara, presque au point de lui faire mal. Il faut à Amara toute sa maîtrise pour ne pas le gifler. Elle songe à Félix, à ce qu'il risque de leur faire si elles n'ont rien à lui donner le lendemain.

— Ça suffit, dit-elle plus sèchement qu'elle ne l'aurait voulu.

L'homme lâche Didon, surpris, et Amara lui fait un sourire forcé.

— On ne touche pas sans acheter !

— Peut-être plus tard, *Mesdames*, réplique-t-il en les regardant de la tête aux pieds avant de leur tourner le dos.

Elles s'éloignent du tanneur. C'est maintenant Amara qui s'agrippe à Didon ; elle a l'impression que ses jambes vont se dérober sous elle. Didon lui demande si elle veut s'asseoir mais Amara secoue la tête.

— C'est aussi bien comme ça, lui murmura Didon. Il avait quelque chose de pas net.

— Je n'aurais pas dû le laisser te toucher. J'aurais dû lui dire d'aller se faire mettre.

Didon la stupéfie en éclatant de rire.

— Les putains les moins efficaces de l'histoire ! Quelle entrée en matière ça ferait : *Allez tous vous faire mettre !*

L'hilarité de Didon est contagieuse, et toutes deux sont vite secouées d'hystérie. Elles entourent une colonne de leurs bras et se prennent les mains pour se balancer et se pencher en arrière, en pouffant comme des petites filles. Aucune des deux ne s'inquiète des regards de mépris qu'on leur jette ; ceux-ci semblent soudain sans importance.

Elles finissent par se calmer, et se remettent d'aplomb.

— Allez, dit Amara. On repart en chasse.

Cette fois, elles marchent avec plus de confiance : Didon n'a même pas besoin de forcer son sourire. Nul besoin que les hommes sachent que c'est d'eux qu'elle se moque. Elles s'arrêtent près d'un groupe qui joue aux dés sous le portique du marché couvert. L'air est chargé d'odeurs de viande et d'épices. En marge du cercle des parieurs, elles regardent le jeu.

— Joli coup, lance Amara au joueur qui vient d'obtenir un six et ramasse une petite pile de pièces.

Son ami lui lance une claque dans le dos. Les joueurs semblent divisés en deux équipes, tous des marchands venus d'ailleurs ; ils se disputent les mises dans toute une variété de langues et d'accents. Amara et Didon font mine d'être fascinées par le jeu, en se rangeant de plus en plus du côté de ceux qui l'emportent pour entrer dans leurs bonnes grâces. On fait passer une flasque de vin et Didon en accepte une gorgée.

— Lance les dés pour nous ! crie l'un des hommes en attrapant Amara par le bras. Vas-y, lance !

Les favoris sont de bonne humeur. Après le jeu, il leur faudra trouver où dépenser leur argent. Amara s'accroupit et attrape les dés.

— Pour Vénus ! clame-t-elle avec un regard pour l'équipe qui l'a adoptée.

Elle obtient un cinq, mieux que ce que leurs rivaux viennent de tirer. Les hommes hurlent de joie.

— Ça ne compte pas ! s'écrie l'un des perdants, les traits tordus par la colère tandis que des doigts empressés ratissent ses dernières pièces. Vous ne pouvez pas demander à une putain de lancer les dés !

— On peut demander ce qu'on veut à une putain, réplique Amara. C'est un peu l'idée !

Ses nouveaux amis sont hilares, et l'un d'eux passe un bras autour de sa taille lorsqu'elle se redresse. Mais leur adversaire ne rit pas.

— Sale tricheuse de Grecque, crache-t-il.

Il rassemble l'argent qu'il lui reste et fait signe à ses trois compagnons de faire la même chose. Puis ils filent, et Amara et Didon se retrouvent avec les vainqueurs. Cinq hommes qui délaissent maintenant les dés pour se tourner vers d'autres jeux. Le cœur d'Amara bat plus vite. Elle aurait préféré ne pas se retrouver en infériorité numérique. Didon penche la tête sur le côté, d'une façon qui lui rappelle Victoria.

— Pompéi vous a porté chance ! Ça paie, d'honorer Vénus dans la ville qu'elle protège.

— Toi, tu viens d'Afrique, remarque l'un des hommes en entendant son accent.

— Vénus règne sur un large domaine, réplique Amara. Mais sa maison n'est pas très loin, si vous voulez bien nous suivre…

L'homme qui l'a poussée à lancer les dés la tient toujours fermement par la taille, ses doigts s'enfonçant dans sa chair. S'ils décident de couper au plus court et de prendre ce qu'ils veulent sans passer par l'étape paiement, elle et Didon ne pourront rien faire. Le marché couvert est en travaux après les dommages du dernier tremblement de terre, et les alcôves désertes ne manquent pas là où les réparations sont en pause.

Didon s'éloigne d'un pas.

— Il y a trois autres filles sous notre toit, dit-elle. Cinq femmes ! Quel heureux hasard. Venez fêter ça avec vos amis ! Il faut bien remercier la déesse, après tout.

Les hommes échangent des regards, craignant sans doute de se faire mener dans un coupe-gorge par deux jolies harponneuses.

— Vous êtes peut-être déjà passés devant chez nous ? demande Amara. Nous habitons en face de l'Éléphant.

— L'Antre des Louves ! s'esclaffe l'un d'eux. On se fait inviter au bordel du coin !

— C'est ça, que tu es ? demande l'homme qui tient Amara, en relâchant un peu sa prise pour la tourner vers lui et la regarder en face. Une petite louve grecque ?

Il a la peau tannée par le soleil, les joues marquées, et un coup de couteau lui a laissé une petite cicatrice au menton. La violence, elle le sait, n'est sans doute pas étrangère à cet homme. Mais elle ne l'est à aucun d'eux. Amara décide de jeter à nouveau les dés. Elle se penche pour déposer un léger baiser sur ses lèvres, puis le repousse et file hors de portée.

— Des louves de Grèce, de Carthage, d'Égypte et d'Italie ! lance-t-elle par-dessus son épaule en lui faisant signe de la suivre. Toutes fidèles à Vénus Pompéiana !

Didon la rejoint bien vite, et elles repartent le long des colonnes vers la via Vénéria en se tenant la main, conscientes que les hommes les suivent de près.

— Il faut qu'on se dépêche, murmure Didon, les yeux agrandis par la peur.

— Ne cours pas, lui répond Amara.

Elle se retourne pour sourire à l'homme qui la tenait encore, il y a peu, d'une poigne de fer. Lui et les autres joueurs de dés sont rouges d'ardeur plutôt que de colère, excités par la poursuite.

Les deux femmes se fraient un chemin entre les échoppes et les grandes maisons de la via Vénéria. La route est toujours inondée. L'un des cinq joueurs, un petit homme trapu couvert d'une cape rapiécée, attrape Didon et fait mine de la jeter dans l'eau. Tous rugissent de rire en l'entendant crier. L'homme la repose à l'approche d'une carriole tirée par une mule, et Amara lui reprend la main et l'entraîne plus loin sur le trottoir.

Elle n'a jamais été aussi heureuse d'entendre le vacarme de l'Éléphant en tournant à l'angle de la rue du bordel. Son soulagement est tel qu'elle pourrait s'effondrer aux pieds de Gallus. Il collecte l'argent de leurs cinq clients. Lorsque Amara franchit le seuil, elle baisse les yeux sur sa main gauche pour vérifier le signal qu'il lui lance. Trois doigts. Il n'y a que trois femmes au total. Sa poitrine se serre.

Béronice attend dans le couloir, baignée de la fumée des lampes.

— Voilà l'Égyptienne ! crie l'homme trapu en l'attrapant brutalement par les hanches. Où sont les deux autres ?

— Elles arrivent, dit Amara en enlaçant l'homme à la cicatrice. Fabia va les chercher.

La vieille femme passe en rasant le mur, sa capuche rabattue. Les deux hommes sans filles éclatent de rage.

— C'est quoi, ce merdier ? On nous en avait promis cinq !

Le client d'Amara l'a déjà à moitié déshabillée et la pousse vers une cellule vide. Il interrompt un moment ses baisers pour attraper l'un de ses compagnons furieux et le tirer vers lui.

— Arrête de te plaindre ! Tu sais bien que je partage toujours.

Le lit de pierre est rude contre le dos d'Amara. Il y a dans ses oreilles un terrible bourdonnement, le bruit du sang qui lui bat aux tempes. L'odeur de cet inconnu trop proche d'elle, sa poigne encore plus brutale qu'elle ne semblait l'être au Forum, les mouvements qu'elle ne peut empêcher, qu'elle ne peut contrôler. Elle se noie.

Elle tente de se concentrer sur le rideau qui masque le couloir, de compter ses plis jusqu'à ce que l'homme finisse. Mais le deuxième lui bloque la vue, le visage crispé. Il lui attrape la cuisse pour qu'elle ne puisse se dérober. Elle ne peut pas hurler. Elle ne peut plus respirer. La terreur lui écrase les poumons. Puis le rideau s'ouvre et Cressa se glisse dans la pièce.

— Pas besoin d'attendre, murmure-t-elle à l'homme en glissant ses doigts dans ses cheveux.

— Je veux l'autre, réplique-t-il en la repoussant.

— Mais non, insiste Cressa en venant se placer entre eux.

Elle attire ses mains sur ses hanches, se presse contre lui. Il tente de résister, mais l'attrait de son corps nu finit par l'emporter, et il la suit hors de la pièce. Cressa jette un regard en arrière en sortant :

l'empathie dans ses yeux est comme un tout autre langage, qui atteint Amara par-delà les ténèbres.

Amara se met à pleurer. L'homme à la cicatrice s'effondre sur elle. Il a enfin fini. L'espace d'un moment, elle se retrouve coincée sous son poids, puis il se hisse sur ses coudes et s'éloigne du lit. Amara, incapable d'étancher ses larmes, replie les jambes. Il la fixe un moment, et elle ne saurait dire si c'est elle qui le dégoûte, ou s'il se dégoûte lui-même. Puis il s'en va sans un mot.

Chapitre 4

Souris, ô ma maîtresse, à l'amant qui jure d'être à jamais ton esclave ! Reçois les serments de celui qui sait aimer avec une inviolable fidélité.

OVIDE, *Amours*, I, 3.

La nuit au bordel ressemble à une scène de l'Hadès : une procession sans fin d'hommes ivres, la fumée, la suie, des cris de colère, des bruits de poteries brisées, les pleurs de Didon, l'odeur âcre de la potion de Victoria qui nettoie ses entrailles, les ronflements de Béronice. Enfin, lorsque l'heure se fait trop tardive pour que même le plus fervent des Pompéiens reparte en quête de sexe, Amara reste allongée seule dans les ténèbres de sa cellule, incapable de trouver le sommeil, étouffant de rage.

Le chant de Victoria la réveille le lendemain matin. On croirait une mélodie d'un autre monde, cette soprano à la voix pleine d'espoir et d'humour. Amara se redresse sur sa couche.

— Tu ne pourrais pas nous laisser dormir, pour une fois ? crie Béronice.

— Regardez cette belle journée ! répond Victoria. On se croirait aux Floralies !

Amara sourit malgré elle, puis pose les pieds au sol et se lève, sa couverture sur les épaules. Béronice et Cressa sont déjà dans le couloir, bâillant et se frottant les yeux. Toutes trois se dirigent vers la cellule de Victoria. En y entrant, Amara lève la tête : sur la scène d'amour au-dessus de la porte, la femme chevauche son amant. Un cadeau de Félix à la plus travailleuse de ses putains.

— Tu nous as réveillées ! se plaint Béronice.

Victoria, déjà habillée, coiffe ses boucles qui retombent en cascade sur ses épaules. Difficile de croire qu'elle a passé la nuit à servir des hommes et déjouer leur violence. Ses yeux scintillent à la perspective d'une nouvelle journée. Amara n'a jamais rencontré personne comme elle.

— Où est Didon ? demande Victoria. C'est vous qui devez l'avoir réveillée en vous plaignant si fort, bande de paresseuses !

Toutes les quatre vont trouver Didon dans sa cellule. Elle est toujours couchée, face au mur. Cressa s'assoit près d'elle et l'embrasse sur la tempe. Amara et Nicandrus ne sont pas les seuls à vouloir protéger la plus jeune des louves de Félix.

— C'est le matin, ma Didi, murmure Cressa.

Didon se redresse, les joues mouillées, les yeux rouges. Cressa la prend dans ses bras et lui frotte le dos.

— Ils étaient si terribles que ça ?

— Il y en a un qui a cassé toutes les lampes, répond Didon en désignant un tas d'éclats d'argile balayés dans un coin. Il m'a vraiment fait peur.

— Quel sale petit…

La voix de Cressa tremble, et Amara pense un instant qu'elle ne parviendra pas à garder son calme. Victoria s'assoit de l'autre côté de Didon et prend vite le relais, souriante.

— Qui ça, Puduc Connardus ? Tu ne vas pas le laisser t'impressionner !

— Quel drôle de nom, fait Béronice, dubitative. Vous êtes sûres qu'il s'appelait comme ça ?

— Mais oui, insiste Victoria avec gravité. Puduc Connardus, celui qui vend des plats à emporter près des bains.

— C'est vrai qu'il ne sentait pas très bon…, s'anime Didon qui commence à prendre part à la plaisanterie.

— Et que c'était un gros connard… Oui, c'était bien lui, fait Victoria en hochant la tête. Connardus, Puduc de son prénom.

— Je ne savais pas qu'il s'appelait comme ça, s'étonne Béronice. Je pensais qu'il s'appelait Manlius…

— Mais bien sûr que c'était Manlius, enfin ! s'écrie Cressa.

Elles éclatent toutes de rire, et même Béronice sourit. Amara se demande un moment si elle n'aurait pas fait exprès de jouer l'idiote.

— On ferait bien de lui écrire un message, lance Victoria. Au cas où il reviendrait.

Elle se baisse et tend un morceau d'argile à Amara.

— Qu'est-ce qu'on va lui dire… Je sais ! « Baisez MOINS FORT ! »

— Je l'écris en grec ?

— Pour quoi faire ? On veut que ce connard puant puisse le lire, non ?

Amara grave les mots au mur, et toutes sourient de satisfaction lorsqu'elle a fini.

— En tout cas, moi, j'en connais un qui sait y aller tout en finesse au lit, fait Béronice d'un air de conspiratrice.

Elle s'interrompt pour s'assurer qu'elle a leur attention à toutes. C'est Cressa qui craque la première :

— Vas-y, on t'écoute. Qui est cet Apollon ?

— Gallus, fait Béronice, rayonnante. Je l'aime.

— *Gallus ?* hennit Victoria. Il est complètement nul !

— Tu n'as même pas couché avec ! proteste Béronice, blessée.

Puis elle détaille les visages gênés de ses amies.

— Si ?

— Ma Béro, on a toutes couché avec, lui dit gentiment Cressa.

— Oui, eh bien, c'est moi qu'il aime, réplique Béronice en rougissant. Il m'a dit qu'il achèterait ma liberté un jour. Il m'aime ! Il va m'épouser pour que je n'aie plus à faire tout ça. On a passé une heure entière ensemble pendant que vous étiez toutes sorties racoler. Il est vraiment gentil, et aimant, et doux… Il m'a même demandé ce que je voulais !

Amara a bien du mal à appliquer tous ces mots à ce balourd de Gallus. Elle songe à demander à Béronice s'il lui a donné le pain hier, mais se dit que la réponse pourrait lui faire trop de mal.

— Béronice, rassure-moi, tu l'as fait payer ? dit Victoria à voix basse.

Silence. Béronice baisse les yeux, boudeuse.

— Idiote ! siffle Victoria. Et si Félix s'en rend

compte ? Tu ne peux pas passer tes journées à te taper Gallus pour rien ! Il faut qu'il paie Félix. Il se moque de toi, cet imbécile – il se sert de toi !

— Il ne veut pas me payer parce qu'il économise pour m'acheter ! réplique Béronice, piquée au vif. Et qui irait le dénoncer à Félix ? Personne ici, j'espère !

— Bien sûr qu'on ne dira rien à Félix, fait Amara. Mais tu es vraiment sûre que Gallus ne fait pas que profiter de toi ?

— Il m'aime ! s'entête Béronice. Il m'a dit qu'il n'avait jamais rencontré personne d'aussi gentil que moi ! Qu'il peut vraiment me parler, parce que je l'écoute et que je tiens à lui !

Victoria lève les yeux au ciel.

— Pourquoi est-ce qu'il faut toujours que tu déformes tout ? lui crie Béronice. Au moins, j'ai meilleur goût que *toi* !

Elle a lancé ce dernier mot avec tant de venin qu'Amara cligne des yeux, mais avant que Victoria ne puisse répliquer, Cressa intervient :

— Personne n'essaie de ruiner ton histoire. On veut juste que tu prennes soin de toi, c'est tout.

Béronice fronce les sourcils et se détourne. Il en faudra plus pour l'apaiser. Cressa ouvre grand les yeux en direction de Victoria et fait un signe de tête vers Béronice pour l'inviter à s'excuser. Victoria soupire.

— Bien sûr qu'on est heureuses que Gallus t'aime. Mais il faut que tu le fasses payer. Il vole Félix, là ! C'est beaucoup trop risqué, pour vous deux. Tu le sais très bien.

— C'est bien son genre, murmure Béronice qui

semble maintenant catastrophée. Se mettre en danger pour moi…

Victoria semble sur le point d'exploser devant cette nouvelle version de Gallus le héros, mais Cressa change encore de sujet :

— Quelqu'un sait combien nous avons gagné la nuit dernière ?

— Thrason a pris la relève à la porte, répond Victoria. Je suis allée le voir avant de me coucher. Aux dernières nouvelles, un peu plus de seize deniers.

— Quel soulagement, fait Amara, songeant à Félix. Je ne pensais pas qu'on arriverait si près de la somme voulue…

— Mais il va falloir payer pour remplacer les lampes, ajoute Didon en les montrant du doigt.

Cressa se penche pour examiner le tas de fragments de verges d'argile.

— Il y en a au moins trois, là, non ?

— Quatre, précise Didon.

— Il faudra les racheter nous-mêmes, soupire Victoria. On ne peut pas demander d'argent à Félix, pas après hier.

Amara sent monter à nouveau les ténèbres de la nuit dernière. Félix leur laisse si peu, à peine assez pour manger, d'autant plus qu'elles doivent se cotiser pour nourrir Fabia. Dans ces conditions, aucune d'elles ne pourra jamais économiser assez pour acheter sa liberté.

— Il n'y a rien d'autre à faire, ajoute Victoria comme si elle pouvait entendre ses pensées. On finira par s'y retrouver.

Amara fixe leur graffiti. *Baisez MOINS FORT !*

Il lui semble maintenant beaucoup moins amusant. Cressa se lève.

— On ferait mieux d'aller se laver. À moins que vous n'ayez envie de puer toute la journée.

Se rendre aux bains des femmes tous les matins est l'un de leurs rituels. Amara n'est sans doute pas la seule qui a l'impression d'y laver ses émotions en plus de son corps.

— Allez-y, je tiendrai la boutique, dit Victoria. Mais il faut que quelqu'un aille acheter les lampes.

Un silence s'installe.

— Je vais y aller, propose Amara.

Elle a désespérément envie d'un bain, tout autant que les autres, mais elle a une dette envers Cressa après la nuit dernière, Didon a passé des moments de cauchemar, et Béronice n'a pas pu sortir de toute la journée d'hier. Quoique, vu son histoire avec Gallus, ce n'était peut-être finalement pas un grand sacrifice.

— Prends mes économies, lui dit Cressa. On fera les comptes quand tu rentreras.

En sortant dans le couloir, elles tombent sur Fabia qui passe le balai. Amara se demande, comme souvent, où la vieille femme a passé la nuit. Elle l'a déjà trouvée recroquevillée contre la porte de derrière, sans autre couverture que sa cape. Fabia leur sourit à toutes.

— Que vous êtes belles !

Elle aide les quatre filles qui sortent à arranger leurs cheveux. Même lorsqu'elles ne racolent pas, Félix a horreur qu'elles se promènent en ville l'air débraillé.

— En tout cas, toi, tu n'auras jamais besoin de te peindre les lèvres, dit Fabia à Amara en ajustant sa toge jaune avec une broche bon marché. Elles sont aussi vives que des graines de grenade ! Quelle chance tu as.

Amara se demande à quoi ressemblait Fabia quand elle était jeune. Son visage est non seulement ridé, mais tavelé, comme une route trop passante semée d'ornières. Son horrible fils ne doit pas aider.

— Je peux te ramener quelque chose à manger ? demande Amara.

— Gallus m'a donné du pain hier. Ne t'en fais pas.

En sortant, elles trouvent Thrason assis sur le perron, à moitié assoupi. Sa lèvre a meilleure mine que la veille, mais son nez est toujours enflé. Il leur demande où elles vont et se hisse sur ses pieds pour aller vérifier leur histoire de lampes cassées. Une fois sa permission accordée de mauvaise grâce, elles se mettent en chemin. Quelques pas plus loin, Amara se détache des autres à l'entrée des bains des femmes et part trouver le potier sur la via Pompéiana, la bourse en cuir de Cressa à la taille.

Il n'a pas plu pendant la nuit, et l'eau a baissé sur la route, qui ne ressemble plus autant à un canal. Sous le soleil matinal, sa surface prend des airs de miroir d'argent. Les passants sont déjà nombreux. Amara, qui n'a pas souvent l'occasion de se promener seule, s'attarde devant les plus riches maisons de Pompéi, en jetant un œil dans les cours à la faveur d'une porte ouverte. Elle voit scintiller des fontaines, des serres, des mosaïques très élaborées qui vont jusqu'au bord de la rue. La maison de ses parents à Aphidna n'avait rien d'aussi luxueux, mais certains détails – une femme à son métier dans l'atrium, un chien endormi – lui rappellent le foyer qu'elle a perdu.

Le potier n'est pas loin de l'entrée de la via Pompéiana. Impossible de le rater, avec son immense fresque de Vénus entourée de lampes sur la façade : leurs flammes font ressortir les traits de la déesse peinte, surtout ses yeux. En fond, un coquillage rose, le bleu pâle de la mer. De petits potiers s'affairent à ses pieds, modelant des lampes et des statues qu'ils placent dans un four minuscule, une représentation miniature de la boutique dans laquelle Amara est sur le point d'entrer.

Le devant n'est pas bien grand et semble vide. Par une porte ouverte, Amara peut voir à l'arrière des esclaves s'activer autour du rougeoiement des fours. Quelqu'un viendra la servir dans un moment. Autour d'elle s'alignent des lampes sur toutes les surfaces disponibles. Elle tourne sur elle-même pour les admirer, en prenant garde à ne rien cogner. Certaines d'entre elles sont magnifiques, tellement plus jolies que celles qu'elle est venue acheter. Elle prend sur l'étagère la plus proche une petite lampe vernie et caresse sa surface d'un doigt. On y a imprimé une représentation de Pallas Athéna, avec une tête de chouette sur son plastron.

— C'est une des miennes.

Elle lève les yeux et voit un esclave qui la fixe.

— Désolée, fait-elle en s'empressant de reposer la lampe.

— Non, je veux dire que c'est moi qui l'ai faite, rit-il. Rien ne m'appartient ici.

Amara se rend compte qu'il n'est pas désagréable à regarder : mince, les cheveux noirs, le visage ouvert et souriant. *Rien à voir avec Félix*, se dit-elle. Puis elle se demande pourquoi elle prend la peine de les comparer. Il s'approche pour reprendre la lampe et la retourner.

— Voilà ma signature, dit-il en montrant un petit M grec à l'arrière.

Lui aussi a l'accent grec. On pourrait presque croire qu'il vient de chez elle.

— Tu vénères Pallas Athéna ? lui demande Amara en changeant de langage.

— Athénienne ? s'illumine-t-il.

— Non, je viens d'Aphidna, dit-elle en lui rendant son sourire.

— Ah ! La ville de la belle Hélène de Troie !

— Tu y es déjà allé ?

Amara fixe l'esclave du potier en se demandant quel rôle il aurait joué dans leur autre vie. A-t-il déjà consulté le père d'Amara quand il était malade ? A-t-il toujours été esclave ?

— J'y ai vécu quelques années quand j'étais petit. Mais ça remonte, maintenant. Je viens d'Athènes, dans l'Attique.

L'Attique. Un seul mot, qui renferme pour Amara tant de choses. Sa fierté pour son pays natal, son deuil pour ce qu'elle a perdu. Chez elle… Cela ne semble soudain plus si loin, auprès de cet inconnu.

— Qu'est-ce qui s'est passé ? demande-t-elle soudain. Comment es-tu arrivé là ?

Il semble stupéfait. Les esclaves évitent le plus souvent de s'interroger mutuellement sur leur passé sans y avoir été invités. Personne ne veut voir sa douleur exposée au dépourvu.

— Ma famille n'avait plus d'argent. Il ne leur restait plus que moi à vendre.

Son ton n'a pas changé, et il semble toujours aussi avenant, mais sa tristesse est palpable. Amara voudrait lui dire qu'elle comprend, que son histoire est la même, mais elle ne trouve pas les mots. Son silence semble embarrasser son interlocuteur.

— Donc… Vous vouliez acheter cette lampe ?

Elle rougit. Sa toge tapageuse est cachée sous sa cape. Il n'a aucune idée de ce qu'elle est. Et Amara va maintenant devoir demander à ce bel Athénien une pile de verges en argile.

— Mon maître réside en face de l'Éléphant, dit-elle lentement.

Elle attend de voir un éclair de compréhension dans ses yeux, puis poursuit :

— Dans ce pays, je m'appelle Amara. Je vénérais autrefois Pallas Athéna, mais depuis que je suis arrivée, je suis un sujet de Vénus. Je n'ai pas le choix. C'est elle que sert mon maître.

— Amara, l'interrompt l'inconnu en lui prenant la main. Je comprends. Aucun de nous n'a eu le choix.

Ils se fixent un moment. Puis il s'écarte, comme s'il venait de se rendre compte qu'il la touchait.

— Ménandre ! crie une voix à l'arrière. Qu'est-ce que tu fabriques ? Je t'ai juste demandé de… Ah ! Je vois, une cliente. Pardonnez-moi, pardonnez-moi…

Rusticus, le potier, se tient dans l'encadrement de la porte. Il fronce les sourcils en essayant, à l'évidence, de se souvenir d'où il connaît Amara. Elle lui rend son regard sans ciller, et revoit son énorme fessier s'agitant de haut en bas, entraperçu derrière un rideau. C'est l'un des réguliers de Victoria. Lui-même finit par la reconnaître et étouffe un rire.

— Pas étonnant que tu te sois attardé, Ménandre. Alors, qu'est-ce qu'on peut faire pour toi, petite louve ?

Il s'est accoudé au comptoir, tout respect enfui de sa posture. Amara a les joues en feu. Elle ne veut pas dire le mot.

— Quatre lampes, non vernies, de... de Priapus.

Rusticus s'amuse visiblement de son humiliation, et elle ressent une bouffée de colère et de défi.

— Ça fera donc quatre verges ! ajoute-t-elle très fort.

Un rire la fait se retourner : elle se tourne pour fixer Ménandre, incrédule. Celui-ci, en voyant son expression, retrouve aussitôt son sérieux.

— Pardon, je ne voulais pas...

Elle l'ignore superbement et s'avance jusqu'au comptoir.

— Mon maître n'aime pas qu'on le fasse attendre, dit-elle d'un ton glacial – comme si elle avait été envoyée par l'empereur et non par un maquereau de province.

— Bien sûr, répond Rusticus en claquant des doigts en direction de Ménandre.

Celui-ci se hâte de prendre quatre lampes-verges sur une étagère dans un coin. Amara reste rigide et muette de colère pendant que Ménandre emballe les lampes dans de vieux bouts de tissu qu'il attache ensemble pour faciliter leur transport. Il tente désespérément de croiser son regard, mais elle s'y refuse, même lorsqu'il lui tend le paquet. Rusticus fait de son mieux pour ne pas rire.

— Pas grave, souffle-t-il à son esclave dans un faux murmure. Si tu économises un peu, tu pourras parler à la dame plus longtemps la prochaine fois !

Amara lui tend l'argent de Cressa et ressort à grands pas sans un merci. Elle serre les lampes contre sa poitrine en marchant dans la rue, pleine de rage contre elle-même. Se laisser avoir par le charme de Ménandre ! Elle ne vaut pas mieux que Béronice. Comme s'il pouvait avoir envie de *parler* à une louve. Pas la peine de se rendre ridicule : la vie au bordel est déjà suffisamment difficile.

Chapitre 5

Sers-toi de ton esclave quand tu veux :
elle est à ta disposition.

Graffiti de Pompéi.

En rentrant, c'est Paris qu'elle trouve à la porte. On le reconnaît de loin à sa posture – planté là les jambes écartées, en gonflant fièrement sa maigre poitrine. Paris n'est pas souvent à ce poste, trop chétif pour faire un garde convaincant. Il fait bien moins que son âge et attend désespérément ses premiers poils de barbe, espérant qu'ils décideront Félix à lui épargner la prostitution. Personne au monde ne l'aime à part Fabia, sa mère, et il la traite avec une cruauté qui fait mal au cœur d'Amara.

— Félix veut te voir, lui dit Paris à son approche.

— Il a dit pourquoi ?

Paris hausse les épaules, en essayant d'imiter l'indifférence désinvolte de Thrason. Mais il ne ressemble qu'à un adolescent qui boude.

Amara s'engouffre dans le bordel et tend le paquet de lampes à Victoria avant même que celle-ci n'ouvre la bouche pour la saluer.

— Félix veut me voir. Je n'ai même pas pris de bain. Il a horreur de ça, il va se mettre en rage !

— Tu peux emprunter un peu de mon eau de rose, dit Victoria avec un signe de tête vers sa cellule tout en déballant les lampes. Sers-toi. Et essaie de ne pas t'inquiéter. Il ne demande presque jamais la totale, pas à cette heure de la journée.

Après avoir déniché la petite bouteille dans la cellule de Victoria, Amara dépose une goutte de parfum dans son cou. Elle sait que l'un des clients de Victoria lui donne toutes sortes de potions en guise de pourboires, et ne veut pas trop en prendre. L'idée de monter à l'étage revoir Félix lui donne la nausée. Lors de ses premiers jours à Pompéi, elle ne comprenait pas pourquoi Félix couchait avec elles. Il ne semblait pas motivé par le désir, certainement pas par quelque chose de plus tendre. Mais au bout de quelques semaines, elle a fini par comprendre. Elles ont toutes peur de lui, craignant qu'il les convoque, craignant qu'il les ignore. Comme toujours avec Félix, ce n'est qu'une histoire de pouvoir.

Victoria vient la retrouver, lui pince les joues pour les colorer et lui arrange les cheveux.

— Et si c'est autre chose ? demande Amara. S'il est en colère contre moi ?

— Tout ira bien, je te le promets. Ne le fais pas attendre, c'est tout.

Elle regagne la rue et Paris sort les clés de sous sa cape. Après avoir ouvert la porte d'un grand coup, il se détourne immédiatement, comme trop occupé pour lui accorder ne serait-ce qu'une minute de conversation.

— Va droit dans son bureau.

Amara se retrouve seule dans le couloir, surprise de n'avoir pas été envoyée dans la chambre à coucher. En s'interrogeant de plus belle sur les intentions de Félix, elle monte les escaliers et suit le couloir jusqu'au bout. Elle frappe doucement, puis ouvre la porte avec précaution.

Félix a déjà de la compagnie. De plus en plus confuse, Amara est sur le point de ressortir lorsqu'il lui fait signe de rester. Son client se retourne et tressaille lorsqu'il comprend qu'une prostituée l'observe.

— Si je tombe mal…

— Continue, lui dit Félix sans expliquer la présence de l'une de ses putains. Tu me disais que tu voulais un second prêt alors que tu n'as pas encore remboursé le premier ?

Amara se glisse dans la pièce.

— Je peux t'offrir ces boucles d'oreilles. Elles sont à ma belle-mère. C'est de l'argent massif, elles viennent d'Herculanum.

Félix prend le bijou, l'examine brièvement puis le pose sur le bureau.

— Cela remboursera le précédent prêt. Pour le nouveau…

— Elles valent bien plus que ça ! proteste l'homme. Elles devraient couvrir également au moins la moitié du nouveau prêt !

— Elles remboursent le précédent prêt, mais pas ses intérêts.

— Félix, s'il te plaît, dit-il en baissant la voix.

Sois raisonnable. Je pourrai te rembourser dès que la nouvelle cargaison arrivera. Laisse-moi un peu plus de temps. Tu sais bien que je paie toujours mes dettes.

Félix soupire comme un père déçu.

— Des années que l'on traite ensemble, Celer, et tu me prends toujours pour un idiot. J'imagine que Salvia voudra les récupérer, ces boucles ?

Celer ne répond rien.

— Et j'imagine que ce serait un choc terrible pour tes beaux-parents si mes hommes venaient un jour leur rendre une petite visite imprévue dans leur magasin de tissu pour récupérer ce que tu me dois en nature ?

— Félix, s'il te plaît, tu ne peux pas faire ça, tu sais bien que je…

— Tu peux avoir dix deniers. Jusqu'à ce que la nouvelle cargaison arrive. Si tu as réglé tous tes paiements d'ici là, on reparlera de ce deuxième prêt.

— Mais ça ne couvre pas les boucles d'oreilles !

Félix les ramasse et les agite sous son nez.

— J'ai dit qu'elles remboursaient le premier prêt. L'offre de dix deniers n'est que pure générosité de ma part. À prendre ou à laisser.

Amara regarde Celer signer un nouvel accord, en imprimant son nom dans la cire. Félix semble presque s'ennuyer. Il reprend la tablette une fois signée et sort l'argent d'un tiroir. Celer le remercie d'une voix quasi inaudible. Lorsqu'il passe devant Amara en quittant la pièce, il est rouge d'humiliation.

Félix et Amara se retrouvent seuls. Il range le contrat de Celer et ignore Amara pendant quelques minutes, occupé à son bureau. Elle sait bien qu'il vaut mieux ne rien dire.

— Hier, je vous ai demandé ce qui s'était passé aux bains, dit-il en levant enfin les yeux. Je n'ai pas demandé de conseils. Pourquoi m'en avoir offert ?

Son ton est toujours le même que celui qu'il employait avec Celer. Son expression est indéchiffrable.

— J'ai dû mal comprendre ce que tu voulais, dit-elle.

— Tu avais parfaitement compris, fait-il en dissipant son mensonge d'un geste. Puis tu m'as recommandé de passer un accord avec Vibon, un homme que toutes les putains de Pompéi détestent. Pourquoi ?

Amara tente de rester aussi impassible que lui.

— Vibon est notre seule porte d'entrée vers les bains privés. On peut gagner bien plus d'argent là-bas. Les clients sont plus riches.

— Je vois, s'esclaffe Félix. Tu veux goûter au luxe.

Elle sait bien qu'il vaut mieux ne pas réagir à ses sarcasmes.

— Quelle putain pleine d'abnégation tu fais. Quand je pense que tu ne cherchais qu'à m'enrichir davantage !

Il jette un œil aux boucles d'oreilles qui sont restées sur le bureau.

— Tu n'imagines quand même pas que tu verrais la couleur de cet argent ? Si tu penses que je compte partager les profits, tu n'es pas aussi intelligente que tu en as l'air. Explique-moi donc, fait-il avec des airs de conspirateur. Qu'est-ce que tu cherchais à faire ?

— Je ne sais pas, répond-elle, mal à l'aise.

— Allez ! Je ne vais pas me fâcher. La réponse m'intéresse, c'est tout. Alors dis-moi.

Amara se tord les mains, hésitant toujours à

répondre. Jamais ils ne se sont parlé ainsi. La plupart du temps, lorsqu'elle se retrouve avec Félix, il ne lui dit rien du tout. À part, bien sûr, ses commentaires sur sa performance lorsqu'ils ont fini, où il lui fait bien comprendre qu'il ne voit pas pourquoi quiconque paierait pour coucher avec *ça*. Elle a beau le haïr, son mépris la heurte quand même. Sa façon de la toucher comme si elle n'était rien. Et voilà qu'il la regarde maintenant dans les yeux comme s'il voulait écouter ce qu'elle a à dire, comme s'il accordait de l'importance à son opinion. Son instinct lui souffle que c'est une ruse, mais elle voudrait tant y croire. Peut-être peut-elle se faire entendre.

— Pourquoi m'avoir achetée ? se lance-t-elle. J'étais vendue comme concubine. J'ai eu de l'éducation, je sais jouer de la lyre. Ça t'a coûté plus cher. Si tu ne voulais pas de ces talents, alors pourquoi ? Si c'était pour m'envoyer finir ma vie dans les cellules, ça ne valait pas l'investissement !

Elle songe à Gallus, à son assurance lorsqu'il fait payer les clients à la porte, et tente de se tenir plus droite.

— Je pourrais te rapporter bien plus que ça, si tu m'y autorisais.

Pendant quelques insupportables secondes, Félix ne dit rien. La peur qu'Amara avait essayé de réprimer enfle dans le silence. Puis Félix appuie ses coudes sur la table, le menton dans les mains – un geste familier, comme s'ils étaient égaux.

— Pourquoi t'avoir achetée ? Pas pour tes seins, c'est sûr. On a tous les deux vu mieux, soyons honnêtes. Ce n'est pas ta beauté qui m'a ébloui non plus.

Ton corps n'était pas plus beau que ceux des autres filles en rang. Pas comme Didon.

Il s'interrompt pour la regarder de haut en bas, laissant ses mots faire leur effet. Puis il la fixe dans les yeux.

— Mais impossible de détourner le regard, dès que je t'ai aperçue. Tu avais beau être vendue en tant que putain de bas étage, on aurait cru voir Diane chasseresse, vu ta posture. Comme si tu étais sur le point de lâcher tes chiens pour mettre en pièces tous ceux qui avaient osé t'espionner nue.

Il se lève et contourne son bureau pour s'avancer vers elle. Amara s'efforce de ne pas bouger, même si elle voudrait faire un pas en arrière. Une fois tout proche, il entoure son cou de ses mains, sans forcer.

— Tu le ferais, pas vrai ? Tu les mettrais tous en pièces.

Il se met à serrer.

— Et moi ? Tu voudrais me déchiqueter aussi ?

Amara ne peut plus respirer. Des points noirs lui dansent devant les yeux. La panique l'étreint et elle lui agrippe les poignets pour essayer de l'arracher à elle, incapable de s'en empêcher. Félix la relâche et elle s'effondre sur le bureau en aspirant de grandes goulées d'air.

— Tu sais ce qui arrive à ceux qui me trahissent, Amara ?

Elle hoche la tête, incapable de parler.

— Oui, tu le sais. Tu n'as pas hésité à m'encourager à punir Simon.

Lentement, son souffle revient à la normale, mais elle n'ose pas se redresser et reste appuyée là, aussi loin de lui que possible. Il décrit un cercle autour d'elle.

— Tu n'es pas Diane. Ou *Artémis*, comme vous dites, vous les Grecs, ajoute-t-il en singeant son accent. *Porna eis* : tu n'es qu'une putain, même si tu joues de la lyre. Et tu m'appartiens. Ne t'imagine jamais que tu es plus intelligente que moi.

Il la pousse à genoux devant lui.

Dans les bains des femmes, avec Victoria, Amara ne peut masquer ses larmes dans la vapeur. Elle voudrait se jeter dans le bassin communal et s'y laisser sombrer, pour ne plus jamais avoir à remonter à la surface. La chaleur la fait transpirer et Victoria lui essuie gentiment le visage.

— Tu ne peux pas te laisser bouleverser comme ça à chaque fois. Ce n'est que du sexe. Ce n'est que ton corps, ce n'est pas toi. Tu es forte, je le sais.

Elle prend de l'eau froide dans ses mains en coupe et rince le visage d'Amara avec douceur. Les bains des femmes sont bondés, plus bruyants que chez Vibon, et le décor bien moins luxueux, mais même sans grand bassin d'eau chaude, ils sont beaucoup plus relaxants. Nul homme ne peut y entrer, pas même Félix.

— Ce n'est pas juste une question de sexe, dit Amara. Félix n'est pas comme les autres. Ce n'est pas ce qu'il me fait qui me blesse, même si c'est déjà horrible. C'est ce qu'il me dit. Comment fait-il pour taper toujours là où ça fait le plus mal ?

— Tu as raison, Félix n'est pas comme les autres, dit Victoria en s'aspergeant le cou et les bras.

Deux matrones la bousculent en passant, flanquées d'esclaves transportant des baignoires privées. Elles s'installent non loin en prenant soin d'ignorer les deux femmes près du bassin. Elles ont bien vu Victoria et Amara se frotter mutuellement le dos plus tôt, trop pauvres pour se payer des servantes de bains.

— Vous êtes peut-être riches, mais regardez vos culs, marmonne Victoria trop bas pour que les matrones l'entendent.

Amara ne rit pas. Elle donnerait toute la beauté du monde contre de l'argent.

— Je sais ce que tu veux dire, poursuit Victoria. Félix sait toucher les points sensibles. Ce n'est pas qu'avec toi, il le fait à tout le monde.

— J'ai cru qu'il allait me tuer.

— Il ne ferait jamais ça ! s'indigne Victoria. Pense à ce que ça lui coûterait !

Elle examine le cou d'Amara, marqué d'un cercle d'hématomes, à peine visible.

— Ce n'est pas souvent qu'il laisse des marques, cela dit. Tu dois l'avoir rendu vraiment furieux.

— Mais tout le rend furieux ! Impossible de le regarder sans qu'il se mette en rage ! Il est vraiment impossible…

— Il faut dire que tu n'arrêtais pas de lui dire quoi faire hier. Il a horreur de ça.

— Je lui donnais de bons conseils ! Il n'y a pas de quoi s'énerver !

— Amara chérie, il ne veut pas des conseils d'une putain.

— Il m'a dit que je n'étais même pas fichue de…

La honte l'empêche de répéter les mots exacts de Félix.

— Il a dit que je ne lui donnais pas assez de plaisir. Qu'il faudrait que je te demande comment faire, parce que toi, au moins, tu sais t'y prendre.

— Il a dit ça ? s'enorgueillit Victoria.

— Il a dit que tu es la seule à savoir vraiment t'y prendre.

Ce n'est pas tout ce qu'il a dit. *Victoria est peut-être deux fois moins belle que les autres, mais elle a dix fois plus de talent.* Amara ne le précise pas.

— Je crois qu'il aime vraiment coucher avec toi. Ce n'est pas ce qu'il a dit, mais c'est l'impression que j'ai eue.

— Et c'est bien normal ! Je fais des efforts. Enfin, je ne voulais pas dire que tu n'en fais pas ! ajoute-t-elle bien vite.

Amara est surprise de voir à quel point le compliment de Félix a touché Victoria, et elle s'attriste à l'idée de l'emprise qu'il a. Deux autres matrones, accompagnées d'une jeune fille, s'installent près du bassin en parlant bruyamment des élections. L'un de leurs maris se présente. L'adolescente, probablement l'une de leurs filles, semble s'ennuyer, mal à l'aise. Elle jette un regard timide aux deux belles louves : à l'évidence, elle ne sait pas ce qu'elles sont.

— On va attendre de rentrer pour que je te donne des conseils techniques, propose Victoria. Mais ne t'en fais pas trop. Il était peut-être en colère aujourd'hui, mais dans l'ensemble, il préfère celles qui ont du répondant, qui font montre d'un peu de courage. D'ailleurs, il m'a déjà dit…

Rougissante, elle semble, l'espace d'un moment, aussi intimidée que l'adolescente à leur côté. Elle termine sa phrase à l'oreille d'Amara pour ne pas être entendue.

— … que j'étais sa putain préférée.

Amara se sent soudain à l'étroit dans la pièce bondée, surchauffée. Elle s'écarte du bassin, suivie de Victoria, et lance :

— Je ne voudrais être sa favorite que pour pouvoir le poignarder sans qu'il voie le coup venir.

Victoria éclate de rire, croyant à une plaisanterie.

Chapitre 6

Si vous cherchez un bon coup, allez voir Attice ;
16 as la passe.

Graffiti près de la porte marine, à Pompéi.

Le ciel d'hiver est sans nuages, le soleil à son zénith, et même s'il ne donne que peu de chaleur, sa lumière remonte le moral d'Amara. Elle aime se sentir propre, et trouve même un certain plaisir à se faire coiffer par Fabia ce jour-là. Les doigts de la vieille femme sont aussi doux qu'adroits. Dans une autre vie, elle aurait pu être une femme de chambre de talent, au service d'une grande maîtresse. Amara tente d'évacuer les souffrances de la matinée. *L'humiliation finira par s'estomper, comme les bleus*, se dit-elle.

Elles se demandent où partir racoler et se décident pour le port. On y trouve toujours beaucoup de clients, et le trajet au soleil sera fort agréable. Cressa se propose pour rester au bordel.

— Fabia me tiendra compagnie, affirme-t-elle en refusant les remerciements des autres. On pourra bavarder ensemble, ce sera un plaisir.

Fabia semble ravie du compliment : elle est autant

affamée d'affection que de nourriture. Amara sait bien que Cressa va passer un sinistre après-midi, enfermée dans le noir, à écouter les histoires de Fabia sur son malheureux fils.

— Cressa est tellement attentionnée, dit Amara tandis qu'elles s'éloignent dans la rue. Elle est faite pour être mère.

— Ne dis jamais ça ! s'écrie Béronice, horrifiée.

— Pourquoi ?

— Cressa est bel et bien mère, répond Victoria en les poussant à s'éloigner plus vite encore du bordel. Elle a accouché d'un petit garçon. Félix l'a vendu l'an dernier, à ses trois ans.

Amara et Didon étouffent une exclamation d'horreur. Victoria hoche la tête, l'air sombre.

— On était toutes sidérées qu'elle ait pu le garder aussi longtemps. Ç'aurait été moins cruel de l'abandonner à la naissance, avant qu'elle puisse s'y attacher.

— Mais c'est monstrueux ! proteste Didon. Pauvre Cressa…

— Il s'appelait Cosmus. Assez mignon, comme petit. Fabia le gardait pendant le travail. Cressa l'adorait. J'ai cru qu'elle ne survivrait pas quand Thrason l'a emmené. Elle hurlait si fort que Félix a dû l'enfermer à l'étage. Elle y est restée pendant des jours. Et quand elle est redescendue, elle n'en a plus jamais parlé.

— Je crois qu'elle ne le supporterait pas, dit Béronice.

Amara songe à la façon dont Cressa l'a sauvée du joueur de dés. Sa gentillesse, sa patience infinie avec

Fabia. Elle est stupéfaite qu'il lui reste ne serait-ce qu'un peu de compassion à donner après la perte de son fils.

— Mais elle est toujours si douce... Je n'aurais jamais deviné qu'elle avait autant souffert. Je n'avais pas idée.

Victoria échange un regard avec Béronice, puis répond :

— Elle s'efforce de noyer sa douleur, je crois. Tu dois avoir remarqué qu'elle boit beaucoup.

— Mais on ne peut pas le lui reprocher, s'empresse de dire Béronice. Et elle ne boit pas tant que ça. Pas vraiment.

— C'est pour ça que je me sers toujours de mes plantes à la fin de la nuit, conclut Victoria. Pour détruire tout ce qui pourrait germer.

Ayant atteint la via Vénéria, elles peuvent désormais marcher de front, deux par deux : Victoria et Amara, suivies de Béronice et Didon. Victoria change de sujet, comme pressée de laisser la douleur de Cressa derrière elles. Elle se met à commenter les vêtements des riches matrones qui passent, en admirant ceux qui lui plaisent et en se moquant des autres. Le port n'est pas très loin, mais les rues sont si bondées qu'elles mettent un certain temps à y arriver. Plus elles approchent de la mer, plus l'air se rafraîchit. Amara peut presque goûter l'iode sur ses lèvres.

Une fois sorties de la ville, elles achètent leur unique repas de la journée à un vendeur sur le bord de la route. C'est Victoria qui choisit, sélectionnant des petits pains, des olives et des anchois séchés, raidis par le sel. Un peu plus bas, elles arrivent au rivage.

La foule y est encore plus dense : les marchands déchargent leur cargaison dans un concert de chocs et de grincements, les marins s'interpellent à grands cris, la houle gifle les parois de pierre. À l'écart des docks bondés, des colonnades se dressent en demi-cercle. Depuis le toit, les statues des dieux contemplent l'arrivée des bateaux. Au centre du port, un énorme pilier de marbre émerge des flots : et à son sommet, nue, se tient Vénus Pompéiana. Gardienne de la ville, elle contemple le bleu infini du large.

Les louves trouvent un endroit ensoleillé sous les colonnes et s'assoient en balançant les jambes dans le vide. Elles se hâtent de manger pour ne pas attirer les mouettes qui filent au-dessus des têtes. Victoria regarde une troupe de galériens sortir sur les docks pour un bref répit, courbés et clignant des yeux dans la lumière. Elle se penche en arrière, les mains à plat sur la pierre chauffée par le soleil, le visage levé pour en profiter.

— Quelle misérable existence ce doit être, commente-t-elle en agitant les jambes. Là maintenant, qui est plus heureux que nous à Pompéi ? Tout ce temps libre, pas de fardeaux sous lesquels courber le dos ! Je ne devrais même pas être en vie. Vous savez qu'on m'a trouvée dans un tas d'ordures quand j'étais bébé ? On m'avait laissée mourir là dans la merde et les tripes de poissons. Mais me voilà ! Nous voilà toutes !

— Nous voilà, oui, lance Amara. Quatre esclaves sans un sou, à sucer des idiots contre du pain et des olives. Quelle vie !

— Mais quelle amertume ! fait Victoria en éclatant

de rire. Tu en veux encore à Félix, ou quoi ? C'était il y a des siècles !

— Pas juste à Félix, réplique-t-elle en fixant l'un des navires marchands qui s'amarre.

Elle songe à son propre voyage depuis la Grèce. Les nuits glaciales sur le pont, sous les étoiles, pressée contre les autres esclaves. L'odeur des vomissures, les sanglots, la terreur de ce qui les attendrait au bout du voyage, s'ils y survivaient.

— Tu es peut-être née sur un tas d'ordures, mais j'avais un foyer. J'étais la fille d'un docteur. J'avais une vie, moi.

Elle n'en avait encore jamais parlé à quiconque à Pompéi, exceptée Didon.

— Ton père était docteur ? s'étonne Béronice. Qu'est-ce que tu fais dans un bordel ?

La fille du docteur : son rôle, pour la première moitié de sa vie. Un cocon aussi douillet que l'amour de ses parents, la tenant à l'abri du monde.

— Il est mort.

Elle sait que les autres respecteraient son silence si elle s'arrêtait là, mais maintenant qu'elle a ouvert une porte vers son passé, elle ne veut pas la refermer.

— Ma mère s'est débrouillée seule pendant quelques années, avec l'aide de sa famille. Puis son cousin, qui était notre principal protecteur, est mort aussi. Nous avons vendu toutes nos possessions.

Elle songe à sa maison, à tous ces objets qu'elle aimait, emportés un par un. La précieuse statue de verre d'Athéna a été la première. À la fin, il ne leur restait plus qu'une assiette, pas même des lits sur lesquels dormir.

— Il était trop tard pour me marier à quelqu'un. Déjà que je n'avais pas de dot avant… Et là, nous n'avions plus rien du tout.

Amara ne veut pas raconter la fin de l'histoire, mais elle ne peut plus s'arrêter. Toutes les autres la fixent en attendant qu'elle finisse.

— Alors, elle m'a vendue.

Didon semble bouleversée. Amara sait déjà qu'elle ne pourrait imaginer une chose pareille, mais pour Béronice et Victoria, qui sont nées esclaves, l'idée est moins choquante.

— À qui ? demande Victoria.

— Chrémès, un homme du coin. Un ancien patient de mon père. Ma mère pensait que comme il l'avait connu, il serait plus respectueux. Chrémès lui a promis que je serais une esclave domestique, qu'il me protégerait, que je finirais par racheter ma liberté…

Même à l'époque, sans aucune expérience des hommes, Amara avait soupçonné qu'il s'agissait d'un mensonge. Elle avait vu la façon dont la regardait Chrémès quand elle était petite, complimentant le médecin sur la beauté de sa fille. Son regard l'avait mise mal à l'aise, sans qu'elle sache pourquoi.

— Ma mère a demandé à Chrémès de l'acheter également. Il a refusé.

Amara ne peut supporter de penser à elle plus longtemps.

— Donc, non, ce n'est pas que Félix. Ce n'est pas le seul homme que je hais.

— Ce poisson est tellement salé, lance Béronice en se levant. Je vais boire un coup à la fontaine.

C'est à peine si les autres remarquent son départ,

trop absorbées par l'histoire. Victoria, qui comprend mille fois mieux le monde que la mère d'Amara, lance :

— Bon, clairement, Chrémès t'a prise comme concubine. Mais je ne comprends pas pourquoi il t'a vendue. Tu es jeune, tu es belle. Il ne peut pas s'être lassé de toi aussi vite…

— Sa femme, Niobé, était jalouse. Elle a insisté.

Amara préfère oublier que Chrémès ne lui a même pas dit adieu. Elle ne veut pas non plus se rappeler le moment où elle a compris que Niobé l'avait vendue non comme esclave domestique, mais comme putain.

— Je ne voudrais pas manquer de respect à ta mère, mais je ne la comprends pas, fait Didon. Plutôt mourir de faim ensemble. Une femme n'a rien de plus précieux que son honneur.

Elle fixe la mer comme si elle s'attendait presque à distinguer la côte africaine par-delà l'horizon.

— Chaque jour, mon foyer me manque. J'en rêve, je le vois, j'entends la voix de mes parents. Mais je ne pourrais jamais y retourner. La honte de ce que je suis devenue les tuerait.

— Mes parents ne croyaient pas à tout ce que l'on raconte sur les dieux, répond Amara.

Et pour une fois, en fixant le visage sincère de Didon, elle se sent loin d'elle. Elle songe au travail de son père, à ses patients – ceux qu'il a pu sauver, ceux qu'il a perdus – et aux souffrances de sa propre mort. Il savait qu'il laisserait sa famille sans défense. Elle comprend que Didon porte le deuil de son innocence, mais ne partage pas la profondeur de sa honte.

— Nous n'avons qu'une vie. Rien d'autre n'importe. Ni l'honneur, ni rien. Ma mère m'a vendue pour que je survive.

— Et tu as survécu ! lance Victoria en lui serrant les doigts.

Puis elle sourit, dissipant la noirceur de la conversation.

— Mais je pense toujours que c'est moi qui ai raison. Tu dis qu'il n'y a pas pire qu'un homme, mais ce n'est pas vrai ! La pire dans cette histoire, c'est Niobé. Chrémès n'était qu'un mâle comme les autres ; ce n'était pas son cerveau qui était aux commandes. Les hommes sont si prévisibles !

Amara regarde Victoria, son profil devant le soleil, le menton levé. *Inconquise*, songe-t-elle, *comme son nom.*

— Comment sais-tu que tu es née sur un tas d'ordures ? demande Didon.

— C'est ce que les autres esclaves de la maison m'ont dit. J'étais la seule à n'avoir jamais eu de mère.

Elle hausse les épaules devant l'air horrifié de Didon.

— Ce n'est pas si horrible. Beaucoup d'esclaves n'ont jamais eu de parents. Mais un jour, j'ai demandé pourquoi, et la cuisinière m'a dit qu'elle m'avait ramassée un jour qu'elle était allée à la décharge. D'abord, elle me croyait morte, puis je me suis mise à hurler ! Elle a eu si peur qu'elle a failli me laisser tomber.

Victoria jette un coup d'œil à Amara.

— Ta mère avait tort de penser qu'une esclave domestique serait plus heureuse qu'une concubine. Demande à Béronice de te parler de sa première maîtresse à Alexandrie, si tu ne me crois pas.

Elles se retournent vers l'endroit où Béronice s'était assise et se rendent compte qu'elle n'est toujours pas revenue.

— Elle en met du temps pour boire un peu d'eau, fait Didon.

— Merde ! lance Victoria en se levant précipitamment.

Les autres se hâtent de la suivre. Elles ne se rendent jamais seules sur le port : un groupe est bien plus sûr. Tant d'hommes revenant d'un long voyage en mer y rôdent, prêts à prendre ce qu'ils trouveront maintenant qu'ils sont lâchés à terre. C'est tendre le bâton pour se faire battre.

Toutes les trois longent les colonnes d'un pas vif en direction de la fontaine, en appelant Béronice. Aucun signe d'elle. Elles repartent sur les docks en ignorant les sifflets et l'attention des hommes qu'elles devraient tenter d'alpaguer.

— Peut-être qu'elle est repartie s'acheter à manger ? suggère Amara.

Elles se dirigent vers la ville en passant par les étroites rues du quartier des poissonniers. L'endroit est presque vide, la plupart des habitants sortis en mer. Elles sont sur le point de faire demi-tour lorsqu'elles entendent une femme hurler.

— Béronice ! s'exclame Victoria.

Elles se ruent en avant et la trouvent sous une arcade dans une petite ruelle, à genoux, tentant de repousser deux hommes. Victoria se met à pousser des cris perçants, en atteignant malgré sa petite taille un incroyable volume sonore, et Amara et Didon la soutiennent à pleins poumons :

— Au meurtre ! Au meurtre !

Quelques portes s'ouvrent. Les deux hommes reculent.

— Mais putain de merde ! crie l'un d'eux au trio vociférant. Elle était là pour vendre !

— Et vous ne vouliez pas payer ! hurle Béronice qui se redresse.

Toute cette attention ne plaît pas aux deux hommes. L'un d'eux crache sur Béronice en la traitant de menteuse et de pute égyptienne ; puis il fouille dans sa bourse en cuir et lance une pièce au sol avant de s'enfuir à toutes jambes, suivi de près par son compagnon. Béronice se penche pour ramasser l'argent.

Victoria accourt, mais au lieu de la prendre dans ses bras lorsqu'elle se redresse, elle lui assène une gifle monumentale.

— Mais qu'est-ce que tu foutais ?

— Il n'y avait qu'un seul client ! proteste Béronice en se frottant le visage. Puis l'autre a tenté d'en profiter gratuitement…

Les quelques voisins sortis de leurs maisons se rendent compte qu'il ne s'agit que d'affaires de femmes, bien moins intéressantes qu'un meurtre. Ils rentrent chez eux en marmonnant, agacés par cette fausse alerte.

— Tu aurais pu te faire tuer ! s'exclame Didon. Pourquoi tu as fait ça ?

— Pour Gallus ! Je ne veux pas qu'il s'attire des ennuis parce qu'il n'a pas payé.

Les trois amies de Béronice la fixent, bouche bée. Elle a les yeux écarquillés, les cheveux défaits, sans doute empoignés par l'un des hommes.

— Il m'aime, dit-elle en portant les mains à sa

poitrine avec la plus sincère des passions. Vous ne comprenez donc pas ? Il m'aime !

Face à Béronice, Victoria, les mains sur les hanches, semble prête à se jeter sur elle, mais la vue de son adversaire se pressant le cœur comme une tragédienne change sa colère en amusement.

— Béronice, tu es incroyable. De toutes les putains du monde, tu dois bien être la seule à être assez stupide pour payer tes propres clients.

Elle se détourne, et les autres la suivent, de retour vers le port où les attendent les hommes.

Chapitre 7

Tandis que tout retentissait de ces rires
qui sonnaient faux, nous cherchions, sans comprendre,
la cause d'un si brusque changement d'humeur,
tantôt nous regardant les uns les autres,
tantôt regardant ces folles.

PÉTRONE, *Le Satiricon*, I, XIX.

Les jours passent, le temps se fait plus chaud, les ragoûts de légumes du Moineau plus variés. Des slogans de campagne apparaissent partout en ville pour les élections de mars. La vie au bordel se poursuit dans sa sinistre monotonie. Amara tente d'apprendre de Victoria, la regarde charmer les hommes, faire revenir les mêmes clients encore et encore. Rusticus le potier, Phébus le parfumeur, Manlius le vendeur de plats à emporter. Tous lui laissent des petits cadeaux que Félix ne lui prendra pas. Amara observe chacun des gestes de Victoria jusqu'à mieux connaître le visage et le corps de son amie que les siens. Elle tente même de copier sa façon de gémir.

Elle finit par s'améliorer, pour ce qui est de faire semblant. Mais sa frustration brûle toujours. Le désir de s'enfuir s'enracine toujours plus profondément, presque au point de l'écarteler. Parfois, même la terreur que lui inspire Félix n'est pas suffisante pour la dissuader de s'évader. Il n'y a que la certitude de mourir sur la route qui la retienne.

Le seul à haïr la vie au bordel plus violemment encore qu'Amara est Paris. Sa présence dans les cellules, deux fois par semaine, n'est facile pour personne.

— Je ne pense pas que je pourrais le supporter si Gallus devait faire ça, dit Béronice.

Personne n'a de clients, hormis Paris et Cressa. Elles conversent dans le couloir en essayant d'ignorer les bruits du fils de Fabia et de son client en plein exercice ; il faudrait qu'elles soient nues, mais les nuits de mars sont encore froides, si bien qu'elles se serrent ensemble, enveloppées dans des couvertures.

— Je ne pourrai plus le regarder comme avant. Se faire pénétrer, pour un homme… Quelle honte !

— Oh, ferme-la, fait Victoria. Si c'est comme ça que tu vois les choses, pense à ce que Gallus pourrait dire. « Je ne supporterais pas qu'elle suce ma queue adorée ! Pense à toutes les autres queues qui sont passées par là ! »

— Ça n'a rien à voir ! proteste Béronice en s'arrangeant nerveusement les cheveux. Gallus ne dirait jamais ça sur moi. Bien sûr, ça ne l'empêche pas d'être jaloux…

— Comment ça ? demande Didon.

— Il dit qu'il voudrait tuer tous ces hommes mal lavés qui osent poser leurs pattes sur moi. C'est pour ça qu'il va m'acheter. Pour m'avoir rien qu'à lui.

Comme ça, plus personne d'autre n'aura le droit de me toucher. Pas même…

Elle s'arrête là, incapable de prononcer le nom de leur maître, mais lève les yeux vers le plafond pour se faire comprendre. Puis elle sourit.

— C'est bien la preuve qu'il m'aime.

Ce n'est pas qu'Amara ne croie pas à ce que raconte Béronice : elle a beau être un peu bête, ce n'est pas une menteuse. Mais il est bien difficile d'imaginer ce langage fleuri dans la bouche de Gallus. Porte-t-il lui aussi ses mains à sa poitrine ? Embrasse-t-il l'ourlet de la toge de Bérénice ? À l'évidence, il cache bien son jeu. Aucune des autres louves – pas même Didon – n'a jamais envisagé la possibilité que Gallus puisse être sincère plutôt que retors.

— Il n'a qu'à te dire que sa mère t'aurait adorée, pendant qu'il y est, fait Victoria.

— Mais oui ! C'est ce qu'il me dit ! s'enthousiasme Béronice. Il m'a dit que je lui rappelais sa mère, que j'avais la même gentillesse dans le regard, et que…

Elle s'interrompt en voyant les autres tenter de réprimer leurs ricanements. Un homme passe le seuil du bordel en titubant, sans doute sorti d'une taverne voisine. Béronice s'avance vers lui à grands pas et le pousse presque dans sa cellule dans sa hâte de s'éloigner de ses amies.

— Vous êtes jalouses, c'est tout ! crie-t-elle avant de tirer le rideau dans un crissement d'anneaux.

— Tu ne devrais pas la taquiner autant, dit Amara.

— Je sais, je sais. Mais c'est tellement facile…

— Il lui a dit qu'elle lui rappelait sa *mère* ? fait Didon, toujours incrédule.

— Franchement, il devrait avoir honte, dit Victoria. Quel cafard…

Le client de Béronice étouffe un cri pas vraiment approbateur. Béronice elle-même garde un silence inquiétant.

— On dirait qu'elle est vraiment énervée, poursuit Victoria. En voilà un qui ne reviendra pas de sitôt.

La voix de Thrason les interrompt.

— C'est par là. Soyez certain que vous ne serez pas déçu.

Les filles échangent des regards, soudain en alerte. Thrason ne prend d'ordinaire pas la peine de précéder les clients. Une silhouette massive s'avance, révélée par éclipses dans la lumière vacillante des lampes à huile. Sous la cape, un éclat de toge verte. C'est Vibon.

— Oh ! s'exclame Victoria en rejetant sa couverture. Quel est cet adonis ? Laissez-le-moi !

— Félix m'a dit de prendre celle qui s'appelle Amara, réplique Vibon sans chaleur.

— Mais bien sûr ! Vous n'allez pas vous contenter d'une seule femme !

Victoria s'est déjà pendue à son cou pour l'embrasser et le dévêtir. Elle se retourne vers les autres et claque des doigts :

— Il vous en faut au moins trois. Regardez !

L'espace d'un moment, Amara ne sait pas quoi faire. Puis elle prend la main de Didon et la fait tourner sur elle-même. Le mouvement manque de grâce, mais toutes trois finissent pressées contre Vibon dans un entrelacs de membres nus, et elle espère qu'il y trouvera de l'inspiration.

— Trois en même temps ? fait-il, incertain. Deux feraient l'affaire…

— Nous toutes, par pitié, murmure Victoria, comme enrouée de désir. Vous n'allez pas vous limiter à deux ! Alors qu'on a toutes *tellement* envie de vous. Prenez-nous toutes les trois ! Soyez généreux !

Amara n'a jamais vu performance plus ridicule et ne voit pas comment quiconque pourrait se laisser convaincre. Mais l'expression de Vibon se décrispe et il attire Victoria à lui, en posant une main sur son derrière.

— Quelle vilaine petite louve tu fais…

Il ne faut pas à Victoria plus d'encouragement. Elle attire Vibon dans sa cellule et, le temps qu'Amara et Didon ferment le rideau, elle lui a déjà enlevé tous ses vêtements pour le coucher sur le dos. Le propriétaire des bains est monté comme une limace, mais Victoria pousse un cri de ravissement à sa vue et le chevauche en un geste expert. Vibon laisse échapper un grognement.

— Eh ! Ne le garde pas pour toi toute seule ! s'écrie Amara.

— Laisse-moi la place ! renchérit Didon.

Amara s'est jetée sur Vibon en lui écrasant ses seins à la figure, et Didon essaie déjà de la repousser, hors d'haleine, pour grimper sur le lit. Victoria rebondit avec vigueur, déterminée à ne pas laisser traîner les choses en longueur, et Vibon, qui n'arrive plus à respirer, n'est pas entièrement ravi à l'idée de mourir étouffé sous une pile de femmes.

— Non, non, dit-il à Didon. Amusez-vous ensemble, vous deux… Je préfère regarder.

Ce n'est pas la première fois qu'Amara et Didon reçoivent une telle requête. Elles se livrent à de théâtrales contorsions en essayant de ne pas se regarder dans les yeux. Vibon ne dure pas longtemps. Suivant l'exemple de Victoria, toutes trois atteignent un crescendo de hurlements au moment adéquat, puis se laissent aller avec de faux soupirs de ravissement contre le propriétaire des bains qui gît telle une baleine échouée. Le bras d'Amara est sur le point de s'engourdir à force de rester dans la même position lorsque Vibon se redresse enfin, le visage luisant de plaisir.

— Vous êtes merveilleuses, dit-il. Absolument merveilleuses.

Victoria lui prend la main et l'embrasse comme si elle avait affaire à l'empereur.

— Oh, merci, souffle-t-elle. Merci ! Et vous étiez incroyable.

— Exceptionnel ! renchérit Didon en roulant sur le côté pour le regarder avec adoration.

Amara, qui craint de ne pas pouvoir garder son sérieux, se contente d'un nouveau soupir qu'elle espère séduisant. Victoria aide lentement Vibon à se rhabiller, et toutes trois se pressent à la porte de la cellule pour l'embrasser en guise d'adieu, en feignant la désolation à son départ. Vibon quitte le bordel de bien meilleure humeur qu'à son arrivée.

Didon est sur le point de se mettre à pouffer, mais Victoria presse son doigt contre ses lèvres.

— Pas encore. Attends…

Elles s'assoient ensemble sur le lit et laissent passer assez de temps pour s'assurer que Vibon est bel et bien parti. Puis Didon murmure d'une voix suraiguë : « Vous étiez *incroyable* ! », et toutes les trois s'écroulent de rire.

Lorsqu'elles ressortent vêtues de leur cape pour voir si Vibon leur a laissé un pourboire, Gallus a remplacé Thrason à la porte. Il les salue d'un sourire narquois.

— Je ne sais pas ce que vous lui avez fait, mais il a doublé le revenu de la nuit à lui tout seul. Quand je pense qu'il n'était pas censé payer…

Victoria pousse un cri de triomphe, puis laisse aller sa tête contre l'épaule de Gallus, un geste qui rendrait Béronice furieuse.

— Et pour ça, on a bien mérité de prendre une petite pause au Moineau. Oh, allez ! s'écrie-t-elle en lui décochant un coup dans l'épaule lorsqu'il hésite. Il n'y a personne ! Et tu en as trois qui restent ici. On essaiera de ramener quelques clients.

— Bon, allez-y, soupire-t-il.

— Il n'est pas si méchant, murmure Didon à Amara tandis qu'elles traversent la rue. Peut-être que Béronice n'a pas tort.

— La « même gentillesse dans le regard » que sa mère ? lui rappelle Amara, le sourcil levé.

— Ou peut-être pas, grimace Didon.

Le Moineau est plein à craquer. Des lampes pendues à l'entrée et aux poutres du plafond se reflètent sur les pots de cuivre que Zoskalès a fixés au mur, en ajoutant leur éclat au vacarme pour créer un vrai capharnaüm. Nicandrus court d'une table à l'autre, assisté par Sava, une esclave domestique qui travaille également de nuit comme serveuse. Zoskalès, derrière le bar, est occupé à raconter une longue histoire sur sa femme pour faire rire les clients.

Quoi qu'elle ait pu dire à Gallus, Victoria n'est pas là pour racoler. Elle se fraie un chemin jusqu'à une table où des hommes jouent aux dés et tire un siège.

— Vous prenez combien pour la mise ?

— Et toi, tu prends combien ? ricane l'un d'eux en essayant de lui attraper la cuisse.

Elle le repousse avec irritation, sans trace de son numéro de charme habituel. C'est une joueuse expérimentée, avec ses propres dés pipés.

— Je peux relancer à trois as…

Amara et Didon la regardent s'immiscer dans le jeu à force de détermination.

— Elle va tout rafler, dit Amara. Ils ne vont pas comprendre ce qui leur arrive.

En repérant Didon, Nicandrus lui sourit et leur fait signe de traverser la pièce pour le rejoindre, en forçant d'autres clients à se pousser sur le banc.

— Du vin chaud ? Avec du miel ?

— Merci, lui lance Didon.

— Vous êtes là pour la nuit ? s'enquiert l'un des hommes qui leur a fait de la place.

La question est amicale plutôt que suggestive. Il a un visage agréable, des cheveux noirs qui grisonnent aux tempes. Devant lui, sur la table, est posée une petite flûte en roseau. Il garde une main dessus comme pour se rassurer.

— Peut-être bien, si vous nous jouez quelque chose, répond Amara.

— Vous chantez ? rit-il.

— Mais oui.

Didon lui jette un regard surpris. Toutes deux ont reçu un enseignement musical en grandissant, mais les respectables chansons qu'elles ont apprises ne sont pas du genre que l'on hurle dans une taverne.

— Je suis très honoré de rencontrer deux collègues, fait l'homme. Je m'appelle Salvius, et voici Priscus.

Priscus les salue d'un signe de tête, et Amara les présente toutes deux en retour avant de prendre la flûte, avec la permission de son propriétaire.

— Mon père en avait une…

Elle n'ajoute pas que c'était le plus insignifiant des instruments de son père, et qu'elle-même a appris à jouer de la lyre. Lorsqu'elle rend la flûte à Salvius, celui-ci la porte à ses lèvres et se met à jouer. Elle ne s'attendait pas à autant de maîtrise de sa part. C'est une chanson populaire de Campanie, quelques entraînants couplets sur un berger qui se languit de sa belle. Priscus se met à chanter et encourage les deux femmes à se joindre à lui. Amara l'écoute un moment pour apprendre les paroles, puis se lance. Sa voix est forte et claire, et certains des clients interrompent leur conversation pour taper des mains en rythme.

Lorsque la chanson se termine, on en réclame une autre. Salvius se lance dans un nouveau morceau, très connu, qui célèbre Flora et le printemps.

— Tu la connais, celle-là, dit Amara à Didon. Chante avec moi !

La voix de Didon n'est pas aussi forte que celle d'Amara, mais bien plus mélodieuse. Son hésitation initiale est vite remplacée par un vrai plaisir. Amara ne l'a jamais vue s'illuminer ainsi. Nicandrus, le vin au miel à la main, la fixe sans oser rompre le charme. Priscus repousse la table en les pressant de se lever.

— Encore une ! crie-t-il.

Salvius se lance dans un air de festival, ayant peut-être deviné que les chansons locales ne font pas partie de leur répertoire. Amara et Didon chantent à l'unisson et, pour la première fois depuis son arrivée à Pompéi, Amara est presque heureuse. Certains des clients posent sur elles un œil concupiscent, et l'un d'eux leur crie de se déshabiller, mais la plupart apprécient trop la musique pour tout gâcher. Salvius finit par fatiguer et repose sa flûte en promettant de recommencer dès qu'il aura bu quelque chose. Priscus se tourne vivement vers Didon, en éclipsant Nicandrus avant que celui-ci puisse dire quoi que ce soit, et lui demande ce qu'elle connaît d'autre. Elle s'assoit poliment pour lui répondre.

— C'était magnifique.

Amara reconnaît cette voix, sans l'identifier immédiatement. En se retournant, elle se retrouve face à Ménandre, l'esclave du potier. Le rouge lui monte aux joues.

— Qu'est-ce que tu fais là ?

— Tu m'as dit que tu travaillais dans le coin, dit-il en se penchant pour qu'elle l'entende malgré le vacarme. C'est la deuxième fois que je viens ici en espérant t'y croiser. Et voilà qui est fait.

— Seulement la deuxième fois ? Tu n'es pas très déterminé.

— Je suis esclave, rit Ménandre. Rusticus est un maître généreux, mais pas à ce point-là.

En l'entendant mentionner le potier, Amara se remémore son humiliation dans la boutique. Elle jette un coup d'œil à Victoria, toujours plongée dans le jeu, et se demande si le maître plaisante avec l'esclave sur ses propres visites au bordel.

— Quelle chance pour toi, dit-elle froidement.

— Je ne me moquais pas de toi, la dernière fois, répond-il. C'était si drôle, la façon dont tu le regardais ! Je n'avais jamais vu femme si impérieuse. Tu étais superbe.

— J'ai donc superbement demandé quatre verges ? dit Amara en essayant de rester impassible. C'est bon à savoir.

Ils se tiennent très près l'un de l'autre dans la salle bondée. Elle prend une gorgée de son vin au miel, déjà un peu ivre à force de chant et d'attention.

— Tu ne t'es pas laissé démonter. Ça, c'était superbe, répond Ménandre en grec. Les verges étaient accessoires.

— Si seulement !

Elle l'a dit pour le faire rire, mais Ménandre entend son amertume. Leurs regards se croisent et Amara se rend compte qu'il partage son deuil, qu'il a également perdu ce qu'elle a perdu. Il porte sa main à sa poitrine en signe de salutation et incline la tête, comme s'ils venaient de se rencontrer.

— Je m'appelle Callias, dit-il. Fils de Cleitos, le meilleur potier d'Athènes. Un jour, je prendrai la suite de mon père et je vendrai mon travail dans toute l'Attique, y compris la belle ville d'Aphidna. Et toi, quel est ton nom ?

Personne à Pompéi n'a jamais osé le lui demander. C'est le dernier fragment de soi qu'un esclave né libre possède encore. En dépit du vacarme, qui l'oblige presque à hurler la réponse, elle n'hésite pas à donner à ce garçon d'Athènes ce qu'il demande.

— Je m'appelle Timarété, enfant unique de Timée, le plus savant médecin d'Aphidna, et le plus apprécié. À ses yeux, je suis à la fois fils et fille.

— Tu vois bien, dit Ménandre en repoussant une boucle de cheveux sur son front. Accessoire.

— Mais je suis aussi Amara, reprend-elle en latin en le repoussant par jeu. Car sans cela, je n'aurais jamais mis les pieds dans une taverne, sans parler de chanter pour une foule d'hommes ou t'adresser la parole !

Ménandre, souriant, est sur le point de lui répondre lorsque Didon lui attrape le bras.

— Amara ! Ce ne serait pas Gallus ?

C'est bien lui, penché sur la table de jeu, gesticulant face à Victoria qui tente de rassembler ses gains en se disputant à la fois avec lui et avec les autres joueurs. Il se cogne la tête sur une lampe à huile en se redressant et promène un regard furieux sur la pièce jusqu'à repérer Amara et Didon.

— Vous rentrez *maintenant* ! hurle-t-il.

Quelques buveurs se retournent pour découvrir la source des cris et sifflent les deux louves en riant. L'un d'eux se lève, visiblement ivre et convaincu qu'Amara est déjà avec un client.

— Je pourrais vous accompagner. Cette jolie

petite bouche… Tu pourrais chanter pour moi, dit-il à Didon.

Ménandre prend la main d'Amara dans les siennes. L'espace d'un instant, elle craint qu'il ne demande lui aussi à l'accompagner au bordel. Il se penche vers elle en baissant la voix.

— Prends soin de toi, Timarété.

Chapitre 8

Nous sommes vraiment dans l'âge d'or :
c'est avec l'or qu'on obtient les plus grands honneurs ;
c'est avec l'or qu'on se rend l'amour favorable.

OVIDE, *L'Art d'aimer*, Livre II.

— Presque deux deniers ! C'est ce que j'ai gagné. Ces dés sont le meilleur investissement que j'aie jamais fait ! Vous auriez dû voir la tête des deux autres joueurs… Impayable !

Victoria se vante toujours de sa victoire à la table de jeu. Toutes les autres femmes, à part Didon, sont assises sur le banc de pierre accolé au mur du tepidarium, et l'écoutent sans grand enthousiasme. Cette section des bains des femmes est toujours un nid à ragots, et des voix murmurantes se répercutent sur le plafond courbé, traversé de lézardes, au stuc ébréché. Lorsque toutes sont nues, difficile de faire la différence entre citoyenne, affranchie et esclave : on pourrait prendre les louves pour un groupe de jeunes épouses.

D'ordinaire, Amara apprécie le tepidarium, qui offre un répit bienvenu avant d'affronter de plus fortes températures. Mais au lieu de se détendre, elle sent tout son corps se nouer. Après la taverne, la claustrophobie du bordel lui était insupportable, avec son défilé sans fin d'hommes ivres aux désirs ingrats. L'épreuve lui a semblé infiniment plus douloureuse par contraste avec ces brefs moments auprès de Callias. *Ménandre*, songe-t-elle. *Son nom d'esclave est Ménandre, comme le tien est Amara.*

— Et ensuite, tôt ce matin, Félix m'a demandée pour la deuxième fois en deux jours ! Il m'a gardée une heure entière. Sans vouloir me vanter, je l'ai fait durer des *siècles.* Je pense que j'ai même réussi à le surprendre avec certains tours…

Psyché racontant une visite d'Éros n'aurait pas l'air plus satisfaite.

— Je crois bien que c'est la première fois qu'il passe autant de temps avec quelqu'un !

— Pas de quoi se vanter, dit Béronice, ses mèches collées par la sueur, l'air en colère à cause de ses joues rouges. Félix est tellement pénible. Et quel ingrat, après ! C'est bien la peine de se donner du mal. Pas comme Gallus. Lui, il est toujours…

En voyant le sourire narquois des autres, Béronice s'interrompt et soupire en fixant ses pieds. À l'évidence, elle brûle de partager la dévotion qui lui remplit le cœur, mais elle n'ose pas faire face au ridicule. Amara regrette qu'elles l'aient tant taquinée.

Victoria se tait, un léger sourire aux lèvres, et Amara comprend que Félix doit l'avoir complimentée. *Il sait parfaitement comment nous manipuler toutes*, pense-t-elle.

— Ça doit faire des semaines que Félix ne m'a

pas envoyé chercher, dit Cressa, appuyée au mur, les bras croisés pour cacher les vergetures sur ses seins.

— Tu as bien de la chance, réplique Béronice sans entendre l'angoisse dans sa voix.

Amara s'écarte un peu plus loin sur le banc et ferme les yeux. Même hors du bordel, sa violence l'enveloppe comme un linceul. Elle tente d'oublier les voix de ses amies en se concentrant sur une autre conversation.

— … tu ne peux pas laisser ta sœur exiger ça ! Dis-lui que tu n'as pas les moyens.

— C'est impossible. Si tu connaissais la famille de son mari… Je ne sais pas ce qu'ils pourraient lui faire.

— Tu veux dire…

Amara soulève à demi les paupières pour regarder les femmes qui discutent près d'elle. Toutes deux sont sans servantes, le visage marqué par la fatigue. L'une d'elles est assise si près d'Amara que leurs cuisses se touchent presque. Ses cheveux roux ont déteint aux racines avec la chaleur. À son doigt, une bague ornée d'un camée.

— Tu as entendu les rumeurs sur sa première femme, continue la rousse. Et les esclaves ont trop peur pour parler. Fulvia dit qu'il l'a battue la nuit de son mariage ! Quel genre de monstre ferait une chose pareille ? Et il se plaint toujours de la dot alors qu'il a tout dépensé…

— J'imagine que tu peux piocher dans les recettes sans que Gellius le remarque…

— Même Gellius finira par le remarquer. Et ce n'est pas la peine de l'appeler à l'aide. C'est tout juste si j'arrive à lui faire quitter la taverne. Je me démène derrière le comptoir tous les jours, tout ça pour qu'il boive nos bénéfices !

— Je suis désolée de ne pas pouvoir t'aider non plus, fait l'autre en s'éventant. Je te ferais bien un prêt, mais mon mari me donne si peu… Et les affaires sont toujours difficiles en cette saison.

En voyant l'expression déconfite de la rousse, Amara comprend qu'elle espérait que son amie lui avance l'argent. Elle reconnaît cette humiliation traversée de ressentiment, qui lui rappelle douloureusement sa mère. Celle-ci avait demandé de l'aide à toutes leurs relations après la mort de son mari, en prenant garde à ne pas trop dépenser pour les accueillir. Une poignée de dattes ferait-elle l'affaire ? Un ancien client de son père s'offenserait-il d'être servi dans un plat ébréché ? Une fois son audience retenue chez elle, elle se plaignait des difficultés de son veuvage, écrasant des larmes tout en essayant de ne pas sembler trop désespérée. Amara, qui avait pour ordre de rester sagement assise sans dire un mot, regardait le flot de sympathie se tarir, et avec lui l'argent. À la fin, sa mère aurait accepté un prêt de n'importe qui, à n'importe quelles conditions.

— Pardonnez-moi, madame, dit Amara à voix basse, mais je pense pouvoir vous aider.

Les deux femmes se tournent, surprises. Elle incline la tête poliment, sans paraître trop servile. Autant les laisser se demander si elles ont affaire à une affranchie ou une esclave.

— Je représente mon maître. Il sait quelles difficultés nous rencontrons parfois. Je serais heureuse de lui demander s'il consentirait à un prêt. En toute discrétion, naturellement.

— Et pourquoi ton maître emploierait-il une femme ? demande l'amie pingre de la rousse, le visage pincé par la méfiance.

— Le contrat serait conclu par son intendant, répond Amara en réfléchissant très vite.

Il faudra qu'elle demande à Félix d'envoyer Gallus plutôt que Thrason, qui ne ferait qu'effrayer ces deux-là au dernier moment avec ses allures de brute. Elle sourit à la rousse, qui semble moins hostile que son amie.

— Mais il est plus facile aux femmes de faire affaire ensemble. Nous avons tant de soucis que les hommes ne peuvent pas comprendre.

La rousse fait tourner son anneau, encore et encore.

— Vous dites qu'il est discret ?

— Autant que moi, approuve Amara.

— Je vends des plats à emporter. Il ne faudrait pas qu'il vienne me demander au comptoir… Mon mari n'aimerait pas ça.

— Vous n'aurez affaire qu'à moi. C'est l'avantage de traiter entre femmes, fait remarquer Amara avec un regard pour l'amie aux lèvres pincées, qui secoue la tête.

— Je n'aime pas ça, Marcella, dit celle-ci. Qui est cette fille ? Que fait son maître ?

— Pardonnez-moi, mais la discrétion est essentielle pour lui en affaires. Les prêts ne sont pas son activité principale, et il prend garde à ne jamais exposer ses clients. Si vous souhaitez un prêt, poursuit-elle en s'adressant directement à Marcella, faites-moi part du montant et je vous retrouverai demain matin au temple d'Apollon aux côtés de l'intendant de mon maître, pour vous faire une proposition.

— Ne fais pas ça ! insiste Pince-Lèvres. Fulvia n'aura qu'à se débrouiller ! Tu en as assez fait pour elle. C'est une femme mariée, désormais, ce n'est plus à toi de t'en charger.

— C'est ma sœur. Je ne peux pas l'abandonner ! J'ai promis à notre mère…

— Je ne veux pas être mêlée à tout ça, dit Pince-Lèvres en se levant. Je te retrouve dans le caldarium.

Elle s'éloigne froidement tandis que Marcella cherche à croiser son regard, le dos courbé par l'angoisse.

— Je comprends votre hésitation, ajoute Amara en lui touchant le bras pour la ramener à la réalité. Mais parfois, il faut savoir saisir ce que Fortuna nous offre.

Marcella se mord la lèvre en fixant le sol comme si la réponse allait s'écrire sur les petites dalles en losange.

— Vingt deniers, finit-elle par dire. Voilà ce qu'il me faut. Et je peux amener un collier comme garantie.

Amara sait très bien où trouver Félix à cette heure de la journée. Les femmes observent une règle tacite : ne jamais s'approcher du Palestre, justement pour l'éviter. Elle espère que sa présence ne le mettra pas dans une rage telle qu'il ne voudra pas écouter sa proposition. Elle passe en revue les détails de l'accord tout en remontant vivement la via Vénéria. L'offre a son intérêt, il ne peut que le comprendre, n'est-ce pas ?

Elle a eu bien du mal à cacher les raisons de son excursion à ses amies, mais la promesse de rester au bordel pendant une journée entière en retour a fini par les décider à accepter sans poser trop de questions. Elles sont parties racoler deux par deux, pour que Thrason ne remarque rien, puis se sont retrouvées plus loin afin que Didon ne reste pas seule. Celle-ci, sans rien demander à Amara, s'est contentée de lui serrer les doigts en la suppliant d'être prudente. À l'évidence, Didon s'imagine qu'elle va voir Ménandre, comme si l'on ne pouvait avoir des secrets que par amour. La naïveté de son amie sonne comme un reproche. Amara sait bien que Didon n'essaierait jamais de gagner plus d'argent sans en parler aux autres. Même Victoria ne leur cache rien de ses paris aux dés. Amara accélère le pas, aiguillonnée par la culpabilité. Elle ne peut pas se permettre pareil sentiment, pas si elle veut échapper au bordel.

Le Palestre, à l'autre bout de Pompéi, est un parc public cerné d'une haute enceinte menaçante. Amara est à bout de souffle – sans doute à cause du long trajet, se dit-elle. Rien à voir avec une quelconque nervosité. Quelques hommes adossés au mur interrompent leur conversation pour la fixer lorsqu'elle passe le portail. À l'intérieur, elle est accueillie par des petites voix flûtées : un groupe de jeunes garçons apprend à lire, assis sous les colonnes. Elle traverse leur groupe en s'attirant un regard mauvais du maître d'école, qui a clairement identifié son métier.

Seuls les hommes peuvent accéder aux installations sportives. Elle espère que Félix est sur la piste de course plutôt que dans la piscine, car toute l'audace du monde ne lui permettrait pas de traverser la rangée de platanes qui borde le bassin sans être inquiétée. Elle patiente tout au bout de la piste. Il fait très chaud sous le zénith. Le Palestre, qui n'est ouvert au public que quelques heures par jour, est toujours plein à craquer. De jeunes coureurs se bousculent en se doublant. Amara aperçoit Félix qui passe en courant, la sueur luisant sur son torse nu. Il ne la voit pas. Elle le regarde décrire un tour complet sur la piste. Ses mouvements sont si fluides, si gracieux, qu'on croirait voir un cerf dans un troupeau de vaches. Quelle douleur de se rappeler ce qu'elle a éprouvé lorsqu'il l'a achetée, son soulagement en voyant qu'au moins, il était beau. Elle n'avait encore qu'une idée bien limitée de la nature humaine.

Au deuxième passage de Félix, l'un de ses amis voit qu'Amara le fixe et lui assène une claque sur le bras en riant. Les hommes ralentissent et s'arrêtent tout au bord de la piste, en se retournant pour la regarder. Félix est flanqué de trois compagnons. Elle ignore tant de choses sur ses affaires, sur sa vie. Seraient-ce des clients ? Des amis, des rivaux ? Par chance, qui qu'ils soient, ils semblent hilares à l'idée qu'une putain malade d'amour et de jalousie l'ait filé jusqu'ici.

— Tu ne l'as pas assez baisée ! lance l'un d'eux avec une tape dans le dos. Elle en veut encore plus !

— Peut-être que c'est elle qui va te payer !

Félix les ignore, mais ne semble pas énervé, et vient la voir à petites foulées. Ses amis le sifflent et lui crient des conseils avant de repartir sur la piste. Félix s'arrête et se penche en avant, appuyé sur ses cuisses, pour reprendre son souffle. Lorsqu'il relève les yeux, il semble amusé, curieux ; pas une trace de sa cruauté habituelle. Peut-être Victoria l'a-t-elle bel et bien mis de bonne humeur.

— J'ai une proposition à te faire, dit Amara en essayant vainement de sembler aussi détendue que lui.

Félix se redresse en essuyant la sueur qui lui coule sur le visage.

— J'ai croisé une femme nommée Marcella qui vend des plats à emporter près du théâtre. Les affaires marchent bien, elle a des rentrées d'argent régulières. Mais son mari boit trop et elle n'a pas de quoi prêter de l'argent à sa sœur. Il lui faut vingt deniers.

— Et tu veux que je fasse un prêt à ta copine ?

Félix semble incrédule plutôt que furieux, mais elle sait bien que sa rage ne tient qu'à un fil.

— Pas du tout ! proteste Amara. Je ne la connais que depuis ce matin, quand je l'ai rencontrée aux bains. C'est une proposition commerciale.

— Tu as fait tout ce chemin, et tu as interrompu ma journée, pour un prêt à vingt deniers ?

— Tu sais bien qu'il ne s'agira pas que d'un seul prêt. Les femmes ne s'adresseront jamais à toi ; elles n'en ont même pas le droit. Mais elles aussi ont besoin d'argent. Alors, que fait-on ? On parle entre nous, on se fait mutuellement des prêts. Mais si Marcella, ou n'importe qui d'autre, fait affaire avec moi, c'est avec toi qu'elle fera affaire.

Les amis de Félix repassent sur la piste en leur lançant des quolibets. Il les insulte, ce qui les fait rire, puis se retourne vers Amara tandis que les autres poursuivent leur chemin.

— Et toi, qu'est-ce que tu y gagnes ?

— Le même pourcentage qu'au bordel, dit-elle. Je sais que Victoria gagne plus parce qu'elle attire plus de clients, et c'est bien normal. Mais si je te rapporte davantage par des prêts plutôt que par le sexe, où est la différence ?

— Qu'est-ce que tu lui as raconté, à cette Marcella ?

Félix semble dédaigneux, mais elle sait qu'elle a éveillé son intérêt. Il y a dans ses yeux le même éclat qui y brillait lorsqu'il les a achetées, elle et Didon, au marché aux esclaves : l'appât du gain.

— Que je la retrouverais demain matin au temple d'Apollon avec ton intendant, Gallus, et un contrat. Elle ne sait pas que je viens du bordel. Je me suis dit que je ferais mieux de lui montrer l'argent avant de lui dévoiler qui tu es. Lorsqu'elle le verra, là, à sa portée, elle ne pourra pas dire non.

Félix lui fait un sourire si radieux, si sincère, qu'elle comprend l'espace d'un instant pourquoi Victoria a tant besoin de lui plaire.

— Amara, tu sais ce qui arrive à ceux qui ne peuvent pas me rembourser, ou pas ?

Elle songe à Celer suppliant Félix et n'obtenant que des menaces à l'encontre de sa famille, de leurs affaires. *Marcella pourra payer*, se dit-elle. *Rien de grave ne lui arrivera. Je ne laisserai rien lui arriver.*

— Je peux le deviner, répond-elle.

— Bon allez, ça suffit, les amoureux !

Les compagnons de Félix se sont arrêtés et font des étirements sur le côté de la piste, non loin de là. À l'évidence, leur amusement est en train de se changer en impatience. L'un d'eux s'approche – il a le long du visage une cicatrice blafarde où sa barbe refuse de pousser – et lance :

— Elle te sucera une autre fois, ta copine. C'est moi que tu devrais goûter, fait-il à Amara en avançant le bassin. Tu ne voudras plus de lui après.

Félix en rit, mais Amara le sent irrité – plutôt parce qu'on lui demande de se dépêcher que parce que l'on insulte sa virilité, soupçonne-t-elle.

— Ta bite est si petite qu'aucune de mes putains ne pourrait la trouver, rétorque Félix en attirant Amara à lui.

Il lui caresse le visage, l'autre main au creux de ses reins, et l'embrasse si longuement que les autres se mettent à siffler. Puis il lui assène une claque sur les fesses, à l'évidence en signe d'au revoir.

— Fais attention à toi, dit-il en s'éloignant déjà. Je ne voudrais pas qu'il arrive quelque chose à ma putain préférée.

Chapitre 9

Tu me dis, Postumus, que demain tu veux vivre : demain ! toujours demain ! Mais quand donc, Postumus, viendra ce demain ? Qu'il est loin ce demain !

MARTIAL, *Épigrammes,* V, 58.

Il fait aussi sombre et froid dans la cellule qu'en pleine nuit, alors que le soleil brille encore au-dehors. Les murs de pierre étouffent le bruit de la rue, qui semble bien distante. Amara entend parfois quelques mots lorsque des gens passent en grande discussion devant sa fenêtre. Comme l'agitation et le frisson du Palestre lui semblent loin ! Couchée sur le lit trop dur, l'air toujours chargé de la fumée de la nuit précédente, elle pourrait se trouver dans l'Hadès, le royaume des morts.

Pas d'autre couleur dans la pièce que la lumière qui traverse les bouteilles de parfum de Victoria, si précieuses, alignées avec soin sur le rebord de la fenêtre. Tout le monde se sert de sa cellule quand elle n'est pas là ; c'est la plus grande et la plus proche de la rue. Au-dehors, Amara entend Fabia passer le balai dans le couloir. La vieille femme doit avoir récuré l'entrée de la cellule dix fois, désespérant de s'y faire inviter pour un peu de compagnie, et quelque chose à manger. Amara songe à Cressa et se redresse d'un coup de hanches.

— Tu veux partager mon déjeuner, Fabia ?

Elle entend le balai tomber au sol et la vieille femme se hâte de la rejoindre à l'intérieur.

— Seulement si tu en as trop…

Assise près d'Amara, Fabia la regarde partager le pain, les olives et le fromage. Sans un mot, elle suit des yeux chaque portion de nourriture comme un chien affamé qui guette sous une table des miettes tombées par inadvertance. Ses os saillent sous la peau lorsqu'elle joint ses mains trop maigres, un geste destiné, soupçonne Amara, à l'empêcher physiquement de se mettre à manger avant que toute la nourriture ne soit partagée. Déjeuner avec Fabia n'est jamais agréable. Il faut soit vider son assiette aussi vite qu'elle, c'est-à-dire trop vite, soit supporter son regard fixe et douloureux sur l'autre plat qu'on achève de vider. Amara choisit la première option.

Fabia commence par le pain, qu'elle déchire et engloutit en quelques bouchées. Comment fait-elle pour ne pas s'étouffer ? Amara n'arrivera jamais à garder le rythme.

— J'ai toujours préféré cette cellule, dit Fabia en rongeant un noyau d'olive pour en arracher jusqu'à la dernière fibre verte. Avant, c'était celle de Mola. Elle est morte depuis longtemps, maintenant. C'était là, dans le coin, que je dessinais pour Paris…

Amara suit du regard son doigt qui lui désigne le

bas du mur. En plissant les yeux, elle reconnaît la forme d'un chien dans les égratignures.

— Ça n'a pas dû être facile d'élever un enfant ici.

— Mon garçon, poursuit Fabia en jetant un autre noyau d'olive. Il ne me détestait pas, au début. Tout le monde s'occupait tellement de lui quand il était petit. Toutes les autres filles l'adoraient. Mais l'ancien maître, celui d'avant Félix, l'a envoyé travailler aux cuisines de l'autre côté de la rue à quatre ans.

Elle fixe le pain et le fromage encore en équilibre sur son genou.

— J'aurais préféré qu'il le vende. Mais il ne l'a jamais fait. Il était si beau, mon fils.

Cédant à sa faim, elle avale tout ce qui lui reste, se suce les doigts et les essuie sur ses cuisses.

— C'est ce que je m'évertue à expliquer à Cressa. C'est mieux quand ils sont vendus. Comme ça, on peut imaginer que les choses ont bien tourné pour eux. Mieux vaut avoir le cœur brisé maintenant que plus tard…

Amara n'a quasiment rien dit, ce qui ne l'empêche pas d'avoir encore un petit tas de nourriture devant elle. Consciente que Fabia la fixe, elle mange aussi vite que possible.

— Tu n'as jamais travaillé dans un autre bordel ? demande-t-elle, la bouche pleine de fromage.

— Pas vraiment. J'étais esclave domestique. J'ai eu deux enfants pour mon maître, non qu'il m'ait récompensée, ce sale ingrat. Deux petites filles que je n'ai jamais vues grandir. Après la deuxième, je pensais qu'il me laisserait épouser un autre esclave de la maison, celui qu'on chargeait des petits boulots. Il me plaisait bien. Il était gentil, surtout. Mais il est mort, et mon maître s'est mis à me louer. Seulement aux invités, au début, aux membres de la famille, tout ça. Mais une fois qu'ils s'y mettent, à louer leurs esclaves je veux dire, on sait bien qu'ils finiront par les vendre.

Amara songe aux années qu'elle a passées chez Chrémès. Mettre en parallèle son passé et celui de la misérable vieille femme qui lui fait face ne la réjouit guère. Peut-être Fabia perçoit-elle son inconfort, car elle lui demande :

— Tu n'es pas née esclave, pas vrai ? Ça se voit toujours.

— Ça se voit comment ?

— Tu te comportes encore comme si ta vie avait de l'importance.

Même en sachant que Fabia ne cherche pas à la blesser, Amara a l'impression d'avaler une pierre à la place de sa nourriture, et préfère changer de sujet.

— Ce pain était un peu sec, non ? demande-t-elle en ramassant la carafe à leurs pieds. Tu voudrais bien aller nous rechercher de l'eau ? Je crois qu'il faudra aussi remplir celles des autres cellules pour ce soir.

Fabia prend la carafe, le regard toujours affamé.

— Qu'est-ce que ça fait ? demande-t-elle.

— Quoi donc ?

— Être libre.

Qu'est-ce que cela faisait d'être Timarété ? L'ancienne vie d'Amara défile devant ses yeux, pleine d'amour, d'innocence et d'espoir.

— Quand tu regardes un oiseau voler, dit-elle, dans les moments où il décide de planer vers le bas ou d'aller plus haut... Quand rien d'autre que l'air ne joue dans sa décision... C'est ça, la liberté.

Elle s'interrompt, car elle sait bien que ce n'est pas l'entière vérité. Il existe un souvenir qu'elle tente de garder enfoui, et qui remonte à présent à la surface : l'horreur de son dernier jour de femme libre.

— Mais la faim ne change pas, Fabia. Esclave ou libre, la faim reste la même.

Fabia hoche la tête, satisfaite de la réponse. La faim est quelque chose qu'elle comprend. Elle quitte la cellule et le bruit de ses pas est presque aussitôt étouffé par l'épaisseur de la pierre. Amara reste assise sur le lit, consciente du monde qui poursuit sa course de l'autre côté du mur, même si elle ne peut le voir. Là-dehors, au-delà d'une distance inimaginable, sa ville natale existe encore. Des gens qu'elle connaissait : ses voisins, les patients de son père, le boulanger qui lui gardait toujours un peu de pain, Chrémès, Niobé. Tous ces personnages de son passé – mais pas sa mère. Amara sait que sa mère est morte.

Elle l'a su dès son premier jour d'esclave. Après le traumatisme des adieux, Chrémès l'a emmenée dans sa chambre. Mais au lieu de la déshabiller, comme elle le craignait, il s'est emparé du petit sac qu'elle avait emporté. Stupéfaite et terrifiée, elle l'a regardé fouiller la vieille sacoche en cuir de son père jusqu'à trouver ce qu'il cherchait : sa mère y avait dissimulé l'argent qu'on lui avait donné pour sa fille unique. Le coup classique, a dit Chrémès en comptant les pièces, quand un parent naïf doit vendre son enfant. Une façon de lui donner une longueur d'avance pour racheter sa liberté.

Amara se lève. Elle ne veut pas se remémorer la suite de cette journée.

Tout ce qu'avaient espéré ses parents, tous les cadeaux qu'ils lui ont faits, y compris ce dernier acte d'amour désespéré de sa mère, tout lui a été pris. Timarété n'existe plus que comme un bref éclat dans les yeux d'un garçon d'Athènes. C'est en tant qu'Amara qu'il lui faudra survivre.

Une relique du passé l'a accompagnée : la sacoche défoncée et moisie de son père, qui pend à un crochet au mur. À l'époque où le cuir était encore brillant et souple, il l'emportait pour aller voir ses patients, avec toutes ses herbes et instruments à l'intérieur. Amara la soulève et se rassoit sur le lit pour compter ce qu'elle a économisé depuis son arrivée au bordel. Tout juste assez pour quelques jours de nourriture, bien loin de la somme énorme qu'il lui faudrait pour racheter sa liberté à Félix. Amara tente de calculer combien de clientes elle devra lui amener pour rassembler l'argent nécessaire. C'est impossible, pas à moins de perdre en valeur au fil des ans, comme Fabia. Peut-être alors ne vaudra-t-elle guère plus que le prix d'une semaine de repas. Elle arrête là le fil de sa pensée. Si Vibon les reprend, elle pourrait gagner davantage aux bains. L'espace d'un moment, elle s'autorise un rêve – rencontrer un client incroyablement riche, un homme fasciné par sa conversation, quelqu'un qui attendrait d'elle du charme, pas juste du sexe.

— Béronice ? appelle doucement Gallus depuis le couloir.

Amara passe la tête par la porte, et Gallus semble déçu : pas de passe gratuite pour lui aujourd'hui.

— Oh, c'est toi…

— On pensait que Thrason serait de garde, alors c'est moi qui suis restée.

— Félix l'a déplacé à la garde de nuit. Béronice sera là plus tard ?

— Seulement si elle ramène un client.

— Ah, oui…

Gallus semble mal à l'aise, ce qui irrite Amara. Elle a couché avec lui au moins deux fois ; il pourrait faire un effort pour lui parler.

— Béronice parle beaucoup de moi ?

Peut-être cherche-t-il à savoir si Béronice a révélé qu'il volait de l'argent à Félix. Mais Amara ne voit rien d'autre que de l'espoir sur ses traits, et lui offre le bénéfice du doute.

— Elle t'aime.

— Ça, je le savais déjà, répond-il, l'air content de lui-même, avant de repartir sur le seuil.

Amara rentre dans sa cellule, amusée malgré elle. Victoria et Didon apprécieront l'anecdote quand elles reviendront. Gallus n'est pas le seul à s'enorgueillir : les murs de la petite pièce en portent les preuves, aussi prévisibles les unes que les autres. Amara laisse traîner ses doigts sur les mots gravés. *J'ai baisé des tonnes de filles ici !* Elle se souvient de l'auteur de ces mots, qui avait mis un point d'honneur à la comparer à ses amies. Il travaille à la laverie. Son nom… Elle devrait s'en souvenir, c'est un client régulier. Elle se rappelle parfaitement ce qu'il préfère dans la fellation, mais pas son nom.

Elle continue à parcourir les inscriptions familières. *Salut Fabia !* Celle-ci la fait grimacer : rien ne change.

Le 15 juin, Herméros, Philétère et Caphis ont baisé ici. Elle est heureuse de ne pas avoir été présente cette nuit-là : servir un groupe d'hommes est souvent abominable. Passant à moins déprimant, elle lit : *Gloire à Victoria, la conquérante ! Victoria, l'inconquise !* Ces mots font sourire Amara. Elle ne serait pas surprise d'apprendre que Victoria les a dictés elle-même. Puis elle s'accroupit pour lire son message préféré. Un acte de rébellion anonyme, à demi caché derrière le lit. *Félix se laisse enculer pour cinq as.* Elle se demande ce qu'est devenue son autrice.

Un autre message attire son attention, en grandes lettres pointues. *J'AI BAISÉ.* Presque une agression physique, une façon de lui rappeler son impuissance. Elle ouvre le sac de son père pour y chercher le stylet brisé qu'elle a un jour ramassé dans la rue. Il lui a déjà servi : elle a dessiné un oiseau dans sa propre cellule l'autre jour, comme pour lancer un défi aux actes sexuels sans fin qui l'y emprisonnent. Elle s'approche du message et se met à griffer le mur, la main tremblante de rage. Un profil masculin sort de la pierre, autour du message qui prend place sur son front, si bien que ses propres vantardises deviennent une marque d'esclave.

Amara recule d'un pas pour regarder son œuvre. Mais elle y a passé toute sa colère, et fixer un visage marqué au fer rouge ne la réconforte guère. Victoria détestera, sans doute. Elle s'étend au sol. Depuis combien de temps est-elle revenue du Palestre ? Une heure, deux ? Cette journée n'en finira jamais.

Elle s'adosse au mur de pierre. Chez elle, elle aurait eu de vrais livres à lire : les ouvrages médicaux de son père, de l'histoire, de la poésie – des vers célébrant un amour idéalisé, plutôt que les échantillons grossiers sur les murs qui l'entourent. Elle se met à réciter la rencontre d'Ulysse et Nausicaa à haute voix, ce qui ne fait qu'amplifier son sentiment de solitude. Autrefois, elle chantait une version de cette histoire pour ses parents. Elle ferme les yeux et tend les bras en imaginant sa vieille lyre. Ses doigts font vibrer des cordes imaginaires.

— Première porte sur la gauche !

C'est Gallus, qui la prévient par ce biais qu'un client arrive. Elle se redresse en hâte. Un inconnu apparaît à la porte, en occultant le peu de lumière. Amara lui sourit et penche la tête sur le côté comme le fait Victoria, en laissant sa cape lui découvrir une épaule.

— T'as intérêt à valoir ton prix, lance-t-il.

— Mais bien sûr, fait Amara d'une voix de gorge – que personne à Aphidna ne reconnaîtrait – tout en se hâtant de refermer le rideau.

Elle défait sa cape, qui glisse au sol, et attend de constater l'effet de son corps sur son client. Puis elle l'invite à la rejoindre sur le lit, sans savoir si son vertige est dû à l'appréhension ou au soulagement d'être sauvée de l'ennui.

Chapitre 10

Tu prétends que les jolies filles brûlent pour toi,
Sextus, alors que tu as le visage
de quelqu'un qui nage sous l'eau.

MARTIAL, *Épigrammes*, II, 87.

Plus ils s'avancent dans la foule, plus le bruit s'intensifie, comme le bourdonnement d'une ruche. Ce n'est pas jour de marché au Forum, du moins pas officiellement, mais comme toujours, des vendeurs à la sauvette sont venus tôt le matin, leur marchandise enveloppée dans des couvertures qu'ils étalent au sol. Gallus et Amara se fraient un chemin entre eux, en direction du temple d'Apollon qui surplombe de sa masse les autres bâtiments. Sur les marches du sanctuaire, un marchand de pots en cuivre tambourine sur l'un de ses articles en hurlant son prix. Le reste s'étale à ses pieds en piles de toutes tailles.

Amara ne reconnaît pas immédiatement la femme avec qui elle a rendez-vous. Habillée, Marcella est bien plus impressionnante. Ses cheveux roux ne déteignent plus, arrangés en boucles bien nettes sur le sommet de sa tête. Elle pose sur Amara un regard plus soupçonneux qu'elle ne le faisait aux bains. Amara sait bien qu'elle-même semble nettement plus miteuse en pleine lumière, et craint de passer pour ce qu'elle est : une prostituée travaillant pour un usurier.

— C'est ça, l'intendant ? demande Marcella avec un signe de tête vers Gallus.

Celui-ci semble encore plus louche qu'à l'ordinaire, ses cheveux beaucoup trop huilés. Il cherche à se calquer sur le nouveau style de Félix, mais là où le maître acquiert un air d'onctueuse menace, le serviteur semble avoir reçu les contenus d'un pot de chambre sur la tête en passant sous les fenêtres d'un esclave occupé à faire le ménage.

— Eh oui, réplique Gallus en laissant le passage à un quincaillier qui trimballe sa charrette.

Amara a peur qu'il ne s'offense, mais il croise son regard et se calme. Félix a été clair : c'est Amara qui mène la danse niveau affaires, un changement de rôle que ni elle ni Gallus ne savent trop comment appréhender.

— Nous vous avons amené une caution, déclare une autre femme, jusque-là cachée derrière Marcella.

Ce doit être Fulvia, la jeune sœur. Aussi blonde que le laissait deviner son nom, mince et fragile, elle tressaille quand le marchand de pots recommence à tambouriner sur sa marmite.

— Voyons ça, dit Amara en tendant la main avant que Marcella puisse intervenir.

Fulvia, à l'évidence, est la plus faible des deux : elle transpire l'impuissance et le désespoir. Amara tente de ne pas imaginer pourquoi elle a besoin d'argent. Fulvia détache son long collier de perles d'ambre et le laisse se lover dans la paume d'Amara. Les pierres sont parfaitement rondes, quelques-unes traversées d'éclats scintillants. Cela faisait des années qu'elle n'avait plus rien touché d'aussi précieux.

— Ça couvre largement le prêt, affirme Marcella.

Elle a tout à fait raison, mais Amara n'a aucune intention de le reconnaître.

— Mais pas les intérêts, réplique-t-elle.

Elle fait un signe à Gallus. Celui-ci s'approche pour lui tendre les tablettes de cire de Félix, qu'elle passe à Marcella.

— Voici la proposition de mon maître. Et voici l'argent.

Gallus saisit la bourse à sa ceinture avec tant de précipitation qu'il manque de la faire tomber. Amara la récupère de justesse et la tend à Fulvia tandis que sa sœur parcourt les termes de l'accord. Comme l'avait prévu Amara, sentir l'argent entre ses mains a sur Fulvia un effet palpable. Elle semble au bord des larmes.

— Ces taux sont extrêmement élevés ! fait Marcella en fronçant les sourcils. Il faudra rembourser pratiquement le double du prêt !

— Nous pouvons vous proposer plus de temps, suggère Amara.

Elle ne sait pas si Félix sera d'accord, mais elle tient trop à conclure l'affaire. Elle pourra le persuader plus tard, se dit-elle. Du moment que Marcella signe.

— Marcella, je t'en prie, implore Fulvia en serrant la bourse contre sa poitrine. Pense à ce qu'il me fera si je n'ai pas l'argent…

— Mais c'est trop ! siffle Marcella. Tu risques le

collier de notre mère, et à des taux qui vont creuser un gouffre dans mes comptes…

— Je t'en supplie. Marcella, je t'en *supplie.*

— Laisse-moi relire tout ça…

Les deux femmes consultent anxieusement les tablettes, serrées l'une contre l'autre. La détresse de Fulvia fait monter l'agitation d'Amara, qui ne connaît que trop la terrible pression incessante du manque d'argent, lorsqu'on ne peut jamais gagner assez, lorsqu'on tombe à court de choses à vendre. Après tout, c'est pour la même raison qu'elle-même en est là.

— Si c'est trop pour vous…, dit-elle en faisant signe à Fulvia de lui rendre les pièces.

Marcella tend le bras devant sa sœur en empêchant Amara d'approcher.

— Ça va, je vais signer. C'est bon. Mais dis à ton maître qu'il me faudra quelques mois de plus. Où travaille-t-il ?

Amara et Gallus la regardent signer dans la cire de la pointe du stylet ; puis ce dernier récupère les tablettes et referme le cadre de bois.

— En face de l'Éléphant, répond-il.

Fulvia et Marcella échangent un regard.

— Vous voulez dire le…

— Je vous rendrai visite dans deux semaines pour le premier paiement, déclare Amara en s'inclinant.

Gallus et elle retraversent le Forum d'un pas vif, en laissant les deux sœurs contrariées se récriminer.

— Donne-moi ça, lance Gallus en lui faisant signe de lui passer le collier d'ambre, qu'il fourre dans son sac sans ralentir le pas.

— N'égratigne pas les perles…

— C'est le dernier de nos soucis. Qu'est-ce qui t'a pris de dire à cette pauvre folle que Félix lui laisserait plus de temps ?

— Tant qu'il touche l'argent, je ne vois pas en quoi un mois de plus le dérange…

— C'est de Félix qu'on parle, là !

La culpabilité qu'Amara tentait d'ignorer refait surface dans une nausée soudaine.

— Je trouverai bien quelque chose.

Gallus secoue la tête, sans un mot.

— Qu'est-ce que tu vas dire à Béronice ?

— Rien du tout ! Je ne suis pas une bonne femme, siffle-t-il. Je ne discute jamais des affaires de Félix. Et tu as intérêt à faire pareil si tu veux être encore en vie à la fin de l'année.

À force de se disputer, ils oublient presque d'emprunter la via Vénéria. Amara laisse Gallus prendre la tête et s'engage derrière lui sur le trottoir étroit. À sa grande surprise, en tournant à l'angle, elle aperçoit Félix dans la rue, debout devant le bordel.

— Allez, on se dépêche ! crie-t-il en les voyant arriver. Fabia est partie chercher les autres. Vous avez toutes une nouvelle chance avec Vibon !

Il fronce les sourcils en voyant Amara.

— Et arrange tes cheveux, ça fait vulgaire.

Après lui avoir tourné le dos, il récupère les tablettes des mains de Gallus.

— Tout est bien signé ?

Gallus hoche la tête. Amara attend un signe de la part de Félix, une reconnaissance du rôle qu'elle a joué dans la transaction, ou une question sur le déroulement des choses, mais en la voyant toujours là, il perd son calme.

— Qu'est-ce que tu regardes comme ça ? Allez ! crie-t-il en l'attrapant par les cheveux pour la propulser vers le bordel. Je t'ai dit de te bouger le cul !

Les chaudes éclaboussures lorsqu'elle se laisse glisser dans le bassin lui rappellent leur dernière visite, qui s'est si mal terminée. La lumière se reflète sur le plafond en dôme, orné d'une complexe mosaïque représentant Europe, son corps nu paré de fleurs, emportée au travers de la mer par le dieu Jupiter sous forme de taureau. Amara avait oublié la richesse de cet endroit. Béronice se laisse lourdement tomber dans l'eau près d'elle. Au plafond, la lumière danse, suivant les mouvements qu'elle a provoqués à la surface. Toutes les filles de chez Félix sont plus nerveuses que d'ordinaire. Victoria a refusé de les laisser quitter le bordel avant de les avoir toutes coiffées, si bien qu'au lieu d'avoir les cheveux en désordre, elles sont rouges et en sueur, ayant dû se dépêcher pour arriver à l'heure.

— Je vois que vous avez déjà passé une matinée bien remplie, Mesdames, leur lance Drauca.

Elle s'est adossée au mur du bassin, languide, les coudes appuyés au rebord de la grande fenêtre ouverte. Les deux autres filles de chez Simon, Maria et Attice, flottent de chaque côté comme des gardes du corps. Une troisième femme, dont Amara ignore le nom, semble bouder dans un coin.

— C'est que nous sommes toujours très demandées, rétorque Victoria.

— Je veux bien croire que l'Antre des Louves vous a appris quelques tours. Mais vous avez déjà couché dans l'eau ?

Aucune des filles de Félix ne répond.

— Un conseil : essayez de ne pas vous noyer.

Drauca et Attice éclatent de rire, et Béronice chuchote :

— Elle est sérieuse ? Je ne veux pas qu'un idiot me coince la tête sous l'eau.

— Mais non, elle dit ça pour nous embêter, répond Amara.

La menace de noyade n'a cependant fait qu'amplifier sa propre nervosité. C'est son hideux secret, cette panique qui menace souvent de la submerger. La sensation terrible de ne plus pouvoir respirer ni bouger. L'horreur s'est emparée d'elle cette première fois avec Chrémès et ne l'a plus quittée depuis. Que cela lui arrive avec un client dans une cellule est déjà une catastrophe ; elle ne supporterait pas l'humiliation de se mettre à pleurer ici, devant Drauca.

Elle cherche les autres des yeux. Didon et Cressa ne les ont pas rejointes dans l'eau, assises sur un banc de marbre non loin du bord. Félix s'est fait amener Didon ce matin, pendant qu'Amara était au Forum, une pensée qui la rend coupable d'une façon qu'elle ne peut s'expliquer. Didon n'a rien raconté mais Amara voit bien qu'elle est encore choquée. On dirait un oiseau blessé. Les clients ne s'en soucieront pas. Au contraire, la vulnérabilité de Didon semble attirer les pires d'entre eux, comme des guêpes sentent le miel.

— Ça doit te changer en bien, de venir ici, lance

Victoria à Drauca. Au lieu de vider les latrines et de changer les draps quand les clients ont pissé dedans.

Elle se tourne vers Béronice et Amara en surjouant la sympathie.

— Imaginez, travailler toute la journée dans une taverne *et* devoir coucher avec les clients ! Épuisant !

— Va te faire foutre, lance Attice. Au moins, notre maître n'est pas complètement con. C'était quand, la dernière fois que Félix-au-cul-serré t'a laissée garder un pourboire ?

— Tu as raison, il a le cul bien resserré, répond Victoria. Bien ferme, comme une pomme. Oui, vraiment, comme c'est dur de servir un maître qui ressemble à Apollon ! Je préférerais de loin me retrouver écrasée sous le gros Simon, avec sa calvitie et sa mauvaise haleine…

— En effet, vous avez l'air de mener la grande vie. Surtout elle, intervient Maria en désignant Didon.

Didon n'est pas d'humeur à répliquer et détourne la tête, mais Cressa se met en colère.

— Ferme-la, toi ! Comme si un homme ne t'avait jamais fait pleurer ! Oui, Félix n'est qu'un con. Tout comme Simon. Ça nous fait une belle jambe !

— Simon est peut-être un con, mais au moins, il nous laisse nos pourboires, soupire Drauca en tournant son beau visage vers la mer comme par ennui. C'est l'idée.

— J'imagine qu'il vous a donné un bonus pour nous faire jeter dehors la dernière fois, fait Amara qui n'a pas pardonné ce coup bas. Dommage que ça ne vous ait pas réussi.

— Oh, ce n'était sans doute pas une question d'argent, dit Victoria.

Elle se lève sur les marches du bassin et monte d'un pas agile sur les dalles chauffées. Puis elle prend la pose, non pas séduisante comme Drauca, mais comme un athlète, pour exhiber sa force autant que sa beauté.

— Vous avez peur de la compétition, c'est ça ? Ta légendaire paire de seins n'a pas si belle allure à côté des miens !

— C'est Vénus, que veulent les hommes, pas Hercule, réplique dédaigneusement Drauca.

Les autres filles de Simon s'esclaffent, mais Amara voit bien que le coup a porté chez Drauca, qui regarde à présent Victoria faire des sauts périlleux, son beau front creusé d'une ride.

— Taisez-vous ! siffle Béronice. Écoutez…

Les femmes font silence pour mieux entendre les voix masculines qui résonnent jusqu'au bassin.

— Les voilà ! s'écrie Victoria en se replongeant dans l'eau.

Elle est rose d'excitation, et en la fixant, Amara comprend qu'il ne s'agit pas de sexe : elle a dans les yeux la même expression qu'à la table de jeu. La volonté de gagner.

Six hommes passent sous une arche décorée de coquillages colorés. Leurs pieds nus claquent sur la pierre. Ils ont le teint rouge, le corps luisant de sueur ; ils doivent sortir du sudatorium. Amara les regarde s'approcher du bassin sans se presser, pris par leur conversation, sans accorder encore d'attention aux femmes.

Drauca a peut-être choisi l'emplacement qui la

met le plus en valeur, mais Victoria, étendue sur les marches, est la plus proche des clients.

— Tu es nouvelle, dis-moi, lance un jeune homme qui se laisse glisser dans l'eau près d'elle.

— Victoria, lui murmure-t-elle à l'oreille en s'enroulant autour de lui comme un lierre.

Elle se met à l'embrasser pour couper court à la conversation.

— Lucius en a trouvé une qui ne perd pas de temps, rit un autre homme en descendant les marches à la suite de son compagnon. Et comment va ma jolie demoiselle ?

C'est à Drauca qu'il s'adresse, en se dirigeant vers elle. Amara s'aperçoit qu'elle-même s'est inconsciemment reculée contre le bord, loin des clients. Elle songe à Félix, à Vibon, à tout ce qu'elle a traversé pour cette seconde chance. Pas question de gâcher l'occasion en se laissant doubler par des moins-que-rien comme Maria et Attice. En ravalant son angoisse, elle nage vers deux hommes plus âgés assis sur le bord du bassin, leurs jambes maigres plongées dans l'eau.

— … alors je lui ai répondu qu'à ce prix-là, nous irions chercher un autre fournisseur. Oui, les gens veulent du pain, mais la cité doit quand même imposer une limite au prix du grain…

Il s'interrompt en voyant Amara s'accouder au bord près de lui et la chasse d'un geste de la main.

— Pas maintenant. Plus tard, peut-être.

Elle se pétrifie, sans savoir quoi faire, et l'autre homme se tourne vers elle.

— Peut-être que celle-là ne parle pas latin. Toi

pute grecque, oui ? dit-il très lentement, comme s'il s'adressait à une idiote.

Ses cheveux blancs, collés à son crâne par la sueur, font penser à un caneton nouveau-né, et ses yeux pâles semblent fixer le vide comme s'il estimait impossible que quiconque lui rende son regard.

Amara songe à son père, à son sourire crispé lorsqu'il évoquait le pouvoir de l'État romain. *Tout ce qu'ils ont, c'est à nous qu'ils l'ont emprunté, Timarété. Ne l'oublie jamais.*

— Je viens d'Aphidna, répond-elle dans un latin parfait, la douzième cité de l'Attique, foyer d'Hélène de Troie.

Elle incline la tête gracieusement, une main sur le cœur en guise de salutation, avec au visage le même sourire que son père.

— Dans votre pays, on m'appelle Amara, et je ne souhaite que vous rendre service.

— Aphidna n'a pas gardé Hélène longtemps, à en croire vos mythes, réplique l'homme-caneton, insensible à son charme.

— Allons, Gaïus, ne sois pas si brusque, rit son compagnon.

Il jette à Amara un regard empreint de plus d'intérêt, qu'elle lui rend en battant des cils. Oui, il est âgé, mais pas entièrement laid. Au moins sa mâchoire carrée et ses cheveux gris fer lui donnent-ils l'air plus avenant que son ami si malpoli. Amara baisse les yeux sur les doigts de l'homme, boudinés par la chaleur autour de plusieurs bagues en or. Son cœur rate un battement. Pourrait-il s'agir du client qu'elle attendait ? Sait-il déceler combien elle peut offrir ?

Son imagination la projette dans le futur. Elle se voit couverte de joyaux par cet homme dévoué, suspendu à ses lèvres…

— Tu as une bien jolie bouche, Amara d'Aphidna. Pas la peine de l'employer à parler.

Et il écarte les jambes en un signe peu subtil. Bien sûr : ce n'était pas de l'intérêt dans son regard, rien d'autre que l'œil vitreux de la luxure, une expression qu'elle a déjà vue tant de fois. Amara hésite, encore perdue quelques secondes dans son fantasme. Puis la réalité prend le pas, si décevante, et elle se baisse pour lui obéir.

L'homme-caneton pousse un grognement d'irritation.

— Ce n'est pas très distrayant pour moi. En plus, c'était la dernière qui soit jolie…

— Arrête un peu de te plaindre, exhale son compagnon. La grosse là-bas ne fait rien. De toute façon, personne ne te demande de regarder leur visage !

Ils crient à Maria de les rejoindre. En travaillant à ses côtés, Amara a du mal à se concentrer. L'homme-caneton se plaint sans cesse et menace Maria de lui pousser la tête sous l'eau si elle ne fait pas davantage d'efforts. Apparemment, les avertissements de Drauca n'avaient rien d'une plaisanterie. Amara est aveuglée de rage, et songe un instant à Félix : que ressent-on lorsqu'on a le pouvoir de laisser libre cours à sa colère au lieu de la refouler ?

Le client d'Amara – dont elle ignore toujours le nom – jouit dans un gémissement, puis sort les jambes de l'eau et se lève, un peu vacillant. Il attend l'homme-caneton, qu'il aide à se lever. Puis tous deux s'en vont sans un mot de remerciement.

— C'est toujours comme ça ? demande Amara à Maria.

— Comme ça quoi ? rétorque sèchement Maria en s'essuyant le visage.

Son client doit avoir enfoncé les ongles dans ses joues : il y a laissé des marques rouges.

Amara laisse traîner son regard sur la pièce luxueuse, désormais pleine de l'écho des faux halètements et gémissements des femmes. Victoria est celle que l'on entend le plus, mais elle semble bien plus intéressée par ce que fait Drauca que par l'homme qu'elle chevauche. Les deux femmes sont en pleine compétition et leurs partenaires sont, sans le savoir, l'objet de leur rivalité. Amara regarde vers la fenêtre, puis détourne les yeux, peu désireuse de voir ce que les deux clients de Béronice lui font là-bas. Didon et Cressa sont les mieux loties, occupées à faire un double massage à l'homme étendu sur le banc qu'elles occupaient.

— Je pensais que peut-être…

Amara se tait sous le regard furieux de Maria, qui ne voit pas où elle veut en venir. Que pourrait-elle dire, de toute façon ? Qu'elle s'attendait à un symposium aquatique, à impressionner des Pompéiens fortunés par la grâce de sa conversation, comme une courtisane de la haute société grecque ? Sa mortification ne vient que d'elle-même, ce qui la rend pire encore. Mieux vaut n'avoir aucun espoir que se sentir aussi idiote.

Des rires annoncent l'entrée de trois autres clients, eux aussi sortis du sauna. Cette fois, Amara n'hésite pas et traverse le bassin à leur rencontre, laissant Maria derrière elle. Ce n'est pas Victoria qu'elle imite en montant les marches, ruisselante d'eau. Elle se souvient de Félix au Palestre, sa façon de se mouvoir, les angles aigus de son corps dépassant ses rivaux à la course, la violence, la rage.

Elle se dirige à grands pas vers les hommes et les interrompt sans une trace d'excuse.

— Je suis Amara d'Aphidna, douzième cité de l'Attique, foyer d'Hélène de Troie. Qui d'entre vous pense mériter mon attention ?

Les trois hommes se regardent, amusés mais sans vraiment savoir comment réagir. L'illusion de pouvoir qu'elle s'est créée est bien fragile : elle sait bien que n'importe lequel d'entre eux pourrait lui imposer sa volonté s'il le voulait. Cette idée, au lieu de l'effrayer, ne la rend que plus agressive. Elle tend la main à celui qui semble le plus confiant des trois – le moins susceptible de l'humilier par compensation.

— Qui dirait non à pareille Amazone ? fait-il avec un sourire narquois.

Il lui prend la main et la suit jusqu'à un banc libre.

Amara en a appris plus qu'assez sur la mécanique du sexe pour savoir ce qui plaît. Tout ce qui importe ensuite est de se dissocier complètement de son corps. Elle passe en revue tout son répertoire, écartelée entre la peur et la rage. La panique ne menace de l'engloutir qu'à la fin, lorsque l'homme tente de la plaquer sur le dos. Elle lui cède en se disant que les choses se finiront plus vite ainsi.

Elle n'attend pas ensuite de voir s'il lui témoignera de la gratitude ou de l'indifférence, et lui tourne le dos pour retourner vers le bassin. Quand elle descend les marches, l'eau lui monte jusqu'à la taille, puis plus haut encore lorsqu'elle s'immerge entièrement pour nager jusqu'à la fenêtre. Elle regarde la mer. Si elle ne savait pas ce qui se déroule derrière elle, si elle ne pouvait l'entendre, elle pourrait imaginer que l'horizon qui s'étend devant elle lui appartient. Mais elle se sait tout autant prisonnière ici, baignée d'air et de lumière, que dans l'étroite obscurité de sa cellule.

Chapitre 11

Tu te crois chaste,
parce que tu es prostituée malgré toi ?

SÉNÈQUE, *Controverses*, I, 2.

Amara serre Didon contre elle et la laisse sangloter. Elles sont assises ensemble sur l'étroite couchette d'Amara. Par-dessus l'épaule tremblante de son amie, Amara peut lire l'ordre qu'elle a gravé au mur : *Baisez MOINS FORT !* Elle n'arrive plus à comprendre comment cela a pu leur sembler drôle. Le rideau est à moitié tiré pour leur laisser un peu d'intimité, mais elle n'a pas osé le fermer complètement. On entend clairement Victoria, plus loin dans le couloir, qui complimente son client pour l'exciter. Un autre viendra vite les interrompre, Didon et elle. Les femmes n'ont pas une seconde à elles la nuit, pas même pour pleurer.

— Je ne peux pas vivre comme ça, halète Didon entre deux sanglots. Je ne peux pas continuer. Je ne peux pas supporter cette vie, je ne peux pas.

— Mais tu t'en es si bien sortie aux bains tout à l'heure, lui dit Amara en lui caressant les cheveux. La plus populaire, après Victoria. Tous ces pourboires !

Elle qui avait ressenti une pointe de jalousie souhaiterait désormais que Didon ait gagné deux fois plus qu'elle.

— Concentre-toi sur l'idée de gagner suffisamment pour t'en sortir, dit-elle en la serrant plus fort. Rien d'autre n'a d'importance.

— On ne s'en sortira jamais ! s'écrie Didon d'une voix qui frôle l'hystérie en la repoussant d'un coup. On ne connaîtra jamais rien d'autre pour le restant de nos jours ! Si j'étais vraiment vertueuse, je me serais tuée avant de laisser quiconque poser la main sur moi !

— Je t'en prie, ne dis pas des choses pareilles.

— Tout ce qui était bon chez moi est mort dans cette cellule ! Félix s'en est assuré !

Didon se couvre le visage des deux mains, pour combattre ses larmes ou pour repousser ce souvenir.

— Huit deniers. C'est ça qu'on l'a payé pour ma virginité. Voilà tout ce que valait mon honneur !

— Tu n'as pas eu le choix. Ce n'était pas ta faute…

— Tu sais ce qu'il m'a dit ce matin ?

Amara ne répond pas. Elle se doutait bien que le désespoir de Didon avait quelque chose à voir avec la cruauté de leur maître.

— Il m'a demandé si je pensais que ma mère était morte. Je lui ai dit qu'elle devait l'être. Puis il m'a dit de ne pas m'en faire, que si elle était aussi belle que moi, les pirates ne l'avaient sans doute pas tuée, et qu'un homme devait la baiser quelque part, comme lui était en train de me baiser !

Didon se remet à pleurer.

— Il ne nous laisse rien… Il faut qu'il détruise tout…

Amara fixe la fumée qui s'élève de l'une des lampes d'argile dans un coin de la cellule. Un petit Priape au sourire grimaçant, l'un de ceux qu'elle a achetés chez Rusticus. La flamme s'est presque éteinte. Si elle était Victoria, elle dirait à Didon de ne pas faire attention à Félix, de l'ignorer.

— Je voudrais pouvoir le tuer pour toi, dit-elle sans intonation. Je l'ai souvent imaginé. Mais je sais ce qui arrive aux esclaves qui tuent leur maître.

Les yeux de Didon brillent dans la lumière vacillante. Amara hausse les épaules.

— Enfin, si tu veux en finir, plutôt le meurtre que le suicide.

Impossible de lire l'expression de son amie.

— Tu vois, tu n'es pas si mauvaise, reprend Amara. Je sais bien que tu n'as jamais songé à faire de mal à qui que ce soit. Pas même Félix.

— Peut-être que j'aurais dû…

— Non, dit-elle en lui prenant la main. Tu es l'une des personnes les plus gentilles que je connaisse. C'est pour ça que je t'aime autant.

— Plus que l'esclave du potier ? demande Didon en s'essuyant les yeux de sa main libre. Je sais que c'est lui que tu es allée voir l'autre jour…

La lampe fumante s'éteint. Dans la cellule d'à côté, ils entendent le client de Béronice hurler, sans doute de plaisir. Les heures les plus courues de la nuit approchent, et chaque seconde de solitude est pour les femmes une seconde volée. Amara jette un regard au rideau.

— Je ne suis pas allée voir Ménandre. Même si j'en avais envie.

— Alors, où…

— Je suis allée voir Félix au Palestre.

— Mais pourquoi ? s'exclame Didon, l'air plus choqué que lorsque Amara a avoué ses envies de meurtre.

— Pour une question d'argent. Parce que j'essaie en son nom de pousser des femmes désespérées à faire un emprunt. Elles ne sont pas aussi désespérées que moi, mais quand même… Je n'en suis pas fière.

Elle se hisse entièrement sur le lit et croise les jambes.

— Soit on décide de continuer à vivre, soit on abandonne. Et si c'est la première option que l'on choisit, il faut tout faire pour y parvenir.

— Je ne suis pas aussi forte que toi…

— Tu l'es plus que moi. Tu as tout perdu en un jour ! Moi, j'ai eu des années pour m'y habituer. Je n'arrive même pas à imaginer ce que tu as pu ressentir. Arrachée d'un seul coup à la sécurité de ta famille, emmenée sur ce bateau… Tout ce que tu as traversé… Mais tu as survécu.

Didon tire sur l'une des coutures du matelas, sans lever les yeux, et enroule un fil autour de son doigt, si serré qu'il lui mord la chair.

— Parfois, je me dis que je l'ai bien cherché… Je ne voulais pas de l'homme que mon père avait choisi pour moi. Je m'en plaignais encore à ma cousine quand les pirates ont attaqué. Avant ce jour-là, voilà la pire chose que je pouvais imaginer : être unie à un homme laid qui vend du fromage…

Amara a presque envie de rire, mais l'expression affligée de Didon l'en empêche. Avant qu'elle trouve quelque chose à dire, Thrason passe la tête par la porte.

— L'un de ces connards bourrés a vomi dans le couloir. Il nous faut plus d'eau.

— Fabia ne peut pas s'en charger ?

— Elle est déjà en train d'essayer de nettoyer, elle ne peut pas tout faire. Et puis, de quoi tu te plains ? Tu n'as sucé quasiment personne cette nuit. Putain de paresseuse !

Thrason fait un pas en avant, mais Amara saute sur ses pieds avant qu'il puisse lever la main pour la gifler. Elle se baisse pour lui passer devant en attrapant le seau posé sur le seuil.

— Pardon, pardon, j'y vais…

Didon ramasse l'une des lampes à huile et se hâte de la suivre. La puanteur les frappe dès qu'elles sortent de la cellule. Elles contournent la flaque sur le sol, en manquant de bousculer Fabia qui se redresse.

— Remplissez le seau à ras bord, dit-elle en jetant un regard noir au coupable.

L'homme ivre, taché de vomissures, pelote Cressa en tentant de la persuader de le prendre dans sa cellule, alors que c'est à peine s'il arrive à rester debout. « Tellement jolie… », marmonne-t-il, insensible à son air révulsé.

Amara et Didon sortent par la porte de derrière, en passant devant l'entrée des appartements de Félix.

Didon tient haut la lampe pour éclairer leur chemin, ce qui fait bondir leurs ombres. Le vacarme et la lumière de l'Éléphant les accompagnent un temps, puis une obscurité presque totale les enveloppe. La lune n'éclaire que les contours des maisons en y laissant des puits de ténèbres insondables. Le cœur d'Amara lui bat aux oreilles. Elle a toujours détesté sortir la nuit.

Elles marchent lentement, avec mille précautions, en tentant de ne pas trébucher. Les volets de bois sont fermés à toutes les façades des maisons et des commerces devant lesquels elles passent. Peu de gens sortent à cette heure, à moins de se rendre à la taverne ou au bordel. Ou d'être des voleurs. Amara sait que leur pauvreté n'est pas une protection ; beaucoup d'hommes seraient prêts à voler ce que vend Félix. Elle lève les yeux vers l'une des fenêtres obturées. Personne ne se ruerait dehors pour répondre aux cris d'une femme en pleine nuit.

Le puits est au bout de la rue.

— Tiens la lampe bien haut, murmure-t-elle à Didon.

Elle se penche sur la margelle, qui s'est affaissée au fil du temps sous la pression d'innombrables mains. Tandis qu'elle actionne la pompe, la flamme tremblote. L'eau coule de la gueule de pierre. Remplir un seau ne lui a jamais paru si long.

— Quelqu'un arrive ! siffle Didon.

Amara se redresse, peu désireuse de tourner le dos à ce qui approche. Elle et Didon se pressent l'une contre l'autre. Un bruit de pas, plus assuré que leur trottinement de souris dans la rue. Puis une lampe. Un homme avec un seau. C'est Nicandrus.

— Qu'est-ce que vous faites là ? s'étonne-t-il.

La lumière de Didon vacille en tous sens : sa main tremble de terreur. Nicandrus pose son seau dans un bruit de ferraille et accourt vers elle.

— Tout va bien, dit-il en lui passant son bras autour de la taille pour la soutenir. Tout va bien. Vous tremblez, toutes les deux… Vous n'avez même pas de capes !

— On n'a pas eu le temps…

Amara s'arrête là. À quoi bon expliquer qu'elles sont sorties sans se couvrir parce qu'elles avaient peur de Thrason ?

Cette gentillesse si inattendue est trop pour Didon. Toute son émotion, déjà à fleur de peau, déborde à nouveau, et elle se remet à pleurer. Nicandrus lui prend doucement la lampe des mains et la tend à Amara, ainsi que la sienne.

— Tout va bien, répète-t-il en la serrant contre lui.

Rien ne va, songe Amara qui se sent idiote à les éclairer tous deux, enlacés dans l'ombre comme des amants. *Rien ne va dans nos vies.*

— Je suis désolée…, fait Didon, si gênée qu'elle presse son visage contre son épaule.

— Tu n'as pas à t'excuser, vraiment pas du tout.

Et en effet, Nicandrus semble loin d'être désolé par la situation. Il défait sa cape pour la lui tendre.

— Tiens, couvre-toi… Enfin, *vous* pouvez la partager, se reprend-il en regardant Amara.

— Il vaut sans doute mieux que je tienne les lampes.

Nicandrus enveloppe Didon dans sa cape, en prenant le temps de la lisser sur ses épaules, peu désireux de la lâcher.

— Je m'occupe de l'eau.

Il se dirige vers le puits et se met à remplir leur seau, deux fois plus rapide avec la pompe qu'Amara. Cela fait, il le met de côté et place le sien dans le creux de pierre.

— Les rues ne sont pas sûres pour vous. Zoskalès n'enverrait jamais Sava dehors à cette heure.

— Zoskalès n'est pas Thrason, répond Amara. Ou Félix.

— Je sais. Je suis désolé, dit Nicandrus en soulevant le second seau. Je voudrais pouvoir… Je voudrais…

Il les regarde – Didon emmaillotée dans sa cape, Amara raide comme un piquet, toutes deux à attendre qu'il finisse sa phrase.

— Tu ne mérites rien de tout ça, dit-il à Didon comme si Amara n'était pas là.

Puis il ramasse les deux seaux.

— On ferait mieux d'y aller. Zoskalès ne me lâche pas si je traîne trop.

Amara tend l'une des lampes à huile à Didon et la fait passer devant. Nicandrus suit, et Amara ferme la marche, l'autre lampe à la main. À deux, le chemin est mieux éclairé, et même si Nicandrus est très maigre et ne représente pas à lui seul de quoi les protéger des voleurs, sa présence demeure rassurante.

À la porte arrière du bordel, Amara s'apprête à se glisser à l'intérieur en laissant un moment d'intimité à son amie, mais Didon se tient sur le pas de la porte en l'empêchant de passer. Elle passe sa lampe à Amara d'une main qui ne tremble plus et rend sa cape à Nicandrus. Puis elle se penche et lui prend le seau pour le tenir devant elle comme un bouclier, en se renversant un peu d'eau sur les chaussures.

— Merci, répond-elle sans le regarder dans les yeux.

Tous trois restent sur le seuil sans rien dire. À l'évidence, Nicandrus meurt d'envie de serrer Didon contre lui, de l'embrasser, n'importe quoi qui puisse faire renaître leur moment d'intimité près du puits. Mais, de façon tout aussi évidente, ce moment s'est désormais enfui.

— À ton service, répond-il avec un signe de tête avant de repartir vers la taverne.

Amara le regarde s'en aller avec tristesse.

— Je pense qu'il espérait…

— Bien sûr qu'il l'espérait, coupe Didon.

— Il ne te plaît pas ? Je crois qu'il tient vraiment à toi.

— Si.

— Mais alors…

Didon la regarde, les traits tirés. Ses jointures blanchissent autour de l'anse du seau.

— Je ne supporte pas qu'un homme me touche. J'ai l'impression qu'ils sont tous Félix. Même quand Nicandrus m'a prise dans ses bras, je voulais lui rendre son étreinte, mais je n'arrêtais pas de me dire qu'il était sur le point de me faire du mal.

Amara va lui répondre que Nicandrus ne ferait jamais une chose pareille, puis s'aperçoit qu'elle n'en sait rien. Peut-être qu'il est comme les autres, après tout.

— Je comprends, dit-elle.

— Enfin ! s'écrie Fabia en prenant le seau des mains de Didon lorsqu'elles rentrent dans le bordel. Elle envoie une giclée d'eau sur le sol et se met à balayer les salissures vers la porte d'entrée. Un homme qui y patientait s'écarte d'un bond.

— Fais gaffe, sale vieille ! Bon, laquelle est pour moi ? fait-il en regardant Didon et Amara.

Les traits de cet homme n'ont rien de familier, et pourtant, Amara pourrait l'avoir déjà croisé mille fois. Débraillé, ivre, brutal, sans doute. Elle songe à Cressa, dont la générosité l'a un jour atteinte par-delà les ténèbres, à ce que cela a signifié pour elle, perdue dans sa terreur.

— Ma cellule est là, dit-elle en lui désignant la porte.

L'homme s'avance d'un pas incertain sur le sol mouillé, en évitant la brosse de Fabia qui s'active toujours. Didon se penche vers Amara pour lui murmurer un remerciement, si bas que le client ne peut l'entendre.

Celui-ci les écarte pour entrer dans la cellule, et Didon se détourne. Amara le suit et tire le rideau. Il s'assoit lourdement sur le lit et déclare :

— Je m'appelle Publius.

— Quel plaisir de te rencontrer, Publius. Je m'appelle Amara.

Elle se déshabille en prenant son temps, pas pour l'exciter mais pour s'offrir un maigre délai. À sa place, Victoria débiterait ses phrases habituelles pour réchauffer l'atmosphère. Mais le besoin ne s'en fait pas sentir : Publius admire déjà son corps nu.

— Que tu es belle ! s'écrie-t-il.

Amara a presque pitié de cet homme qui ne soupçonne rien de son amertume. Elle le remercie en souriant puis s'avance vers le lit et s'agenouille pour lui ôter ses bottes.

— Tu as l'air fatigué, reprend-elle sans réfléchir.

— Longue journée à la boulangerie.

Elle continue à le déshabiller. Au moins, ce n'est pas un monstre, pas comme les riches et vieux clients des bains. Le souvenir lui fait brûler les joues. Tout cet effort pour à peine un denier de plus… Si cette journée lui a appris quelque chose, c'est que les riches sont plus pingres que les pauvres. Comment a-t-elle pu être stupide au point de s'imaginer qu'un endroit dirigé par un homme comme Vibon la conduirait à la liberté ?

Amara se couche près de Publius. Elle songe au prêt contracté au Forum, à ce qu'elle a ressenti quand Marcella a signé. De la culpabilité, mais aussi de l'exultation. Elle laisse Publius l'embrasser, passive comme une pierre. C'est elle qui devrait faire un effort, pas lui, mais il n'a pas l'air de s'en formaliser. La rage qui brûle toujours sous la surface de son être s'enflamme à nouveau. Pourquoi s'en formaliserait-il ? Il a déjà bien de la chance de pouvoir la toucher.

Elle entend la voix de Félix dans sa tête. *Tu le ferais, pas vrai ? Tu les mettrais tous en pièces.*

Il ne semble pas mauvais, ce Publius, qui travaille à la boulangerie. Peut-être a-t-il une épouse, une famille qui l'attend. Le mettrait-elle en pièces ? Elle n'a même pas besoin de se poser la question. Elle se lève et baisse les yeux sur son amant hors d'haleine. Le reflet orangé de la lampe lui enflamme les yeux. Si elle doit collaborer avec Félix pour s'en sortir, elle le fera. Elle ferait n'importe quoi.

APRILIS

Chapitre 12

Jeunes filles aux vénales amours,
c'est à vous d'honorer Vénus ; Vénus protège le trafic
de celles qui se sont vouées à toutes les voluptés.
Demandez-lui, pour prix de votre encens, la beauté,
la faveur du peuple ; demandez-lui les caresses
qui charment, et les paroles folâtres qui éveillent l'amour.
Donnez à votre souveraine la menthe, qu'elle recherche,
avec le myrte qui lui est consacré, et des guirlandes
où le jonc tressé s'entrelace à la rose.

OVIDE, *Fastes*, IV.

Amara est prise dans un flot de femmes dont elle ne pourrait s'extraire même si elle le souhaitait. Il y en a tant qu'elles ont débordé des trottoirs pour se répandre dans la rue. La boue lui éclabousse les jambes, mais elle s'en moque. Leur foule est bruyante, pleine de chants, de rires et de tintements des grelots qu'elles portent aux poignets et aux chevilles. Le doux parfum de la menthe se mêle aux odeurs de transpiration. Jamais elle n'aurait imaginé que Pompéi comptait tant de prostituées.

En tête de la procession, trop loin pour qu'elle les voie, des musiciens jouent à la flûte un air criard, et son sang bat en rythme. Elle serre la main de Didon dans la sienne. Le khôl appliqué par Amara autour des yeux bruns de son amie a un peu coulé, mais ils n'en semblent que plus frappants. Elle n'avait encore jamais assisté aux Vinalies, sans parler d'y prendre part. Aucune jeune fille respectable ne se rendrait au festival d'Aprilis qui célèbre les putains et le vin ; aucune ne tenterait de l'apercevoir par la fenêtre.

Mais même sans elles, le public ne manque pas. Les gens se pressent sur les parvis des échoppes ou aux balcons pour voir les femmes passer. Des hommes traînent en marge de la procession, occupés à boire et à hurler, tentant de leur arracher un baiser ou plus encore. Amara sait que Félix, Thrason et Gallus sont là, dans la foule, à les surveiller, même si elle ne peut les voir. Après tout, les femmes ne sont pas là que pour faire la fête, mais aussi pour vendre. Tout à Pompéi est tourné vers le profit.

— Allez, ne traînez pas ! crie Victoria en se retournant.

Elle est pratiquement nue et a tressé ses cheveux de myrte, les fleurs de la déesse elle-même. Amara sait combien ce jour compte pour elle. Être qualifiée d'*infamia* toute sa vie, incapable de laver son honneur même en regagnant sa liberté, est une honte qui peut ronger jusqu'à l'os, si on ne la combat pas. Mais les Vinalies renversent l'ordre social : en ce jour, les rues sont à elles. Nul ne pourrait nier l'importance qu'ont les prostituées pour la déesse protectrice de Pompéi.

— Regardez Vénus ! crie Béronice en tendant le doigt.

Dans la montée vers le Forum, elles aperçoivent

la statue de plâtre plus clairement. Hissée sur une plate-forme, elle domine la foule, comme il sied à une immortelle, drapée de guirlandes et dansant sur les épaules des esclaves de son temple.

— Je vais lui demander de m'aider à épouser Gallus ! dit Béronice qui cherche son amant des yeux dans la foule. Il m'a acheté des roses pour mon offrande.

— Il te les a *achetées* ? répète Amara.

— Enfin, il va le faire… Quand on arrivera au Forum.

— S'il a la chance d'en trouver encore ! Tout sera vendu ! remarque Cressa.

Béronice ne lui répond pas : elle a repéré son bien-aimé et court vers le bord de la procession pour être plus proche de lui.

— Elle n'est pas vraiment discrète… Félix va les voir, non ? demande nerveusement Didon.

— Je suis sûre que ça lui va très bien, répond Cressa. Toutes ces bêtises les rendent obéissants, tous les deux.

Au Forum, leur flot se heurte à un rivage humain. Des vendeurs à la sauvette se glissent dans les méandres de la foule, des plateaux suspendus aux épaules, chargés de tout et n'importe quoi, des guirlandes jusqu'aux tartes salées. Sans oublier le vin, bien sûr. Vénus n'est pas la seule déesse que l'on vénère aux Vinalies : la célébration vise aussi à remercier Jupiter pour les vignobles florissants de la Campanie. Bien qu'elle ne puisse les voir, Amara sait que les fidèles versent du vin sur son autel, un sacrifice pour plaire au plus libidineux des dieux – quoique, vu leur état, ils doivent en avoir versé plus encore dans leur propre gosier. Ceux qui ne sont pas encore trop ivres acclament l'arrivée des femmes et s'avancent vers elles, ce qui achève de paralyser leur procession. Au-devant, les musiciens soufflent avec plus d'ardeur encore dans leurs flûtes, pour que les hommes ouvrent le passage à la déesse. Amara sent une main lui agripper le bras et se retourne d'un coup. Félix.

— Ne t'éloigne pas, dit-il comme si elle avait le choix avec ses doigts qui lui rentrent dans la chair.

En regardant autour d'elle, Amara se rend compte qu'elle a perdu de vue Béronice et Victoria. Cressa est coincée avec Thrason. Il ne reste à ses côtés que Didon.

— Et les autres ?

— Gallus s'en occupe. Concentrez-vous sur l'arrivée au temple.

Elles avancent à petits pas, si lentement que c'en est presque douloureux. La présence de Félix l'empêche de se faire piétiner, mais étouffe aussi son excitation. Il la tient par le bras pour la diriger dans la foule, l'entraîner vers l'avant, et sa poigne lui rappelle qu'il la possède. On dirait un jour comme un autre, pas le bref moment de liberté qu'elle s'était imaginé. Dans ses mains en sueur, les brins de menthe et de myrte se fanent déjà. Fabia est sortie très tôt leur acheter des offrandes, mais n'a pas ramené de roses : Félix les trouve trop chères pour ce qu'elles sont.

Enfin, la déesse atteint l'étroite rue qui mène au temple. La Vénus de plâtre se balance dangereusement sur les épaules des esclaves qui progressent sur les pavés disjoints. Les femmes suivent dans le passage qui fait entonnoir. La boue est encore plus épaisse ici, et Amara préfère ne pas songer à ce qui se trouve sans doute dans ces flaques malpropres qui lui éclaboussent les mollets ; la foule est si dense qu'elle ne peut voir ses propres pieds. Passer sous l'arche qui mène à la cour du temple lui donne l'impression de traverser une passoire. De l'autre côté, un peu plus d'espace, qui lui permet de respirer.

Elle n'était encore jamais venue ici. La place est immense, près de la moitié du Forum, et bien que le temple lui-même ne soit qu'à demi bâti, la grande colonnade qui l'entoure sur trois côtés donne l'illusion de s'ouvrir sur le ciel. Malgré la foule, depuis le sommet de la colline, elle aperçoit l'eau scintillante de la baie et la brume bleue des montagnes. Cette vue la subjugue. La première fois qu'elle a vu la mer, c'était au Pirée, en attendant qu'on l'embarque sur un bateau avec les autres marchandises. L'eau semblait alors si sombre, si terrible : le sauvage royaume des monstres qui ont empêché Ulysse de rentrer chez lui. Mais ici, à Pompéi, la mer semble différente. Depuis les hauteurs, elle se pare d'une illusion de calme, tel un miroir d'argent poli, reflétant le ciel.

Le vacarme des cors et des flûtes attire de nouveau son attention sur la cérémonie. Les esclaves ont emporté leur Vénus peinte jusqu'en haut de l'escalier, sur l'estrade, et l'ont déposée devant l'autel. Face à la foule se tient la déesse de l'amour. Ses yeux soulignés de noir lui donnent un air pénétré, scrutateur. Elle n'est vêtue que de ses bracelets d'or et des guirlandes pendues à son cou. Derrière elle, le temple n'est qu'une coquille à demi achevée. Les fidèles n'ont d'ordinaire pas le droit d'y entrer, mais les prêtres semblent espérer que les offrandes du jour encourageront la déesse à bénir la construction. Amara aperçoit Gallus, et près de lui Victoria et Béronice, coincés ensemble. Cette dernière se penche contre son amant, et Amara s'aperçoit avec surprise qu'elle tient une rose, une seule, contre sa joue.

Les flûtes se remettent à criailler, et la cérémonie commence. Un ruban de fumée parfumé de cannelle atteint Amara, qui inspire profondément. Les prêtres brûlent de l'encens et font des offrandes de grain et de vin. L'un d'eux sous-estime la puissance du feu, et des étincelles tourbillonnent vers la déesse qu'un assistant doit protéger de son corps. Dans la foule, on échange des murmures, des regards. Ne serait-ce pas un mauvais présage ? Amara lève les yeux vers Félix, qui reste impassible. Il ne doit pas être particulièrement pieux, ou il leur aurait acheté de plus belles guirlandes.

Puis les femmes sont invitées à approcher des marches. L'espace d'un moment, Amara se demande si Félix compte les accompagner, mais il lui lâche le bras et leur fait signe d'y aller, à elle et Didon. Cressa les rejoint en articulant une prière sans bruit, et elles s'avancent bras dessus, bras dessous. Que peut-elle bien souhaiter ? Amara baisse les yeux sur sa propre offrande, tout écrasée. Petite fille, elle ne priait qu'Athéna. Elle ne sait pas quoi demander à sa nouvelle maîtresse, et n'est pas si certaine de croire aux dieux tout court.

Les esclaves du temple se sont postés au bas des marches pour empêcher des fidèles zélés de s'approcher trop près de l'autel. Certaines femmes sanglotent, lèvent les bras vers la statue, pour tirer parti du moment autant que possible. D'autres se contentent de laisser tomber un brin de menthe avant de s'en aller. Victoria et Béronice y sont déjà. Béronice lance sa rose à la tête de la déesse avec tant de force qu'un assistant la réprimande. Victoria est inhabituellement silencieuse et défait presque tout le myrte de ses cheveux. Elle l'embrasse avant de le laisser choir. Cressa lâche le bras d'Amara pour passer devant. Amara et Didon restent en retrait, hésitantes.

— Qu'est-ce qu'on lui demande ? murmure Didon.

Amara lève les yeux vers Vénus. Jamais encore elle ne s'était retrouvée si proche de la statue. Ces yeux peints, si noirs, si écartés, semblent non seulement vigilants, mais furieux. *Ce n'est pas que la déesse de l'amour*, songe Amara. *C'est une déesse qui pousse les hommes à la folie, qui détruit les guerriers. C'est par elle qu'est tombée Troie.*

— Qu'elle nous donne du pouvoir sur les hommes.

Amara entraîne Didon vers les marches. Elle prend son brin de myrte entre ses mains et l'écrase pour qu'il relâche son parfum. *Puissent les hommes tomber entre mes mains comme cette offrande tombe à tes pieds, ô Aphrodite. Puissé-je connaître le pouvoir que confère l'amour, sinon sa douceur.* Elle laisse chuter sa guirlande défraîchie sur la pile grandissante des offrandes qu'entassent les prostituées de Pompéi au désespoir.

Chapitre 13

Femmes, apprenez donc à chanter ;
il en est plus d'une à qui la beauté de sa voix
a tenu lieu d'attraits.

OVIDE, *L'Art d'aimer*, Livre III.

Les filles de Félix traînent à l'entrée du Forum, sans savoir dans quelle direction se diriger. La fièvre des Vinalies bat son plein. Des gens déjà ivres se tiennent en cercle, encouragés à danser et à s'amuser par les musiciens et les artistes de rue. Sur les bords de la place, des marchands de vin s'activent derrière leurs étals pour s'assurer que tout le monde a de quoi boire. Le maître a donné à ses louves la permission de s'amuser jusqu'au soir, une liberté inouïe. Comme pour souligner ses paroles, Félix les a déjà abandonnées pour aller rejoindre un groupe d'hommes. Amara ne sait pas comment s'occuper.

— Ne restez pas là ! lance Cressa en les poussant, elle et Didon, vers le marchand de vin le plus proche. Profitez-en !

Elle-même s'achète deux flasques de vin au miel et vide la première d'une traite, gardant l'autre en réserve. Les flasques sont chères, car les marchands savent qu'ils en perdront certaines et que leur clientèle ne peut aller se fournir ailleurs. Même un jour de festival, Amara n'a guère envie de dépenser l'argent qu'elle économise pour son futur. Elle aura bien le temps de boire quand elle sera libre.

— On en partage une ? propose-t-elle en prenant une flasque sur le plateau tendu d'un marchand.

— Je paierai la prochaine, acquiesce Didon.

— Amusez-vous un peu, merde ! rigole Victoria en lui lançant un coup de coude. On dirait deux vieilles femmes !

Elle-même s'achète une flasque et tend l'argent au marchand en levant les yeux au ciel, histoire de faire passer le message. L'homme la regarde de haut en bas : elle a noué un bout de tissu autour de ses seins, un autre autour de ses hanches, en découvrant entièrement ses jambes et sa taille.

— Bien parlé, déesse ! Ce n'est pas tous les jours qu'on vend à Vénus elle-même. Pour un baiser, je t'offre la prochaine…, fait-il en se léchant les lèvres.

Victoria descend son vin et abat la flasque vide sur le plateau, en faisant trembler le sombre liquide dans les jarres.

— Marché conclu !

— En voilà une qui se décide vite, commente le marchand.

— Tu le veux, ce baiser, ou pas ?

Il se penche en avant avec empressement, mais elle se recule d'un pas.

— D'abord, le vin ! Mon amie le tiendra pour moi, dit-elle en désignant Amara.

Après s'être exécuté, le vendeur la prend par la taille, en tenant son plateau de l'autre main. Avant qu'Amara ne puisse crier un avertissement, il saisit le nœud dans le dos de Victoria et le tire vers le bas en essayant d'exposer sa poitrine. Elle le repousse brutalement et il s'éloigne pour protéger son plateau.

— Ça, ça te coûtera plus qu'un peu de vin ! s'esclaffe Victoria en rajustant son haut. Si tu en as envie, viens me retrouver tout à l'heure à l'Antre des Louves, à supposer que tu aies de quoi payer !

Elle prend le vin de la main d'Amara, et toutes les trois s'enfoncent dans la foule.

— C'est la meilleure façon d'obtenir à boire aux Vinalies, explique Victoria. Il ne faudrait pas avoir à payer pour plus d'une flasque…

— J'ai l'impression que Béronice n'en paie aucune, remarque Didon. Je viens de voir Gallus lui en acheter une.

— Il a intérêt, après le nombre de fois où il a couché avec elle pour rien !

Elles s'arrêtent devant un joueur de flûte autour duquel s'est formé un petit cercle. Une femme danse sur la musique, applaudie et acclamée par son public d'hommes tandis qu'elle s'accroupit presque jusqu'au sol, les fesses et les cuisses tremblant sous l'effort.

— Drauca ! s'écrie Victoria.

Après un moment passé à la regarder, elle n'y tient plus et tend pour de bon sa flasque à Amara avant de se frayer un chemin jusqu'au centre du cercle, en ignorant les sifflets, pour faire face à sa rivale.

— Je vais te montrer comment on bouge !

Et elle se lance dans la danse, en remuant les

hanches, les fesses, en se secouant pour le public qui lui hurle des encouragements. Drauca n'hésite qu'une seconde avant d'accepter le défi. Le joueur de flûte accélère le tempo, jusqu'à aller si vite qu'on se demande comment vont faire les danseuses pour garder le rythme, mais elles y parviennent. L'un des hommes les asperge de vin, et d'autres l'imitent en leur criant toujours de continuer. La peau rouge et luisante, dansant avec une férocité de loup, Victoria et Drauca ne ressemblent pas à des prostituées, mais plutôt à des ménades, ces acolytes enfiévrées de Dionysos, sur le point de se mettre mutuellement en pièces.

— Vous voilà ! lance Béronice en arrivant. On vous cherchait partout !

Elle s'est drapée sur Gallus comme une guirlande, les joues rouges. Nicandrus les suit, un petit bouquet de roses à la main. Béronice se dresse sur la pointe des pieds pour voir d'où viennent les cris, et reconnaît Victoria.

— Mais quelle frimeuse ! Et elle a enlevé tous ses vêtements… Ça te plaît ? dit-elle en se tournant anxieusement vers Gallus. Je peux danser comme ça pour toi, si tu veux… Tu voudrais que je le fasse ? Ça t'exciterait ?

En guise de réponse, Gallus la prend dans ses bras et lui fourre sa langue dans la bouche. Comme tous deux semblent peu désireux de s'interrompre pour respirer, Nicandrus s'avance.

— C'est pour toi, dit-il à Didon.

— Merci, répond-elle en pressant les roses contre son cœur. Tu es toujours si gentil…

— Je reviens, marmonne Amara.

Elle s'attend à demi à ce que Didon la retienne, mais sa timidité semble s'être apaisée, sous l'effet soit du vin au miel, soit de l'atmosphère. Lorsque Nicandrus se penche vers elle pour lui dire quelque chose, elle sourit, ce qui fait plaisir à voir.

Amara ne sait toujours pas où elle veut aller. La flasque de vin que lui a tendue Victoria est tiède dans sa main, et elle en boit quelques gorgées en parcourant la place à pas lents. Elle s'arrête de temps à autre pour écouter des musiciens, et se demande si Salvius est dans les parages avec sa flûte.

Il y a plus d'espace autour d'elle que pendant la procession. Le vacarme des musiciens qui luttent pour se faire entendre, des clameurs, des rires, tout cela résonne sur la pierre et s'élève dans l'air tiède, comme une offrande aux dieux. C'est la première fois qu'Amara se retrouve ainsi seule dans une foule. Elle jette de brefs regards à ceux qu'elle croise, peu désireuse d'attirer l'attention, mais cherchant à sonder les gens qui l'entourent. A-t-elle couché avec certains de ces hommes ? Difficile à savoir. Au bordel, elle essaie de ne pas se concentrer sur leur visage.

Elle accélère le pas pour retrouver l'endroit où elle a laissé Didon ; elle sait bien qu'elle ferait mieux de ne pas trop s'éloigner de ses amies. Concentrée sur son but, elle manque de rater Ménandre, qui marche vers elle en dévisageant toutes les femmes qu'il croise, le front plissé d'inquiétude. Puis il l'aperçoit, et s'illumine.

— Te voilà ! Je savais que je te trouverais !

Sa joie, qu'il n'essaie pas du tout de dissimuler, la réchauffe autant que l'alcool.

— Je parie que tu dis ça à toutes les filles des Vinalies ! rit-elle.

— Tu sais bien que ce n'est pas vrai, Timarété.

Comme toujours, le brusque passage au grec lui donne un coup au cœur.

— Rusticus est un maître bien généreux, pour te laisser te promener autant que tu veux dans un festival de vins…

— Oui, mais sa générosité a des limites. Je n'ai qu'une heure.

Amara ne peut détourner les yeux de son visage. Elle repense à sa prière à Aphrodite. *Puissé-je connaître le pouvoir que confère l'amour, sinon sa douceur.* Peut-être la déesse la punit-elle pour son arrogance. Elle tend la main à Ménandre.

— Alors, autant ne pas la gâcher.

Ils marchent ensemble dans la foule, d'abord sans rien dire, sans même savoir où ils se rendent, portés par un courant de bonheur partagé.

— Je suis retourné trois fois au Moineau depuis la dernière fois, explique-t-il. Toutes mes soirées libres… Le tenancier m'a dit que tu ne venais d'habitude que pendant la journée.

— Mais tu as continué ?

— Bien sûr ! Une petite chance de te voir était mieux qu'aucune.

L'idée de Ménandre l'attendant juste un peu plus loin dans la rue alors qu'elle ne peut le rejoindre est presque trop douloureuse.

— Je suis désolée de ne pas avoir été là.

— Est-ce que ton maître te laisse du temps libre pour les jeux ? Sûrement ceux de juillet. Traditionnellement, ils sont pour les esclaves aussi…

— Juillet ? répète Amara, horrifiée à l'idée d'une date si loin dans le futur.

— Tu ne pourras pas m'attendre aussi longtemps, c'est ça ?

Elle sait bien qu'il la taquine. Il y a sur son visage la même confiance que lorsqu'il avait affirmé, lors de leur première rencontre, que la lampe qu'elle tenait était de lui. Elle ne veut pas tout lui accorder d'un coup et sourit.

— Peut-être bien…

À l'extrémité du Forum, où les ont menés leurs pas, un musicien joue un lent morceau mélancolique à la lyre. Amara le regarde en imaginant la vibration des cordes sous ses propres doigts.

— J'en jouais, avant. Mon père aimait m'entendre chanter le soir. Mais seulement en privé, ajoute-t-elle en espérant lui faire comprendre qu'elle appartenait autrefois à une maisonnée respectable.

— Pourquoi tu ne lui demanderais pas si tu peux l'emprunter ? Pourquoi pas ? insiste-t-il lorsqu'elle rit comme s'il plaisantait. C'est les Vinalies ! Tu devrais être libre d'exiger ce que tu veux.

C'est alors qu'Amara aperçoit Didon, à présent seule, ce qui lui évite de répondre. Béronice et Gallus ont disparu.

— Voilà mon amie, dit-elle en la désignant. On ferait mieux de la rejoindre.

— Je me souviens d'elle… Elle a une très belle voix.

Amara les présente à nouveau l'un à l'autre et se réjouit de voir que Didon fait semblant de ne pas reconnaître Ménandre. Jamais il ne pourrait se douter qu'elles ont passé plus d'heures à parler de lui que des prêtres n'en passent à lire l'avenir dans les entrailles répandues sur les autels.

— Où est Nicandrus ? demande-t-elle à Didon.

— Il n'avait que quelques minutes de libre. Il voulait juste me donner mes roses.

Le joueur de lyre se lance dans un morceau plus entraînant. Un couple non loin de là l'acclame et se met à danser. Didon se balance en rythme, son bouquet à la main.

— Moi aussi, je vais devoir partir bientôt, dit Ménandre en regardant Amara. Tu m'accorderais une danse ?

— Je ne suis pas sûre de savoir comment… Je n'ai jamais dansé qu'avec des femmes.

Elle songe à un mariage où elle s'était rendue, à sa joie en faisant la ronde avec ses cousines. Ménandre lui prend les deux mains et l'attire plus près de la lyre.

— Tout le monde est ivre. On peut inventer ce qu'on veut.

Après un moment d'hésitation, elle se laisse gagner par l'enthousiasme des gens qui tapent des pieds et tournent sur eux-mêmes. Ils se prennent le bras, font un tour, s'arrêtent et tapent des mains, puis recommencent, de plus en plus vite, encore et encore, jusqu'à ce qu'elle s'écroule contre lui en éclatant de rire. Le musicien finit son morceau dans un arpège et salue en présentant sa lyre.

— Demande-lui maintenant ! Je veux te voir en jouer avant que je parte.

— Je ne peux pas, répond-elle en fixant l'instrument avec regret.

Ménandre la lâche et va voir le musicien. Après l'avoir salué, il fait un signe vers elle, et tous deux ont une conversation animée. Puis le joueur de lyre hoche la tête et lui fait signe d'approcher.

— Comment pourrais-je refuser une telle requête ? lui dit-il en grec comme elle s'avance. Bien sûr, bien sûr !

Il lui tend l'instrument. Amara, l'espace d'un instant, ne ressent que de la panique. Qu'a bien pu lui raconter Ménandre ? Son esprit s'est vidé, elle ne se souvient d'aucune mélodie, ne saurait même pas comment jouer une seule note. En levant les yeux, elle voit des curieux la fixer, l'air de se demander ce qu'elle compte jouer. Didon la regarde aussi.

— Chante avec moi ! l'interpelle Amara avec une touche de désespoir dans la voix.

— Quoi ? lui murmure Didon en s'approchant hâtivement. Qu'est-ce que tu racontes ? On ne peut pas chanter ici !

— Et cette chanson d'amour que nous a apprise Salvius ?

— Je ne sais pas si je pourrai m'en souvenir…

Mais Amara a déjà fait sonner les cordes avec son plectre ; elle sent ses joues la brûler à l'idée de rendre la lyre sans en avoir joué. Les premières notes lui semblent horriblement discordantes. Elle n'est pas habituée à cet instrument, qui a sept cordes et non pas dix. Il lui faut un moment pour comprendre quels accords lui permettront de recréer la chanson populaire de Campanie, et dans sa concentration pour y parvenir, elle oublie la foule, et même Ménandre. Chaque fois qu'elle touche les cordes, sa confiance grandit, et la musique sonne mieux. Elle se lance dans le premier couplet, et Didon se joint à elle, à son grand soulagement.

Leur public tape des mains, et plusieurs personnes chantent avec elles, ce qui leur permet de se remémorer les paroles. Amara a conscience que Ménandre sourit et hoche la tête en signe d'encouragement, mais peine à le suivre du regard avec les danseurs qui passent en ronde devant ses yeux. À la place, elle se tourne vers Didon et la trouve emportée par la performance, auréolée d'une confiance qui la fait ressembler à une autre – toute l'audace qu'elle n'arrive jamais à rassembler en faisant le trottoir. Amara croise son regard et elles se mettent à chanter l'une à l'autre, jusqu'à en faire une conversation, un échange de mimiques, de gestes, de sentiments, même si elles chantent à l'unisson. Elles reprennent du début, mais cette fois, Amara reste silencieuse pendant que Didon chante la voix du berger, et Didon, comprenant où elle veut en venir, lui laisse le rôle de la belle. Le chant devient un duo, et elles accentuent les éléments comiques, Didon toujours plus suppliante, Amara toujours plus absurde dans son rejet hautain. À la fin de la chanson, Didon feint de s'effondrer, le cœur brisé, ce qui arrache quelques rires à la petite foule.

Amara rit également et cherche Ménandre des yeux, en espérant le voir satisfait, mais elle ne le trouve pas.

Son absence est un choc, mais elle est trop prise par le moment pour que la tristesse l'envahisse. Deux jeunes hommes au premier rang applaudissent et réclament un autre morceau. D'autres se joignent à eux. Amara fixe son public, ces visages tournés vers elle. Jamais elle n'avait ressenti ce pouvoir, cette impression de jouer avec les attentes des autres, de contenir ou de relâcher leurs désirs. Elle s'incline.

— Nous célébrons la déesse de l'amour ! s'exclame-t-elle. Peut-être nous laisserez-vous chanter un hymne à notre maîtresse, Aphrodite ?

Elle ne fait aucun effort pour cacher son accent et appelle délibérément Vénus par son nom grec. Les deux hommes au premier rang hurlent leur approbation, et Amara se tourne vers Didon pour lui dire à voix basse :

— Si je te chantais un couplet en grec, vers par vers, tu saurais le répéter ?

— Je pense que oui.

Amara fait résonner les cordes de son plectre, avec des accords rapides et insistants qui la transportent aussitôt à la maison de Chrémès – la façon dont il la regardait dans la lumière des lampes, avec l'avidité d'un renard qui attend un faux pas de sa proie… Ce n'est pas une chanson qu'elle a apprise dans son enfance. Le souvenir est amer. Amara s'imagine de retour aux pieds de la Vénus peinte et prend une grande inspiration, en se rappelant le myrte qu'elle a écrasé entre ses doigts, sa douce odeur.

Ô immortelle Aphrodite, fille de Zeus,
Ourdisseuse de trames, je t'implore :

Ne laisse pas, ô souveraine,
Dégoûts ou chagrins affliger mon âme !

Didon l'écoute attentivement, sans cesser de la fixer. Elle répète chaque vers un ton plus bas, d'une voix qui capte le caractère obsédant du chant. Ce n'est pas le genre d'air qui fait le tour des tavernes, comme la chanson folklorique de tout à l'heure, mais leur public est prêt à se divertir et bouge en rythme. Certains se mettent même à taper des mains après avoir saisi le tempo.

Au deuxième couplet, l'un des deux jeunes hommes pousse un cri, comme s'il venait de reconnaître la musique, et met une claque dans le dos de son compagnon. Amara les observe de plus près. La cape de l'un d'eux est retenue par une broche en bronze, ornée de gemmes rouges. Elle sourit et les invite à s'approcher. Ils sont ivres, mais pas au point de ne pas remarquer son invitation, et s'avancent avec des sourires entendus. Derrière eux, une silhouette bien plus familière : pas Ménandre, mais Félix. Flanqué de Thrason, il les observe, Didon et elle, avec une expression qu'elle prendrait pour de la fascination chez n'importe qui d'autre. Peut-être comprend-il enfin leur valeur.

Après le dernier couplet, comme elle l'espérait, les deux hommes s'approchent.

— Sappho ? demande le premier en lui touchant le bras. Un peu trop prestigieux pour les Vinalies, non ? Vous êtes de chez qui ?

Félix s'interpose, rapide comme un ruban de fumée, et s'incline.

— Ces filles-là sont à moi.

Amara ne l'avait encore jamais vu parler à des hommes d'un tel statut. Il est plus mince qu'eux, mais elle sait très bien qui aurait le dessus s'ils en venaient aux mains. C'est à peine si le premier semble remarquer sa présence ; il se tourne vers son compagnon.

— Ça serait parfait pour Zoïle, tu ne crois pas ?

L'autre éclate de rire, à s'en donner des claques sur les cuisses.

— Oh oui ! Obligé ! Vas-y, Quintus, ça ne se rate pas !

Quintus fait à Félix l'espèce de grimace qui passe pour un sourire auprès des riches lorsqu'ils s'adressent à des serviteurs.

— Combien pour louer les deux ce soir ?

— La nuit entière ? demande Félix.

Amara comprend qu'il cherche à gagner du temps pour jauger jusqu'où il pourra pousser la négociation. Elle sent près d'elle la chaleur de Didon qui se rapproche. Toutes deux se doivent de rester silencieuses lors de tels échanges, mais elles peuvent communiquer par d'autres moyens. Elle lui répond en la frôlant du bout des doigts.

— Bien sûr, toute la nuit, enfin ! Il faut honorer la soirée de notre hôte si noble !

Encore une fois, son compagnon s'écroule à moitié de rire.

— Vous devez avoir entendu parler de Zoïle ? poursuit Quintus avec un mauvais sourire. L'affranchi le plus important de Pompéi.

Félix lui-même est un affranchi. Amara se doute que ni Quintus ni son ami ne comptent d'esclaves parmi leurs ancêtres. Son maître incline la tête avec grâce et répond :

— Pour un tel hôte, cinquante deniers.

— Marché conclu ! répond sans sourciller l'homme appelé Quintus.

— Mais bien sûr, si vous souhaitez également la lyre, ce sera vingt de plus.

Même Quintus n'est pas idiot au point de ne pas se rendre compte qu'il vient de se faire rouler, mais à l'évidence, il refuse de s'abaisser à marchander comme un épicier.

— Très bien. Je vous en donne vingt dès maintenant pour vous garantir le reste.

C'est au tour de Félix d'hésiter. Amara espère qu'il n'est pas sur le point de sortir l'une de ses tablettes de cire et d'insister pour que les deux hommes lui signent une reconnaissance de dette sous peine de représailles. Vingt deniers est déjà plus que ce qu'elle et Didon gagneraient en une nuit entière au bordel. Il doit bien savoir que des hommes pareils mènent leurs affaires sur la foi de leur bonne réputation. Puis il s'incline à nouveau.

— De la part de si honorables clients, j'en suis ravi.

Quintus claque des doigts et plusieurs hommes se détachent hâtivement de la foule. Évidemment – deux hommes d'un tel rang ne se déplaceraient pas sans une escorte d'esclaves pour assurer leur protection.

— Vingt deniers pour ce *monsieur*, dit-il en désignant Félix de la tête.

Le plus âgé des esclaves sort une bourse qu'il gardait bien cachée sous sa cape. Thrason s'ajoute à leur rang pour s'assurer que l'argent change de mains à l'abri des regards. Derrière eux, Amara devine le musicien tendant le cou pour mieux voir, sans plus chercher à lui sourire. Gallus est à ses côtés. Ils doivent avoir déjà négocié pour la lyre. Elle espère que l'accord s'est fait par des promesses plutôt que des menaces.

— Quintus Fabius Proculus, se présente leur maître temporaire en montrant sa chevalière à Félix. Où dois-je envoyer le paiement ?

— À Gaïus Térentius Félix Libertus, dans l'établissement en face de l'Éléphant.

— L'Antre des Louves ?

Quintus se met à rire si fort qu'Amara craint qu'il ne s'étouffe.

— Marcus ! On vient de faire affaire avec le bordel de la ville ! Quand je vais dire aux autres qu'on a amené deux louves à Zoïle !

Félix ne cherche pas à défendre son honneur ; à l'évidence, la promesse d'une petite fortune suffit à tempérer son orgueil. Amara sait qu'elle devrait rester silencieuse, mais veut leur rappeler sa présence. Elle lance aux deux hommes un regard séducteur.

— J'espère que nous vous plairons malgré tout. Nous ne cherchons qu'à vous servir.

Marcus passe un bras autour de ses épaules, l'autre autour de Didon, et leur souffle son haleine avinée à la figure.

— Mes chéries, vous êtes tout simplement *parfaites*.

Chapitre 14

On pouvait se croire dans un chœur de pantomime plutôt qu'à la table d'un bourgeois.

PÉTRONE, *Le Satiricon*, II, 31.

Le temps d'arriver chez Zoïle, le crépuscule tombe en baignant les rues de sa lueur brumeuse, et les bâtiments de pierre ne sont plus que de noires silhouettes sur fond de ciel embrasé. Le nombre d'hommes dans la foule qui se sont révélés comme appartenant à Marcus et Quintus est impressionnant. Pas moins de six esclaves leur emboîtent le pas, une troupe silencieuse, protectrice. Deux autres ouvrent la marche avec des lampes à huile. Quintus a pris le bras d'Amara, et Marcus s'est réservé Didon.

— Vous n'avez rien à faire avec ce petit maquereau aux cheveux gras, dit Quintus à Amara en l'aidant à enjamber une marche. Vous êtes si jolies, toutes les deux. Et quelles voix !

L'entendre dénigrer Félix lui donne un sentiment étrange. Elle a beau haïr son maître, elle doit s'identifier à lui, d'une certaine façon. Après tout, elle lui appartient.

— Merci, répond-elle. J'étais libre, autrefois. En Attique. Mon père était médecin à Aphidna.

— Ça ne peut pas être ton vieux père qui t'a enseigné les chansons de Sappho, réplique-t-il en haussant un sourcil.

— Non, je les ai apprises en tant que concubine.

— Je suis sûr que tu connais plein de tours intéressants…

Il s'arrête pour mieux l'étudier. Les esclaves devant lui s'immobilisent également, en phase avec les mouvements de leur maître.

— On ne t'a jamais dit à quel point tes lèvres étaient magnifiques ? Aussi rouges que l'intérieur d'une grenade.

Amara sait bien quel rôle elle doit jouer, et sourit en laissant ses yeux sombres lui promettre tout ce qu'il voudra imaginer. Marcus lance un coup dans l'épaule de son ami pour interrompre leur baiser.

— Allez ! se plaint-il. On est déjà en retard pour la soirée de Zoïle !

— Lâche-moi, réplique Quintus en se remettant à marcher. Comme si tu n'avais pas la plus belle putain que j'aie jamais vue dans tes bras… Tu as de la chance que j'aie choisi l'autre.

Il se retourne vers Amara et hausse les épaules en guise d'excuse.

— Ce n'est pas contre toi. Elle est plus jolie, c'est tout. Mais tu as la plus belle bouche, ça me plaît.

— Moi, ce qui me plaît, c'est ta franchise, rit Amara.

Quintus plisse ses propres lèvres, flatté. Amara est toujours éberluée de voir à quel point les hommes apprécient les compliments d'une prostituée – quoiqu'elle n'ait pas entièrement menti cette fois-ci. À l'évidence, Marcus et Quintus ne sont pas comme les riches clients des bains. À n'en pas douter, ils exigeront le même service à la fin de la nuit, mais il y aura en guise de prélude toute une soirée de divertissements, de conversations et de chants. Son cœur bat plus vite, et elle se retourne pour jeter un regard anxieux aux esclaves qui transportent sa lyre. Elle ne s'était plus sentie aussi vivante depuis bien longtemps.

Ayant parcouru la via Vénéria jusqu'aux quartiers moins riches, non loin du Palestre, leur groupe mené par les deux esclaves munis de lampes s'arrête devant une grande porte aux battants de bois entrouverts. De l'intérieur sort une lumière diffuse qui se reflète sur l'encadrement de marbre.

— Comment on s'y prend ? demande Quintus à Marcus. Les vêtements font partie de la blague, mais ce serait presque plus drôle s'il ne devinait pas ce qu'elles sont…

— Mais est-ce que la femme du vieux ne va pas faire un scandale si on s'amène avec deux filles à poil ?

Marcus jette un regard nerveux à Didon, et Amara se demande de quoi ils ont parlé durant le trajet depuis le Forum.

— C'est les Vinalies ! Les filles ne sont pas censées être habillées ! proteste Quintus, qui se retourne vers Amara. Qu'est-ce que tu en dis, toi ?

Les deux hommes la regardent en attendant sa réponse. Elle songe brièvement à l'état de ses vêtements, et à ceux de Didon. Ils sont de couleur vive, mais d'un tissu de piètre qualité. Être pauvre est à

Pompéi une terrible faute de goût. S'annoncer nues équivaudra à claironner leur statut de prostituées, mais leur épargnera peut-être un mépris total. Elle penche la tête vers Didon en une question muette et reçoit un léger haussement d'épaules en réponse.

— Je dis : nues ! lance Amara à Quintus avec un grand sourire.

Il pousse un cri de joie et l'aide à ôter sa cape, qu'il passe à l'un des patients esclaves de son escorte. Puis il s'attaque avec enthousiasme à sa toge et la défait en tirant dessus. C'est le vieil esclave avec l'argent, remarque Amara, qui reçoit les vêtements ; il détourne les yeux plutôt que de la regarder. De son côté, Marcus défait la broche de Didon, rendu maladroit par l'ivresse.

— Tu es sûre ? demande-t-il. Ça ne te dérange pas ?

— C'est si gentil de demander, répond Didon en baissant la tête pour quitter sa toge.

Quintus regarde les deux femmes dévêtues qui tremblent au seuil de la maison de Zoïle.

— Parfait ! On y va !

Ils traversent un long couloir dans lequel est représenté un chien qui montre les crocs en élégante mosaïque noire et blanche, et ils émergent dans le plus grand atrium qu'Amara ait jamais vu – au moins cinq fois plus grand que celui de chez Chrémès, le seul auquel elle puisse vraiment le comparer. La mosaïque du sol de l'entrée s'y étend en motifs de plus en plus complexes, jusque dans les sombres pièces qui s'ouvrent tout autour de l'enceinte. Une table d'argent massif est placée près d'un large bassin d'eau de pluie.

Par l'ouverture du plafond luit la lune, qui se reflète dans le métal poli et tremble à la surface de l'eau. D'autres objets précieux – des gobelets, des assiettes, des lampes – s'empilent en tas sur la table. Beaucoup semblent être en or. Tous ensemble, ils vaudraient, Amara le sait, plusieurs fois le prix qu'a payé Félix pour elle.

Derrière elle, les esclaves de ses nouveaux maîtres négocient avec le portier de Zoïle pour lui expliquer que leur groupe comprend des invitées. Le portier semble se plaindre de quelque chose – la présence de deux femmes nues, à n'en pas douter. Elle entend le mot *comédiennes* à plusieurs reprises au fil de leurs murmures.

— Suivez-moi, lance Quintus avec un geste désinvolte comme s'il les invitait dans son propre foyer. Le maître de maison doit être avec ses invités dans la salle à manger.

Amara résiste à l'envie de raser les murs de l'atrium et suit Quintus avec une confiance factice, en serrant les dents pour les empêcher de claquer. Lorsqu'ils arrivent au bassin de marbre et à la table d'argent ployant sous ses trésors, de féroces aboiements se font entendre. Amara et Didon s'accrochent l'une à l'autre et manquent de basculer dans l'eau sous l'effet de la frayeur. En se retournant, Amara voit un chien tirer sur sa chaîne de l'autre côté de la pièce, bien trop loin pour les atteindre. Le portier crie à la bête de se taire.

Marcus et Quintus s'esclaffent, et Quintus assène une claque sur les fesses d'Amara, un geste qui lui rappelle Félix.

— Vous êtes vraiment parfaites, toutes les deux !

Cette fois, il lui plaît moins. Elle se tient plus droite, toujours souriante, bien décidée à ne pas être un objet de risée toute la soirée.

Ils traversent un immense jardin en circulant sous les colonnes peintes. Amara aperçoit en passant des scènes issues de la légende d'Hercule. Au milieu de la pelouse, des lampes suspendues illuminent une fontaine qui semble propulser une myriade d'étoiles dans le noir.

— Cet endroit… Mais où sommes-nous ? lui murmure Didon.

— La maison vous plaît, les filles ? lance Marcus.

— Elle est splendide, répond Amara.

— Zoïle est un *affranchi*, explique Quintus en appuyant avec mépris sur le mot. Qui sait ? Si vous gagnez votre liberté un jour, peut-être aurez-vous une maison comme ça.

Une maison riche, mais sans noblesse : le genre d'endroit qui impressionne les prostituées. Le sens de leur visite, auquel Amara refusait de songer jusque-là, ne pourrait être plus clair. Didon et elle sont là pour insulter l'hôte en lui renvoyant sa propre bassesse. Elle sent ses joues brûler dans l'obscurité. Qui que soit Zoïle, elle essaiera de ne pas l'humilier – ni de s'humilier elle-même.

Voilà qu'ils traversent un second jardin, plus grand encore et entouré de hauts murs, plantés de sycomores. Celui-ci est bien éclairé, et même sans Quintus pour les guider, elles n'auraient qu'à suivre les rires et les conversations toutes proches. La salle à manger est dans le fond et s'étend jusqu'à l'extérieur ; les murs à l'arrière figurent une grotte. Deux ruisseaux artificiels la traversent, les convives assis ou étendus sur des couches au bord de l'eau.

— Zoïle, mon très cher ami ! lance Quintus avec une politesse exagérée, en avançant à grands pas jusqu'à la couche de l'hôte. Mes excuses pour notre retard ! Hélas, mon père n'a pas pu venir, mais il a insisté pour que nous amenions deux de ses possessions les plus précieuses pour tous vous distraire. Deux adorables petites comédiennes. Quoi de mieux pour célébrer les Vinalies ?

Le murmure des conversations s'interrompt. Amara entend des petits rires et des marmonnements de la part des convives. Elle se tient droite, la tête haute, en ignorant les battements désordonnés de son cœur.

Elle n'avait pas vraiment cherché à se représenter Zoïle, mais l'homme couché devant elle n'a rien de commun avec ce qu'elle aurait imaginé. Les mètres de tissu précieux de sa toge, oui, mais pas ces yeux nerveux, sautant d'un visage à l'autre, cette bouche aux lèvres trop fines qui se tord comme celle d'une chèvre tandis qu'il mâche sa nourriture. C'est elle et Didon qu'il fixe, à présent, et la confusion lui ride le front. Amara se sent plus que jamais brûlante de honte.

— Ah, bafouille enfin Zoïle. Comme c'est gentil. Comme ils sont gentils, n'est-ce pas, mon amour ? Très moderne, hein, Fortunata ? Amener des comédiennes…

L'insulte n'a pas échappé à Fortunata, couchée près de Zoïle. Son visage est aussi acéré qu'intelligent, mais englué d'un épais maquillage qui forme des pâtés sur son front. Une marque au fer rouge, comprend soudain Amara. C'est son humiliation d'autrefois que Fortunata cherche à cacher.

— Oui, mon époux, lance-t-elle. Très… moderne, en effet.

Quelques-uns de leurs invités rient. Fortunata sourit froidement aux deux nouveaux venus, en ignorant entièrement les deux filles nues. Quintus lui rend son sourire, mais Marcus a la décence de sembler mal à l'aise. Zoïle, irrité, donne une tape de reproche à sa femme.

— Pardonnez Fortunata, dit-il avec une certaine gêne. Elle est plutôt vieux jeu… Dis à ton père qu'il m'honore. J'espère qu'il me rendra bientôt visite pour que je puisse le remercier de vive voix.

— Il faut absolument les laisser chanter ! insiste Quintus. C'est ce qui lui ferait le plus plaisir : savoir qu'elles vous ont satisfaits !

— Bon, bon, très bien, répond Zoïle en fixant Amara et Didon sans enthousiasme. Mais d'abord, goûtez à la spécialité de mon nouveau chef. Nous sommes sur le point de servir…

Un esclave vêtu d'éclatante soie verte les dirige vers une grande couche inoccupée : l'un des sièges les plus prestigieux, comprend Amara dont l'estomac se tord. À l'évidence, Zoïle tenait énormément à impressionner le père de Quintus. Les deux hommes s'allongent, et leurs « comédiennes » se joignent à eux en prenant la pose sur les coussins. Amara sent le regard de ses voisins sur elle. *Je n'ai pas honte*, se répète-t-elle tandis que la main de Quintus se pose sur l'un de ses seins, puis descend le long de sa hanche. Un autre esclave, habillé d'un vert tout aussi voyant que le premier, apparaît avec un plateau d'argent pour leur distribuer des verres de vin.

— Tu as vu la tête de Fortunata ? Petite coincée, va…, murmure Quintus à Marcus en sirotant son vin.

Marcus rit, maintenant qu'il est à l'abri du regard noir de ladite hôtesse. Amara s'agrippe à son verre tandis que Quintus lui malaxe la taille.

— Bois donc, ma chérie, je n'ai jamais goûté de falerne aussi cher.

— Deux mille sesterces l'amphore ! lance un homme au teint rougeaud depuis la couche voisine. On ne boit que le meilleur chez Zoïle ! La maison la plus raffinée de Pompéi. Je parie que tu étais bien content d'être invité ! Dommage que ton vieux père n'ait pas pu venir, hein ?

Quintus lève les yeux au ciel, et Marcus manque de s'étouffer avec son vin.

— Alors, c'est ça qui se fait, de nos jours ? Des comédiennes ? continue l'homme plus âgé, trop ivre pour remarquer leur mépris. Je dois dire que je suis d'accord avec Fortunata. Un peu trop moderne pour moi, même pour les Vinalies.

— Fortunata n'était-elle pas comédienne elle-même, autrefois ? demande Marcus.

— Qui vous a raconté ça ? s'indigne l'homme. C'est une respectable affranchie ! Les marques au fer rouge… Oui, je dois reconnaître que ce n'est pas… Que c'est bien dommage. Mais cela remonte à son enfance. Avant qu'elle n'entre dans la maisonnée du maître d'avant. Le maître de Zoïle, je veux dire. Le vieil Ampliatus.

Amara tourne son regard vers la couche de leurs hôtes. Une cascade décorée de dauphins de pierre se déverse dans le courant artificiel qui passe à leurs pieds. Fortunata a donc été marquée au fer rouge dans son enfance. À quoi ressemblait alors sa jeune vie ? Amara espère qu'elle profite désormais de sa richesse.

— Vraiment ? dit Quintus. C'est absolument *fascinant.*

— Zoïle n'était pas obligé de l'épouser. Mais vous savez ce qu'il m'a dit ?

Le vieil homme se penche en avant, si aviné qu'il manque de tomber de sa couche.

— « Nicia, m'a-t-il dit, je ne pouvais pas laisser tout un chacun s'essuyer les mains sur la toge de ma Fortunata au dîner, comme si elle n'était qu'une *serviette.* Bien sûr que je l'ai libérée, bien sûr que je l'ai épousée ! »

Il lève son verre d'une main tremblante.

— Et il avait raison, merde ! Ça, c'est l'amour !

— Que c'est émouvant, murmure Marcus.

Amara sent Quintus trembler de rire contre elle.

— Je connais beaucoup de chansons d'amour, lance-t-elle. Mais peu d'entre elles décrivent une dévotion aussi sincère que celle que Zoïle a témoignée à Fortunata.

— Tu as bien raison ! Bien raison, fait Nicia en hochant vigoureusement la tête.

Marcus est obligé de tousser pour déguiser son éclat de rire, et Quintus se penche pour murmurer à l'oreille d'Amara :

— Parfait, là encore…

Amara se retourne pour lui sourire. Elle a enfin trouvé comment distraire tous ses publics. Quintus est bien trop ignorant pour comprendre qu'elle était sincère, si bien qu'elle peut témoigner ses respects aux hôtes sans crainte. Les hommes qui l'ont amenée ici s'imagineront que ce ne sont que moqueries. Un peu plus détendue, Amara tapote le bras de Didon et murmure :

— Cet endroit est incroyable, non ?

Elle laisse son regard courir sur les autres convives, couchés entre les deux ruisseaux artificiels. Des dizaines de lampes à huile éclairent la scène, et leur chaleur rend sa nudité plus supportable. Personne d'autre n'est dévêtu, et certains transpirent sous le poids de leur richesse. Le front d'une femme est ceint d'un bandeau constellé de tant de pierreries qu'elle lutte pour appuyer le menton sur sa main.

— On ne peut pas chanter cette vieille chanson populaire dans une soirée pareille ! répond Didon à voix basse. C'est impossible…

— Mais si, mais si, lance Quintus. Enfin, avant, il faut goûter au plat exotique du vieux…

Une troupe d'hommes vêtus d'écarlate vient de faire son entrée. Ils transportent un énorme plateau sur leurs épaules, comme une litière dans les rues. Une immense tourte y repose, coiffée d'un cygne en pâte feuilletée.

— Dommage que vous soyez arrivés après les fruits de mer, regrette Nicia. Les oursins étaient spectaculaires.

— D'où connaissez-vous Zoïle ? lui demande

Didon, incapable de détourner les yeux de la monstrueuse tourte.

— C'est mon plus cher ami ! Que n'avons-nous pas vécu ensemble ! explique Nicia d'un ton larmoyant. Nos maîtres étaient amis d'enfance. Et tous les deux ne nous ont pas si mal traités, au final, Zoïle et moi. Le mien m'a légué ma liberté dans son testament, mais il n'a pas été jusqu'à y ajouter sa fortune…

Il vide sa coupe et la lève pour qu'on le resserve.

— Enfin, toute cette richesse n'est pas celle du vieil Ampliatus ! Tout réussit à Zoïle, depuis toujours.

Amara peine à imaginer Félix lui laissant ne serait-ce qu'une tunique dans son testament, sans parler de sa liberté. L'idée qu'il puisse la désigner comme héritière est presque comique.

— Regardez bien, ça va vous plaire, dit Nicia en désignant la tourte géante.

Les esclaves gardant la tourte s'écartent tandis qu'un autre homme en rouge s'avance vers elle à grands pas, un énorme couteau à la main. Il s'incline devant son maître, éventre le plat d'un geste étudié, soulève le dessus et recule d'un pas. Puis il s'interrompt. À l'évidence, quelque chose devait en sortir, mais rien ne bouge. Le cuisinier se penche sur la tourte en tâtant l'intérieur de son couteau. Une poignée de moineaux étourdis en émerge en piaillant. Deux d'entre eux s'écrasent non loin du plat.

Un silence mortifié s'abat sur l'assemblée.

— Bravo ! crie Quintus depuis sa couche, en tapant des mains. Vraiment, bravo !

D'autres invités se joignent à lui, et les applaudissements, d'abord hésitants, gagnent en puissance. En regardant Zoïle, Amara le voit rayonner de gratitude. Fortunata, elle, semble furieuse.

— Dommage, marmonne Nicia. C'était censé être un vol de moineaux pour célébrer Vénus. La chaleur doit les avoir étouffés. Ce cuisinier aurait dû percer de plus grands trous.

Quintus balance les jambes au sol et se lève.

— Mon très cher hôte, pendant que l'on sert le repas, j'insiste pour ravir l'assistance par une merveilleuse performance musicale !

Il fait signe à l'un de ses propres esclaves, qui s'incline en lui présentant la lyre. Amara espère que, dans la lumière diffuse, nul ne constatera la médiocrité de l'instrument. Dans cette maison d'argent ouvragé et d'or martelé, on dirait le jouet d'un paysan.

— Oui, avec plaisir ! Avec plaisir ! fait Zoïle en hochant la tête.

Amara prend la lyre et aide Didon à se lever. Toutes deux s'interrompent un moment pour trouver du courage l'une chez l'autre.

— D'abord l'hymne de Sappho, murmure Amara. Aphrodite nous sourira ; tu es la plus belle de ses suppliantes.

Elle s'avance d'un pas décidé vers le ruisseau et l'enjambe, en évitant les lampes flottantes. Didon la suit et se place à ses côtés entre les deux rivières artificielles, au centre de l'assemblée, éclairées par les flammes vacillantes. Amara est désormais heureuse qu'elles aient laissé leurs toges à la porte. Elle n'a pas honte de son corps comme elle aurait eu honte de ses vêtements. Didon et elle, après avoir échangé quelques murmures, se tournent vers leur hôte et s'inclinent.

Zoïle et Fortunata les regardent, allongés sur leur couche. Amara sait qu'elle ne peut s'adresser à eux ni avec la vulgarité d'une prostituée, ni avec la modestie d'une fille de médecin. Rien de son passé ni de son présent ne saurait convenir : il lui faudra inventer un nouveau langage.

— Nous sommes Amara et Didon, dit-elle d'une voix claire qui tranche sur le bruissement de l'eau et les murmures des convives. Nous sommes honorées d'être parmi vous ce soir pour célébrer Vénus Pompéiana. Dans un jardin d'une telle beauté, la déesse de l'amour se croirait sur l'Olympe, si elle choisissait de nous faire la grâce de sa présence.

Elle incline la tête devant Fortunata, qui détourne le regard.

— Nous sommes, comme vous pouvez le voir, les plus misérables de ses servantes ! Mais ce soir, pendant les Vinalies, même des fidèles telles que nous ont leur place.

Amara saisit la lyre et la met en place en tentant d'ignorer le tremblement du plectre entre ses doigts. Elle plaque un accord.

— Et qui pourrait célébrer Aphrodite mieux que la Dixième Muse, la Poétesse de Lesbos ?

Elle se retourne pour sourire à Quintus. Puis toutes deux se lancent dans l'hymne de Sappho. Leur nervosité initiale se change peu à peu en plaisir tandis qu'elles se renvoient les vers. Elles se balancent en rythme en calquant leurs gestes l'une sur l'autre, comme elles répètent leurs phrases. Didon fait signe à

Amara de se tourner pendant qu'elles chantent, pour faire face à d'autres invités et capter leur attention. Tous ne sont pas conquis – Amara n'espère rien de Fortunata – mais beaucoup des hommes apprécient visiblement la performance.

À la fin de la chanson, elles s'inclinent et Zoïle applaudit. Il semble soulagé : peut-être s'attendait-il à autre chose.

— Charmant, vraiment charmant ! s'écrie-t-il. Comme c'était attentionné de la part de ton père, Quintus…

— Et maintenant, un numéro comique, répond Quintus. Toutes les meilleures comédiennes finissent ainsi de nos jours !

Amara jette un regard à Didon, qui hausse les sourcils. Elles n'ont pas vraiment le choix : il ne leur reste plus qu'à se lancer dans la chanson populaire de Salvius. En appeler à nouveau à Vénus en termes fleuris serait excessif, si bien qu'Amara joue un accord sur sa lyre sans explication. Didon se lance dans le rôle du berger, en portant les mains à son cœur avec un cri de désespoir exagéré. Les convives échangent des regards incertains face à ce changement d'ambiance, mais Amara leur sourit à tous et en rajoute dans le mélodrame en se lançant dans le rôle de la belle pleine de mépris. Quintus et Marcus applaudissent chaque refrain et semblent apprécier la performance plus encore qu'au Forum. Les autres ne semblent pas aussi amusés, mais lorsque Didon s'effondre à la fin de la chanson, quelques rires s'élèvent. Mieux encore, nul besoin de s'éterniser en adieux car l'arrivée des desserts sonne la fin du spectacle.

L'excitation, le stress et la faim ont donné le tournis à Amara, qui vacille en revenant vers la couche. Un troisième homme s'y tient, assis bien droit entre leurs deux accompagnateurs, vêtu d'une cape bleu nuit.

Marcus, la voix pâteuse à force de boisson, le présente sous le nom de Cornélius. Il tente d'asséner à son ami une claque dans le dos et le rate. À l'évidence, le vin de Zoïle lui est monté à la tête.

— Cornélius ! répète-t-il. Un lion dans une horde d'affranchis ! On l'a mis au courant de notre petite blague…

Cornélius est plus âgé que Marcus et Quintus, et lorsqu'il salue les deux femmes, le regard qu'il pose sur elles est plus dur, plus calculateur. Il attire Didon sur ses genoux et fait signe à Amara de s'asseoir près de lui.

— Charmantes, toutes les deux, commente-t-il. Au point de ne pas voir la différence pendant la première chanson… Mais votre dernier numéro vous aurait révélées à n'importe qui. Sauf Zoïle.

Il éclate de rire et pose sa main libre sur la cuisse d'Amara, un peu trop haut sur sa jambe à son goût.

— Avec un peu plus de danse et des chansons plus appropriées, vous seriez délicieuses, ajoute-t-il en caressant le bras de Didon.

Celle-ci a le regard vide, comme à chaque fois qu'un homme la touche. Amara reconnaît bien cette expression et voudrait attraper le poignet de Cornélius pour l'arrêter. Il se tourne soudain vers elle, ce qui la surprend, et sourit – comme s'il sentait sa colère et s'en amusait.

— Que diriez-vous de vous produire à une soirée digne de ce nom ?

Chapitre 15

Qui couche avec des chiens se lève avec des puces.

Proverbe attribué à SÉNÈQUE.

Amara a mal au crâne à force de fatigue, mal aux joues à force de rire. C'est une joie sans pareille qu'elle ressent là, assise avec les autres louves à une table du Moineau, occupée à leur raconter les plaisirs de la veille. Elles se sont offert un déjeuner plus copieux qu'à l'ordinaire : la table est garnie d'assiettes de pois chiches, de ragoût de haricots et d'olives.

— Mais alors, les oiseaux dans la tourte avaient *cuit* ? s'esclaffe Béronice. Après tout ce cirque ?

— Moins fort, marmonne Cressa en se frottant les yeux.

Elle tente de se remettre de sa gueule de bois, un verre de vin à la main. Zoskalès, derrière le bar, n'est guère impressionné par de telles absurdités.

— Ce cuisinier aurait dû me demander des conseils, commente-t-il. J'aurais pu lui fournir un vin à un prix plus raisonnable que *deux mille sesterces* l'amphore.

— Ce Cornélius…, demande Nicandrus qui s'attarde à leur table. Celui qui aimait vous entendre chanter. Il avait l'air honnête ?

Amara et Didon échangent un regard, puis Didon lève les yeux vers lui.

— C'est un peu tôt pour le dire…

Elle a piqué dans ses cheveux l'une des roses qu'il lui a offertes la veille, seule rescapée de la guirlande qui a passé la nuit enroulée dans sa toge.

— La suite, la suite ! réclame Victoria. Comment s'est terminée la nuit ?

Nicandrus repart vers la cuisine, et Amara hausse les épaules.

— Rien de bien impressionnant. J'ai préféré la fête.

Drôle de conclusion, à vrai dire : tous les quatre de retour chez Quintus, tous dans la même chambre, avec des esclaves qui ne cessaient d'aller et venir pour remplir leurs verres. Le sexe n'était qu'une autre forme d'interaction sociale.

— Tu veux dire qu'ils ont payé soixante-dix deniers et qu'ils ne vous ont même pas touchées ? insiste Victoria.

Il y a sous son ton badin quelque chose de tranchant. Elle a ri avec toutes les autres, mais Amara sait bien qu'elle est catastrophée d'avoir manqué une soirée pareille. Aucune des filles de Félix n'avait encore jamais été louée pour une soirée privée.

— Ils avaient beaucoup bu, élude Didon – ce qui fait rire Béronice et Zoskalès.

— On ne peut pas tout acheter ! Certainement pas le bon sens, commente celui-ci.

— Je vois, ils n'ont pas pu bander, fait Victoria d'un air de dégoût.

Didon secoue la tête. Ce n'est pas entièrement vrai. Marcus n'y arrivait pas après la fête mais s'est mieux débrouillé le matin venu. Au lit, il était épuisant : il ne cessait de harceler Didon pour qu'elle lui témoigne son approbation. Est-ce que ça lui plaisait vraiment ? Peut-être préférait-elle se faire prendre par-derrière ? Même Quintus a fini par lever les yeux au ciel. Amara imagine que Didon préfère ne pas entrer dans les détails, d'autant plus que Zoskalès finira par tout raconter à Nicandrus.

— Et toi, rien non plus ? demande Victoria en secouant le bras d'Amara. Vraiment rien du tout ?

— Quelques fellations, répond-elle en haussant les épaules, irritée que l'on s'attarde sur la partie la moins intéressante de la soirée. C'est pendant la fête qu'il y a eu de l'action. Je n'arrive toujours pas à croire qu'on a chanté cette chanson de taverne... Leurs têtes quand tu t'es lancée, Didon !

— Et ils ne vous ont même pas échangées ? Alors qu'ils avaient payé pour vous deux ?

Victoria est interrompue par l'arrivée de Félix, qui entre dans l'établissement avec un air extrêmement satisfait. Il fait signe à Cressa de s'écarter, avec impatience, pour s'immiscer sur le banc entre Amara et Didon ; puis il les embrasse toutes les deux, l'une après l'autre, en prenant fermement leur visage entre ses mains.

— Alors, comment se portent mes putains préférées, ce matin ? Vos clients ont payé ; leur esclave est passé avec l'argent tout à l'heure.

Il a l'air transporté, songe Amara. Elle ne l'a jamais vu d'une humeur pareille.

— Zoskalès ! C'est moi qui paie pour les filles, aujourd'hui ! Et apporte-nous du vin ! Même si elles ne l'ont pas toutes mérité, ajoute-t-il en souriant à Béronice, Victoria et Cressa, qui peine à garder les yeux ouverts.

— La pauvre Didon n'a même pas profité de sa nuit, soupire Victoria. Son client était plus mou qu'un escargot.

— Et ils ont quand même payé ? Quelle performance ! dit Félix en regardant Didon avec un respect nouveau.

— Ce n'était pas qu'une question de sexe, intervient Amara. Tu nous as entendues chanter. C'est pour ça qu'ils ont payé. C'est ça, qu'ils voulaient. Du spectacle.

— Du moment qu'ils raquent, ils peuvent bien vous habiller en poulet et vous donner la fessée, je m'en moque, rétorque Félix en prenant le vin sur le plateau qu'apporte Zoskalès.

Béronice et Victoria étouffent un ricanement, et Cressa enfouit son visage dans ses mains en gémissant face à tant de bruit. Félix remplit leurs verres à toutes.

— Alors, c'était comment, cette soirée ?

Didon semble chercher ses mots pour décrire une richesse d'une telle envergure.

— La maison était… immense. Tout cet argent, tout cet or… Et la plus grande tourte que j'aie jamais vue !

— Et apparemment, le vin coûtait deux mille sesterces l'amphore ! C'est de la folie, si vous voulez mon avis, lance Zoskalès en reposant lourdement sa propre amphore derrière le bar.

— Presque tout le monde là-bas était un affranchi, à part les deux gosses de riches qui nous ont louées. Ils se sont moqués des autres toute la soirée, dit Amara qui songe aux marques sur le front de Fortunata. Si j'étais riche, je n'inviterais pas des hommes pareils à boire mon vin. À quoi bon leur donner une occasion de ricaner ?

— Je suis bien d'accord, lance sincèrement Félix.

Il croise son regard brièvement : un rare moment d'intimité entre eux. Puis il s'étire et laisse retomber un bras autour de ses épaules, l'autre autour de celles de Didon.

— Mais la vraie question, c'est : est-ce que vous pourrez renouveler l'exploit ?

Elles se mettent à parler en même temps dans leur hâte de tout lui raconter sur Cornélius, depuis sa cape bleu nuit jusqu'aux chansons qu'il a demandées.

— Stop, stop, on ne s'entend plus ! Amara, viens m'expliquer tout ça dans mon bureau. Toi, Didon, tu restes là, dit-il en s'appuyant sur son épaule pour se lever. J'aurai assez d'une seule putain à la langue bien pendue.

Amara se lève en hâte du banc pour suivre son maître, avec un dernier coup d'œil vers ses amies qui profitent de leur déjeuner gratuit. Béronice s'est remise à manger, Cressa semble s'être assoupie et Victoria évite sciemment son regard. *Bonne chance*, articule silencieusement Didon.

Félix tourne à l'angle pour gagner ses appartements, Amara à sa suite sur l'étroit trottoir. Paris leur ouvre la porte et son maître le bouscule pour passer, en tirant Amara en haut des escaliers pour la faire passer dans le bureau.

La pièce, qui l'intimidait tant jusque-là, semble toute petite après la maison de Zoïle. Les crânes de taureaux peints au mur, autrefois pleins de menace, font pâle figure lorsqu'elle songe aux superbes fresques qui ornaient la chambre de Quintus. Elle s'imagine déjà ailleurs.

Félix s'assoit en prenant son temps.

— Alors, quand est-ce que vous remettez ça ?

— Aux Floralies, répond-elle en s'asseyant sur un tabouret avant qu'il ne l'y invite. Mais c'est un autre client, un certain Cornélius, pour une sorte de… test. Il veut voir si l'on peut faire encore mieux. S'il est satisfait, il pourrait nous louer régulièrement.

— Faire encore mieux ? Il vous a baisées aussi, mais sans payer ? demande Félix qui fronce les sourcils.

Amara tente de masquer son irritation.

— Mais non. Je parle du chant et de la danse. Il nous a demandé de se joindre à lui pour la première nuit du festival le mois prochain, dans une soirée privée. Il n'a couché avec personne.

Elle songe à la façon dont Cornélius lui a agrippé la cuisse, à son regard calculateur.

— Enfin, je suis sûre que ça serait inclus dans le prix. Il m'a dit de te dire qu'il paierait soixante-dix deniers pour le coup d'essai, et quatre-vingt-dix s'il nous reprend ensuite.

— Tout cet argent juste pour *chanter*, commente Félix en sortant une tablette de cire d'un tiroir pour y écrire les sommes promises. Enfin, si c'est ce qu'il veut… Vous feriez bien de répéter, Didon et toi.

Vous n'avez qu'à le faire ici, pour que je garde un œil sur vous.

— Ce n'est pas tout, dit Amara.

Elle sort de son sac la pièce d'argent que lui a donnée Nicia alors qu'elles s'en allaient. *Pour ce que vous avez dit*, a-t-il murmuré. *Pour Fortunata.* La placer sur le bureau de Félix lui cause une douleur presque physique.

— Un pourboire, dit-elle. Je voudrais le dépenser sur des tenues de spectacle pour nous deux, et peut-être des leçons de musique.

— Et là, je devrais te récompenser pour ton honnêteté ? C'est ça que tu attends de moi ?

— Ce que j'attends de toi, c'est que tu comprennes le bon sens d'un investissement pareil. Ces gens-là ont certaines attentes auxquelles ce genre de choses ne peut répondre, dit-elle en tirant sur sa toge élimée. Nous avons joué nues la nuit dernière, mais ça ne marchera pas deux fois.

Il lui rend la pièce.

— Alors, reprends ça. Mais je veux des preuves de tes dépenses.

Puis il s'étire en se penchant en arrière, et lui adresse un sourire rusé.

— En tout cas, tu n'es pas la seule à n'avoir pas gâché ta nuit.

Amara ne parvient pas assez vite à dissimuler sa surprise. Elle ne pensait pas qu'il lui ferait ce genre de confidences. Félix éclate de rire en voyant son expression.

— Mais non, enfin ! Je ne te parle pas d'une femme ! Je n'appellerais pas ça un succès ! Sauf quand elle me rapporte quatre-vingt-dix deniers, peut-être… Non, je veux dire que Simon a enfin reçu une bonne leçon.

Amara sent son sourire se figer.

— Sa taverne s'est fait saccager la nuit dernière. Complètement dévastée. Ces choses-là arrivent, pendant les Vinalies. Avec tout ce qu'on boit… Malheureusement, la pauvre petite Drauca ne s'est pas enfuie à temps. Elle est moins jolie maintenant qu'une bouteille cassée l'a éborgnée.

Incapable de respirer, Amara le fixe.

— Non, dit-elle comme si ce mot pouvait suffire à effacer ce qu'il a fait. Non !

Elle se couvre le visage des mains, en repensant au beau visage de Drauca aux bains, à son corps parfait.

— Qu'est-ce qui te prend ? C'était ton idée, de se venger sur la taverne. Tu ne l'aimais même pas, cette fille.

— Mais elle ne t'a jamais rien fait ! hurle Amara, partagée entre la douleur et la rage. Ce n'est qu'une femme ! Qu'est-ce qui va lui arriver, maintenant ? Comment elle va faire pour travailler ? pour manger ? pour survivre ? Son visage… Elle était si belle…

Les sanglots l'étouffent. Félix s'en moque complètement.

— En tout cas, elle ne fera plus d'ombre à mes louves, c'est sûr. Simon devra dépenser une sacrée somme s'il veut retrouver une putain de son calibre. Ça m'étonnerait qu'il puisse se le permettre, avec les réparations de la taverne…

— Tu veux dire que Drauca était la vraie cible ? fait Amara dont l'horreur ne cesse de monter.

Elle revoit Drauca danser avec Victoria aux Vinalies la nuit dernière, si pleine de vie, illuminée de passion. Un vertige la saisit.

Félix se lève et contourne le bureau pour la faire lever. Il la tient droite, par les épaules. Pas vraiment une étreinte.

— Allez, Amara, ce n'est pas la peine de faire semblant, dit-il avec douceur. C'est bien toi qui m'as suggéré de ne pas agir dans la précipitation, de ne pas frapper juste après l'incident des bains. Personne ne pourra remonter jusqu'à moi. C'est bien pour ça que je garde le secret sur la plupart de mes clients…

Il l'attire plus près pour lui murmurer à l'oreille :

— Tu vois, le truc avec la vengeance, c'est que détruire l'ennemi est la seule chose qui importe. S'en vanter, se révéler… c'est bon pour les enfants.

Il recule et la lâche avec douceur pour éviter qu'elle ne s'effondre. Puis il tape des mains comme pour la faire sortir d'une transe.

— Bon, allez ! Ça va comme ça. Allez vous acheter des beaux vêtements, Didon et toi. Et commencez à répéter.

— Pourquoi moi ? Puisqu'il ne faut pas s'en vanter, pourquoi me le dire, à moi ?

Félix s'assied sur le coin de son bureau, la dévisage un instant, puis fixe les crânes de taureaux peints au mur comme s'il venait de remarquer un nouveau détail dans la frise.

— Parce que si tout ça vient à se savoir, tu risques bien plus gros que moi. Ou alors, c'est Didon que visera Simon. Elle est plus jolie, après tout.

La peur étreint Amara. Elle la sent s'enfoncer profondément, comme un hameçon dans la chair d'un poisson, et elle comprend en cet instant qu'elle ne la quittera jamais. Félix ramasse la pièce d'argent de Nicia, ouvre le poing d'Amara et la presse dans sa paume. Elle ne dit rien. Il lui tourne le dos et retourne s'asseoir derrière son bureau.

— Drauca ne t'a rien fait, répète Amara. Elle ne méritait pas ça.

— Mais on n'a jamais ce qu'on mérite, voyons, s'esclaffe Félix qui semble sincèrement amusé. Pour survivre à Pompéi, il ne suffit pas de coucher et de porter des jolies robes. Allez, barre-toi, maintenant.

Une fois sortie des appartements de Félix, Amara s'adosse au mur du bordel. Elle voudrait hurler, tambouriner contre la porte, faire connaître sa douleur. Mais elle reste debout, silencieuse, la mâchoire serrée. Le besoin de partager son fardeau lui fait mal, comme si le secret cherchait à s'extraire physiquement de son crâne. Elle ferme les yeux. Tout raconter ne lui rapporterait rien. Pourquoi terrifier Didon également ? L'obliger à vivre chaque instant sous le poids de ce qu'a fait Félix ? Elle ne fait confiance à aucune des autres, pas avec un secret si dangereux.

C'était ton idée, de saccager la taverne. Elle prend une grande inspiration en frottant la pièce d'argent. Il n'y a rien à faire, à part prétendre qu'il ne s'est rien passé. Se mentir à elle-même, se dire qu'elle ne sait rien.

Lorsqu'elle les rejoint au Moineau, les autres attribuent son silence aux cruautés habituelles de Félix.

Cressa est déjà partie cuver son vin dans sa cellule, à l'abri de la lumière. En voyant qu'Amara ne finira pas ses pois chiches, Béronice s'en empare.

— Putain de Félix, commente-t-elle. Il faut toujours qu'il prouve que c'est lui qui a la plus grosse !

Sous la table, Didon serre la main d'Amara qui se sent envahie par la culpabilité. Son amie l'aimerait-elle encore si elle savait pour Drauca ? Amara est-elle vraiment celle qui a soufflé l'idée à Félix ?

— Je ne ferais pas une tête pareille, moi, s'il m'avait ordonné d'aller m'acheter une nouvelle tenue, lance Victoria.

Elle met tant de soin à son apparence, jusqu'à passer des heures sur ses cheveux, Amara le sait. Sa honte ne fait que grandir lorsqu'elle voit Victoria presque au bord des larmes.

— S'il nous reste de la monnaie, on pourra acheter quelque chose à partager, répond-elle.

Béronice et Victoria échangent un bref regard, pas vraiment reconnaissant, et Amara comprend que cette soudaine bonne fortune ne risque pas de les rapprocher, au contraire.

— J'imagine qu'on ferait mieux d'y aller, dit-elle en se relevant.

Didon la suit, impatiente d'aller s'acheter des vêtements.

En ce début d'après-midi, la saleté des rues cuit sous le soleil, qui accentue l'odeur de fumier laissée par les chevaux et les mules. L'enthousiasme illumine Didon tandis qu'elles longent la rue pour rejoindre la via Pompéiana.

— Où est-ce qu'on devrait aller ? Combien de tenues acheter ?

— Juste une, pour le moment, au cas où la soirée d'essai échoue.

— Ne laisse pas Félix ruiner ce moment, fait Didon avec sincérité. Ne sois pas malheureuse. Nous n'avons presque rien…

— Tu as raison, répond Amara avec un effort pour sourire. Essayons chez Cominia. J'ai toujours voulu y entrer.

La boutique de la modiste se trouve dans la principale rue commerçante de la ville, non loin de chez Rusticus. Toutes les femmes aiment à lui rendre visite de temps à autre, pour traîner devant les rouleaux de tissus à l'entrée, plus doux et plus fins que tout ce qu'elles porteront jamais. À l'étage, un portrait ovale de Cominia, plus jeune, qui semble contempler son empire. Didon passe la première et se fraie un chemin entre les tissus.

Il leur faut un moment pour s'habituer à la lumière plus faible de l'intérieur. Cominia elle-même se tient derrière le comptoir principal, occupée à discuter avec une cliente – une matrone accompagnée d'un esclave qui se tient à quelques pas derrière elle, prêt à transporter ses achats. Les deux louves restent là, sans savoir quoi faire.

— Comment puis-je vous aider, Mesdames ? demande une assistante, surgissant aux côtés de Didon.

Mince, les traits acérés, elle affiche une expression polie, mais ferme : pas question de laisser traîner des clientes qui ne peuvent rien s'offrir.

— Il nous faudrait des vêtements pour les Floralies, explique Amara. Pour donner un spectacle lors d'une soirée privée.

— En tant qu'invitées ?

— Non, répond Didon. En tant que… chanteuses.

— Je comprends, répond-elle en s'inclinant. Je m'appelle Gaïa. Veuillez me suivre.

Elles emboîtent le pas à l'employée qui écarte un épais tissu gris à l'arrière de la pièce pour révéler l'arrière-boutique, encore plus sombre, éclairée par une lampe à huile. À l'évidence, Gaïa a décidé qu'elles n'étaient pas le genre de clientes qu'il faut couvrir de flagorneries ; son ton est tranché, pratique.

— J'ai ce qu'il vous faut. Nous fournissons beaucoup de comédiennes et de concubines. Voici notre modèle le plus populaire, et de loin.

Elle leur présente un rouleau de tissu argenté, si fin qu'il est transparent – une propriété qu'elle illustre en passant sa main dessous, avec douceur.

— De la soie assyrienne moirée d'argent. On peut tout voir au travers. Si vous voulez suggérer plutôt que révéler, vous pouvez en acheter un peu plus et plier le tissu pour le rendre aussi opaque que nécessaire.

Elle leur fait une démonstration, masquant sa peau avec adresse sous plusieurs couches de soie scintillante. Le tissu semble si fragile qu'Amara est trop nerveuse pour le toucher.

— Comment l'attacher ? demande-t-elle. Une broche pourrait le déchirer, non ?

— Nous vendons des épingles prévues à cet effet. Je peux vous montrer comment faire. Mais il n'est pas si fragile que ça, le tissage est très serré. Vous l'essayez, ou pas ? interroge Gaïa avec une certaine impatience.

Amara et Didon défont leurs toges et laissent Gaïa les habiller. Elles s'observent l'une l'autre avec attention en tentant de mémoriser comment plier le tissu pour s'en souvenir ensuite. Gaïa leur présente un plateau d'épingles, en laissant courir sa main d'un bout à l'autre du rang.

— Du plus simple, avec une tête plate, au plus ouvragé, en forme d'oiseau ou de libellule…

— On pourrait prendre l'oiseau, pour le moment, dit Amara à Didon. Puisque c'est une tenue de chanteuse. Tu ne crois pas ?

Gaïa attache le tissu pour elles, et toutes deux s'admirent mutuellement.

— J'ai l'impression de porter une toile d'araignée ! s'écrie Didon.

— Ça fait partie du charme, répond Gaïa. Les hommes adorent, croyez-moi.

— Oh ! Attends, reviens dans la lumière…, dit Amara à Didon. C'est fou, ça t'éclaire tout le corps, on dirait une flamme d'argent !

Elles décrivent des cercles autour de la lampe à huile en regardant la soie bruissante changer de couleur.

— Et si vous voulez vraiment être inoubliables, renchérit Gaïa, nous avons ceci…

Le pot qu'elle sort d'un placard, et qu'elle ouvre pour leur montrer, est rempli d'une épaisse pâte dorée.

— Pour les yeux. Et pour le bout des seins.

Il ne reste plus grand-chose de la monnaie de Nicia lorsque Amara et Didon sortent de chez Cominia.

Elles ont acheté le plus grand pot de pâte dorée disponible pour en diluer dans un autre récipient afin que les autres s'en servent.

— Il faudra qu'on donne les robes à Félix, remarque Didon qui serre le paquet contre sa poitrine. On ne peut pas les laisser traîner dans le bordel, elles se feraient voler…

— De toute façon, il voulait qu'on lui prouve comment on dépensait l'argent.

Elles remontent la rue principale pour rentrer, ce qui les fera bientôt passer devant la boutique de lampes, et Amara brûle d'envie de s'y arrêter.

— Tiens, ce n'est pas là que travaille Ménandre ? demande Didon.

— Ah, oui…

— Donne-moi ça, fait-elle en tendant les bras vers le paquet d'Amara. Pourquoi tu ne rentres pas ?

— Je ne sais pas… Peut-être qu'on ne devrait pas…

Pendant qu'elles se disputent le paquet, Amara se met sur la pointe des pieds pour jeter un œil dans la boutique. Ménandre est là. Elle abandonne et laisse Didon le lui prendre des mains. Il faut à Ménandre un bon moment pour la remarquer, plantée là dans la rue. Comme il est avec un client, il fait signe à Amara d'attendre.

— On passait par là, dit-elle lorsqu'il sort – elle tient à montrer que Didon est avec elle. Et on voulait te remercier.

— Me remercier ?

— Oui. C'est toi qui nous as demandé de chanter. Notre maître nous écoutait, et il a acheté la lyre.

En se remémorant l'expression du musicien de rue, Amara espère que Félix a bel et bien payé pour l'instrument.

— Et maintenant, nous avons été embauchées pour chanter aux Floralies, pendant une fête.

Rien de tout cela n'est ce qu'elle aurait voulu lui dire, mais au moins, elle est en train de lui parler.

— Je suis heureux qu'il t'ait acheté la lyre, répond-il. Tu en jouais si bien.

— *Ménandre !*

Il jette un coup d'œil nerveux par-dessus son épaule.

— Je ne peux pas rester longtemps… Je peux t'écrire ? Au mur, près du Moineau ? Je me servirai de Timarété et Callias, ajoute-t-il en baissant la voix. Pour que personne ne sache.

— Oui, souffle Amara. D'accord.

Il repart à l'intérieur en hâte, sans lui dire au revoir.

Chapitre 16

J'ai donné des boucles d'oreilles en gage à Faustilla pour deux deniers. Elle m'a compté un as d'intérêts.

Graffiti de Pompéi.

La queue au puits s'étire dans la rue, et peu de gens ont la patience d'attendre leur tour. Amara et Didon ne se donnent pas la peine d'aller jouer des coudes avec les autres et traînent au soleil du matin. Ce n'est pas l'endroit le plus calme où s'arrêter : l'une des grandes maisons non loin de là résonne de bruits de travaux et de cris d'ouvriers. Amara ne l'a jamais vue qu'en ruine. Victoria lui a raconté que les propriétaires étaient morts dans un terrible tremblement de terre. Quelqu'un d'autre doit l'avoir achetée et semble décidé à la transformer en palace. L'un des hommes du chantier se penche depuis son échelle pour les siffler toutes les deux. Elles l'ignorent : il ne pourra pas partir se payer une femme avant des heures. Ce n'est pas la peine de lui accorder leur attention.

— Tout le monde a aimé la pâte dorée, fait Didon en haussant la voix pour se faire entendre. Elles s'en sont toutes servies la nuit dernière, pas vrai ?

— Béronice, oui, c'est sûr.

Béronice s'en était copieusement tartiné les yeux et a explosé de rage quand Victoria s'est moquée d'elle. *C'est ce que les hommes de cette ville d'abrutis attendent d'une Égyptienne !* a-t-elle insisté, le visage plus scintillant qu'une statue au temple. Amara ne peut imaginer à quel point Pompéi doit sembler étriqué à Béronice, qui a grandi dans l'immense cité d'Alexandrie. Quoique, en tant qu'esclave, peut-être n'a-t-elle pas vu grand-chose d'autre que la maison où elle travaillait. Victoria et Cressa ont également pris de la pâte dorée, mais Amara se doute qu'il faudrait plus que cela pour effacer la jalousie des autres. Le pouvoir nouvellement acquis par les dernières arrivées dans l'Antre des Louves perturbe tout le monde.

— Félix va s'attendre à ce qu'on répète pour Cornélius, aujourd'hui, dit Amara. Il va falloir qu'on trouve d'autres chansons…

— On pourrait demander à Salvius.

— Je ne saurais pas où le trouver. Tu crois que Nicandrus pourrait nous aider ?

— Il dirige la forge à côté de la boulangerie de Modestus. Je crois qu'elle est à lui. J'ai passé un moment avec Priscus cette nuit-là, pendant que tu parlais à Ménandre. Il m'a dit où ils travaillaient, Salvius et lui.

Amara sent qu'on lui tape l'épaule et se retourne vivement, déjà en colère, en s'attendant à trouver l'ouvrier descendu de son échelle pour tenter sa chance. Une fille se recule, alarmée, un énorme seau sur la hanche.

— Pardon ! Je ne voulais pas te surprendre. Mais…

tu ne serais pas de l'Antre des Louves ? Je suis sûre de vous avoir déjà vues toutes les deux à l'Éléphant…

Amara la fixe. Ces yeux cernés, ces épaules courbées par l'épuisement… Un souvenir lui revient : oui, cette fille mince qui se glissait entre les clients de l'Éléphant, avec un sourire nerveux.

— Ah, oui. Tu es la serveuse, c'est ça ?

— Pitane, se présente-t-elle. Mais je ne fais pas que serveuse.

— Non, je me doute.

Amara se souvient de la raillerie de Victoria envers Drauca, au sujet des clients qu'elle doit servir de différentes façons. Elle se détourne, sans aucune envie de songer à son ancienne rivale ou à ses souffrances.

— Ce doit être difficile, fait Didon avec gentillesse. Il y a toujours tellement de monde à l'Éléphant. Tu as des amis là-bas ?

— Martha, c'était mon amie. Mais elle est morte en couches. Les risques du métier, pas vrai ? J'imagine que ça doit vous connaître, tout ça. Comment éviter de… ou comment…

Y mettre fin, pense Amara. Pitane les fixe toutes deux avec désespoir, comme si elle les suppliait de la comprendre.

— Tu ne veux pas savoir comment *éviter* ça, pas vrai ?

Pitane secoue la tête. Amara baisse les yeux sur sa taille, si mince.

— Il y a une femme que tu peux aller voir. Mais n'attends pas trop longtemps.

— Vous n'avez rien vous-mêmes ?

— Il faut que les plantes soient fraîches.

— Amara, fait Didon en secouant la tête. Moins fort.

— Je n'ai pas d'argent, explique Pitane, qui semble déçue. Je pensais que peut-être vous aviez les herbes avec vous, que vous pourriez m'en prêter et me laisser vous rembourser plus tard…

— Mais pourquoi ? Ton maître ne serait pas content ? demande Amara. D'habitude, ils sont heureux d'avoir des esclaves nés chez eux.

— Martha a mis trois jours à mourir.

Amara et Didon échangent un regard. Toutes les femmes sont conscientes du danger de l'accouchement, des horreurs qui peuvent l'accompagner.

Elles ont complètement perdu leur place dans la file, mais aucune d'elles ne tente de la reprendre.

— Si c'est de l'argent qu'il te faut, on peut peut-être t'aider, dit Amara. Mais il faut que tu sois certaine de pouvoir rembourser.

Sur le chemin qui mène à la forge, Didon ne parle pas du marché qu'Amara vient de conclure. Elle ne lui demande pas si Marcella a payé sa dette, ni quelle est l'échéance. Mais Amara a les mains moites à cette idée. Elle se dit qu'il reste du temps à Marcella, qu'elle n'est pas en retard. Et peut-être ce nouveau marché avec Pitane inclinera-t-il Félix à la patience.

Elles passent devant la boulangerie et s'arrêtent chez le forgeron, en écoutant les sons du métal martelé.

— Tu crois que Salvius se souviendra de nous ? demande Didon.

Amara ajuste la lyre dans ses bras et cache sa nervosité sous une bravade :

— Bien sûr que oui ! Il ne doit pas en rencontrer beaucoup, de belles chanteuses comme nous !

Récupérer l'instrument auprès de Paris n'a pas été facile. Il leur a fallu prétendre qu'elles avaient déjà rendez-vous pour une leçon de musique. Si leur visite à la forge échoue, il les dénoncera très certainement à Félix.

Elles longent le comptoir principal, où un esclave discute déjà avec quelques clients, et s'enfoncent à l'intérieur. Le joueur de flûte est là, dans l'arrière-boutique, occupé à superviser le travail d'un apprenti. Il l'aide à forger un pied de lampe, en le tenant droit tandis que le garçon en martèle la base. De temps à autre, il lui offre un mot d'encouragement. Il est tel que dans le souvenir d'Amara, la même douceur dans le regard, les mêmes cheveux grisonnants. Les deux femmes, qui ne veulent pas le déranger, patientent.

Lorsque Salvius lève les yeux, elle voit bien qu'il lui faut un instant pour les reconnaître ; puis il sourit.

— Quelle bonne surprise ! Les deux jolis moineaux. Qu'est-ce que je peux faire pour vous ?

— Nous avons besoin d'un service, dit Amara en lui montrant la lyre pour éveiller sa curiosité.

Salvius s'approche en essuyant ses mains huileuses sur son tablier de cuir.

— Si vous cherchez un accompagnateur, je ne joue que de la flûte…

— C'est moi qui en jouerai, répond Amara. Nous espérions que vous puissiez nous apprendre quelques morceaux…

— Contre rémunération, ajoute Didon.

— Flavius, continue le travail sur la base, comme

je t'ai montré, lance-t-il à son apprenti avant de se retourner vers elles. Venez en discuter…

Elles le suivent dans un étroit escalier de bois qui mène à l'étage.

— Je ne suis pas grand musicien, dit-il. Vous pourriez être déçues. Où allez-vous jouer ?

Son salon est peint en jaune, une couleur chaleureuse, orné d'une frise de cygnes tout autour de la pièce, avec de minuscules alouettes sur la plinthe. Il s'assoit sur un banc et les invite à prendre place sur celui qui lui fait face.

— Dans une soirée bien plus importante que tout ce qui pourrait se faire au Moineau, dit Amara. Au premier jour des Floralies. Nous songions à mettre des poèmes en musique sur des airs populaires…

— Mélanger le raffinement et le folklorique ?

— C'est ça, répond Didon.

— Ça m'a l'air amusant. Mais combien comptez-vous me payer ? Enfin, peut-être que je devrais vous demander comment vous comptez payer…

— Cela dépend de ce que vous préféreriez.

Amara laisse sa toge glisser sur son épaule, pas assez bas pour découvrir grand-chose, mais suffisamment pour qu'il comprenne le message. Elle espère qu'il sera intéressé, pas vraiment par désir – même s'il est loin d'être laid – mais surtout dans l'espoir d'économiser son argent.

— Ce qui me conviendrait le plus serait un paiement différé, répond Salvius. Une soirée ou deux en votre compagnie, ici, chez moi. J'inviterai Priscus, ajoute-t-il avec un signe de tête envers Didon.

Amara ne sait pas comment Félix va réagir à cette

proposition : c'est le soir qu'elles gagnent le plus d'argent. Mais avant qu'elle puisse évoquer l'idée de demander l'approbation de leur maître, Didon prend les devants et répond qu'elles en seraient enchantées.

— Je ne peux pas vous consacrer beaucoup de temps aujourd'hui. Peut-être un ou deux morceaux, si vous êtes assez rapides…

Il se lève et se dirige vers un bureau encombré. Dans son dos, elles l'entendent fouiller des pots et des boîtes jusqu'à ce qu'il revienne avec la flûte.

— Il y a tellement de chants sur le printemps ! Celui-là est osque. J'imagine que vous ne parlez pas la langue ?

Il semble plein d'espoir, et Amara se demande si cet ancien langage de Campanie ne serait pas le sien.

— Non.

— Pas grave. Vous pourrez adapter le morceau comme vous voudrez.

Il se met à jouer, et Amara le trouve plus talentueux que dans son souvenir. Elle entend dans le morceau des chants d'oiseaux, le vent qui soupire, et elle s'imagine Flora dansante, à demi cachée par les arbres, au fil de l'ensorcelante mélodie qui tourne en boucle. Il s'arrête et baisse sa flûte.

— Je recommence ? Ou on reprend mesure par mesure ?

Amara craint de ne pas pouvoir le suivre, mais prend sa lyre.

— Allons-y.

Il est patient dans son enseignement et leur explique chaque partie du morceau, laissant le temps à Amara de trouver les notes correspondantes et hochant la tête lorsqu'elle trouve un accord qui convient. Didon chante le morceau à haute voix pour le mémoriser. Leur version n'est pas aussi belle que celle de sa flûte, mais amplement suffisante pour qu'elles puissent la répéter chez elles et l'améliorer.

— Que diriez-vous de quelque chose d'un peu plus gai ? propose Salvius.

Elles hochent la tête et il s'interrompt pour prendre une grande inspiration, prêt à jouer. Puis il se lance en agitant la tête et en se balançant. Ses yeux se ferment lorsqu'il part dans les aigus. Amara comprend immédiatement le potentiel du morceau, même s'il n'est pas aussi beau que le précédent. C'est une chanson folâtre, qui sera parfaite en duo pour qu'elle et Didon se répondent. Elle prend la lyre et se lance pour accompagner Salvius, en anticipant la mélodie qui se répète.

— Je me disais bien que ça te plairait, commente-t-il en arrivant à la fin.

Il recommence mais, au lieu de découper l'air mesure par mesure, les laisse apprendre la mélodie au fil de son interprétation, comme au Moineau. Amara replonge dans la musique, au point même d'oublier, l'espace de quelques instants, qu'elles sont là pour le travail et non pour le plaisir. Elle s'attend à repartir une troisième fois, mais Salvius s'arrête au bout de quelques notes, comme s'il avait oublié la suite, et la voix de Didon s'éteint.

— Ça devrait suffire pour une première fois, dit Salvius en se détournant pour aller ranger sa flûte. On s'arrête ici.

Il appuie les mains sur le bureau, en restant debout. Son ton n'a rien d'inamical, mais quelque chose a changé. Amara se demande si elles l'ont offensé de quelque façon. Peut-être s'est-il tout simplement rappelé qu'il avait du travail. De nouveau face à elles, il sourit avec effort.

— J'espère que cela vous a donné un peu de matière…

Amara et Didon se mettent à parler en même temps pour le remercier.

— Oui, oui ! C'était pile ce qu'il nous fallait…

— Merci beaucoup, vraiment, j'espère que nous n'avons pas…

Salvius agite la main face à leurs remerciements et les fait repartir vers l'escalier, en disant qu'il enverra un message à leur maître pour lui expliquer leur arrangement. Elles s'arrêtent avant de descendre pour le laisser prendre les devants, mais il leur fait signe d'y aller.

— J'ai des affaires à régler ici. Attention à la marche.

De retour au bordel, Amara laisse à Didon le soin des explications. Elle étudie Félix – son sourire, sa façon de l'écouter, ses signes d'encouragement. Elle voit Didon se détendre, songeant sans doute qu'il est de bonne humeur aujourd'hui. Mais Amara ne peut penser qu'à une chose : Drauca. *Détruire l'ennemi est la seule chose qui importe.* Elle fixe les crânes de taureaux au mur, les ombres de leurs orbites vides. Ce n'est que lorsque Félix se tourne vers elle qu'elle se rend compte que Didon vient de lui proposer une démonstration, et que tous deux attendent qu'elle prenne sa lyre. Mais elle ne peut pas bouger.

— Pas la peine d'être timide, lance Félix.

— On ne s'est même pas décidées sur les paroles… balbutie-t-elle. Peut-être qu'on devrait répéter un peu avant ?

— Je n'ai aucun intérêt pour la musique, dit-il en haussant les épaules. Je veux juste m'assurer que vous êtes bien en train de travailler. Jouez dans la pièce voisine si vous voulez.

— Merci beaucoup, fait Didon en tendant la main à Amara pour qu'elle se lève. C'est gentil de ta part.

Elles sortent sur le balcon et Didon passe un bras autour d'Amara.

— Tu ne devrais pas avoir si peur… Il n'était même pas en colère, aujourd'hui.

— Avec Félix, on ne sait jamais, marmonne-t-elle tandis qu'elles descendent le couloir.

— Amara !

Sa voix les arrête. Il se tient dans l'encadrement de la porte.

— Encore une chose, avant que tu partes chanter. J'ai oublié de te demander. Non, pas toi, dit-il en voyant Didon revenir. Emporte la lyre.

Amara regarde ses propres pieds avancer sur le plancher peint tandis qu'elle se dirige vers lui. Il prend sa main et lui fait passer la porte. Une fois à l'intérieur, il murmure :

— Tu ne lui as rien dit.

Elle ne répond rien. Ce n'était pas une question. Il prend son menton pour la forcer à lever les yeux.

— Il y a bien des façons de révéler un secret. Surtout si tu restes assise là comme un mouton tremblant. Tu comprends ?

— Tu me menaces pour me forcer à arrêter d'avoir peur, là ?

— Ah, ça, c'est mieux ! Un peu de défiance…

Difficile de savoir ce qu'elle hait le plus : sa terreur face à lui ou cette familiarité entre eux. Elle repousse sa main.

— L'une des serveuses de l'Éléphant a besoin d'un prêt de ta part. Deux deniers.

— Deux deniers ? À quoi bon se préoccuper de menue monnaie comme ça alors que tu vas m'en rapporter soixante-dix la semaine prochaine ?

— Il n'y a pas de petits profits. Personne n'est jamais devenu riche en refusant de faire affaire.

— Le prêt, c'est pour quoi ?

— Un avortement.

— Et elle peut rembourser ?

— Elle dit que oui.

— Comme ta vendeuse de plats à emporter ? On l'attend toujours, son argent.

Il part vers son bureau et fouille les tiroirs jusqu'à trouver l'accord avec Marcella.

— Je croyais que tu ne devais pas prendre de nouvelles clientes tant que la première n'aurait pas payé ?

— Mais il lui reste encore du temps…

— Ah, tais-toi. Tu sais bien que ses versements sont trop légers. Et je n'accepte jamais de retard, surtout pas de la part d'une femme.

Puis il sourit, comme s'il venait de se rappeler qu'il essayait de ne pas être menaçant.

— Mais bon, c'est toi qui les collectes, ses versements, pas vrai ? Donc elle ne risque rien. Jusqu'à ce qu'elle soit en retard. Et là, c'est moi qui prendrai l'affaire en main.

Chapitre 17

À travers son front suant coulaient des ruisseaux de fard, et les rides de ses joues étaient si pleines de blanc qu'on eût dit un mur décrépi travaillé par la pluie.

PÉTRONE, *Le Satiricon*, I, 33.

Amara ne s'attendait pas à trouver autant de gens dans la pièce, encore pleine de la chaleur d'une journée de printemps. Une troupe de mimes, toutes vêtues seulement de quelques guirlandes de fleurs, répète son numéro. Elle et Didon semblent presque trop élégantes à côté, avec leurs toges argentées et leurs corps dorés. L'une des mimes leur jette un regard en coin puis se retourne vers ses amies en cachant son rire derrière ses jolis doigts.

— Je ne pensais pas qu'il y aurait autant d'autres numéros, murmure Didon.

Les doigts d'Amara, eux, sont tout collants : après avoir tenté de décorer la lyre, les paumes de ses mains sont aussi dorées que l'instrument.

— Heureusement qu'on se distingue des autres, dit-elle en essayant de se convaincre elle-même. On n'allait pas être toutes complètement nues…

— Encore quelques fleurs et vous serez parfaites ! barrit quelqu'un.

C'est Egnatius, le directeur autoproclamé de la soirée de Cornélius. Amara, qui ne l'avait pas entendu revenir, sursaute, mais rien ne semble indiquer qu'il se soit offensé de leurs murmures. Au contraire, il arrange les cheveux de Didon en piquant dans ses boucles les roses blanches qu'il était parti chercher. Jamais Amara n'avait vu un homme porter tant de maquillage. Ses yeux sont soulignés d'un trait de khôl, et ses joues recouvertes d'une poudre épaisse qui se fissure comme du plâtre mal posé, un peu plus à chaque sourire – et ses sourires sont nombreux. Il recule d'un pas pour admirer Didon.

— Quelle jolie demoiselle ! Je n'ai jamais vu visage plus exquis ! Sauf le tien, bien sûr, chérie, ajoute-t-il en glissant le reste des fleurs dans les cheveux d'Amara.

Elle ne peut s'empêcher de rire, et Egnatius semble ravi de l'avoir amusée. Il se tient si près qu'elle sent son souffle sur sa joue. La puissante odeur d'acacia qui se dégage de ses cheveux pommadés lui fait tourner la tête. Il ajuste la dernière rose derrière son oreille, puis tape dans ses mains en signe d'excitation.

— Alors ! Dites-moi tout ! Qu'est-ce que vous allez nous chanter ce soir, mes nymphes ?

— Des vers de Sappho, des chants à Flora, et le conte de Crocus et Smilax, répond Amara.

— Très joli, très joli. Vous m'en chantez un peu pour que je sache où vous placer dans le programme ?

Amara se lance dans le chant osque de Salvius, sur lequel elle et Didon ont adapté les paroles d'un célèbre hymne à Flora. Les mimes cessent de répéter, curieuses, et Amara se réjouit de voir leur air amusé se changer en un réticent respect. Elle n'aurait pas pu rêver meilleur compliment.

— Merveilleux ! crie Egnatius. Vos voix sont aussi douces que des fleurs tombant de la bouche de Flora elle-même ! Vous n'avez jamais lu Ovide ? Non ? Oh, lisez Ovide, il le faut ! Je vous enverrai certains des passages préférés de Cornélius pour la prochaine fois.

Amara aurait préféré savoir à l'avance que Cornélius avait un poète favori, mais la générosité d'Egnatius la touche.

— Merci…

— C'est si gentil de votre part, renchérit Didon, très sincère, en lui posant une main sur le bras.

— Vous savez, poursuit-il, mon maître est en quelque sorte poète lui-même. Il a composé quelques lignes pour les Floralies. Si vous trouvez un moyen de les inclure…

Il sort un rouleau de parchemin des plis de sa cape, et Amara doit s'empêcher de le lui prendre des mains.

— Nous en serions plus que ravies !

Egnatius lui tend le petit rouleau, qu'Amara s'empresse d'ouvrir pour le lire avec Didon. L'espace d'un instant, elle ne comprend tout simplement pas ce qu'elle a sous les yeux. Puis elle ressent une pointe de terreur et relève vivement la tête vers Egnatius.

— Et vous êtes parfaitement convaincu que votre maître sera heureux de nous entendre réciter ça devant tout le monde ?

Lorsqu'elle croise son regard, elle y lit ce qu'ils

savent tous les deux, une vérité qu'ils ne sauraient énoncer.

— J'en suis certain, se contente-t-il de répondre.

Il s'incline, puis fait signe aux mimes qui ont repris leur répétition.

— Mesdames ! Chères déesses, chères nymphes, comme j'ai hâte de vous voir toutes en scène ! On vous enverra chercher dans l'ordre qui convient. Je ferai en sorte de vous laisser assez de temps pour apprendre les vers, ajoute-t-il à l'adresse d'Amara et Didon.

Ce n'est qu'après son départ que Didon peut enfin dire :

— Mais… c'est absolument mauvais ! On ne peut pas chanter ça !

— Il faudra qu'on se débrouille, répond Amara qui transpire sous sa toge transparente. Au moins, ce n'est pas très long. Peut-être que ça fonctionnerait avec le dernier air que nous a appris Salvius ?

— J'imagine…, se désole Didon. Mais quand ?

— À la toute fin, quand la plupart des invités seront ivres.

Les mimes se sont groupées ensemble, vêtues de capes, pour se protéger du froid qui monte avec l'obscurité. Egnatius revient pour appeler Amara et Didon. Il n'y avait que peu de lampes à huile dans l'endroit où elles patientaient, et Amara cligne des yeux en traversant des parties bien mieux éclairées de la maison.

— Vous êtes magnifiques, leur dit-il en les guidant

à travers un nombre extravagant de pièces. Absolument ravissantes ! Aussi belles que Flora elle-même !

Quelque part dans ce labyrinthe attendent Paris et Gallus, qui patienteront la nuit durant jusqu'à pouvoir les escorter au retour. Elles sont devenues bien plus précieuses qu'avant aux yeux de Félix. Amara se doute qu'Egnatius complimente ainsi toutes celles qui viennent se produire devant Cornélius, ce qui ne l'empêche pas de lui être reconnaissante de ses encouragements. Ils marchent trop vite pour lui permettre d'absorber ce qui l'entoure. L'endroit est extrêmement cossu, mais nulle trace d'une table ployant sous les objets précieux comme chez Zoïle. À la place, elle repère aux murs du grand couloir des portraits des ancêtres de Cornélius. Des rires et des bribes de chansons leur parviennent.

— Traversez le jardin, murmure Egnatius en leur faisant signe de continuer sans lui. Ce qui fonctionne le mieux, d'expérience, c'est de vous déplacer entre les couches tout en jouant. Et n'hésitez pas à impliquer les convives, ni à accueillir favorablement leurs… offres.

Didon et Amara échangent un regard. Parle-t-il d'accepter un verre de vin, ou d'autre chose ?

L'air embaume : des rosiers grimpent aux treilles le long des murs, un motif verdoyant semé de couleurs vives qui rappelle à Amara le talent de sa mère au métier à tisser. La salle à manger de Cornélius s'ouvre des deux côtés sur l'extérieur, les murs et le plafond peints des mêmes rosiers que ceux qui fleurissent au-dehors. Le jardin est si vaste qu'on dirait une prairie.

Elles s'approchent. Une fontaine en forme de

coquillage géant repose sur trois nymphes de marbre. Au travers du rideau liquide, les vêtements vivement colorés des invités se troublent et scintillent. Amara s'aperçoit que les corps nus des caryatides sont rehaussés d'or, de façon assez semblable à la pâte dorée dont Didon et elle se sont badigeonnées.

— Je vous l'avais dit, vous êtes parfaites ! s'exclame Egnatius en désignant la fontaine avec un haussement de sourcils.

Elles laissent les nymphes derrière elles et s'arrêtent en marge du rassemblement. L'atmosphère est plus détendue que lors de leur dernière soirée, et les hommes présents dans une proportion bien supérieure, avec quatre ou cinq femmes à peine parmi les convives. Cornélius est là, riant à une plaisanterie de son voisin de couche, très à l'aise dans son rôle d'hôte. Amara le voit leur jeter un regard, mais il attend qu'un autre invité ait achevé son anecdote avant de saluer leur présence.

— Mes chers amis ! annonce-t-il. Il nous faut remercier Marcus et Quintus, qui ont déniché ces deux charmantes musiciennes !

Amara suit son doigt pointé : de l'autre côté de la pièce, elle aperçoit leurs amants des Vinalies couchés sur un sofa. Tous deux semblent moins enthousiastes que la dernière fois à l'idée d'être associés à des louves.

— Ils ont été séduits par ces deux oiseaux chanteurs… À moins qu'il ne s'agisse de nymphes au service de Flora ? continue Cornélius en leur faisant signe d'approcher.

Egnatius s'est reculé pour se fondre parmi les autres

domestiques qui veillent au bon déroulement de la soirée. Amara répond à Cornélius sur le même ton joueur.

— Mais oui ! C'est la déesse du printemps elle-même qui nous a enseigné ces chansons ! Dans notre autre vie, lorsque nous étions dryades…, ajoute-t-elle avec un regard vers la fontaine.

— Tant de nymphes ces jours-ci semblent apprécier l'or, réplique Cornélius. Mériterez-vous le vôtre ce soir ?

Toutes deux s'inclinent, et Amara fait vibrer les cordes de sa lyre d'un coup de plectre.

— Flora est une déesse de pur plaisir, et c'est tout ce que nous comptons vous offrir !

Elles s'approchent lentement de leurs deux ex-amants tandis qu'Amara joue les premières notes du chant de printemps de Salvius. Elle s'assoit au bord de la couche en souriant malicieusement aux deux hommes, qui rient en retour, un peu moins nerveux. Quintus pose une main sur son genou et pince la soie entre ses doigts. Ceux qui l'entourent écoutent avec attention, mais Amara remarque que certains convives de l'autre côté de la pièce n'ont pas interrompu leur conversation. Elle se met à jouer pour de bon, et Didon se lance dans son chant, d'une voix si pure et si forte qu'un silence plus complet s'installe.

La chanson osque a été adaptée presque uniquement pour la voix de Didon, qui passe entre les couches en chantant et en tendant aux invités des fleurs tirées de ses cheveux. L'espace d'un instant, Amara s'inquiète : n'est-elle pas *trop* gracieuse ? Flora est la déesse du sexe, non de la poésie. Mais Didon travaille pour Félix depuis suffisamment longtemps pour savoir comment se comporter. Elle rappelle Victoria de plus d'une façon lorsqu'elle se penche pour déposer une rose sur les genoux de Cornélius.

— Tu aurais dû en offrir une à ma femme, dit-il en l'attirant vers lui pour l'embrasser lorsque la chanson s'achève. Avec tous les enfants qu'elle m'a donnés !

Ce devrait être un compliment, mais Amara perçoit quelque chose de mauvais dans sa voix.

— Tu peux être fier de ton fils, répond son épouse d'une voix tremblante depuis une autre couche.

Elle est plus jeune que Cornélius et d'une maigreur extrême. Même sa robe vivement colorée – des mètres et des mètres d'un tissu très cher – ne peut dissimuler entièrement à quel point elle est menue. Une autre femme, un peu plus âgée, est couchée près d'elle et grimace. Une amie, ou peut-être même sa mère. Amara n'a jamais pu comprendre l'étrange coutume romaine qui mêle hommes et femmes respectables pendant leurs soirées. Son propre père n'aurait jamais insulté la famille en insistant pour que son épouse et sa fille se joignent à lui et ses amis.

— Merci bien, Calpurnia. Oui, un seul fils, et après tant de filles !

— Des filles admirables, déclare un autre homme, qui vous font honneur à tous les deux.

— Enfin, les femmes ont leur utilité, dit Cornélius en lâchant Didon. Tu nous chantes autre chose, petite dryade ?

— Que diriez-vous d'une histoire ? lance Didon en lui jetant un regard par-dessus son épaule tandis qu'elle repart vers Amara. Nous pourrions vous conter celle de Crocus et de son amour pour Smilax…

— Et nous chanterons en l'honneur de Flora qui a redonné vie à ces malheureux amants, ajoute Amara en se libérant enfin de Quintus dont les mains baladeuses commençaient à l'inquiéter pour sa robe si chère.

Didon se dirige vers la fontaine, suivie d'Amara. À la faible lumière des lampes, leurs silhouettes doivent se mêler à celles des nymphes : leur nudité entraperçue, l'éclat de l'or sur leur chair. Amara se met à jouer et, comme toujours, s'émerveille de la transformation de Didon : la façon dont elle se tient, si peu semblable à elle-même, est à la fois drôle et sinistre. On croirait presque voir l'un des clients du bordel, chantant le rôle du mortel Crocus dans une parodie de désir frustré.

Amara est Smilax et chante d'une voix volontairement suraiguë pour rejeter ses avances. Après tout, personne n'est censé sympathiser avec la nymphe. Elle surjoue au point d'arrêter parfois sa musique pour se protéger de sa lyre. Les invités rient tandis que Didon la pourchasse, et la chanson devient de plus en plus ridicule jusqu'à ce qu'elles changent de mélodie, laissant Flora transformer Crocus en une fleur magnifique, et Smilax en un médiocre liseron. Didon chante les dernières notes en levant les bras comme des pétales vers le soleil, jusqu'à se pétrifier, aussi immobile que les statues derrière elle.

L'assistance applaudit à tout rompre, et le soulagement envahit Amara. Elle laisse son regard errer sur ces inconnus au visage luisant d'ébriété et d'appréciation. Puis elle sourit et salue. Egnatius est à ses côtés lorsqu'elle se relève, et lui murmure qu'il leur faut se joindre aux convives. Il les mène toutes deux parmi eux, en les faisant asseoir sur deux couches différentes.

Amara se retrouve assise entre deux hommes. L'un d'eux a une barbe bouclée, noire mais traversée de roux et de gris. L'autre, qui lui fait penser à une outre trop pleine dans sa toge aux plis serrés, déclare :

— J'ai toujours dit que les filles grecques étaient les mieux !

— Moi, je préfère un peu de passion gauloise, répond le barbu en sirotant son vin. Mais c'était un charmant petit numéro. Je ne connaissais pas ces paroles.

— Elles viennent d'un poème grec. La mélodie est de Campanie.

— Ça plaira à Fuscus, dit le premier avec un signe vers son compagnon. Il s'intéresse toujours à la poésie, et il a du temps libre maintenant qu'il n'est plus duumvir…

Amara se tourne pour sourire à Fuscus en essayant de masquer son intérêt soudain pour cet homme si influent. Le duumvirat est la plus haute autorité de la ville. Il y a une certaine douceur chez Fuscus, se dit-elle. Peut-être sera-t-il gentil. C'est sur cela qu'elle doit se concentrer, pas sur sa calvitie naissante. Le plus gros parle toujours.

— Moi-même, la poésie, je dois dire que je n'y comprends pas grand-chose. Je suis Umbricius, ajoute-t-il comme s'il s'attendait à ce qu'elle le reconnaisse de nom.

— Pardonnez-moi, répond Amara en forçant son accent. Je viens d'arriver à Pompéi.

— Le plus ancien producteur de garum de la ville, et le meilleur, répond-il.

Il prend une petite bouteille sur la table et verse une quantité de son contenu sur l'assiette de viande qui leur fait face. Puis il en détache un bout qu'il lui tend sur la pointe de son couteau.

— Dis-moi ce que tu en penses…

Amara grignote la viande couverte de sauce au poisson avec autant d'élégance que possible. On croirait goûter des anchois fermentés restés trop longtemps au soleil.

— Délicieux ! s'exclame-t-elle.

— Et quels autres poèmes grecs comptez-vous chanter ? demande Fuscus, qui la regarde lécher la sauce sur ses doigts.

— Sappho, répond-elle en se penchant vers lui.

— Pas très original, dit Fuscus qui détaille son corps au travers de sa robe transparente. Mais c'est tout de même une des plus grandes poétesses du monde…

— Rien en latin ? renâcle Umbricius qui semble frustré qu'on ne s'intéresse pas à lui.

— Quelques vers de la main de notre hôte.

Les deux hommes éclatent de rire.

— Mes pauvres ! s'exclame Fuscus. Vous êtes obligées ?

Amara est bien consciente que les amis de Cornélius peuvent se permettre de se moquer de lui, mais qu'il est hors de question qu'elle se joigne à eux.

— Honorer notre hôte est toujours un plaisir.

— Oui, oui, bien sûr, réplique Fuscus en levant les yeux au ciel. Vivement Sappho, en tout cas.

Puis il prend la main d'Amara pour lui frotter les doigts du pouce.

— Et peut-être te joindras-tu de nouveau à moi ensuite…

L'atmosphère de la soirée se transforme au fil des heures et des verres de vin. Après chaque chanson, les invités prennent de plus en plus de libertés avec Amara et Didon. Leurs commentaires se font plus suggestifs. Fuscus échange quelques mots – ou peut-être de l'argent – avec Egnatius, qui fait savoir qu'Amara est désormais l'« invitée spéciale » du duumvir. Plus les hommes parlent fort et plus leurs femmes se tiennent en retrait, formant leur propre cercle sur deux couches. Non que cela suffise à adoucir la rancœur de Cornélius envers sa femme. Il ne cesse de la contredire : si le loir au miel lui plaît, lui le trouve trop sucré. Si elle espère du soleil pour le lendemain, il se moque ouvertement d'elle. Même lorsqu'elle est silencieuse, il ne lui laisse pas un moment de répit et tourne en dérision sa posture, son talent au fuseau, sa façon de tenir son verre. Déjà menue, elle semble rétrécir encore après chacun de ses commentaires. Lorsqu'elle porte sa coupe à ses lèvres, Amara voit sa main trembler.

— Je crois que je suis épuisée, finit par dire Calpurnia. Je suis désolée, je vais devoir vous laisser…

Cornélius l'ignore complètement, comme si elle n'avait rien dit. Plus mince et pâle que jamais, son épouse s'éclipse. On croirait voir une domestique plutôt que l'hôtesse des lieux.

— Vraiment, pourquoi ne pas divorcer de cette pauvre fille ? commente Fuscus à Umbricius. Ça abrégerait ses souffrances.

— Severus demanderait un remboursement intégral de la dot s'il devait reprendre sa fille chez lui. Il me l'a dit lui-même.

Umbricius fait un signe de tête vers la femme plus âgée qui se trouvait aux côtés de Calpurnia. Toujours grimaçante, elle poignarde avec une détermination vicieuse les fruits dans son assiette.

— Ma femme adore Calpurnia. Je vais en entendre parler, crois-moi. Elle ne me lâchera pas de la nuit, en me répétant de parler à Cornélius… Je lui ai dit que ça ne fait qu'empirer les choses ! Mais les femmes n'écoutent jamais.

— C'est bien pour ça que j'ai laissé la mienne à la maison, répond Fuscus, le bras autour d'Amara.

— Tu comptes rester, alors ? dit Umbricius avec une note très claire d'envie dans la voix.

— Je crois bien. Pas vrai ? répond Fuscus en attirant Amara plus près. Oui, je crois bien.

Elle lui sourit en espérant avoir l'air de trouver l'idée irrésistible. Derrière lui, elle voit Didon assise avec Quintus et Marcus. Tous trois rient ensemble, tels des amants dans une scène pastorale. Après une pointe de jalousie, elle se remémore que Fuscus pourrait être une puissante relation. Les deux garçons des Vinalies ne semblent guère tentés par le fait de devenir des clients réguliers.

— C'est le bon moment pour les mimes, non ?

crie Cornélius, d'une voix brouillée par l'alcool, pour couvrir le brouhaha.

— Pas encore ! lui lance Fuscus. Je crois que ces deux jolis moineaux ont une dernière surprise pour toi !

Puis il serre le bras d'Amara et murmure :

— Désolée, ma belle, je n'ai pas pu résister.

— Devoir vous quitter, c'est cela que je ne peux pardonner, réplique Amara qui se lève en ne lâchant sa main qu'avec une réticence surjouée.

Elle retourne avec Didon près de la fontaine. Son pouls lui bat aux tempes. Ni l'une ni l'autre n'a trop bu, mais on ne peut en dire autant du reste de l'assemblée : tant mieux. Personne de sobre ne pourrait supporter les vers de Cornélius.

— En l'honneur de notre hôte si généreux, annonce Amara, nous avons eu l'audace de mettre certains de ses vers en musique !

Sans attendre leur réaction à tous, elle plaque un accord sur la lyre et se lance dans la même mélodie qu'avant, mais bien plus vite. Elle et Didon chantent à l'unisson, aussi rapidement que possible sans avaler les mots.

Ô charmante Flora !
Déesse du sexe et des fleurs,
Avec tes beaux orteils et ta bouche en cœur,
Ouvre les jambes et révèle ton fruit bien mûr
Qui bénira le printemps par son parfum si pur !
Ô charmante Flora !

Le temps d'arriver au dernier couplet, tout le public étouffe de rire, mais Cornélius semble s'en moquer, à moins qu'il ne soit trop ivre pour s'en rendre compte. Il sourit face aux applaudissements, agitant une main comme pour repousser leur admiration.

— Ce n'était rien, rien que quelques vers ! Mais très bien chantés, bravo !

— Les mimes, les mimes ! se mettent à crier plusieurs personnes en tapant des pieds, impatients de voir le clou du spectacle.

L'un des convives s'approche de la fontaine en titubant, attrape Didon et la traîne presque vers sa couche. Amara se hâte d'aller retrouver Fuscus.

— Mais j'imagine que c'était parodique, non ? ne cesse de répéter Umbricius. *Ta bouche en cœur* ? *Ton fruit bien mûr* ? Oui, forcément, c'était de la parodie…

— Parodie ou non, tu étais très belle, dit Fuscus à Amara en l'attirant sur ses genoux pour l'embrasser.

Egnatius fait entrer les huit mimes. Deux d'entre elles ont à la main de longues flûtes qu'Amara n'avait pas remarquées pendant les répétitions. Elle se laisse aller contre Fuscus, curieuse.

— Ma femme ne va pas aimer ça, marmonne Umbricius. Elle va m'en parler pendant des jours…

Les deux flûtistes laissent échapper des sons stridents et les mimes se lancent dans leur numéro. On dirait des cabris plutôt que des danseuses. L'histoire, à supposer qu'elle mérite ce nom, semble concerner une blague jouée par Flora à ses nymphes, mais le maigre dialogue rend l'action difficile à suivre. En regardant la comédienne principale sauter dans la fontaine comme une grenouille et éclabousser les autres qui surjouent leurs cris, Amara se prend à penser que Victoria ferait mieux qu'elles toutes. Un souvenir involontaire se glisse dans son esprit – Victoria et Drauca dansant ensemble – et elle se recroqueville contre Fuscus, d'instinct. Celui-ci se trompe sur le sens de son geste, et murmure :

— Bientôt, ma chérie, bientôt.

À la fin du numéro, les huit comédiennes sont parties s'étaler sur une variété d'invités. Egnatius, debout dans un angle de la pièce, surveille l'assistance et envoie de temps à autre des esclaves apporter à chacun ce qui manque. La soirée s'achève, mais certains convives ne bougent pas de leur couche, alors même que les autres se lèvent pour faire leurs adieux ou aller chercher leur femme. Beaucoup sont ivres au point de devoir s'appuyer sur les esclaves. Umbricius se lève et grogne lorsque ses genoux protestent.

— Je ferais mieux de ramener ma femme à la maison. À la semaine prochaine, Fuscus.

Amara le regarde tituber vers son épouse. À en juger par l'expression de celle-ci, elle n'attendra pas qu'ils soient rentrés pour lui communiquer son opinion sur la soirée.

Egnatius se tient non loin de la couche de Fuscus, incertain.

— Comptez-vous vous joindre aux autres ?

— Tu sais bien que je n'aime pas qu'on me regarde, réplique Fuscus qui se redresse, lui-même peu assuré sur ses jambes.

— Bien sûr.

Egnatius aide Amara à se lever et suit son regard vers Didon. Quintus la dispute au convive qui se l'était appropriée à la fin de la dernière chanson.

— Tu peux compter sur moi, murmure Egnatius, je ferai en sorte qu'il ne lui arrive rien.

— Merci, répond-elle en croisant son regard. Merci pour tout.

Egnatius lui fait un clin d'œil. Il est tout aussi sobre qu'elle. Puis il appelle un esclave et dit à Fuscus :

— Ce garçon vous mènera à des lieux plus tranquilles.

Amara quitte la pièce orgiaque sans se retourner, suivant l'inconnu aux côtés de Fuscus. La nuit leur paraît fraîche lorsqu'ils traversent la roseraie pour s'enfoncer dans l'obscurité de la maison.

Chapitre 18

J'aime et je hais en même temps.
– Comment cela se fait-il ? direz-vous peut-être.
– Je l'ignore ; mais je le sens,
et c'est un supplice pour mon âme.

CATULLE, *Poésies*, Poème 85.

Les rayons du soleil caressent le visage d'Amara : une façon de se réveiller qui lui est peu familière. Elle est seule sur le lit. L'espace d'un instant, elle ne peut se rappeler où elle est, puis des souvenirs de la nuit dernière la submergent, et elle s'assoit d'un coup, les draps remontés sur sa poitrine.

Aucun signe de Félix. Il doit être parti pour le Palestre sans la réveiller.

Amara relâche sa respiration. Depuis la rue devant le bordel, elle entend des chariots qui passent en brinquebalant sur les pavés, des voix qui s'entremêlent dans de bruyantes conversations. On dirait bien qu'elle a dormi jusqu'à l'après-midi.

Elle retrace ses souvenirs de la nuit comme une frise autour d'une pièce. C'est Gallus qui l'a ramenée au bordel à la lueur d'une torche, au petit matin, après que Fuscus eut fini. Didon était encore prise, si bien qu'ils sont rentrés seuls. Amara ne s'attendait pas à ce que Gallus lui fasse signe de monter à l'étage ; elle s'était dit que Félix comptait sûrement lui confisquer d'éventuels pourboires. À cette heure, le trouver au lit n'avait rien de surprenant. Ce qui l'a étonnée était qu'il soit encore éveillé, qu'il ait attendu son retour.

Amara sent le rouge lui monter aux joues. Quel plaisir de se vanter du succès de la soirée – Egnatius promettant de les embaucher à nouveau, le supplément offert par Fuscus… Assise là avec Félix, elle en aurait presque oublié Drauca, en le voyant aussi enthousiasmé qu'elle par les recettes de la soirée. Ce sont les pièces sur les draps qui l'ont excité, elle en est sûre. Coucher avec lui a relevé de l'expérience habituelle, mais l'heure tardive donnait à l'acte une intimité difficile à ignorer.

Même seule, elle ne peut s'empêcher de s'enfouir le visage dans les mains, honteuse. Quand a-t-elle compris qu'il voulait qu'elle reste ensuite ? Était-ce elle qui en avait envie ? S'est-elle trop attardée ? En se remémorant ce qu'elle a ressenti, elle a l'impression d'ouvrir une porte donnant sur les plus sombres recoins de son âme. Félix lui tenait la main si fort. Autant qu'elle le sache, il la tenait encore quand elle s'est endormie.

— Je le hais, dit-elle à la pièce vide. Je le hais.

Elle repasse ses souvenirs en revue, se rappelle chacune de ses cruautés, ses viols, sa brutalité. Drauca… Mais d'autres images s'immiscent comme des mauvaises herbes. Les figues qu'il leur a achetées, à Didon et elle. Ses yeux rieurs lorsqu'elle est venue le trouver au Palestre. Son enthousiasme en l'écoutant la nuit dernière. Leurs doigts entrelacés. Elle se laisse tomber sur le dos et rabat son bras sur ses yeux.

— Je le hais, dit-elle encore.

Des éclats de lumière dansent dans la pénombre sous ses paupières. Elle en extrait un autre souvenir, une vision fictive, pur produit des paroles de Félix. *On aurait cru voir Diane chasseresse, vu ta posture. Comme si tu étais sur le point de lâcher tes chiens pour mettre en pièces tous ceux qui avaient osé t'espionner nue.*

La respiration d'Amara s'apaise lorsque des sentiments plus familiers la tranquillisent. Sa rage, qu'elle guettait, est toujours là. Félix a touché au cœur de sa solitude, de son besoin d'affection, mais elle ne le laissera pas la briser.

— Je te hais, déclare-t-elle. Je te haïrai toujours.

Elle balance les jambes et se lève. Le plancher est frais sous ses pieds nus. Sa robe de soie, si chère, a été soigneusement pliée sur la chaise voisine. Impossible de la remettre ; elle devra se contenter de sa cape. Des deux mains, elle lisse les draps dans l'espoir d'effacer toute trace de sa présence. Puis elle se glisse hors de la pièce.

En descendant l'escalier qui mène au bordel, elle y trouve Didon, seule, qui se rue dans le couloir lorsque les pas d'Amara lui parviennent. « Tout va bien ? » s'exclament-elles d'une même voix, avant d'éclater de rire.

Didon s'adosse au mur. Elle a l'air fatiguée.

— Alors, tu as passé toute la nuit avec Fuscus ? Il avait l'air très enthousiaste…

— J'ai dû voir Félix ensuite. Mais ce n'était rien. Il était de bonne humeur, content qu'on lui ait rapporté autant.

Amara est en train d'enfiler sa toge, ce qui lui évite, fort heureusement, de croiser le regard de Didon. Elle change de sujet :

— Mais je veux savoir ce qui t'est arrivé ! Egnatius m'a dit qu'il veillerait sur toi. J'espère qu'il n'a pas menti…

— Non, il n'a pas menti. Il a fait de son mieux. Cette maison est tellement bizarre, tu n'as pas idée. Cornélius a un bordel entier au bout du jardin ! Bien plus luxueux qu'ici, d'ailleurs, avec des frises plus belles… Un couloir avec des cellules, caché derrière les bains. La meilleure a une fenêtre qui donne sur la pièce voisine. Il préfère regarder, grimace-t-elle.

— J'imagine qu'il avait trop bu pour faire autre chose que regarder…

Amara est bien contente de n'avoir eu que Fuscus pour client. Il était sans intérêt au lit, mais aussi sans exigences. Elle se remémore à nouveau la chaleur du corps de Félix contre le sien et repousse ce souvenir.

— Non, ça va plus loin que ça. Le voyeurisme, c'est son truc. Je ne crois pas qu'il fasse autre chose, ivre ou non.

Jamais Didon ne se serait prononcée ainsi sur les goûts d'un homme quelques mois plus tôt.

— Tu en as eu beaucoup ? J'espère qu'ils t'ont tous laissé un pourboire…

— Surtout Quintus, en fait. Cornélius n'a pas laissé rentrer l'autre, celui qui était vraiment ivre. Je crois qu'il préférait voir de jeunes hommes en action.

— Sa pauvre femme ! dit Amara en songeant à tout ce que doit subir Calpurnia avec un mari pareil. Tu as entendu comment il lui parlait ?

— Elle a une famille, elle est riche, et les autres femmes la respectent, réplique Didon avec une sécheresse surprenante. À ta place, je ne la prendrais pas trop en pitié.

Les trois choses que désire Didon, songe Amara. Et les deux qu'elle désire le plus lui resteront toujours inaccessibles. Amara elle-même se contenterait d'être riche, même au prix du reste. À Aphidna, sa famille et le respect des autres ne l'ont pas sauvée, ni n'ont sauvé sa mère.

Par la fenêtre leur parviennent les voix des trois autres, quelques moments avant leur entrée dans le bordel. Dès son arrivée, Béronice s'exclame :

— Vous n'allez pas le croire ! Drauca est morte !

— Morte ? répète Amara, sincèrement stupéfaite.

La vie ne tient qu'à un fil, surtout celle d'une esclave. Didon, qui n'a pas entendu parler de la bagarre, semble curieuse plutôt que choquée.

— Je ne savais pas qu'elle était malade…

— Elle ne l'était pas. On l'a tuée.

— Non ! s'écrie Didon en agrippant le bras d'Amara.

Cette terreur-là éveille des échos bien plus familiers. Difficile d'oublier la menace que représentent les clients violents.

— Pendant les Vinalies, la taverne de Simon a été saccagée par des ivrognes, explique Victoria aux autres qui se rassemblent autour d'elle. Drauca s'est pris un mauvais coup.

— C'est là qu'elle est morte ?

— Non, ça ne fait que quelques jours, intervient Cressa. Elle tournait mal. Maria était aux bains aujourd'hui. Elle pense que c'est Simon qui l'a tuée, même s'il dit que ce n'est pas lui. Il ne supportait plus de regarder son visage. Il était complètement…

— Elle avait perdu un œil ! gronde Victoria. Elle s'était fait éborgner par je ne sais quel connard !

Amara comprend sa colère. Victoria n'aimait pas Drauca – on peut même dire qu'elle la détestait – mais il s'agit d'un acte de violence contre l'une des leurs. Qu'un homme ait accordé si peu de valeur à la vie de Drauca en dit long sur leur sécurité à toutes.

— J'imagine que Félix aurait fait pareil si c'était l'une de nous, commente Amara.

— Pourquoi tu ramènes le sujet à Félix ? explose soudain Victoria. Simon tue Drauca, et tu te plains de Félix ? Tu ne veux pas nous lâcher un peu ? Rien qu'une seconde ?

Elle est au bord des larmes et, lorsqu'elle se passe les mains dans les cheveux, Amara les voit trembler. *Elle sait que j'ai raison*, songe-t-elle.

— On ferait mieux de sortir, dit Cressa en s'interposant. Amara, viens avec moi.

Amara obéit, elle-même trop agitée pour réfléchir. Elles s'engagent dans les rues en passant devant la fontaine, où s'étire la queue habituelle de l'après-midi. Amara a le cœur plus lourd qu'un seau plein.

— On va où ? finit-elle par demander comme elles traversent la via Vénéria.

La journée est si chaude que le ciel semble chauffé à

blanc. Elles marchent du bon côté de la rue, à l'ombre, en rasant les murs.

— Je ne sais pas. Une taverne, si tu veux. J'ai bien besoin d'un verre.

— Près du théâtre, ils vendent des plats à emporter, dit Amara. Je connais la patronne.

— Ça me va.

Cressa lui prend la main.

— Ne prends pas mal ce qu'a dit Victoria, d'accord ? Elle était choquée, c'est tout.

— Parce qu'elle sait que c'est vrai. Félix n'en a rien à foutre de nous !

Une femme respectable s'écarte en claquant la langue pour manifester sa désapprobation. Amara a soudain une vision : elle s'imagine croiser sa mère. Que penserait-elle de sa fille, jurant comme une prostituée qui fait le trottoir ? *Je suis une prostituée qui fait le trottoir*, se rappelle Amara. L'absurdité de la situation la fait presque éclater de rire.

— Alors, tu pourrais essayer de la comprendre, vu les circonstances, poursuit Cressa.

— Oui, j'imagine.

Mais Amara ne voit pas pourquoi la colère de Victoria devrait lui attirer plus de sympathie que les autres. Puis une bouffée d'angoisse la pétrifie, au point de devoir s'appuyer au mur le temps de se calmer : Victoria aurait-elle deviné qui est réellement responsable de ce qui s'est passé chez Simon ? Considère-t-elle Amara comme coupable ? *C'était ton idée, de saccager la taverne.* Victoria était présente lorsque Amara a suggéré à Félix de punir Simon pour les événements des bains. Se souvient-elle de ce qui s'est dit ?

Cressa, qui ne connaît pas les vraies raisons de la pâleur soudaine d'Amara, reprend :

— Elle s'en remettra. Allons boire un verre. Tu te sentiras mieux.

L'établissement de Marcella fait passer le Moineau pour un restaurant de luxe. Niché dans une ruelle adjacente au théâtre pour profiter de sa clientèle, il n'offre guère qu'une devanture où boire debout. Des tourtes luisantes de graisse rissolent à l'arrière, prêtes à emporter. Cressa s'en moque et s'appuie au comptoir.

— Du vin. Ce que vous avez de moins cher.

La jeune esclave qui les sert a les joues rouges, transpirante, elle-même à moitié cuite par le four qui s'ouvre derrière elle.

— Ta maîtresse n'est pas là ? demande Amara.

— Elle revient dans une minute. Qu'est-ce que je vous sers ?

— Je préfère attendre que Marcella revienne.

La fille hausse les épaules et verse un verre à Cressa, en prenant garde à ne pas trop le remplir.

— Un vrai dé à coudre. Et assez fort pour assommer un âne, grimace Cressa.

Elle avale le tout et rend la coupe vide à la serveuse.

— Un autre.

Une fois resservie, elle ne descend pas son verre aussi rapidement que le précédent, ce qui soulage Amara.

— Tu savais que Drauca avait une petite fille ?

— Non, dit Amara qui sent son cœur sombrer.

— Simon l'a gardée. Elle doit avoir cinq ans, maintenant. Elle travaille à la taverne pendant la journée.

Amara sait que Cressa ne parle jamais de l'enfant qu'elle a perdu, mais en cet instant, ne pas le mentionner semblerait presque pire.

— Je suis vraiment désolée pour ton…

— Non, l'arrête Cressa. N'en parle pas. Je ne peux pas.

Un silence s'installe.

Amara ne sait pas comment relancer la conversation. Cressa a la main en visière comme pour se protéger du soleil, mais ce doit être pour masquer sa douleur. La chaleur du four s'ajoute à celle du soleil pour rendre la situation plus inconfortable encore. Amara sent l'agitation monter tandis qu'elle attend sa cliente. Elle ne sait toujours pas comment elle va la persuader de payer, mais il le faut.

Lorsque Marcella tourne à l'angle, Amara court à sa rencontre pour la prendre par surprise et l'empêcher de se défiler.

— Vous voilà ! Quelle journée ! Le soleil est vraiment brûlant. Gellius se repose toujours sur vous ?

Marcella jette un bref coup d'œil à sa jeune esclave, bien consciente qu'Amara est là pour une bonne raison.

— Qu'est-ce que tu veux ? demande-t-elle.

— Je me demandais comment vous alliez. Je n'arrive pas à croire que Gellius ne soit pas là ! Il vous laisse tout le travail…

Elle se rapproche lorsque Marcella recule, et baisse la voix comme pour exprimer sa sympathie, en se remémorant la conversation entendue aux bains.

— Peut-être qu'il ignore même quasiment tout ce qui se passe dans cette taverne… La moitié du stock pourrait disparaître, et il ne s'en rendrait même pas compte, sans doute…

— Je te laisse servir, dit Marcella à l'esclave au comptoir. Il faut que je dise deux mots à mon… mon amie.

— Tu ne prends pas un verre ? s'étonne Cressa en voyant Amara l'abandonner.

— Dans une minute, sourit Amara en lui pressant l'épaule.

Elle suit Marcella à l'intérieur et escalade à sa suite l'étroite échelle qui mène à l'étage. Il y fait encore plus chaud, et Amara se sent plus agitée que jamais dans cet espace étouffant. Difficile de savoir laquelle est la plus tendue, entre elle et Marcella. Lorsqu'elle se lance, l'angoisse lui durcit la voix :

— C'est l'heure de payer.

— Non, c'est l'heure d'arrêter ce cirque ! siffle Marcella. Ça fait trop longtemps que je maquille les recettes. Soit vous prenez moins, soit vous me donnez plus de temps ! Ton maître comprendra. Ce taux était absurde !

— Alors, vous n'auriez pas dû signer.

Amara promène son regard sur la pièce. Presque rien qui ait de la valeur – en tout cas rien d'offert à sa vue. Elle se demande d'où est sorti le collier d'ambre. Peut-être la famille des deux sœurs a-t-elle connu des moments difficiles, comme Amara et sa mère. Le vent de la fortune peut tourner si vite. Personne n'est à l'abri.

— Dans ce cas, vous n'avez qu'à garder le collier,

dit Marcella d'une voix qui se brise. Je ne peux pas payer plus vite.

— Le collier ne suffit pas à rembourser les intérêts.

L'espace d'un instant, Marcella reste muette sous l'effet du choc. Puis elle éclate :

— Tu plaisantes !

La chaleur s'élève du plancher en vagues successives. Amara ruisselle de sueur. Une nausée la prend, à cause de l'odeur des tourtes, ou peut-être de son étouffante culpabilité. Elle pense à Drauca, à tout ce que pourrait faire Félix à la femme qui lui fait face. Elle ne peut partir sans paiement.

Marcella fait tourner son anneau orné d'un camée, encore et encore, par réflexe.

— Pourquoi pas la bague ? dit Amara en la pointant du doigt.

— Non ! réplique Marcella qui cache sa main dans son dos, comme une enfant.

— Ça rembourserait tous les versements d'un coup. Tout le prêt serait réglé dès aujourd'hui.

— Elle était à ma mère, et ma mère est morte. Je ne peux pas te la donner.

Debout dans le misérable appartement qu'elle partage avec son ivrogne de mari, Marcella semble bien fragile. Amara se demande combien de temps mettrait Félix à saccager cet endroit. Ce qu'il pourrait leur infliger.

— Dans des petits établissements comme le vôtre, un incendie se déclare si facilement, dit-elle. Vous devriez faire plus attention avec ce four, en bas.

Elle laisse la menace enfler entre elles, le temps d'un silence. Puis elle tend la main.

— Donnez-moi cette bague. Si vous la gardez, je ne pourrai pas vous protéger.

Personne ne l'avait encore jamais regardée avec autant de haine. Marcella fait tourner sa bague une dernière fois. L'enlever lui prend du temps – ses doigts ont sans doute enflé avec la chaleur, et elle tire comme si sa propre chair s'opposait à la séparation. Enfin, elle la laisse tomber dans la paume d'Amara.

— Je ne veux plus jamais te revoir ici.

— Croyez-moi, je viens de vous faire une fleur, réplique Amara.

Elle sait que c'est vrai et que Marcella aurait perdu bien plus que sa bague sans cela. Malgré tout, elle a l'impression que quelqu'un d'autre parle par sa bouche. On jurerait entendre Félix.

Chapitre 19

Le plaisir qu'on m'accorde par devoir cesse pour moi d'être un plaisir, et je dispense ma maîtresse de tout devoir envers moi.

OVIDE, *L'Art d'aimer*, Livre II.

— C'est le pire poème que j'aie jamais entendu !

Priscus étouffe presque de rire après avoir écouté les louves chanter l'hymne à Flora de Cornélius. Didon et Amara sont également hilares, tandis que Salvius secoue la tête.

— Si j'avais su que vous mettriez de tels mots en musique, je ne vous aurais jamais appris un air si beau, dit-il le ton sérieux mais les yeux rieurs.

Cette soirée est celle qu'il a réclamée comme salaire, mais l'atmosphère rappelle plutôt un jour férié. Son petit salon est tout scintillant de bougies, et l'air frais du soir souffle par la fenêtre ouverte. Rien de comparable aux deux fêtes qui ont précédé – le dîner est composé d'un humble ragoût de haricots et d'un peu de pigeon rôti – mais depuis qu'Amara a quitté la maison de son père, elle n'avait rien connu d'aussi proche d'un dîner en famille. Didon doit ressentir la même chose.

Salvius leur ressert à tous du vin et tend la carafe vide à son esclave pour qu'il aille la remplir. Le jeune garçon quitte la pièce sans un bruit.

— Alors, à quand la prochaine performance ?

— La dernière nuit des Floralies ! lance Didon. Mais cette fois, ce sera du Ovide. Egnatius nous a donné des vers à apprendre.

— Il faudra que je vous trouve de nouveaux airs, réfléchit Salvius. Mais peut-être que tu en connais, Priscus ?

— La chanson que ton père jouait tout le temps… Je l'aime beaucoup.

— Donc vous êtes amis d'enfance ? demande Amara en trempant son pain dans son ragoût.

— Nos pères étaient partenaires en affaires, répond Priscus. Comme nous, d'ailleurs, il y a dix ans. Sans fausse modestie, Pompéi nous doit ses plus belles fresques. Mes artistes ont repeint la moitié du Forum après le grand tremblement de terre. Et ceux de mon beau-père ont peint l'autre moitié. À l'époque, Salvius nous avait déjà quitté pour devenir forgeron. Convaincu de se lancer par sa femme – paix à son âme…

Les deux hommes échangent un regard, puis baissent les yeux. Amara n'est pas surprise d'apprendre que leur professeur de musique est veuf. Imaginer Priscus avec une épouse qui l'attend à la maison lui semble plus étrange. C'est sans doute à cause d'elle que la soirée se déroule chez Salvius. L'espace d'un moment, l'ombre de sa femme décédée s'étend sur le dîner, en fragilisant l'illusion qu'il ne s'agit que d'une soirée entre amis, entre égaux.

— Et comment êtes-vous arrivées à Pompéi, toutes les deux ? demande Salvius.

— Oh, ce n'est pas une histoire très réjouissante, répond Amara.

— Vous n'êtes pas nées esclaves, n'est-ce pas ?

Amara se demande comment il a deviné, puis se remémore les paroles de Fabia : *Tu te comportes encore comme si ta vie avait de l'importance.* Elle ne posera pas cette question deux fois.

— Tu as un peu trop d'éducation, explique Salvius. Je suis désolé. Votre vie actuelle ne doit pas être facile…

Il ne cherche qu'à témoigner sa sympathie, mais Amara aurait préféré qu'il ne dise rien. Elle sent Didon se tendre à ses côtés. Salvius ne peut-il comprendre le besoin d'oublier, au moins temporairement ?

— Et toi, tu as des airs bien trop modestes, dit Priscus à Didon.

La distinction qu'il vient d'établir entre elles est si nette qu'Amara ne peut retenir un rire.

— Pardon… Je ne voulais pas t'offenser, se rattrape Priscus en se tournant vers elle.

— Je ne suis pas offensée. Et de toute façon, tu as raison. J'étais concubine, avant d'arriver ici. Ce n'était pas le cas pour Didon.

Mais ça ne m'empêche pas de détester cette vie, voudrait-elle ajouter. Salvius sent que l'atmosphère a changé.

— Je suis désolé. J'aurais mieux fait de me taire.

— Une petite chanson ? propose Didon avec un sourire lumineux, mais crispé – sa façon à elle de serrer les dents.

Au moins, elle est en train d'apprendre à se protéger, songe Amara. *Mieux vaut ça que des larmes.*

— Oh oui, avec plaisir ! s'exclame Priscus.

Salvius récupère sa flûte, qu'il avait clairement placée sur le dessus d'un coffre en prévision de la soirée.

— On commence par un classique ?

Sans attendre la réponse, il se lance dans la mélodie du berger et de son amante. Tous se mettent à chanter, et après le premier couplet, la gêne et la tristesse s'estompent déjà. En voyant Didon si joyeuse, Amara se sent submergée par une vague d'affection sans pareille. Jamais elle n'avait eu d'amie comme Didon : son rayon de soleil dans cette vie de ténèbres.

Ils chantent sans s'arrêter, en laissant Salvius leur apprendre de nouveaux airs. Didon et Amara rejouent l'histoire de Crocus et Smilax, une performance encore meilleure que celle payée par Cornélius – entre autres grâce à leur public, réduit mais enthousiaste. Amara s'autorise trop d'alcool. Elle sent ses joues brûler, son corps se réchauffer. Est-ce donc là ce à quoi ressemblerait sa vie à Pompéi si elle était libre ?

Le jeune esclave dans un coin de la pièce s'endort presque, et la nuit scintille d'étoiles lorsque Priscus annonce enfin qu'il sera bientôt temps pour lui de rentrer. Il échange un regard entendu avec Salvius, puis se tourne vers Didon.

— Voudrais-tu me faire l'honneur de… Est-ce que tu voudrais bien te joindre à moi un moment ?

— Bien sûr, répond Didon en lui prenant la main.

Au moins, il lui a posé la question comme si elle pouvait refuser, songe Amara. Tous deux quittent la pièce en la laissant seule à table avec Salvius. Ce n'est qu'alors qu'elle prend conscience de sa propre nervosité.

— Un peu plus de vin ? propose Salvius.

— Si c'est pour t'accompagner, d'accord. Si tu n'en reprends pas, non merci.

Il remplit leurs verres.

— Cela fait deux ans que je n'ai plus connu de femme. Depuis la mort de mon épouse.

Lorsqu'il s'interrompt, Amara sent que ce n'est pas pour la laisser réagir, mais pour chercher ses mots. Elle ne dit rien.

— Tu me rappelles un peu Sabina, finit-il par dire. Elle adorait la musique.

— Je suis désolée. Perdre quelqu'un qu'on aime est une chose terrible.

— Tu dois avoir connu la même chose, répond-il en agitant la main comme pour minimiser sa propre douleur.

Amara n'a aucune envie de parler de ses parents ou d'Aphidna. Elle se contente d'incliner la tête. Salvius termine son verre et se lève. Amara pose le sien, auquel elle n'a pas touché, avant de faire de même.

— Bien…

Le jeune esclave se réveille dans un sursaut lorsqu'ils lui passent devant, puis se redresse avec fatigue pour débarrasser. Salvius prend une bougie pour éclairer le chemin qui mène à sa chambre. Difficile d'y voir dans l'étroit couloir ; Amara le suit avec prudence. Lorsqu'il pousse la porte, la pièce lui apparaît également très sombre, après le dîner si lumineux. Mais ses yeux finissent par s'y adapter, et elle repère des vêtements de femme étalés sur le lit. Inutile de demander à qui ils appartiennent.

Salvius pose la bougie sur une table basse et lui présente les vêtements de son épouse.

— Tu voudrais bien…

Elle prend la toge, et il se détourne pendant qu'elle se change. Porter les habits d'une morte la fait frissonner, et elle a la gorge serrée, envahie par sa propre solitude, par la douleur de Salvius. Sur ses instructions, elle ramasse une petite bouteille pour se mettre au cou une touche du parfum de sa femme.

Salvius la fixe, puis soupire.

— Tu lui ressembles tellement. Et moi, est-ce que tu voudrais que… Enfin, je veux dire… Je peux faire semblant d'être quelqu'un d'autre, si tu veux ?

C'était bien la dernière chose à laquelle s'attendait Amara. Le mur du Moineau s'étale dans sa mémoire. Le nouveau graffiti qu'elle y a repéré ce matin même. *Callias salue sa Timarété.*

— Non, dit-elle avec emphase. Ça n'aiderait pas.

— Pardon. Peut-être, au moins, un bon souvenir ? Quelqu'un qui t'a plu ?

— Non.

— Tu n'as jamais connu un homme par choix ?

— Non.

La simplicité de la question et la sincérité de sa propre réponse lui font soudain l'effet d'un coup à l'estomac. Elle se détourne.

— Pardon, répète Salvius.

Il s'assoit sur le lit. Amara le rejoint, sans savoir quoi dire.

— Ce n'est pas ta faute, tente-t-elle enfin. Je suis quand même bien contente d'être là, avec toi…

— Pas besoin de faire semblant, dit-il en lui prenant la main. Tu dois en avoir assez, de faire semblant.

Elle ne nie pas.

— Alors, tu n'as jamais rien… ressenti ?

Rien *ressenti* ? Elle pourrait répondre un millier de choses. Tout ce qu'elle ressent dans sa vie de prostituée : le dégoût, la panique, la dissociation qui efface tout le reste. Une aversion si intense pour le moindre contact qu'elle est stupéfaite d'avoir pu traverser ne serait-ce qu'une nuit au bordel sans se mettre à hurler, à lutter contre ses clients. Mais elle sait que là n'est pas le sens de la question de Salvius.

— Non, répond-elle à voix basse. Je ne ressens jamais rien.

Ils restent là, en silence.

— Au début, Sabina avait très peur, dit Salvius. Il lui a fallu beaucoup de temps pour s'y habituer.

Il la prend dans ses bras et l'attire contre lui. Qui voit-il en la regardant ? La femme qui lui fait face, ou son épouse disparue ? Il écarte une mèche de ses cheveux et dit, comme pour répondre à cette question :

— Amara. Je vais essayer de faire en sorte que tu passes un bon moment. Je te demande juste de ne pas faire semblant. Je veux dire : ne te sens pas obligée de faire semblant.

Amara est réveillée au petit matin par le chant de Victoria. Elle reste étendue dans sa cellule un moment, occupée à l'écouter. Cette voix si douce, si incongrue au regard de la vie que mène celle qui chante. Amara ne sait presque rien du passé de Victoria. Au moins elle et Didon ont-elles connu une vie aimante. Béronice et Cressa, elle le sait, ont passé les premières années de leur vie auprès de leurs mères. Mais Victoria n'a jamais eu qu'un maître. Pourtant, chaque matin, elle chante pour remplir de joie cet horrible endroit. Où a-t-elle bien pu apprendre tous ces airs ? Amara se rend compte que leur amitié lui manque, depuis que le vent a tourné pour elle aux Vinalies.

Elle se lève, s'habille à la hâte, et se glisse dans le couloir. Sous ses pieds, la terre battue lui semble très dure, très froide. Elle reste un moment à la porte de Victoria avant d'ouvrir le rideau.

— Je peux entrer ?

Victoria cesse abruptement de chanter.

— Si tu veux.

— C'était comment, la nuit dernière ?

— Comme d'habitude. Et toi ? Comment était ta petite fête ?

— Ce n'était qu'un dîner chez le forgeron. Pas vraiment une fête.

— N'empêche. Un dîner, réplique Victoria qui s'est détournée pour se coiffer. Dans une maison. Avec du vin à volonté. C'est mieux qu'un seul repas par jour.

Amara prend le temps de se demander ce qu'elle

doit à Salvius pour sa gentillesse la nuit dernière. Puis elle déclare :

— Le client m'a fait porter les habits de sa femme morte. Il avait sorti son parfum, et tout.

Elle voit Victoria hésiter : elle ne peut jamais résister à ce genre d'histoires. Cédant à la curiosité, elle pose sa brosse à cheveux et se retourne.

— Tu plaisantes !

— Il m'a demandé si je voulais que *lui* fasse semblant d'être quelqu'un d'autre.

— J'espère que tu as répondu « Jupiter, sous sa forme d'un gros tas d'or ! » s'esclaffe Victoria.

— Qu'est-ce qui vous fait rire comme ça, toutes les deux ? demande Béronice qui est apparue dans l'encadrement de la porte, les yeux bouffis.

— Juste un client, réplique Victoria. Tu te rappelles ce que c'est ? Un client ? Bien sûr, c'était avant Gallus…

— Tu sais bien que j'en ai eu au moins trois la nuit dernière ! s'offense Béronice. Y compris l'abruti de la laverie. Qu'est-ce qu'il peut être insupportable, ce… Comment il s'appelle, déjà ?

— Fabius, répond Victoria. Il n'est pas si terrible.

Amara se demande encore comment elle fait pour garder tous ces noms en tête. Béronice se penche en arrière pour jeter un regard vers la cellule de Cressa.

— Elle avait encore trop bu. Je ne sais même pas où elle trouve l'argent… Elle va finir par liquider toutes ses économies.

— Cosmus est né vers cette période de l'année, non ? Il doit lui manquer, fait Victoria en revenant à sa coiffure. J'imagine que Fabius a pleuré après, comme d'habitude ?

— Comme je disais, insupportable, réplique Béronice en s'asseyant lourdement sur le lit.

— C'est pour ça que c'est à toi de les mettre de bonne humeur ! lance Victoria. Tu ne peux pas lui reprocher de pleurer si tu restes couchée là avec l'air d'une fille qui préférerait être avec son amant ! Fais un effort !

Affalée sur le lit, Béronice n'essaie même pas de se défendre.

— Il m'a giflée.

— Qui ? Fabius ? s'étonne Victoria. Mais il n'a rien dans les bras !

— Non, Gallus, corrige Béronice d'un air misérable. Il dit que ça me plaît trop. De coucher avec les autres, je veux dire.

— Non mais qu'est-ce qu'il croit ? Que tu vas te lamenter sur ta vertu toute la nuit ? Quel con !

— Mais ça vous plaît, ou non ? demande soudain Amara.

Toutes les deux la fixent.

— C'est quoi, cette question ? demande Victoria. On croirait entendre un client.

— Non, je veux dire…

Elle s'interrompt, sans savoir comment terminer sa phrase. La nuit dernière, avec Salvius, n'avait rien d'une révélation. Malgré tous ses efforts, elle n'a ressenti aucun plaisir. Mais elle n'a pas non plus détesté chaque minute comme à l'ordinaire. Pour la première fois, elle a entrevu que les choses pourraient être différentes, avec un partenaire différent.

— On dirait que tu nous caches des choses sur ce type avec son déguisement d'épouse morte…

— Son déguisement de *quoi* ? glapit Béronice.

— Alors tu leur as raconté ta nuit avec Salvius ? intervient quelqu'un d'autre.

C'est Didon, appuyée à l'encadrement de la porte. Victoria pousse Béronice pour qu'elle lui laisse une place sur le lit, et toutes les trois, une fois assises, fixent Amara restée seule debout.

— Dis-nous que tu n'es pas amoureuse d'un homme qui te fait porter les vêtements de feu sa femme, fait Victoria.

— Bien sûr que non ! Mais je l'aime bien. En tant qu'ami, je veux dire.

— En tant qu'*ami* ? répète Béronice, plus incrédule que jamais.

— Est-ce que tu l'épouserais s'il te demandait d'être sa deuxième femme ? interroge Victoria qui semble beaucoup s'amuser dans son rôle d'avocat de l'accusation.

— Oui, mais pas par amour. C'est juste que je préférerais être une femme libre à la tête d'une forge que l'esclave de Félix. Pas toi ?

— Il est comment au lit ?

Elle hésite.

— Il est génial au lit ! hurle Victoria tandis que les deux autres s'étouffent de rire.

Amara ne peut s'empêcher de se joindre à l'hilarité générale.

— Non, mais il a fait un effort. Ce n'est pas vraiment standard chez nos clients, si ?

— C'est pour ça qu'il faut les prendre en main !

réplique Victoria. Histoire de contrôler au moins une partie de la situation.

— Ce n'est pas pareil, lance Béronice en fronçant les sourcils. Je vois ce qu'elle veut dire.

— Oh, je t'en prie, fait Victoria en levant les yeux au ciel. Épargne-nous tes commentaires sur les prouesses de Gallus.

— Mais quand même, si l'homme fait un effort, ça fait une vraie différence, insiste Béronice. Ce n'est pas la même chose. Vous ne trouvez pas ?

— C'est toujours la même chose, commente Didon.

— On ne peut pas compter sur l'homme pour le plaisir ! déclare Victoria comme si rien n'était plus évident. Il faut s'en donner à soi-même, et faire en sorte qu'il suive.

— Et si rien ne te donne du plaisir ? Vraiment rien ? demande Didon.

— Alors, répond Victoria en passant un bras autour de ses épaules comme une conspiratrice, il ne te reste qu'une chose à espérer : qu'un forgeron te demande un jour de t'habiller comme sa femme morte.

Et toutes les trois s'écroulent de nouveau sur le lit en hurlant de rire. Amara sourit. Peut-être que la vie d'une prostituée n'est pas entièrement misérable, après tout.

— Qu'est-ce qui vous fait rire comme ça ? les houspille Paris depuis le seuil.

Depuis que Victoria lui a proposé un peu de pâte dorée pour se décorer un certain orifice, il est encore moins amical qu'avant.

— Ah bon, on n'a plus le droit de rire, maintenant ? C'est bon à savoir, rétorque Victoria. Mais je suis au regret de te dire que ta grimace ne suffira pas à décourager les clients. Ils ne peuvent pas voir ton visage, par-derrière…

Paris bouge si vite que personne ne peut intervenir : il décoche un coup de poing à Victoria, en pleine face, et lève le bras pour la frapper de nouveau. Béronice lui saute sur le dos en poussant des cris perçants et en lui griffant les bras : il titube sur le côté et rate son coup. Amara et Didon se ruent devant Victoria, les mains levées, en lui criant d'arrêter. Paris tente de se débarrasser de Béronice, mais elle s'accroche à son cou en lui écrasant la trachée. Cressa arrive en courant et se jette sur elle pour l'empêcher d'étrangler Paris.

— Mais c'est quoi ce merdier ?

En entendant Félix, la scène se fige et Béronice se laisse tomber au sol comme une pierre. Paris se frotte la gorge en essayant de reprendre son souffle.

— J'ai dit : c'est quoi ce merdier ? répète Félix.

— Il l'a frappée au visage ! crie Amara en désignant Victoria.

C'est la règle numéro un de l'établissement. Aucun homme, pas même Félix, n'a le droit d'endommager le visage des louves. Nul besoin de demander une preuve de ce que raconte Amara : Victoria a la main sur l'œil, et sa joue est écarlate.

— Laisse-moi voir, dit Félix en s'approchant du lit.

Il lui écarte la main pour examiner les dégâts et appuie un doigt contre sa pommette, ce qui la fait grimacer.

— Rien n'est cassé, déclare-t-il en se redressant. Ça passera.

Puis il s'approche de Paris et le bouscule violemment.

— Qu'est-ce qui t'a pris, petit con ? Tu fais moins le malin, maintenant, hein ? Allez, dégage !

Paris détale sans demander son reste, et Félix se retourne vers Victoria qui tressaille.

— Et toi, si tu la fermais, aussi ! Je vois très bien ce qui s'est passé. Tu l'as provoqué, pas vrai ? Réponds-moi, exige-t-il en la secouant.

Amara regarde les pots de parfum alignés sur le rebord de la fenêtre. Elle pourrait en prendre un et l'écraser sur le crâne de Félix. Elle pourrait lui hurler de la laisser tranquille. Mais elle ne fait rien : elle reste là, contre le mur, terrifiée, comme toutes les autres.

Félix lâche Victoria qui s'éloigne aussitôt de lui, en reculant sur le lit. Amara a le cœur serré en voyant la douleur sur son visage. Mais les yeux de Victoria sont secs. Jamais Amara ne l'a vue pleurer.

— Et ça vaut pour vous toutes. Apprenez à vous taire. Je ne veux pas me retrouver avec une Drauca sur les bras – avec un visage si moche qu'on ne peut plus rien en tirer ! Non mais regarde-toi, crache-t-il à Victoria. Personne ne voudra de toi pendant des jours !

Il pousse le rideau d'un geste rageur et sort à grands pas. Lorsque Didon fait mine de s'approcher de Victoria, celle-ci l'arrête d'un geste.

— Non. Ne dites rien. Laissez-moi…

Toutes repartent dans leurs cellules, chacune de son côté, comme si se réconforter mutuellement serait trahir la souffrance de Victoria. Amara s'assoit sur sa couche, seule. Elle fixe la vieille sacoche de son père. Elle songe à Félix à l'étage. L'anneau de Marcella dans le tiroir de son bureau. Son sourire lorsque Amara le lui a donné. Elle ferme les yeux.

JULIUS

Chapitre 20

Toutes les filles sont folles de Céladus
le gladiateur thrace !
Graffiti de Pompéi.

Il fait si chaud sous le soleil qu'Amara pourrait s'évanouir, mais la foule est si dense qu'elle la tient debout. Victoria y contribue également en lui décochant sans cesse des coups de coudes surexcités. Ce n'est pas ainsi qu'Amara espérait passer son premier vrai jour de congé à Pompéi : se lever à l'aube pour se rendre à l'autre bout de la ville, regarder le soleil se lever en frissonnant dans la fraîcheur de l'ombre qui se retire, puis cuire sous la chaleur étouffante – tout cela afin d'avoir les meilleures places de l'amphithéâtre pour assister à l'entrée des gladiateurs. En ce premier jour de Julius, les nouveaux élus de la ville prennent leurs fonctions. Plus important encore, des jeux gratuits sont organisés pour l'occasion.

Amara se demande si Fuscus est déjà dans l'enceinte, assis au premier rang. Peut-être se ronge-t-il les sangs en se demandant si l'événement surpassera celui qu'il a organisé l'an dernier. La dernière fois qu'ils se sont vus, il s'est montré très sec lorsqu'elle a abordé le sujet.

Elle doit beaucoup à Egnatius, mais le plus grand de ses bienfaits est sans nul doute de l'avoir présentée au duumvir : Didon et elle se produisent désormais régulièrement chez lui, ainsi que chez Cornélius. Fuscus est moins exigeant que celui-ci et attend rarement d'elles autre chose que des chants – surtout parce que sa femme a plus d'emprise sur lui. Amara ne peut se défaire d'une sensation d'étrangeté à l'idée d'être entrée dans l'intimité d'hommes si puissants. Chez Cornélius, Fuscus lui raconte souvent de petites choses sur sa vie – la fontaine qu'il a commandée pour son beau-père, les livres que lisent ses deux fils. Et, bien sûr, elle connaît ses goûts au lit dans le plus grand détail. Dans sa propre maison, Fuscus se montre plus distant : un simple employeur, qui propose Amara à ses invités comme il leur proposerait un plateau de fruits. Elle fait partie du service. S'ils se croisaient par hasard dans la rue, il l'ignorerait entièrement, elle n'en doute pas un instant. En cela, sa vie n'a pas changé d'un pouce.

— Le voilà ! hurle Victoria. Céladus !

Amara ne l'aurait jamais entendue si elle ne lui avait pas crié directement dans l'oreille : les trompettes résonnent à l'approche des gladiateurs, et la foule les accompagne d'une véritable avalanche de vociférations, à lui fendre le crâne. Mais leur longue et pénible attente porte enfin ses fruits : poussées à l'intérieur par le flot, elles se retrouvent juste à côté de l'entrée.

— Céladus ! Céladus ! crie toujours Victoria.

Impossible qu'il l'ait entendue au milieu de ce torrent de hurlements. Pourtant, le géant thrace se retourne, comme sous l'effet de la volonté de Victoria. Il s'avance vers elle à grands pas, la soulève d'un seul mouvement, et l'embrasse. Sa stupéfaction est telle que, pour une fois, elle ne songe pas à rendre le baiser. Autour d'eux, la foule entre en éruption, et Amara reçoit une gifle à l'arrière de la tête lorsqu'une fille coincée derrière elle tend les bras dans l'espoir d'attraper le harnais du gladiateur, de toucher sa poitrine huilée.

— *Céladus ! Céladus !*

Le gladiateur repose Victoria, lui dit quelque chose à l'oreille puis regagne la procession en saluant la foule des deux mains.

— C'est moi qu'il aurait embrassée ! crie Béronice à l'adresse d'Amara. C'est moi qu'il aurait embrassée, si j'avais été devant !

Son visage est si déformé par la rage et la déception qu'elle en devient presque méconnaissable. Amara est heureuse que Victoria ne puisse pas l'entendre. Celle-ci est toujours immobile, ce qui ne lui ressemble guère – plantée là où Céladus l'a reposée, elle se laisse bousculer par les spectateurs qui jouent des coudes pour entrer dans l'amphithéâtre.

— Allez, viens ! s'exclame Amara en lui attrapant le bras. Ils vont prendre toutes les places !

Toutes les cinq s'accrochent les unes aux autres – en se prenant la main, en agrippant des pans de toge, tout pour éviter d'être séparées. Elles savent bien quelle place on leur réserve aux jeux : il leur faudra grimper tout en haut, jusqu'au dernier rang.

La file est longue, et n'avance pas vite. Elles se joignent aux autres femmes qui patientent pour prendre place sur les pires sièges des gradins. Le temps d'arriver au sommet des escaliers, Amara a les jambes en coton. Le dernier rang se remplit à vue d'œil. Après un moment de confusion et d'irritation croissante, Cressa repère un endroit où elles pourront se tasser ensemble, et elles y parviennent au prix d'une conversation furibonde avec un autre groupe de femmes. Didon, la plus menue, est tout de même contrainte de s'asseoir à moitié sur les genoux d'Amara.

— Dis-nous ce que t'a dit Céladus ! Tu ne peux pas garder ça pour toi ! lance Amara à Victoria.

Mais Victoria a gardé le secret pendant toute la montée et semble y prendre plaisir, souriante.

— Imaginez ce que ça ferait d'avoir un homme comme ça, commente-t-elle. Non mais imaginez !

— Peut-être qu'il n'a rien de spécial, réplique Béronice. Peut-être qu'il est nul au lit.

— Ne fais pas la tête, s'esclaffe Cressa. Tu lui sauterais dessus si tu avais la moindre chance !

— Pas du tout ! s'insurge Béronice. Jamais je ne ferais une chose pareille à Gallus !

Toutes les autres éclatent de rire.

— Même moi, je me laisserais tenter, affirme Didon. Et venant de ma part, ça veut tout dire.

— Son torse ! soupire rêveusement Victoria. Je me croyais dans les bras d'Apollon…

Amara tente de trouver une position plus confortable sur le banc de bois. Didon n'est pas très lourde, mais l'avoir sur ses genoux devient étouffant. Les vélariums dressés pour abriter le public du soleil retiennent aussi la chaleur qui monte. Non contentes d'avoir la pire vue de tout l'amphithéâtre, elles vont mourir de chaud. La foule est si dense que le bruit des conversations, dont l'écho rebondit dans toute l'arène, ressemble au bourdonnement d'une ruche.

— Quand est-ce que tu retrouves Ménandre ? lui demande Didon.

— Après les bêtes.

— Il doit vraiment compter pour toi, ton fiancé, pour que tu rates les gladiateurs, commente Victoria.

— Ce n'est pas mon fiancé.

— Ah oui, pardon, celui que tu vas épouser, c'est le forgeron…

Amara lève les yeux au ciel, et les autres éclatent de rire. Didon et elle n'ont passé que trois nuits avec Salvius et Priscus, mais à entendre Victoria, on les croirait impliquées dans la plus torride des liaisons. Songer à Salvius alors qu'elle est sur le point de retrouver Ménandre lui donne une sensation étrange. C'est presque par accident qu'elle est devenue si intime avec le forgeron, au fil de la musique qu'ils partagent et de sa douceur si inattendue. Mais toute la gentillesse du monde ne lui fera jamais oublier qu'il n'est qu'un client.

C'est Ménandre qui l'attire. C'est lui qu'elle se verrait même aimer – bien que leur relation se réduise à quelques moments volés et à des dialogues griffonnés au mur du Moineau, qui lui apprennent où le retrouver. *Je t'attendrai devant la deuxième porte, Timarété. Puisse la chance nous sourire !* Sous ce message, c'est elle qui lui a proposé de se retrouver après les bêtes. Puis elle s'est tourmentée pendant des heures :

peut-être allait-il la trouver trop empressée ? Ou au contraire, trop indifférente ? Peut-être aurait-elle mieux fait de suggérer des retrouvailles avant même le début des jeux ? Ou plus tard, après le début des combats de gladiateurs ?

— Salvius n'est qu'un ami, affirme-t-elle.

— Ah oui ? Alors, ça ne te dérangerait pas qu'il échange avec Priscus et qu'il prenne Didon la prochaine fois, pas vrai ? lance Victoria.

— Il ne ferait jamais ça, grimace Amara.

— On dirait que l'idée ne te plaît pas, en tout cas…

— Moi aussi, je vois Priscus comme un ami, intervient Didon pour l'aider. Ni l'un ni l'autre ne nous traiteraient comme ça.

— Ne me dis pas qu'ils sont encore meilleurs amants que *Gallus* ! ricane Victoria.

Béronice se retourne soudain vers elle.

— Oh, va te faire foutre ! Tout ça parce qu'un gladiateur t'a embrassée ! Tu ne vas quand même pas nous emmerder avec ça toute la journée ! Ça y est, tu te prends pour Vénus ?

Quelques-unes des femmes plus respectables assises au rang suivant leur lancent des regards désapprobateurs, mais aucune d'elles n'a le courage de s'opposer frontalement à une bande de prostituées qui se chamaillent.

— Ignore-la, Béro, soupire Cressa. Elle te taquine, c'est tout.

Les trompettes résonnent de nouveau, et la ruche bourdonnante baisse en volume, quoique pas suffisamment pour permettre aux derniers rangs d'entendre les discours d'ouverture. L'esprit d'Amara revient à

Fuscus. Comme il doit avoir apprécié son moment de gloire l'an dernier. Peut-être est-il accompagné de ses fils aujourd'hui. À moins qu'ils ne soient trop jeunes ? Elle ne les a jamais vus.

Des cris et des applaudissements leur signalent l'entrée des chasseurs de bêtes. Les trois hommes saluent la foule, les bras levés, profitant des acclamations avant de faire face au danger.

— C'est déjà Céladus ? demande Amara qui ne reconnaît personne à cette distance.

— Il ne combattrait pas des *bêtes* ! s'insurge Victoria. C'est un vrai gladiateur !

Lorsque l'on lâche les fauves dans l'arène, de nouveaux cris s'élèvent, mi-terreur, mi-enthousiasme. Amara et les autres sautent sur leurs pieds pour mieux voir.

— C'est quoi ? demande Cressa, sur la pointe des pieds. Je n'y vois rien !

— Des tigres ! crie Didon. Ils ont lâché des tigres !

Amara voit les animaux décrire de lents cercles autour de l'arène, le corps creusé par la faim. Les trois hommes se tiennent dos à dos au centre. Elle n'avait encore jamais vu de tigres, mais elle a observé assez de chats en chasse pour reconnaître leur démarche lente et délibérée, les muscles tendus, prêts à bondir. Béronice lui agrippe le bras lorsque le premier tigre attaque. Il bouge si vite qu'Amara ne comprend pas comment les chasseurs ont le temps de réagir, mais l'un d'eux le blesse de sa lance et l'animal se recule en boitant. Un autre tigre s'élance et plaque l'un des hommes au sol. La foule crie si fort et l'action dans l'arène est si frénétique qu'Amara ne peut plus suivre.

Béronice saute sur place, Victoria pousse des hurlements, et Amara se rend compte qu'elle aussi – sans savoir si elle encourage les chasseurs ou les bêtes. Même Didon est emportée par l'hystérie générale lorsque l'un des hommes sauve son compagnon en sautant sur le dos du tigre comme sur un cheval.

Les rôles de proie et de prédateur ne cessent de s'inverser. Parfois, ce sont les animaux qui battent en retraite, et parfois les hommes. Le talent des chasseurs et la grâce des tigres sont ponctués par des moments d'une telle sauvagerie qu'Amara en oublie de respirer. Elle est incapable de détourner les yeux et suit chaque miette du combat jusqu'à la mort du dernier fauve. On tire leurs corps hors de l'arène en y laissant des traînées sanglantes. L'un des hommes est également évacué, la poitrine maculée de sang après une blessure à l'épaule. Les deux autres restent en arrière pour recevoir l'adulation de la foule.

— Ça m'étonnerait que le blessé survive ! crie Victoria pour se faire entendre. Le tigre lui a pratiquement arraché le bras !

— Tu crois qu'ils vont le remplacer ? demande Didon. Ou est-ce qu'il n'y aura que deux chasseurs pour le prochain combat ?

— En général, ils les remplacent quand ils se font avoir si tôt, pour que ça dure plus longtemps, répond Cressa.

Quelques femmes se lèvent, profitant de l'entracte pour aller aux latrines.

— Je ferais mieux d'y aller, signale Amara.

— Ne fais pas d'infidélités au forgeron ! lance Victoria.

— Bonne chance, fait Didon en lui serrant le bras.

Le cœur d'Amara s'emballe à force de nervosité tandis qu'elle se fraie un chemin jusqu'au bas des marches à l'extérieur de l'enceinte. Et si Ménandre n'avait pas compris ? S'il pensait qu'elle l'invitait à la retrouver à la fin de tous les combats de bêtes ? Et s'il ne venait pas ? Elle presse le pas vers la porte où ils ont prévu de se retrouver. Même de loin, elle l'aperçoit, déjà en train de l'attendre.

L'instant d'après, ils sont ensemble, et rien d'autre n'a plus d'importance.

— Je n'arrive pas à croire que tu es vraiment là, dit-il en lui prenant la main.

— Moi non plus…

Ils se fixent sans rien dire, hypnotisés. Puis Ménandre laisse échapper un rire.

— On va boire quelque chose ?

Ils s'avancent sur la place jalonnée d'échoppes où l'on vend à manger, à boire, et des souvenirs. Amara n'est plus incommodée par la chaleur ni par le bruit. Elle a mal aux joues à force de sourire. Ils rient d'un rien. Tout les amuse. Après quelques minutes, ils se rappellent qu'ils étaient à la recherche d'un verre, s'achètent du pain et une flasque de vin à partager, puis partent s'asseoir à l'ombre de l'un des platanes près du Palestre. Les jours fériés sont si rares : ils sont loin d'être le seul couple d'esclaves à profiter de ce temps libre, même si les hurlements de la foule saluant l'arrivée de nouvelles bêtes en font revenir certains vers l'arène. Ménandre ne lui a toujours pas lâché la main, et lui passe un bras autour de la taille lorsqu'ils s'assoient. Amara laisse aller sa tête contre son épaule. Elle sent son cœur battre, aussi vite que le sien. Aussi nerveux.

— Tu crois que j'aurais plu à ton père ? demande-t-il.

La question la surprend tant qu'elle ne peut pas s'empêcher d'être sincère :

— Je ne sais pas.

— On va dire que c'est mieux qu'un « non », rit Ménandre.

— Et le tien ?

— Je crois qu'il aurait été très content que je ramène la fille d'un docteur.

— Mes parents n'auraient pas vraiment aimé ce qu'on fait là.

— Non, j'imagine…

Il la serre contre lui, peut-être au cas où il lui viendrait à l'idée d'honorer les morts en s'éloignant de lui. Un silence s'installe, et elle soupçonne qu'il songe, comme elle, à tout ce qu'ils ont perdu.

— Et maintenant, je n'ai rien à t'offrir, dit-il. Plus de commerce dont hériter, pas même ma liberté…

— Je pense qu'on est d'accord sur le fait que j'ai encore moins à t'offrir, plaisante Amara.

Mais sa propre plaisanterie la blesse lorsqu'elle prend la mesure du gouffre qui sépare son ancienne vie du présent.

— Oh, je ne sais pas, répond-il en souriant. On te vendrait au moins cinq fois plus cher que moi au marché.

— Mais personne n'achètera personne, pas aujourd'hui.

Il hoche la tête. Puis il se penche pour déposer un

baiser sur ses lèvres, soudainement, comme s'il craignait sans cela de perdre son courage. *C'est donc ça qu'on est censé ressentir*, songe Amara en l'enlaçant. *Cette vague de bonheur. Quand on désire quelqu'un.*

— Ça va ? demande Ménandre qui rompt le baiser avec un regard anxieux. Peut-être que je n'aurais pas dû ?

Amara se rend compte qu'elle tremble.

— Non, non, tout va bien ! dit-elle en le serrant plus fort pour le rassurer. C'est juste que…

Impossible de trouver les mots pour décrire ce mélange de joie et de douleur. Ménandre la fixe toujours avec inquiétude, et elle essaie à nouveau :

— On s'habitue à vivre sans rien. Tu sais ? Alors, se retrouver soudain à ressentir quelque chose d'aussi fort, ça me rend…

— Triste d'être heureuse ?

— Oui. Parce que rien n'est à moi. Pas même ce bonheur.

— Timarété, les esclaves aussi sont maîtres de leur bonheur ! Nos émotions sont même la seule chose qui soit à nous…

Il lui passe la petite flasque de vin, dont elle prend une gorgée.

— Et je sais qu'un après-midi est bien court, mais il est à nous. Nous en sommes les maîtres.

— Tu vas me dire qu'il ne faudrait pas le gâcher…

— Pas du tout. Discuter n'est pas gâcher, répond-il en lui reprenant le vin. Aujourd'hui, personne ne nous dit quoi faire. Et tu peux ressentir ce que tu veux. Enfin… de mon côté, j'espère que tu ressens l'envie que je t'embrasse encore.

— Peut-être bien, rit-elle.

— Et je veux tout savoir sur ta musique, poursuit-il en repoussant les cheveux d'Amara derrière ses épaules. Je me disais presque que tu ne voudrais plus me voir, après avoir participé à tant de soirées de luxe avec Didon…

— Jamais de la vie ! En plus, rien de tout ça ne serait arrivé si tu n'avais pas fait en sorte qu'on me prête la lyre.

— C'était entièrement égoïste. Je voulais t'entendre jouer, voilà tout, dit-il en la pressant contre lui.

L'intensité de son geste n'est que trop familière, et Amara sent tout son corps se tendre. Tant d'hommes l'ont désirée, et pour elle, les conséquences ont presque toujours été douloureuses. *Mais là, c'est Ménandre !* Elle lui touche la joue pour se rappeler qui il est, se rappeler qu'elle est dans ses bras par choix.

— J'aurais voulu te connaître dans notre autre vie…, dit-elle.

— Je sais.

Amara se met à parler très vite.

— On essaie de les garder en nous, ces identités passées, mais la vérité, c'est qu'elles n'existent plus. J'ai songé à ma mère l'autre jour. Je me demandais ce qu'elle penserait de moi, si elle pouvait me voir. Si je la revoyais. Mais elle ne me reconnaîtrait pas. Moi-même, je ne me reconnaîtrais pas.

Elle tente de pousser les mots hors d'elle-même, espérant faire sens, sans même savoir pourquoi elle lui raconte tout cela, hormis son terrible désir d'être comprise.

— Parfois, je me dis que les choses doivent être

encore plus difficiles pour toi. Parce que ma vie n'a plus rien à voir avec mon passé. Il n'en reste rien. Mais toi… Tu dois avoir l'impression de vivre de l'autre côté du miroir.

— Parce que je suis l'esclave du potier au lieu d'être son fils ?

— Oui.

Il lui prend la main et la replace sur sa propre joue, en lui couvrant les doigts.

— C'est vrai, c'est dur. Mais je vois bien que ce n'est pas plus difficile que ta vie. Et tu es toujours celle que tu étais avant. Moi, je te vois toujours comme la même personne.

— Tant de choses me manquent, soupire-t-elle avant de sourire pour tenter d'alléger l'atmosphère. À commencer par la nourriture…

— Le fromage italien ! grimace Ménandre. Mais qu'est-ce qu'ils donnent à manger à leurs chèvres ?

— Et cette horrible sauce au poisson partout !

— Des anchois pourris, rien de tel pour relever un plat de haricots !

— Et le pain ! On dirait qu'ils ont mis du gravier dans la pâte.

— Mais oui ! Qu'est-ce qu'ils mélangent à leur farine ?

— Qu'est-ce que le ragoût de ma mère me manque…

— Pareil. Mais…, ajoute-t-il avec un regard narquois. Je parie que celui de ma mère était meilleur.

— Personne ne fait de meilleur ragoût que les femmes d'Aphidna !

— Promis ?

— Peut-être bien.

Il l'embrasse encore, et cette fois, toute tension a quitté le corps d'Amara.

L'après-midi, toujours si long au bordel, semble cette fois se conclure en quelques secondes à peine.

— Amara ! Te voilà ! Tu devais nous retrouver après le deuxième combat de gladiateurs. Ça fait des heures qu'on te cherche partout !

Jamais encore elle n'avait été déçue de voir Didon. Son arrivée lui tord l'estomac. Elle regarde ses quatre amies, qui viennent les entourer, et s'agrippe instinctivement à la main de Ménandre.

— Ça ne peut pas déjà être l'heure…

— Ne m'en parle pas ! Céladus n'est même pas encore passé ! répond Victoria, furieuse.

Félix leur a ordonné de rentrer tôt pour éviter les foules et s'assurer d'être au bordel à temps pour profiter de l'inévitable affluence après l'événement. Comme Céladus est le plus célèbre des gladiateurs, ils doivent avoir gardé son duel pour la fin.

Ménandre pose sa main sur le bras d'Amara.

— On se reverra bientôt, dit-il avec douceur.

— Mais c'est faux ! Tu sais bien que c'est faux.

Il la serre contre lui, presque jusqu'à l'étouffer.

— On aura une autre journée. Une journée entière, rien que pour nous deux, je te le promets. Même s'il faut attendre les Saturnales.

— Allez, Amara ! la presse Cressa. Pas question d'être en retard.

Ni Amara ni Ménandre ne disent au revoir. Devoir le lâcher, se lever, s'éloigner, tout cela en sachant ce qui l'attend ensuite… Elle pourrait en perdre le souffle. Sa douleur est si grande qu'elle en devient physique. Impossible de lui jeter un dernier regard. Ce serait plus facile, se dit-elle, de ne rien désirer. De ne rien ressentir. À quoi bon vouloir quoi que ce soit – ou qui que ce soit – sans la liberté de choisir ?

— Je suis là, murmure Didon en lui prenant la main.

Chapitre 21

Et en effet, vivre, c'est veiller.

PLINE l'ANCIEN,
Histoire naturelle, I, préface.

Les vendeurs de fleurs et de guirlandes sont du bon côté de la rue, à l'ombre, mais une bonne partie de leur marchandise a malgré tout fané dans la chaleur étouffante de cette fin d'après-midi. Amara et Didon, sous les yeux du vendeur, débattent à voix basse pour déterminer lesquelles des fleurs trempant dans des seaux d'eau sont les plus fraîches.

— Est-ce qu'on peut s'offrir des lis ?

— Il vaudrait sans doute mieux, si on veut qu'Aurélius continue à faire appel à nous…

Ce ne sera que leur deuxième représentation chez Aurélius, un vendeur de vin, ami de Fuscus mais non de Cornélius. Il semble avoir plus de respect pour les convenances : ce n'est pas chez lui que l'on découvrirait un bordel caché au fond du jardin.

Elles achètent les lis et rentrent à pas lents. Les rues sont moins bondées qu'à l'ordinaire : tous ceux qui peuvent se permettre de rester chez eux, à l'abri de la chaleur, l'ont fait. Sans compter qu'à en juger par la nuit dernière, au moins la moitié de Pompéi doit avoir la gueule de bois. Amara se frotte le bleu qu'elle a au bras, cadeau d'un client particulièrement agressif. Cacher l'hématome sera un souci de plus ce soir.

— Tu te sens mieux ? lui demande Didon en examinant son bras. Je sais que ça n'a pas été facile hier…

— J'aurais presque préféré ne pas le voir du tout. Ça ne fait qu'empirer le reste.

Toutes deux savent bien qu'Amara ne fait pas référence à son client, mais mentionner directement Ménandre serait trop douloureux.

— C'est ce que j'ai dit à Nicandrus.

— Tu devais le voir ? fait Amara, surprise de ne pas l'avoir su.

Didon hoche la tête et elles s'interrompent pour laisser passer une carriole, en se plaquant au mur pour ne pas avaler la poussière. Lorsqu'elles repartent, Didon reprend :

— On ne peut rien se donner l'un à l'autre. Rien d'autre qu'un moment de gentillesse. Si on ne peut pas être ensemble, à quoi bon faire semblant ? À quoi bon se faire souffrir comme ça ? Je suis désolée, poursuit-elle devant la détresse visible d'Amara. Mais je ne vois pas ce que ça t'apporte, d'aimer Ménandre. Si c'était Salvius, au moins, je comprendrais. Il pourrait t'acheter, un jour. Ce n'est pas impossible. Mais un autre esclave… Même s'il voulait t'offrir le monde entier, ça ne changerait rien au fait qu'il n'en est pas capable.

Amara s'efforce de ne pas songer au bras de Ménandre autour d'elle, à ses yeux rieurs.

— Je sais. Je sais bien…

— Tu penses que Salvius pourrait t'acheter un jour ?

— Non. J'y ai réfléchi, admet-elle. Mais si tu l'entendais parler de Sabina, sa vertu incomparable, sa modestie… Il ne me prendrait pas comme concubine, et je ne suis clairement pas le genre de femme qu'il pourrait épouser. Et toi ? Priscus ?

— Sûrement pas ! s'esclaffe Didon. Qu'est-ce qu'il ferait de moi ? Il ne me verrait que chez Salvius en secret ? C'est déjà le cas !

En arrivant au bordel, elles vont chez Félix et frappent à la porte, qui s'ouvre sur Paris.

— Il est occupé, dit-il en leur faisant la grimace.

— Pas grave, réplique Amara en poussant le battant avec impatience. On vient répéter pour ce soir. Il est au courant.

— Ce n'est pas une raison pour donner des coups dans la porte ! s'agace-t-il en les laissant entrer.

— Il n'a vraiment aucun ami, non ? murmure Didon après avoir monté les escaliers. Il doit se sentir seul.

— Pas étonnant, vu son attitude, réplique Amara sans se préoccuper de baisser la voix.

La lyre est gardée là, dans l'étroite antichambre des appartements de Félix. Dès qu'elles passent le seuil, elles entendent clairement qu'il a de la compagnie. C'est Victoria. Amara reconnaîtrait ses gémissements d'enthousiasme entre mille – quoique, elle semble faire encore plus d'efforts pour le patron.

Didon lui agrippe le bras pour l'empêcher d'avancer.

— Peut-être qu'on ne devrait pas rester…

— On l'entend toutes les nuits.

— Oui, mais là, c'est différent. Elle ne sait pas qu'on est là !

Leurs délibérations sont interrompues par un son que ni l'une, ni l'autre n'avait encore jamais entendu.

— Félix ? fait Amara, incrédule.

Oubliant leurs scrupules, elles tendent l'oreille en échangeant des regards stupéfaits. Pas de doute : c'est Félix qui témoigne son propre plaisir.

— Je n'y crois pas ! souffle Didon. Moi, tout ce que j'obtiens d'habitude, c'est ça…

Elle imite la posture de Félix et prend un air de dédain pompeux, comme si elle regardait de haut une femme imaginaire. Amara ne peut retenir un rire qu'elle étouffe aussitôt d'une main. Toutes deux tentent de réprimer leur hilarité, mais leurs efforts ne font qu'aggraver les choses, et elles se retrouvent vite en proie à une hystérie silencieuse.

— Je t'aime, crie Victoria. Je me laisserais tuer pour toi. Je t'aime, je t'aime…

— Alors là, vraiment, elle en fait trop ! s'exclame Amara. Il ne va quand même pas avaler ça ?

Cependant, à en croire les sons qui leur parviennent de la pièce voisine, elle a surestimé le discernement de Félix. Elle et Didon patientent. Les cris et gémissements finissent par s'apaiser, mais pas les murmures de dévotion de Victoria.

— Je t'aime tellement… Tu es tout pour moi… Je t'aime, je t'aime…

Il y a dans sa voix quelque chose de suppliant, de dégradant. C'est à peine si Amara la reconnaît. On dirait presque qu'elle pleure. Félix lui répond sur un ton réconfortant, trop bas pour qu'on le comprenne.

— Quelle actrice, souffle Amara. On dirait qu'il a tout gobé !

— On ne devrait vraiment pas être là, murmure Didon qui semble mal à l'aise.

Elle retourne vers la porte du couloir sur la pointe des pieds et l'ouvre d'un grand coup, comme si elles venaient d'entrer.

— On s'habille, ou tu préfères répéter d'abord ? demande-t-elle très fort.

Les voix se taisent aussitôt dans la pièce d'à côté. Amara et Didon se déplacent à grands pas, sortent leurs vêtements d'un coffre, se lancent dans leur première chanson. La porte s'ouvre sur Félix, torse nu, qui semble indifférent à leur présence.

— Tu peux y aller, maintenant, lance-t-il par-dessus son épaule.

Victoria se hâte de sortir, débraillée, les joues humides. Peut-être n'est-ce que de la sueur. Amara tente de lui faire un clin d'œil, mais Victoria évite son regard et se glisse dans le couloir en refermant silencieusement la porte derrière elle.

Allongée dans une posture modeste sur la luxueuse couche d'Aurélius, Amara est bien contente d'avoir décidé, de concert avec Didon, de replier le tissu vaporeux sur lui-même pour rendre leurs tenues aussi opaques que possible. Ce n'est pas avec Fuscus qu'elle est assise ce soir, mais auprès de l'un des plus vieux amis d'Aurélius : Pline, l'amiral de la flotte. Elle soupçonne leur hôte d'avoir voulu s'amuser un peu en la plaçant là.

Pline est un homme d'aspect austère, avec des cheveux gris fer et une mâchoire carrée. Aurélius tente de lui faire raconter quelques anecdotes militaires pour qu'il s'anime, mais Pline semble être l'un de ces hommes rares qui préfèrent observer les autres que de parler d'eux-mêmes. Lorsque Aurélius lui propose un tour de l'une de ses vignes, il répond :

— J'en serais ravi. Mais j'ai bien peur que tu ne trouves ma compagnie plutôt ennuyeuse. J'espérais voyager un peu plus loin vers l'intérieur des terres, jusqu'au Vésuve, pour étudier des plantes moins communes. Même si, bien sûr, mes recherches touchent également au vin.

— Le vin est fait pour être bu, pas étudié ! rit Aurélius. Mais nous pouvons aller jusqu'au Vésuve, si tu veux.

Pline n'a rien dit à Amara de toute la soirée, en dehors d'un bref compliment sur sa chanson de Sappho, si bien qu'elle sursaute lorsqu'il s'adresse directement à elle.

— Vous ne partagez pas l'opinion de notre hôte ?

— Pardon ? fait Amara, abasourdie par cette question.

— Votre vin. Vous y avez à peine touché toute la soirée.

Amara regarde son verre auprès du sien, tout aussi plein.

— Ah, dit-elle. Eh bien, j'ai l'impression de m'endormir lorsque je bois trop, et je préfère rester pleinement consciente de ce que peut m'offrir la vie.

— Intéressant, répond-il en la dévisageant. Nous sommes du même avis.

Maintenant qu'elle a attiré son attention, elle tente de presser son avantage.

— Vous étudiez les plantes pour leurs qualités médicinales ?

Il plisse les lèvres, une expression méprisante qui ne lui plaît pas.

— Si vous comptez me parler de leurs propriétés spécifiques aux femmes…

— Je ne faisais pas référence aux aphrodisiaques, dit Amara en rougissant. Mon père était disciple d'Hérophile.

— Hérophile ? Peut-être que vous pourriez le mettre en musique, s'il vous plaît tant.

Les autres convives, qui écoutaient leur conversation avec amusement, s'esclaffent. Amara a enduré bien des insultes, le plus souvent sous forme de compliments, de la part des hommes qui participent à ces soirées. Elle sait bien qu'il est irrationnel – sans oublier idiot – de s'indigner face à celui-ci, mais son cœur bat à tout rompre, et elle ne peut retenir sa réplique.

— *Sans la santé*, fait-elle en élevant la voix et en passant au grec, *la sagesse ne peut se révéler, l'art ne peut se manifester, la force ne peut être mise en œuvre, la richesse est inutile et la raison impuissante.* Non, monsieur, je ne mettrai pas Hérophile en musique. Mais je compte bien vivre ma vie en accord avec ses principes.

— Je vous ai offensée, constate Pline.

Il ne semble ni surpris, ni furieux, et la regarde presque comme si son chien s'était mis à parler.

— Pardonnez-moi. Vous avez très bien pu lire Hérophile, c'est exact. Que vous a enseigné votre père à son sujet ?

Sa question étouffe la rage d'Amara, qui redoute soudain de s'être trop exposée.

— Je n'aurais pas dû…

— Mais si, vous auriez dû ! Pourquoi m'autoriser une telle arrogance ? s'irrite Pline. Assez de fausse modestie. Répondez-moi, voilà tout.

— Mon père, Timée, était médecin à Aphidna. Il n'avait pas de fils et voulait un compagnon pour lui faire la lecture. Ce que j'ai fait. Il s'intéressait tout particulièrement à la théorie d'Hérophile sur la circulation du sang. Puis-je ?

Elle fait un geste vers la main de Pline et, face à son silence, lui prend le poignet pour sentir son pouls. Celui-ci s'accélère sous ses doigts.

— C'est le battement de votre sang, rythmé par le cœur, dit-elle. Du moins Hérophile le croyait-il.

— Attention ! Ne la laissez pas vous saigner à blanc ! lance un autre invité.

Amara relâche Pline, et tous deux rient à la plaisanterie. La conversation change de sujet, et elle se relève pour jouer un autre morceau avec Didon. Pline ne dit rien lorsqu'elle revient à ses côtés sur la couche, mais elle est consciente d'être sous le feu de son attention.

Elle n'est pas surprise de le voir partir tôt, mais avant de se lever, il lui adresse à nouveau la parole.

— Votre maître pourrait-il se passer de vous pendant une semaine ? J'aimerais vous ramener chez moi.

Sa requête est si naturelle, comme s'il demandait à emprunter un manteau, qu'Amara ne la comprend même pas l'espace d'un instant. Puis elle répond :

— Je suis certaine qu'il pourrait se passer de moi.

— Parfait.

Didon la fixe depuis l'autre côté de la pièce. Amara lui indique Pline du regard. *Tu expliqueras à Félix ?* Son amie hoche la tête.

Les convives échangent des sourires narquois lorsque Amara s'en va à la suite de Pline, même si personne n'a le courage de taquiner l'amiral à voix haute. C'est Aurélius qui s'en rapproche le plus :

— J'espère que tu passeras une très bonne nuit, mon vieil ami, dit-il avec un regard entendu vers Amara. Heureux que le dîner t'ait plu.

Pline le remercie sereinement, ignorant la pique, à moins qu'il n'en ait même pas conscience. Ils traversent l'atrium, Amara à quelques pas derrière lui. Elle se mêle à son escorte silencieuse d'esclaves. L'un d'eux transporte sa lyre. Le portier l'aide à enfiler sa cape, puis elle sort dans la rue baignée de lune.

Chapitre 22

Je m'occupe de [mes recherches] à mes moments de loisir, c'est-à-dire pendant la nuit. Car je ne voudrais pas que mes princes me crussent coupables de leur avoir dérobé des heures qui leur sont dues !

PLINE l'ANCIEN, *Histoire naturelle*, I, préface.

La maison où l'emmène Pline est à deux pas du Forum, non loin du bordel. Mais en passer le seuil est comme entrer dans un autre monde. Une délicate fontaine représentant un faune les accueille dans l'atrium, en reflétant la lumière des étoiles. Le parfum du jasmin se répand dans l'air.

— Mes amis ont eu la générosité de me laisser leur maison pendant leur séjour à Rome, dit Pline en prenant une lampe des mains d'un esclave. Par ici…

Il s'engage dans un couloir obscur, Amara à sa suite. Une volée de marches les mène à un balcon intérieur. Pline pousse une porte qui laisse échapper une bouffée de jasmin plus puissante encore, ainsi que le murmure d'une autre fontaine. La chambre doit donner sur le jardin.

— Nous y voici.

Pline lui fait signe d'entrer. Elle s'attendait à ce que des esclaves les accompagnent pour le servir. Passer le seuil sans escorte la rend un peu nerveuse. Aux murs, des scènes maritimes : de minuscules navires engagés dans de grandioses batailles navales, face à une flotte ennemie en déroute d'où montent des panaches de fumée. Elle se demande si Pline séjourne régulièrement dans cette maison, si le décor de cette pièce est en son honneur. Le sol est encombré de malles de voyage débordant de rouleaux de parchemin et de tablettes de cire. D'autres sont empilés sur le grand lit. Pline les déplace avec précaution.

— Si vous voulez bien vous dévêtir, lui dit-il.

Pendant qu'elle s'exécute, il se détourne pour s'occuper de ses tablettes. Inutile d'en faire tout un spectacle s'il ne la regarde même pas. Elle enlève sa cape, plie soigneusement sa robe de soie et défait ses cheveux pour les faire retomber de façon étudiée sur l'une de ses épaules. Puis elle s'assoit au bord du lit.

Pline prend son temps, parcourant ses notes. Mais il finit par se retourner vers elle, une tablette de cire et un stylet à la main.

— Puis-je en voir un peu plus ?

Amara le fixe sans comprendre. Peut-être que sa pose n'est pas assez séduisante ? Elle se cambre en faisant la moue.

— Non, non. Je ne parle pas de ça. Couchez-vous, par exemple, pour que j'y voie mieux… Pour que je puisse regarder tout votre corps.

De plus en plus nerveuse, Amara se couche sur le

dos. Pline l'examine en griffonnant ses tablettes, et elle comprend qu'il prend des *notes.* À cette idée, elle laisse presque échapper un éclat de rire qu'elle déguise hâtivement en quinte de toux.

— Permettez que je vous touche ? dit-il en posant les tablettes.

Il fait glisser ses mains sur son corps, le front plissé par la concentration, avec un claquement de langue désapprobateur lorsqu'il trouve le bleu sur son bras. Elle tressaille lorsqu'il la touche entre les jambes, sans savoir à quoi s'attendre, mais il ne s'y attarde pas plus que sur ses coudes ou son menton.

— Je suis heureux de voir que vous n'êtes pas entièrement épilée. Quelle habitude dégoûtante… Mais vos mollets sont bien lisses, comme il se doit. Merci, dit-il en s'asseyant. Vous pouvez vous redresser.

Amara obéit, en gardant ses distances. Pas même Victoria ne la croira lorsqu'elle relatera les événements de la nuit.

— J'ai discuté avec bon nombre de courtisanes pour mes recherches…

C'est là lui faire l'honneur d'un titre un peu trop illustre, ce dont ils ont tous deux conscience.

— … et j'aimerais beaucoup apprendre ce que vous savez sur les plantes. De fait, je ne parlais pas d'aphrodisiaques, tout à l'heure.

— Que voudriez-vous savoir ?

— Avez-vous un moyen de ne pas tomber enceinte ? demande-t-il, le stylet levé.

— J'insère une éponge. Trempée dans le miel, quand je peux en acheter. Elle sert de barrière. Mon père m'a laissé lire tout Hérophile, y compris son ouvrage gynécologique. Il pensait que cela me servirait après mon mariage…

— Un homme sensé, approuve Pline. Donc vous n'utilisez pas d'amulettes ?

— Non, mais certaines de mes collègues le font. Une autre se nettoie avec du vin et du vinaigre. Ma compagne de chant se sert aussi d'une éponge, comme moi.

Pline griffonne sur ses tablettes, puis demande :

— Et comment êtes-vous devenue… courtisane ?

— Vous voulez toute l'histoire ?

— Bien sûr, dit-il en fronçant les sourcils. Vous avez grandi en lisant Hérophile pour votre père en Attique, et vous voilà à Pompéi. Oui, je voudrais tout savoir.

C'est sa vie entière qu'il lui demande de mettre à nu. Peut-être l'acte sexuel aurait-il été moins pénible.

— Mon père était médecin à Aphidna, commence-t-elle. J'étais sa fille unique. Il est mort quand j'avais quinze ans, d'une maladie contractée auprès de l'un de ses patients. Ma mère s'est efforcée de nous nourrir toutes les deux pendant plusieurs années, mais elle ne pouvait pas y arriver pour toujours, et elle a fini par me vendre comme esclave de maison à l'un des clients de mon père.

— Attendez une minute, fait Pline en l'arrêtant d'un geste. Tout cela n'a aucun sens. Pourquoi votre mère ne vous a-t-elle pas tout simplement mariée aussi vite que possible ? À votre âge, cela ne devait de toute façon plus tarder. Et votre dot ? Puisque vous étiez fille unique…

Évidemment, il fallait qu'il s'arrête sur l'un des aspects les plus honteux de son histoire. Même après toutes ces années, Amara ne peut s'empêcher de défendre ses parents.

— Mon père ne demandait pas toujours assez à ses patients. On nous devait de l'argent, qui n'a jamais été remboursé. Et lui-même avait beaucoup de dettes… Ma mère a dû dépenser le peu de dot que j'avais pour nous nourrir toutes les deux.

— Mais ils ont agi avec une terrible négligence ! s'outrage Pline. Tous les deux !

L'expression malheureuse d'Amara l'arrête.

— Oh… excusez-moi. Je vous en prie, continuez. Vous avez donc été vendue comme esclave de maison. Et ensuite ?

— Ma mère a caché l'argent de ma propre vente dans mon sac, dit Amara qui espère au moins prouver que sa mère n'a pas agi par intérêt. Mais mon nouveau maître l'a pris, et il ne m'a pas traitée en esclave de maison, comme promis, mais comme concubine.

Pline lève les yeux au ciel, comme pour dire que seul un idiot aurait pu s'attendre à autre chose.

— J'y suis restée un an. Puis sa femme, qui était jalouse, m'a vendue comme prostituée. On m'a emmenée à Puteoli, où j'ai été vendue au maître du bordel de la ville. Voilà comment je suis arrivée ici.

— Les voyages de l'esprit sont toujours plus étranges que ceux du corps, répond-il énigmatiquement. Comment vous y êtes-vous adaptée ? Sans doute vous étiez-vous toujours attendue à devenir…

quoi donc, d'ailleurs ? Une épouse respectable ? Une mère ?

— Je savais que c'était mon devoir.

— Ah, mais ce n'était pas ce que vous souhaitiez ?

— Mes souhaits n'étaient que des rêveries sans fondement.

Pline semble agacé, et elle renonce à retarder plus longtemps sa réponse.

— Je voulais être médecin, avoue-t-elle. Comme mon père. Je pensais même que c'était dans ce but qu'il passait des heures à me faire lire ses textes. Je n'avais pas compris. Lorsque je l'ai mentionné un jour, il m'a expliqué que naturellement, ce ne serait pas possible.

— Ce n'est pas strictement vrai. Bien sûr, vous n'auriez pas pu pratiquer la médecine comme il le faisait, mais il y a toujours eu des femmes savantes menant des vies tout à fait respectables. Surtout en Attique. Enfin, je comprends qu'il se soit inquiété d'une telle irrégularité… Mais raison de plus d'économiser pour votre dot ! s'énerve-t-il.

À l'évidence, le comportement des parents d'Amara l'a beaucoup irrité. Il pose ses tablettes et promène son regard sur ses ouvrages.

— Vous savez donc faire la lecture ? Votre voix s'y prête ?

— J'imagine…

— Parfait. Puisque vous êtes là, vous allez pouvoir m'aider un peu. Nous pourrons même lire Hérophile, si vous voulez, ajoute-t-il en grec. Je songe à l'inclure dans mon *Histoire naturelle.*

Il maîtrise parfaitement le langage d'Amara, quoique avec un accent atroce.

— Avec plaisir ! J'en serais vraiment ravie, sourit Amara.

Pline lui rend son sourire. Il semble très satisfait de sa soirée.

— Je vais travailler pendant quelques heures encore, dit-il. Mais ne me laissez pas vous déranger. N'hésitez pas à dormir.

— Où voudriez-vous que je… dorme ?

— Sur le lit, voyons, réplique-t-il avec un brin d'exaspération.

Il s'assoit à son bureau, face au lit. Puisque c'est ce qu'il attend d'elle, Amara se glisse sous les couvertures et ferme à demi les yeux. Satisfait de la voir au repos, Pline se penche sur ses parchemins sans plus lui prêter attention. Amara était décidée à rester éveillée, mais le bruissement des parchemins, le murmure de la fontaine et le parfum du jasmin sont si apaisants qu'elle s'assoupit très vite.

Elle dort encore à moitié lorsque Pline passe ses doigts dans ses cheveux.

— Vous ne m'avez pas laissé beaucoup de place, murmure-t-il.

Amara se réveille d'un coup : elle s'est étalée sur le matelas dans son sommeil.

— Oh ! Je suis désolée ! s'écrie-t-elle en s'écartant.

— Un bon sommeil est une bénédiction, se contente de commenter Pline en se couchant à ses côtés.

Dans l'obscurité, Amara n'a aucune idée de l'heure. Peut-être est-ce le milieu de la nuit, ou déjà le petit matin. Pline ne dort pas non plus : elle le devine à son souffle, pas assez profond, à son immobilité, trop grande. Difficile de savoir ce qu'il attend d'elle, mais mieux vaut partir du principe de base plutôt que de risquer de l'offenser. Amara se rapproche pour poser sa main sur son bras.

— Je suis tellement heureuse que vous m'ayez invitée ici…

— Vous êtes charmante, répond-il.

Amara sait qu'il la regarde, mais la pénombre masque son expression. Elle se penche pour l'embrasser. Les lèvres de l'amiral sont fines et sèches comme du papier. Il ne lui rend pas son baiser, mais ne la repousse pas non plus. Elle laisse aller tout son corps contre le sien et fait glisser sa main le long de sa cuisse. Cette fois, il lui attrape le poignet.

— Ce n'est… pas la peine.

— Je ne cherchais qu'à vous faire plaisir, dit-elle en mettant de l'espace entre eux. Pardon si je me suis trop avancée.

— Je comprends tout à fait, répond-il en pressant ses lèvres parcheminées contre sa main. Mais ce n'est pas la peine. Vous avoir ici est un plaisir en soi.

Lui-même tend la main et la pose sur sa taille : le seul point de contact entre leurs corps, même s'il est si près qu'elle peut voir l'ombre de ses yeux et sentir son souffle chaud.

— Vous avez la peau si douce, murmure-t-il.

Amara reste immobile et tendue pendant un long moment : peut-être voulait-il mener la danse lui-même ? Puis elle sent sa main s'alourdir, sa respiration se faire plus profonde, et comprend qu'il s'est endormi.

Elle soulève sa main avec précaution pour la déposer sur le lit, puis s'écarte un peu afin de ne pas rouler contre lui dans son sommeil. Cette semaine, songe-t-elle en fermant les yeux, promet d'être très agréable.

Chapitre 23

Aucune autre partie du corps ne révèle mieux
les sentiments chez tous les animaux, surtout chez l'homme,
dont les yeux expriment la modération, la clémence,
la compassion, la haine, l'amour, la tristesse, la joie.
[...] À n'en pas douter, l'âme vit dans les yeux.

PLINE l'ANCIEN, *Histoire naturelle*, XI, 54.

Une nouvelle fois, elle se réveille lorsque Pline lui passe les doigts dans les cheveux. En ouvrant les yeux, elle le trouve en train de la regarder. La lumière du jour met son âge plus en évidence, avec les poils gris sur sa poitrine. Son expression est étrangement concentrée. Combien de temps a-t-il passé à la fixer ainsi ?

— Je suis heureux que vous ne vous teigniez pas les cheveux, comme toutes ces inconsidérées de nos jours, lui dit-il en guise de salut. Les vôtres sont d'une si belle couleur au naturel. Et aussi doux qu'une fourrure d'écureuil.

Il se penche pour l'embrasser sur le bout du nez. Amara ne sait pas quoi dire face à cet homme tour à tour si charmant et si franchement bizarre. Elle se contente de le remercier pour le compliment, en espérant qu'il finira par s'écarter pour qu'elle puisse s'asseoir et mettre un peu de distance entre eux.

Après un autre baiser, cette fois sur le front, il se lève avec énergie.

— Je dois écrire un peu ce matin, déclare-t-il. Mais j'aimerais que vous me fassiez la lecture cet après-midi. En attendant, prenez un parchemin ou deux avec vous, et profitez des jardins. Secundus vous amènera tout ce dont vous avez besoin. Il sait que vous êtes là pour la semaine.

Il s'habille tout en parlant – l'absence d'esclaves pour l'aider surprend derechef Amara – puis ses yeux tombent sur sa robe de soie transparente.

— Vous n'allez pas porter ça ?

— Je n'ai rien d'autre, répond-elle, stupéfaite qu'un homme si intelligent puisse se montrer aussi obtus.

Il promène un regard absent sur sa chambre, comme s'il s'attendait à ce qu'une tenue féminine correcte jaillisse de l'une de ses malles.

— Non, j'imagine que non. Il faudra s'en contenter pour l'instant. Peut-être pourriez-vous replier le tissu quelques fois de plus ?

Amara préfère garder le silence. Une fois habillée, elle choisit un rouleau – ou plutôt accepte ceux que Pline lui met dans les bras, puis le laisse l'escorter jusqu'à la porte. Il semble désormais avoir hâte qu'elle quitte la pièce pour se mettre à travailler. Elle sort sur le balcon qui donne sur les magnifiques jardins.

— Prenez les escaliers, indique-t-il avec un geste imprécis.

Puis il retourne à ses recherches.

Amara descend lentement jusqu'aux jardins, dans un état de ravissement total. Le petit matin est encore frais, mais les cieux déjà bleus annoncent une autre journée caniculaire. Des fleurs qu'elle ne saurait nommer répandent leur parfum dans l'air, et la fontaine scintille sous le soleil. On croirait entendre des pas légers dans le rythme de ses éclaboussures. Le balcon à l'étage fait partie d'une colonnade qui offre une ombre bienvenue. De nombreux bancs sont disponibles, déjà garnis de coussins pour quiconque voudrait s'y reposer. Amara reste immobile, incapable de croire à ce qu'elle voit. Tout ceci est à elle pour la journée. Elle n'a rien d'autre à faire que s'asseoir, lire et contempler ce lieu splendide.

— Un rafraîchissement, madame ?

Un homme se tient à une distance polie – peut-être le Secundus mentionné par Pline. Sa formalité embarrasse Amara qui presse les rouleaux contre sa poitrine dans l'espoir de dissimuler la transparence du tissu.

— Ce serait très apprécié, merci beaucoup.

Le serviteur s'en va et elle prend place sur l'un des bancs face à la fontaine. Il fait un peu froid à l'ombre. Elle inspecte les rouleaux offerts par Pline. Tous deux sont en grec. Elle connaît déjà Homère, même si sa famille ne possédait guère qu'une copie de deux sections de l'*Odyssée*, mais elle n'avait encore jamais vu les *Argonautiques* d'Apollonios. Elle défait le rouleau avec précaution, mais elle n'a que le temps de parcourir les premières lignes avant que l'homme de tout à l'heure ne revienne, portant un plateau et un châle qu'il lui tend.

— Je me suis dit que vous aviez peut-être froid.

— C'est très attentionné, merci beaucoup, dit-elle en s'en entourant les épaules. Vous êtes Secundus ?

— En effet.

— Je m'appelle Amara. Ravie de vous rencontrer.

Sa bouche frémit mais il demeure d'une politesse étudiée.

— Moi de même, madame.

— Merci, répète-t-elle lorsqu'il pose le plateau sur une table basse près du banc. Savez-vous quel genre de musique a la faveur de l'amiral ? J'espère jouer pour lui plus tard. Il a été si généreux avec moi. Si je pouvais chanter l'un de ses morceaux préférés…

— Je suis certain que tout ce que vous pourriez chanter plairait à l'amiral, puisqu'il vous a invitée à séjourner ici avec lui, répond gravement Secundus.

Puis il s'incline et s'en va. Amara attend qu'il ait complètement disparu avant d'examiner le plateau avec le plus grand intérêt. Elle y trouve un morceau de pain tartiné de miel, un verre d'eau et un plateau de fruits – des abricots et des prunes de Damas. Ne pas se jeter sur la nourriture ni tout avaler d'un coup lui demande un gros effort. Après avoir fini de manger, elle se lève pour aller se rincer les doigts dans la fontaine, certaine que Pline n'apprécierait pas de voir ses parchemins tachés d'abricot ou de prune. Puis elle se réinstalle sur les coussins avec un soupir et se plonge dans les *Argonautiques*.

Jamais elle n'avait connu une matinée pareille, même chez son père : ce temps libre, ce luxe ! En dehors de Secundus, qui réapparaît avec un autre en-cas sur un plateau – du fromage, des olives, un autre morceau de pain, un petit verre de vin sucré –, nul ne la dérange dans sa lecture. Elle parcourt le texte et se lève de temps à autre pour se promener en contemplant les fleurs, tout particulièrement le jasmin dont le parfum sera plus doux encore dans la soirée. Elle admire les fresques de la colonnade, d'exquises scènes de jardin : des oiseaux sauvages en vol, une colombe posée sur une fontaine semblable à celle qui clapote paisiblement près du banc, en rythmant l'écoulement du temps. Amara sait bien que la rue bondée n'est pas loin, mais son brouhaha ne lui parvient qu'à peine.

En fin d'après-midi, le soleil a réchauffé jusqu'au moindre recoin du jardin, et elle a ôté le châle apporté par Secundus. Une légère angoisse monte – Pline l'aurait-il oubliée ? Mais le voilà justement qui arrive, suivi d'un esclave chargé d'une malle.

— Que dites-vous des jardins ? demande-t-il en la rejoignant à l'ombre de la colonnade.

— Ils sont merveilleux. Je n'avais jamais connu pareille félicité.

Sa réponse semble lui plaire, et il hoche la tête.

— Si vous voulez bien me faire un peu la lecture, pour que je puisse juger de votre voix. Je vous ai apporté le *Traité du pouls* d'Hérophile. Il fallait que je m'y plonge, de toute façon, et le fait que vous soyez familière du texte nous facilitera la tâche.

L'esclave tend à Amara un rouleau d'une qualité mille fois supérieure à celui qui se trouvait chez son père, ce qui ne l'empêche pas d'être envahie par l'émotion en le déroulant.

— Un passage en particulier ? demande-t-elle.

— Commencez donc au début, réplique-t-il avec

un brin d'humour. Il me semble que cela facilite la compréhension.

Amara se met à lire à voix haute. Le texte est plus complet que celui que possédait son père, mais les phrases et leur cadence lui sont familières. Elle a l'impression de prier, de se livrer à une incantation envers tout ce qui lui était cher autrefois. Après quelques minutes, durant lesquelles Pline prend des notes, il l'arrête.

— Retournez en arrière de quelques lignes...

Elle s'exécute et il hoche la tête, satisfait. La lecture se poursuit pendant plusieurs heures, avec l'aide de quelques verres d'eau apportés par le très appliqué Secundus. Puis ils s'interrompent pour le dîner.

— Vous avez une voix très musicale, lui dit Pline. Mais sans être sirupeuse. Je comprends pourquoi votre père vous trouvait si utile. La plupart du temps, j'ai du mal à écouter une voix féminine sur de longues périodes, mais le timbre de la vôtre est parfait.

— Me laisseriez-vous chanter pour vous ?

— Je ne sais pas si je suis le genre d'homme auquel on donne la sérénade avec du Sappho, dit-il, amusé plutôt que moqueur.

— Ce n'était pas mon intention. Je chantais autrefois une version de la rencontre de Nausicaa et Ulysse à mes parents. Je me disais que vous l'apprécieriez peut-être...

— Dans ce cas, répond-il poliment, même si la proposition semble le laisser indifférent.

Ils dînent dans le jardin : inutile d'employer la salle à manger pour deux. Pline lui pose des questions sur les *Argonautiques*, sur ce qu'elle pense de la façon dont Apollonios décrit l'amour qui unit Jason et Médée. Elle est heureuse d'avoir suffisamment avancé dans sa lecture pour en discuter. Après le repas, l'un des esclaves lui amène sa lyre et elle joue pour Pline ce morceau qui la ramène à son enfance, aux regards affectueux de ses parents. Une fois le chant fini, elle relève les yeux en espérant que sa performance lui a plu. Mais c'est un air d'immense tristesse qu'elle découvre sur son visage.

— Vos parents ne vous ont pas fait honneur, Amara, déclare-t-il enfin. Vous êtes si charmante. Ils auraient dû faire en sorte de vous assurer une dot.

— Je vous en prie… Ils sont morts tous les deux. Je ne peux pas avoir de mauvaises pensées à leur égard.

— Je comprends. Pardonnez-moi, dit-il en inclinant la tête.

Il fait trop noir et trop froid pour rester plus longtemps dans le jardin, si bien qu'ils remontent dans la chambre de Pline. Amara y trouve encore plus de rouleaux éparpillés que dans son souvenir.

— Ah, j'oubliais, ajoute-t-il en lui désignant une pile de vêtements féminins. J'ai demandé qu'on vous trouve quelque chose de plus présentable.

— Merci beaucoup, répond-elle en se retenant d'examiner ce qu'il lui a donné. Je les porterai demain. Vous êtes si généreux avec moi.

Il la regarde se déshabiller avec la même intensité qu'au matin. Amara espère que son désir s'est éveillé, que ce soir il ne se reculera pas. Elle sait bien que ce n'est pas de lui qu'elle est tombée amoureuse, mais des jardins, de l'immense beauté de sa vie. Pour autant, il n'y a en cet instant pas d'autre objet à son désir que l'homme qui se tient devant elle. Malgré tous les efforts qu'elle a mis à se dévêtir, il s'assoit à son bureau pour travailler au lieu de la rejoindre sur le lit.

— Je pourrais vous faire la lecture, propose-t-elle.

— Vous devez être fatiguée. Je ne m'attends pas à ce que vous passiez votre nuit à lire.

— S'il vous plaît. Cela me ferait vraiment plaisir.

Après une hésitation, il lui passe le rouleau qu'il étudie et lui désigne un passage du pouce.

— À partir d'ici…

Cette fois, pas de Secundus pour lui amener discrètement des verres d'eau. C'est un traité sur les plantes, qu'elle ne connaît pas, écrit d'une main étroite et difficile à déchiffrer. À plus d'une reprise, elle voit Pline grimacer ou prendre un air impatient lorsqu'elle trébuche sur une phrase. Malgré tout, elle continue sa lecture jusqu'à presque en perdre la voix, ou tomber endormie sur le parchemin. Enfin, Pline l'arrête et se prépare à dormir.

— On dirait bien que nous cherchons tous deux à éviter le sommeil, dit-il. Dormir me donne toujours l'impression d'être en quelque sorte mort.

Elle se rapproche lorsqu'il se glisse à ses côtés dans le lit, en espérant qu'il passera son bras autour d'elle, mais il n'en fait rien.

— Je n'avais encore jamais entendu le prénom *Amara*, dit-il, face à elle dans le noir. J'imagine que ce n'est pas votre vrai nom.

— Mon maître me l'a donné. Il m'a dit qu'il était à mi-chemin entre l'amour et l'amertume.

Mentionner Félix lui laisse une impression glaciale, comme le plat d'une lame pressée contre son cœur.

— Oui, *amare, amarum*, répond Pline. Poète, pour un maquereau.

Il pose sa main dans le creux de sa taille, comme la nuit dernière, et elle redoute qu'il ne s'endorme. Elle se presse contre lui, laissant glisser sa main dans la cambrure de son dos, et l'embrasse. Ses lèvres sont aussi sèches et immobiles que la dernière fois. Elle tente d'imaginer que c'est Ménandre qu'elle embrasse, qu'il lui répondra comme Ménandre, mais il la repousse gentiment.

— Je ne cherche qu'à vous faire plaisir...

Elle a tant répété cette réplique face à tant de clients, sans la moindre sincérité. Mais ce soir, sa voix trahit une abjecte servilité qu'elle aurait préféré dissimuler.

— Mais vous me faites déjà plaisir, lui dit-il comme à une enfant. J'aime beaucoup vous regarder, vous êtes très jolie. Il ne me faut rien de plus.

Il lui caresse à nouveau la tête, comme lorsqu'il l'a réveillée au matin. *Il doit être impuissant*, songe-t-elle. L'idée n'est ni dérangeante, ni rassurante. Elle est trop fatiguée, et le lit est trop confortable, pour qu'elle tente plus longtemps de résoudre l'énigme qu'il représente. C'est bercée par ses doigts dans ses cheveux qu'elle s'assoupit.

Le temps glisse comme un ruban de soie. Chaque heure qu'elle passe en tant qu'invitée de Pline l'ensorcelle encore davantage. Sa vie n'est qu'une procession de plaisirs sans fin. Elle se lave seule dans ses bains privés. On la coiffe chaque matin. Elle mange librement, sans se soucier du prix de la nourriture. Peu à peu, elle sent son corps lui revenir. Personne ne la touche sans permission, encore moins avec violence. Au sein de ce jardin si beau, la laideur du bordel est une idée presque surréaliste. Mais il existe toujours, elle le sait, comme l'hématome qui s'attarde encore sur son bras.

Pline devient son unique et obsessionnel espoir. Le temps qu'ils passent ensemble se fait plus court les jours suivants – il reçoit souvent, ou bien c'est lui qui sort dîner. Mais tous les soirs, elle lui fait la lecture et s'endort sous le poids de sa main. Assise dans l'ombre de la colonnade, elle l'observe en silence accueillir ses invités dans le jardin, tentant d'en apprendre plus sur ses habitudes, ses opinions, tout ce qui pourrait la rendre indispensable à ses yeux. Ce serait un bon maître, se dit-elle. Elle s'imagine passer le restant de ses jours comme sa secrétaire. Même s'il perdait tout intérêt pour elle, même si elle n'était plus qu'un bel objet à demi oublié dans sa maison, quelque chose que l'on range près des fleurs ou de la fontaine, sa voix lui serait toujours utile, et il la traiterait toujours avec douceur. Parfois, seule dans le jardin, elle songe aux autres filles, surtout à Didon. Comme elle aimerait lui parler ! Puis elle se rappelle qu'elle prévoit de les abandonner, et la culpabilité l'envahit. Elle se raconte de complexes mensonges : si Pline l'achète, elle le persuadera d'acheter Didon également. Elle saura partager sa bonne fortune.

Elle essaie de ne pas penser à Ménandre. Ces souvenirs sont aussi douloureux qu'un tison brûlant.

Le sixième jour, sa terreur à l'idée d'être renvoyée au bordel est si intense qu'elle ne peut se concentrer sur sa lecture. Pline n'a rien dit de son départ, mais il n'a pas non plus évoqué l'idée de prolonger son séjour. Assise en silence dans le jardin, cachée dans l'ombre, elle assiste à la visite de deux de ses connaissances.

Les deux hommes, près de la fontaine, discutent entre eux en attendant l'arrivée de l'amiral, et ce n'est qu'après plusieurs minutes qu'elle comprend de quoi ils parlent.

— … je ne sais pas pourquoi il l'a prise avec lui. C'est tout Pline, ça. Quel excentrique ! Ramener chez soi une drôle de petite chanteuse grecque.

Surprise, elle examine l'homme de plus près. Il est bien plus jeune que Pline, l'air arrogant et content de soi. On croirait voir Quintus. Son compagnon est de dos, mais elle perçoit l'amusement dans sa voix.

— Caecilius l'a aperçue quand il est passé cette semaine. Assez jolie, mais complètement ridicule. Pratiquement tremblante d'amour, à regarder l'amiral avec des yeux de biche blessée… Alors que lui ne faisait pas du tout attention à elle !

— Franchement, je suis admiratif, répond l'autre en étouffant un rire. Faire entrer une putain dans un tel état de dévotion ! J'espère pouvoir encore en faire autant à son âge.

— C'est qu'il a pris du poids, notre vieux Pline. Espérons qu'elle ne lui provoque pas un infarctus !

Ce ne sont pas les moqueries qui blessent Amara, mais son sentiment d'impuissance. Elle s'aperçoit soudain que de l'autre côté du jardin, debout et silencieux dans l'ombre des colonnes, Secundus les écoute également. Son rôle exact dans la maisonnée de Pline lui échappe encore, mais elle a bien compris qu'il n'était pas qu'un serviteur : il rapporte à son maître tout ce qu'il voit, tout ce qu'il entend. Son expression, d'ordinaire si indéchiffrable, trahit une colère très nette. Les deux hommes à la fontaine continuent leur insouciante conversation, sans conscience d'être espionnés par deux esclaves. Secundus croise le regard d'Amara. Il savait qu'elle était là depuis le début. Avec un sourire, il lui indique les deux hommes d'un signe de tête, et elle comprend aussitôt : quelle que soit la faveur qu'ils étaient venus requérir, elle ne leur sera pas accordée.

C'est Secundus qui lui apprend plus tard que Pline dînera en tête à tête avec elle ce soir-là.

— Croyez-vous qu'il aimerait m'entendre chanter pour lui ?

— Je crois que c'est dans la lecture qu'il apprécie le plus votre voix, répond Secundus avec tact. Il m'a dit que vous lui aviez été très utile. Que vous aviez lu pour lui pendant des heures, tard dans la nuit, sans jamais vous plaindre.

— Tout le plaisir était pour moi, vraiment.

Secundus la regarde avec une pitié évidente, et l'horizon d'Amara se charge de nuages plus sombres que jamais.

Au dîner, Pline est de bonne humeur et lui pose plus de questions qu'à l'accoutumée sur ses lectures personnelles. Il lui fait nombre de compliments et va même jusqu'à déposer un baiser sur sa main, son seul signe d'affection physique hors de sa chambre.

C'est sa façon de me dire adieu, songe-t-elle. Elle

regarde sa bouche pendant qu'il parle. Son visage ne trahit aucune cruauté. Le murmure joyeux de la fontaine se mêle à ses mots soigneusement choisis. Le jasmin embaume. Amara ne peut imaginer retrouver Félix, retrouver le bordel, ses ténèbres, sa violence quotidienne. Elle en mourra.

— Vous allez me manquer, dit enfin Pline en prenant une pomme sur un plateau de fruits amené par un esclave. Vous avoir ici était un plaisir.

Les mots jaillissent d'Amara sans réflexion aucune :

— Ne me renvoyez pas, je vous en supplie !

Devant l'évidente surprise de Pline, son désespoir déborde, et elle lui prend la main pour la presser contre son cœur.

— Je vous témoignerai une loyauté sans faille. Je serai corps et âme à votre service. Vous ne pourriez rêver secrétaire plus dévouée ! Je ferai tout ce que vous voulez, je vous suivrai partout où vous irez…

— Ma chère enfant, tente Pline, ce n'est pas la peine…

Amara glisse de sa couche et tombe à genoux, toute dignité enfuie.

— Je vous en prie ! Je ne veux pas vous quitter, sanglote-t-elle dans la paume de sa main. Je vous en supplie. Vous pourriez me racheter à mon maître. Je vous ferais la lecture toutes les nuits ! Je vouerais chacune de mes heures à vos recherches ! Pour vous, je cesserais de dormir !

— Votre voix est remarquablement agréable, il faut l'avouer…, hésite-t-il.

Elle redresse la tête. Il est en train de considérer son offre. Mais l'instant d'après, il baisse les yeux.

— J'ai déjà bon nombre de secrétaires. Je ne vois pas quelle place je pourrais vous trouver. Je vous ai déjà demandé tout ce dont j'avais besoin pour mes recherches. Et vous savez bien que je ne suis pas homme à entretenir des concubines, toute charmante que vous soyez.

Il l'aide à se relever et la fait asseoir près de lui.

— J'apprécie beaucoup votre offre, et votre loyauté me touche, je vous assure. Mais je ne peux accepter.

Amara s'effondre sur la couche et pleure toutes les larmes de son corps. Il lui pose une main sur l'épaule.

— Amara, je vous en prie. Ressaisissez-vous. Tout cela est ridicule.

Mais elle en est incapable, et elle salit de ses sanglots hystériques la beauté du jardin. Lorsqu'elle se calme enfin, c'est parce qu'elle est trop épuisée pour pleurer encore, ses yeux trop gonflés pour laisser couler les larmes. Pline en profite pour lui proposer d'aller se coucher. Cet étalage d'émotion semble l'avoir fatigué, voire irrité.

— Quel dommage d'avoir gâché votre dernière soirée, dit-il en la regardant se déshabiller. Vous êtes tout à fait charmante, je vous assure, là n'est pas la question ! Il n'y a tout simplement pas de place pour vous dans ma maisonnée. Sans parler de mon âge. Vous devez bien désirer autre chose ! Beaucoup de courtisanes finissent par trouver une certaine stabilité, dans le mariage ou ailleurs…

Amara se couche à ses côtés. Le poids de son malheur semble l'enfoncer dans le matelas. Elle sent déjà les murs du bordel se refermer sur elle.

— Non, je ne veux rien d'autre, murmure-t-elle.

Pour une fois, Pline s'allonge à ses côtés au lieu de la délaisser pour ses recherches. Appuyé sur un coude, il se penche sur elle et lui caresse les cheveux.

— Vous avez de l'intelligence, lui dit-il. Vous devez bien comprendre.

Amara ferme les yeux en sentant d'autres larmes lui échapper. À la chaleur de son corps, elle devine l'approche de Pline. Il pose un baiser sur son front du bout de ses lèvres sèches. Elle se détourne et se roule en boule, le visage enfoui dans ses mains. Avec un soupir d'irritation, Pline se lève et s'éloigne à grands pas.

Elle l'entend s'asseoir à son bureau et murmurer « ridicule » une fois de plus. Vidée par ses malheurs, Amara s'endort, bercée comme au premier soir par les bruits de Pline au travail et le murmure de la fontaine qui monte des jardins.

Chapitre 24

Les parfums sont le plus inutile des luxes.
[...] Leur attrait principal est qu'au passage d'une femme,
la fragrance qu'elle dégage attire même
ceux qui étaient occupés à autre chose.

PLINE l'ANCIEN, *Histoire naturelle*, XIII, 4.

Lorsque Amara se réveille, Pline est déjà assis à son bureau, occupé à la fixer. En voyant son expression, elle comprend qu'il sera inutile de s'humilier à nouveau.

— Je m'excuse pour mon comportement, dit-elle en s'asseyant, la couverture remontée sur la poitrine. Ce n'est pas ainsi que je voulais répondre à votre générosité. J'espère ne pas vous avoir offensé.

Pline se détend, clairement soulagé de la trouver si calme. Il s'avance jusqu'au lit pour lui tapoter la main.

— Je sais bien que les femmes sont naturellement émotives, lui dit-il. Votre offre n'avait rien d'offensant. Mais je suis heureux de vous voir revenue à la raison. Allons…

Il lui fait signe de se lever et de s'habiller, craignant peut-être qu'elle ne fonde de nouveau en larmes.

— Je réfléchissais ce matin à une faveur que vous pourriez me faire. Le neveu d'un très bon ami viendra bientôt me rendre visite. J'aimerais que vous lui réserviez le meilleur accueil, si vous le voulez bien.

— Un ami ? répète Amara en s'immobilisant, à demi vêtue.

— Tous les jeunes hommes ont besoin de connaître une femme avant de se marier, dit-il en haussant les épaules. Un père ne peut qu'espérer que son fils ne tombera pas sur une prostituée grossière et sans intelligence qui videra les coffres de la famille. Bien sûr, Rufus est un romantique et, je crois, un peu naïf. Je vous fais confiance pour vous montrer loyale envers lui, et l'aider de votre mieux. Sans vous laisser aller à l'hystérie, ni vous faire d'illusions. Puis-je vous faire confiance ?

— Je ferais n'importe quoi pour vous, répond Amara en hochant la tête.

— J'ose espérer que cela ne vous sera pas trop pénible. Rufus est un gentil garçon.

Pline l'examine de plus près, puis ajoute :

— Peut-être feriez-vous bien d'aller voir la servante, ce matin. Je vous retrouve dans le jardin.

Amara sort sur le balcon intérieur et gagne la petite pièce près de l'entrée où Sarah, la servante des hôtes de Pline, la coiffe tous les matins. Celle-ci, voyant les yeux rougis d'Amara, plonge un bout de tissu dans de l'eau froide et lui fait signe de s'asseoir à la coiffeuse, sans poser de questions.

— Pressez ça sur vos paupières, lui dit-elle. Cela devrait arranger les choses.

Quelle peut bien être l'opinion de cette femme qui

se voit confier une prostituée par l'amiral ? Elle n'a jamais témoigné à Amara que de la politesse. Obéissante, Amara s'assoit dans la pièce sombre et garde le tissu appuyé contre ses yeux tandis que Sarah la coiffe. Cela fait, Sarah lui prend les poignets pour lui faire baisser les mains.

— C'est mieux. Séchez-vous le visage, maintenant.

Avec un fin pinceau trempé dans le khôl, Sarah lui souligne les yeux d'un trait adroit, puis tamponne ses paupières d'une poudre gris sombre. Un flacon de verre est posé sur la coiffeuse : une distillation de jasmin de la maison. Elle le passe à Amara qui le débouche pour se parfumer le cou. Sarah le reprend et lui passe le petit miroir d'argent, dernière étape de leur rituel. Amara fixe son reflet. Dans la respectable tenue procurée par Pline – et choisie par Sarah, sans doute –, elle n'a rien d'une jeune femme sortie d'un bordel.

— Merci, dit Amara. Merci pour tout.

Sarah hoche la tête. Sa politesse ne l'incline pas au bavardage. Impossible de deviner ce qu'elle pense vraiment de l'invitée de Pline.

Amara le retrouve au jardin, occupé à lire un rouleau. Elle s'assoit en silence en tentant d'oublier qu'il ne lui reste que peu de temps à passer dans cet endroit. Comment sera ce Rufus ? Il faut qu'elle rassemble assez d'énergie pour le charmer – Pline est en train de lui donner une chance, et elle ne doit pas la gâcher. Secundus leur apporte du pain et des fruits, ce qui surprend Amara : il n'avait plus fait le service depuis cette première fois, au début de la semaine – sans doute son but réel ce matin-là était-il d'examiner l'invitée de l'amiral.

Secundus la regarde comme pour déterminer ce qui cloche dans le tableau.

— Dois-je vous apporter votre lyre, madame ?

— Oui, merci, dit-elle, reconnaissante à l'idée d'avoir quelque chose à faire.

Elle mange son petit déjeuner – Pline trop absorbé par sa lecture pour lui prêter attention – puis se met à jouer. Tout lui est un soulagement : le contact familier des cordes sous ses doigts, le chant dans lequel elle peut se perdre. Une heure passe sous le soleil qui réchauffe le jardin et fait s'ouvrir les fleurs. Amara joue sans interruption pour Pline durant sa lecture, comme une fille dévouée.

— Rufus est arrivé, annonce Secundus.

Il se tient près de son maître : comme toujours, Amara ne l'a pas entendu approcher. Elle fait exprès de continuer à jouer et ne lève les yeux que brièvement. Un jeune homme patiente près de la fontaine, le regard fixé sur elle. À l'évidence, il ne s'attendait à trouver que l'amiral. Pline lui fait signe.

— Rufus ! Comment va Julius ? Quel dommage que je n'aie pu le croiser à Misène.

— Il vous envoie ses salutations les plus chaleureuses, répond Rufus. Tout comme mes parents. Ils passent l'été à Baïes cette année. Sans cela, ils seraient venus vous rendre visite durant votre séjour à Pompéi.

— N'oublie pas de leur transmettre mes salutations en retour. Baïes est charmante à cette période de l'année.

Avec un regard vers Amara, il poursuit :

— Ton oncle m'a dit que tu t'étais pris de passion pour le théâtre. Voici Amara, ma petite invitée. C'est une musicienne de grand talent.

C'est bien la première fois que Pline exprime un quelconque intérêt pour sa musique. Amara cesse de jouer et adresse un modeste salut à Rufus. Le jeune homme hésite. Peut-être a-t-il entendu les plaisanteries sur Pline et sa petite Grecque.

— Enchanté, dit-il.

Les deux hommes discutent un long moment, mais à l'évidence, ils n'ont rien en commun, outre leur affection pour Julius, l'oncle de Rufus, qui a autrefois servi sous le commandement de Pline. Secundus réapparaît pour murmurer quelque chose à l'oreille de son maître. Pline demande à Rufus de l'excuser et de patienter quelques instants le temps de voir un client.

Après son départ, un silence s'installe entre Rufus et Amara. Ni l'un ni l'autre ne sait quelle attitude adopter en pareilles circonstances.

— Très jolie chanson, finit par dire Rufus. Une autre ?

Amara se lance dans l'une des mélodies les plus mélancoliques de Salvius. Elle ne l'avait encore jamais jouée en public – Didon et elle s'étaient accordées à dire qu'elle était trop triste – mais Rufus est enchanté.

— Quelle belle voix vous avez ! s'écrie-t-il comme un enfant ravi.

On le croirait bien plus jeune qu'Amara, alors qu'il doit lui rendre plusieurs années. Il n'est pas vraiment beau – son nez est trop gros, son visage trop large – mais il est de haute taille, et son sourire est si sincèrement amical qu'Amara ne peut que lui sourire en retour. Nulle trace chez lui de l'arrogance désinvolte de Quintus ou de Marcus.

— Merci beaucoup, répond-elle.

— Et comment avez-vous… rencontré l'amiral ?

Oui, il a bel et bien entendu les rumeurs.

— Je jouais lors d'une soirée privée et l'amiral s'est pris d'intérêt pour le travail de feu mon père, qui était médecin. Il m'a demandé de l'assister dans ses recherches d'histoire naturelle pendant quelques jours.

— Je vois, dit Rufus qui semblait s'attendre à tout sauf à cette réponse.

— C'est le savoir qui intéresse l'amiral, plus que toute autre chose, poursuit-elle. Il n'a pas les faiblesses dont souffrent d'autres hommes. Ce qui veut dire qu'il ne ramène pas des prostituées chez lui dans le but que d'aucuns pourraient s'imaginer.

Elle a achevé son petit discours en regardant Rufus droit dans les yeux, et le jeune homme rougit violemment.

— Non ! Bien sûr ! Je veux dire, jamais je n'ai pensé…

— Oh, pardonnez-moi… C'est que le respect de l'amiral a beaucoup d'importance pour moi. Il s'est montré si généreux. Je n'aurais pas dû m'exprimer si franchement, dit-elle en baissant les yeux, comme honteuse.

La mention soudaine de prostituées avait perturbé Rufus, mais il semble encore plus déconcerté par ce retour soudain à la vertu.

— Et combien de temps resterez-vous encore pour… l'aider dans ses recherches ? tente-t-il.

— Je le quitterai aujourd'hui, dit Amara dont la tristesse n'a cette fois rien de feint.

— Quel dommage ! s'écrie-t-il. Vous quittez Pompéi ?

— Non, j'habite en ville.

Elle voit bien que Rufus est intrigué. Il faut qu'elle fasse basculer sa curiosité jusqu'au point de non-retour.

— J'ai cru entendre que vous aimiez le théâtre ? Cela m'intéresse beaucoup. Quelles sont vos pièces préférées ?

— Je les aime toutes ! s'illumine-t-il. Il n'est rien de plus sincère que le théâtre, vous ne trouvez pas ? Mais il me semble que les comédies sont, en quelque sorte, encore plus courageuses. C'est toute notre vie qui s'étale sur les planches, et les acteurs ont l'audace de dire ce que l'on ne pourrait déclarer ailleurs !

Puis il s'interrompt, embarrassé par son propre enthousiasme.

— Mais vous devez déjà savoir tout cela, puisque vous êtes une artiste vous-même… Je dois avouer que je vous envie !

Amara reste un instant muette devant l'absurdité de cette déclaration : un riche jeune homme, avec le monde à ses pieds, jaloux d'une esclave indigente qui chante dans les soirées pour amuser des clients lubriques. Mais l'expression de Rufus ne trahit que de la sincérité. Il n'a aucune idée du ridicule de ses paroles.

— Vous êtes trop gentil, répond-elle. Ce que je préfère, c'est mettre les paroles en musique. Trouver comment chanter l'histoire.

— Comme vous devez vous amuser ! dit Rufus

avec un autre de ses sourires contagieux. Et vous trouvez des occasions d'aller au théâtre pour vous-même ?

— Non, malheureusement... Mais cela me plairait beaucoup. J'étais déjà si heureuse d'avoir le temps de lire durant mon séjour ici. Se laisser absorber par une pièce de théâtre, c'est encore autre chose !

— Oh, laissez-moi vous y emmener un de ces soirs ! Si vous êtes vraiment sûre que mon oncle ne s'en offenserait pas...

Pour la première fois depuis le début de la conversation, Amara décèle quelque chose de calculateur dans le regard que pose Rufus sur elle. Elle comprend qu'il s'imagine toujours que Pline a couché avec elle.

— Ma vie était bien différente, autrefois, dit-elle avec prudence. J'étais fille de médecin. L'amiral est le premier à m'avoir traitée comme si mon passé était encore d'actualité. Il ne m'a témoigné qu'une affection toute paternelle.

Ce n'est pas la vérité, mais ce n'est pas non plus un mensonge. Aucune des règles habituelles ne s'appliquent à sa relation avec Pline. La nuit dernière lui revient en mémoire : elle s'abaissant à le supplier, lui la rejetant sans comprendre. L'espace d'un moment, elle manque de se remettre à pleurer.

Rufus se méprend sur la source de son chagrin et bondit à ses côtés, ses yeux noisette agrandis par l'inquiétude.

— Pardonnez-moi ! s'écrie-t-il en lui prenant la main. Quel idiot je fais ! Je ne voulais pas vous bouleverser ainsi ! Votre vie a dû être si tragique... Et moi qui vous pose toutes ces questions insensibles !

C'est ça qu'il veut, se dit Amara. *Une victime à sau-*

ver. Elle a déjà joué bien des rôles : au moins celui-ci aura-t-il le mérite de s'inspirer de sa vraie vie.

— Non, pas du tout… Vous êtes si gentil, dit-elle en baissant les yeux comme par timidité. Si je suis triste, c'est parce que je vais devoir abandonner la protection de l'amiral et retrouver mon maître.

— Votre maître ? Où habite-t-il ?

Amara hésite. Est-il trop tôt pour révéler le cœur de l'affaire ?

— À l'Antre des Louves.

— Le bordel de la ville ? fait Rufus avec un mouvement de recul.

Amara enfouit son visage dans ses mains. Il semblerait que la réalité soit un brin trop tragique pour Rufus.

— Ma pauvre… C'est absolument terrible, dit-il en lui faisant baisser les mains. Je t'en prie, ne pleure pas. Ça n'a aucune influence sur mon opinion de toi, je t'assure. Je viendrai te chercher au… Je viendrai te chercher pour t'emmener au théâtre. J'aimerais beaucoup apprendre à te connaître.

Amara est si profondément soulagée qu'elle court maintenant le risque de se mettre à pleurer pour de bon.

— J'en serais si heureuse…

Rufus se penche vers elle, une main sur le banc, presque sur son genou, une expression bien plus familière sur le visage.

— Je peux t'embrasser ?

Une pointe d'irritation la traverse. Après tout ce qu'elle lui a raconté sur son passé et sur la façon dont Pline l'a traitée, il s'attend tout de même à ce qu'elle soit à lui après cinq minutes de conversation. Elle lui tend sa main pour qu'il y dépose un baiser.

— Oh… bien sûr, dit-il en la prenant. Bien sûr, pas chez l'amiral.

— Merci, murmure-t-elle avec un sourire qu'elle espère plein d'affection. C'est si rare que l'on me traite avec tant de gentillesse…

— Tu ne mérites rien de moins, répond-il galamment.

Le silence qui suit est un peu gêné. Rufus se lève.

— Tout de même, je devrais partir. Pourrais-tu dire au revoir à Pline de ma part ? Je promets que je passerai te voir cette semaine.

— Merci, répond Amara. Ne me fais pas attendre.

Après son départ, elle reste là, assise dans le jardin. Un espoir nouveau enfle dans sa poitrine. Elle a hâte de remercier Pline pour lui avoir présenté ce garçon. Puis elle voit Secundus se détacher de l'ombre de la colonne, un paquet dans les bras : ses affaires. Elle comprend aussitôt que Pline ne reviendra pas lui dire adieu.

Secundus vient s'asseoir près d'elle sur le banc, en posant le paquet entre eux.

— Lorsqu'il vous a ramenée ici, dit-il en regardant fixement la fontaine, je lui ai dit qu'il pourrait s'estimer heureux si vous ne réclamiez pas votre poids en or tous les jours. J'étais certain que vous repartiriez avec au moins un joyau sans prix dans vos bagages. Il m'a parié un denier que j'aurais tort.

Il lui sourit.

— Vous m'avez coûté un denier.

— Désolée, répond-elle en lui rendant son sourire.

L'idée de réclamer des cadeaux à Pline lui avait de fait traversé l'esprit, mais elle savait que Félix les aurait tous récupérés.

— Vous a-t-il dit ce que j'ai réclamé à la place ?

— Passer votre vie à son service. Ce n'était pas réclamer : c'était offrir. Nous savons tous deux ce que servir peut coûter, dit-il en détournant les yeux.

Seul un esclave peut comprendre un autre esclave de cette façon. Ils laissent ce courant silencieux les unir un instant. Puis Secundus pose à nouveau son regard sur elle et s'exprime fermement, quoique sans cruauté :

— Je vous ai aussi entendue pleurer la nuit dernière. Je crois bien que toute la maisonnée vous a entendue. Cela ne doit pas se reproduire aujourd'hui.

— Non, rougit-elle. Bien sûr.

Il hoche la tête, satisfait.

— Vous savez, ce n'était pas que pour cette existence que je voulais rester, dit-elle en désignant la fontaine, les jardins. Bien sûr, c'était en grande partie pour cela, mais… Je crois que je l'aime, lui aussi.

Secundus ne répond pas immédiatement. Il se lève, et elle sait qu'il est sur le point de partir, qu'elle va devoir s'en aller. Elle se mord la lèvre, bien décidée à ne pas s'humilier davantage en se remettant à pleurer.

— Vous n'avez pas réclamé de cadeau, mais il en a tout de même choisi un pour vous, dit Secundus. Je l'ai enveloppé dans vos vêtements. Je vous accorde un instant pour vous recueillir avant votre départ. Mais vous n'avez que cet instant.

— Merci, lui dit-elle.

Il s'incline et s'en va. Amara prend le paquet. Elle s'attendait à trouver quelques pièces entre ses robes, mais ce que lui a laissé Pline est bien plus lourd. En défaisant ses vêtements, elle découvre un rouleau. Le *Traité du pouls* d'Hérophile.

Chapitre 25

Il fallait vaincre en ce lieu ou bien y périr.
Femme, c'était là sa résolution :
les hommes pouvaient choisir la vie et l'esclavage.

TACITE, sur Boudicca, reine des Iceni,
Annales, XIV, 35.

— Regardez qui est là ! Regardez qui est là ! crie Béronice en voyant Amara entrer dans le bordel. On pensait que tu ne reviendrais plus !

Victoria et Didon se ruent dans le couloir, et cette dernière se jette au cou d'Amara en pleurant.

— Je suis tellement contente que tu sois revenue ! Tellement contente ! J'ai cru que je ne te reverrais jamais…

— Ce n'était qu'une semaine, proteste Amara.

La joie de revoir Didon le dispute à la culpabilité : elle a passé toute la journée de la veille à supplier Pline de ne jamais la renvoyer dans cet endroit. Victoria semble elle aussi heureuse de voir Amara, mais n'aurait pas la faiblesse de l'avouer.

— Alors, il était comment ? demande-t-elle. Je parie que c'était le dernier des pervers. C'est toujours comme ça avec les vieux.

Amara hésite. Après cette première nuit auprès de Pline, si ridicule, elle s'était vue en train d'en rire avec Victoria, mais cela lui semble maintenant trop intime. L'idée de se moquer de lui ne fait que l'attrister.

— Je n'avais jamais rencontré quelqu'un d'aussi gentil, dit-elle d'une voix tremblante.

— Oh, non… Regardez-moi ça, rigole Victoria. Elle est au bord des larmes ! Avant, c'était le forgeron fou, et maintenant, la voilà amoureuse d'un vieux gâteux. Tu ne sais vraiment pas les choisir, Amara !

— Le garçon qu'elle a vu aux jeux était très bien, la défend Béronice.

— Parle plus fort, Gallus ne t'a pas bien entendue…

Elles éclatent toutes de rire lorsque Béronice se retourne en sursaut.

— Oh, va te faire voir, dit-elle à Victoria – mais en riant aussi.

— Et c'est quoi, tout ça ? reprend Victoria en faisant signe à Amara de lui passer son paquet. Combien de tenues il t'a offertes ?

— Trois, dit Amara en les faisant circuler. J'imagine qu'il faudra que je les donne toutes à Félix.

— Beau tissu, dit Victoria en caressant l'une des robes. Mais ça te vieillit un peu. On dirait une matrone. Habillée comme ça, personne ne voudrait coucher avec toi…

Puis une idée semble la frapper.

— Ne me dis pas ce que vieillard voulait aussi que tu t'habilles comme son épouse morte !

— Non, rit Amara, rien de ce genre.

— Alors quoi ? demande Béronice. Pour qu'il te garde toute la semaine, ce devait être quelque chose !

— Il voulait que je lui fasse la lecture.

— De la littérature érotique, c'est ça ? demande Victoria, trop surprise pour s'en moquer.

— Non ! Enfin, tout de même, on était au lit ensemble, se défend Amara en songeant aux nuits qu'elle a passées nue près de Pline, sa main sur sa hanche. C'est juste que…

Elle ne sait pas comment expliquer ce qu'elle a vécu. Elle ne sait même pas ce qu'elle ressent.

— Ne t'inquiète pas, fait Didon en la serrant une nouvelle fois contre elle. Tu n'es pas obligée de tout nous raconter.

— « On était au lit ensemble », répète Victoria. J'aurai vraiment tout entendu.

Amara se sent soudain épuisée. Après avoir eu tant de temps à soi, retrouver cette absence totale de solitude est loin d'être facile.

— Je ferais bien d'aller m'allonger, histoire d'avoir un peu d'énergie ce soir.

— Non, pas là…, commence Victoria en la voyant repousser le rideau de sa cellule.

— C'est qui ? s'étonne Amara.

Sur le lit est assise une femme qu'elle n'avait jamais vue, d'une pâleur choquante, avec de longs cheveux roux, épais et emmêlés. En les voyant, elle saute sur ses pieds, plus grande qu'elles toutes, et se met à leur parler sur un ton pressant, dans une étrange langue gutturale. Est-elle furieuse ou terrifiée ? Difficile à dire. Amara recule d'un pas, alarmée.

— Assise ! crie Victoria en lui désignant le lit. Assise !

L'étrangère retourne dans la cellule sans cesser de

parler dans son langage incompréhensible, avec de grands gestes.

— Félix l'a achetée avec l'argent de ton vieillard, dit Victoria. Il nous a dit qu'on manquait de présence au bordel, avec Didon et toi toujours de sortie.

— Alors, je dors où ?

— Tu n'as qu'à venir avec moi, répond Didon. C'est le plus logique.

— Elle ne parle pas un mot de latin, continue Victoria. On l'a appelée Britannica, parce que c'est de là-bas qu'elle vient. La seule qu'elle semble apprécier, c'est Cressa, qui est encore partie lui acheter à manger. Elle bouffe comme quatre.

— Je croyais que les Bretons avaient le visage bleu, dit Béronice qui semble déçue. C'est ce que tout le monde dit, non ?

— En tout cas, c'est une vraie Barbare, déclare Victoria. Elle hurle toute la nuit, elle griffe les clients, elle mord. Elle en a même frappé un hier ! Comme une bête !

Amara n'aime pas l'entendre parler de Britannica ainsi, même si celle-ci ne peut pas la comprendre. Elle jette un nouveau regard à la Bretonne, qui s'est tue. Elle a bel et bien des airs de chat sauvage avec ses yeux verts et sa crinière rousse. Mais son expression n'est que trop humaine : elle enrage qu'on l'ait emprisonnée.

— Vous êtes encore en train de parler d'elle ? lance Cressa qui vient de rentrer avec du pain. Un peu de compassion, ça ne vous ferait pas de mal.

Elle les écarte sans ménagement pour atteindre la cellule. Britannica s'illumine en la voyant et se lance à nouveau dans son charabia. Cressa s'assoit près d'elle et lui parle comme à un petit enfant, en lui caressant les cheveux. Lorsqu'elle lui donne le pain, Britannica l'engloutit sans attendre.

— Désolée, Amara, je n'avais même pas vu que tu étais revenue, dit Cressa qui la remarque enfin.

— Ce n'est pas grave. Je me rappelle ce que me disait mon père sur les femmes de Bretagne… Beaucoup d'entre elles se battent. Peut-être que Britannica était une guerrière.

— Les femmes vont à la guerre ? demande Didon.

— Pas toutes. Mon père m'a dit qu'ils avaient une reine très célèbre. Je ne sais pas comment elle s'appelle, mais elle a détruit toute une armée romaine.

— Les femmes ne sont pas censées commander ! dit Béronice en repoussant le mauvais œil d'un geste. Ce n'est pas naturel.

— Britannica n'a rien d'une reine de guerre, rétorque Victoria. Elle n'arrive même pas à vaincre un marin bourré !

Mais Amara la voit poser sur Britannica un regard nouveau, empreint d'inquiétude et de respect.

— Tu étais guerrière ? C'est pour ça que tu hais tant cet endroit ? demande Cressa avec douceur.

Britannica lui sourit. Elle comprend sa gentillesse, sinon ses paroles.

— Amara ! Qu'est-ce que tu fais encore là ? hurle Thrason depuis la porte du bordel. Je t'avais dit de monter voir Félix !

— J'y vais, justement, répond-elle.

— Tu te fous de moi ? gronde-t-il en entrant l'attraper par le bras. Tu me fais perdre mon temps ! Bouge-toi un peu !

Il serre si fort qu'elle pousse un cri de douleur, puis il la lâche et s'éloigne à grands pas.

— Il est juste de mauvaise humeur parce que Balbus lui a mis un œil au beurre noir hier, murmure Victoria. Ils se sont battus au sujet de Drauca, c'était complètement idiot…

— Drauca ? Pourquoi ? demande Amara, soudain anxieuse.

— Qui sait ? fait Victoria en haussant les épaules. Thrason cherche toujours une excuse pour se battre.

De nouveau, cette pièce, qu'elle avait espéré ne jamais revoir. La lueur rouge, les crânes de taureaux. Elle reste debout, silencieuse, pendant que Félix examine ses nouveaux vêtements.

— C'est tout ce qu'il t'a donné ? Après une semaine entière ?

— Il y avait aussi ça, dit-elle en lui montrant le rouleau.

Ce n'est qu'en voyant son geste impatient qu'elle se résout à le lui tendre. Il le défait maladroitement en cherchant des pièces ou des bijoux cachés entre ses plis.

— Un traité d'anatomie ? dit-il en fronçant les sourcils face à l'une des illustrations.

Amara ne répond pas. Si Félix comprend à quel point le cadeau de Pline compte à ses yeux, il s'en servira contre elle. Il le lui rend et elle le roule en tentant de ne pas trahir son soulagement.

— Ce n'est vraiment pas grand-chose, pour un séjour si long.

— Mais il m'a présenté un nouveau client. Donc ces nouvelles tenues pourront me servir.

— Un nouveau client ?

— Un homme appelé Rufus. Il viendra bientôt te voir pour me louer à la soirée.

Elle hésite avant de poursuivre, bien consciente que Félix déteste qu'on lui donne des conseils.

— J'espère qu'il représentera un investissement sur le long terme, donc il vaudrait sans doute mieux ne pas le facturer trop cher au début, pour qu'il continue à payer.

— C'est toi qui décides, maintenant ?

— Non, je ne voulais pas dire…

— Amara, s'esclaffe Félix. Je plaisante. Tu t'es bien débrouillée. Le vieillard a payé une belle somme.

Il ramasse l'une des robes.

— Si ce nouveau client devient régulier, tu pourras garder les tenues, histoire d'avoir quelque chose à te mettre avec lui. Sinon, je les vendrai. Mais en tout cas, tu n'as pas besoin de les porter maintenant.

Comme elle se doutait qu'il lui demanderait de se changer, elle avait pris sa vieille toge criarde dans sa cellule. Elle se déshabille et lui tend ses vêtements neufs.

— Tu as grossi, dit-il en détaillant son corps pendant qu'elle s'habille. Ça te va bien.

— Si ça te plaît tant, tu n'as qu'à mieux me nourrir.

La plaisanterie était risquée, mais Félix se contente de secouer la tête, l'air amusé. Amara se remémore soudain leur nuit ensemble : sa façon de poser la tête sur son épaule, de lever vers elle des yeux pétillants d'un humour similaire. Elle lui avait rendu son sourire. Ces souvenirs ne lui plaisent pas.

— Thrason a l'air d'avoir passé un sale moment. Pourquoi s'est-il battu avec Balbus ?

Dès qu'elle achève sa phrase, elle comprend que c'était une erreur. L'expression de Félix n'a plus rien de joueur. Il ignore la question et reprend :

— Je pensais que le vieillard t'achèterait. L'amiral de la flotte ! Ça t'aurait changée ! Mais te voilà de retour au bordel. À quoi tu lui as servi toute cette semaine ?

— Rien d'original, répond-elle, la bouche sèche.

— Ça m'étonnerait.

Félix la prend dans ses bras, une parodie d'affection.

— Il t'a dit que tu étais belle ? Vos yeux se sont rencontrés ? Il t'a traitée avec… douceur ?

— Non.

— Non ? dit Félix en surjouant le choc. Quel connard ! Au moins, il t'a bien nourrie. Mais je ne sais pas si je te crois. Je pense qu'il t'a gâtée, ce vieillard. Il t'a fait oublier ce que tu es.

Ses doigts s'enfoncent douloureusement dans les bras d'Amara, mais elle ne tressaille pas. Cela fait si longtemps qu'elle appartient à Félix. Elle sait qu'il va la violer, l'humilier, tenter de détruire jusqu'aux dernières traces de bonheur issues de cette semaine, ces traces qui s'estompent déjà comme l'odeur du jasmin sur sa peau. Elle s'agrippe au rouleau que lui a donné Pline. Il existe certaines parts d'elle que Félix ne pourra jamais toucher.

— Je n'oublie jamais, dit-elle.

— Bon, répond Félix en la relâchant. Alors, tu ferais bien de retourner au travail.

Elle est sur le point de franchir la porte, envahie par le soulagement, lorsqu'il l'arrête.

— Je n'ai pas dit que tu pouvais le garder.

Amara le regarde s'approcher d'elle et lui prendre le rouleau des mains. Il y jette un regard indifférent.

— Je pourrai peut-être le vendre. Les gens accordent de la valeur à n'importe quoi.

Chapitre 26

THAÏS : Moi ! je ne parle pas sincèrement ?
Suis-je assez malheureuse !
M'as-tu donc jamais exprimé un désir,
même en plaisantant, que je ne l'aie satisfait ?

TÉRENCE, *L'Eunuque*, acte I, scène 1.

Le soir n'est pas encore tombé, mais la scène est déjà illuminée de torches. Les colonnes et les statues peintes de couleurs vives, la flamboyance des comédiens, les rires : tout cela lui rappelle l'atmosphère des Vinalies. Amara n'avait encore jamais vu de pièce de théâtre. Regarder plutôt qu'être regardée est pour elle un vrai luxe. Elle est heureuse de laisser à quelqu'un d'autre le dur travail de plaire, au moins pour un temps. À ses côtés, Rufus lui a pris la main. Il semble absolument ravi par le spectacle, ce qui l'attendrit. *Vraiment comme un enfant*, se dit-elle.

La pièce est facile à suivre. C'est *L'Eunuque* de Térence, un plus grand dramaturge encore que Virgile, lui assure Rufus avec enthousiasme. Si on proposait à Amara d'emprunter la chance de la courtisane de l'histoire, elle ne dirait pas non. Cette

Thaïs n'a sans doute jamais connu de maître comme Félix.

Elle ne peut s'empêcher de rire devant cet univers où les esclaves sont plus intelligents que leurs maîtres et où les hommes perdent la tête pour des femmes. Rufus lui avait dit qu'il aimait le théâtre parce qu'on y montrait la vérité du monde : s'imagine-t-il donc que le monde est ainsi ? Elle regarde le comédien principal se déguiser en eunuque afin de violer l'esclave dont il est amoureux. C'est un homme de haute taille, qui bégaye et minaude pour convaincre les autres qu'ils peuvent le laisser sans crainte aux côtés de la jeune vierge. Devant l'audace et l'absurdité de ce tour, le public est parcouru de rires.

— L'humour tombe toujours juste ! Quelle maîtrise ! lui murmure Rufus.

Les cris exagérés de la fille font encore pouffer la foule, et Rufus n'est pas le dernier à rire. Amara reste là, un sourire figé sur le visage, à écouter la comédienne appeler au secours. Peut-être le théâtre reflète-t-il finalement bel et bien la réalité.

Les cieux virent au bleu sombre et les ombres s'allongent sur scène. Rufus lui caresse la main, chaque doigt un par un. Avant de le retrouver, elle avait eu peur de ne pas sembler à sa place dans une foule trop respectable. Victoria a insisté pour ajuster la toge blanche que lui a donnée Pline – *Rufus va croire qu'il a invité sa mère au théâtre ! Montre au moins un peu ton épaule !* – et Amara lui est maintenant reconnaissante. Beaucoup de femmes dans l'assistance sont clairement des courtisanes invitées par leurs riches clients. L'une d'elles, au port de reine, attire son regard. Sa toge s'ouvre élégamment dans le dos pour laisser voir sa peau sombre, l'élégante ligne de ses omoplates. Amara s'agite sur son siège en essayant de tirer sa propre robe un peu plus bas sur son épaule.

La fin de la pièce la surprend : Thaïs garde ses deux amants, celui qu'elle aime et celui qui paie. Rufus applaudit à tout rompre. Peut-être la vie que mène Amara le dérangera-t-il moins qu'elle ne craignait. Il se tourne vers elle, rayonnant d'enthousiasme.

— Ça t'a plu ?

— C'était merveilleux ! s'écrie-t-elle. La meilleure soirée de ma vie !

— Pile ce que j'espérais, dit-il en lui embrassant la main.

Ils se laissent porter dans les rues avec le reste du public. Les rires et les conversations réchauffent l'atmosphère du soir. Amara voit un groupe se presser autour de la taverne de Marcella et se détourne d'instinct.

— Y a-t-il des chambres privées chez toi ? demande Rufus.

Il ne s'est pas rendu au bordel : un de ses esclaves a été envoyé la chercher.

— Non ! s'écrie Amara en prenant l'air horrifié. On ne peut pas aller là-bas ! C'est un endroit terrible !

Elle imagine Rufus se glisser dans l'étroit couloir aux murs couverts de suie, y croiser un ouvrier occupé à vomir, la faire basculer sur le lit au son des gémissements de Victoria, dans l'air où flottent des relents de latrines. Elle ne le reverrait plus jamais.

— Mais… tu es si bien mise, répond Rufus en

détaillant sa robe blanche si proche d'être respectable, ses cheveux si soigneusement coiffés.

Amara sait qu'elle ne peut pas lui dire que le bordel est tout simplement trop sordide ; elle doit inventer une raison plus poétique.

— Mon maître est d'une cruauté sans pareille, dit-elle. S'il lui vient à l'esprit que je suis heureuse avec toi, même seulement pour une heure, il ne me laissera jamais te revoir.

— Vraiment ? s'alarme Rufus.

Amara lui jette un regard de côté, comme si sa timidité l'empêchait de le regarder en face.

— Si j'ai l'air de tenir à quiconque, je serai effroyablement punie.

Si Félix l'entendait, il éclaterait de rire : comme s'il se souciait d'autre chose que d'argent. Rufus lui étreint la main.

— Je vais te ramener chez moi. Mes parents sont partis pour l'été.

Ils marchent jusqu'à sa maison, accompagnés par un petit groupe d'esclaves qui ont dû patienter devant le théâtre pendant le spectacle. Rufus parle toujours de la pièce avec animation, et ensemble, ils s'amusent à songer aux aventures de Thaïs et de son amant après la fin de l'histoire.

— Et même le soi-disant eunuque a fini par épouser celle qu'il voulait, dit Rufus à propos du violeur. Tout est bien qui finit bien !

Le portier leur ouvre et Amara se félicite d'avoir refusé d'aller au bordel. C'est une riche maison, presque autant que chez Zoïle. Rufus la guide dans l'atrium : en voyant la magnifique mosaïque marine sous leurs pieds, elle ne peut qu'imaginer son horreur devant le sol de boue séchée de l'Antre. En traversant la cour, Rufus cueille un brin de jasmin.

— Ce parfum me fait toujours penser à toi, dit-il en lui tendant la fleur. Assise dans ce jardin, entourée d'un millier d'étoiles blanches… J'étais déjà en train de me dire que j'ignorais que l'amiral avait une fille quand je me suis rappelé que…

Il s'interrompt abruptement. *Quand tu t'es rappelé que Pline avait loué une putain pour la semaine*, songe Amara.

— C'est tellement beau de dire cela, murmure-t-elle en humant la fleur avant de la glisser derrière son oreille. Merci.

Cette fois, elle ne cherche pas à l'arrêter lorsqu'il l'embrasse. Après tout, quelle autre raison pourrait-il y avoir à sa présence ici ?

— Nous y sommes presque, dit-il en la lâchant. Mes appartements sont par là.

L'un des esclaves les a accompagnés. Rufus se tourne vers lui avant de passer le seuil.

— Quelques rafraîchissements, Vitalion ?

La chambre de Rufus donne sur le grand jardin. Amara dissimule un sourire en voyant les peintures aux murs : des masques de théâtre et des acteurs sur la scène. Rufus lui offre une couche et s'installe près d'elle. Vitalion leur apporte du vin et dépose un léger dîner sur la table basse : du pain, du fromage, des figues séchées. Puis il se retire.

À l'évidence, Rufus ne compte pas commencer par manger. Dès le départ de Vitalion, il se jette sur elle. Soudain, Amara se sent envahie par la peur. Tout cela n'est que trop familier : elle se croirait au bordel. Tant de choses dépendent de l'affection de Rufus à son égard. Elle ne sait pas comment une courtisane doit se comporter. Doit-elle s'abandonner où s'attend-il à un peu de résistance ?

— Arrête ! s'écrie-t-elle en le repoussant. Un... un instant.

Elle se redresse et rajuste sa toge pour se couvrir. Son cœur bat à tout rompre. Rufus semble stupéfait. Après tout, il ne se montrait pas violent. Lorsqu'un homme a payé pour de la compagnie féminine, à quoi d'autre pourrait-il s'attendre ?

Elle songe à Thaïs, à sa fausse puissance. Rufus pense que les choses se passent vraiment ainsi. Il a tous les droits, et Amara n'en a aucun, mais il n'en est pas conscient. Elle ne peut pas le laisser s'en apercevoir.

— Tu prends trop de libertés ! poursuit-elle avec colère.

Ils se fixent un instant, aussi choqués l'un que l'autre. Les mots semblent avoir été prononcés par quelqu'un d'autre. Amara ne fait que jouer un rôle, et pourtant, c'est bien le fond de sa pensée qu'elle exprime. Elle ôte la fleur de jasmin de ses cheveux et laisse s'enflammer sa vraie rage, celle qui couve en permanence au fond d'elle-même.

— Alors, comme ça, tu m'as d'abord prise pour la fille de l'amiral, mais comme je ne le suis pas, tu décides de me traiter comme une putain ? Je t'ai dit que je n'ai pas toujours vécu ainsi. Je t'ai dit que ce qui comptait le plus pour moi, c'était la gentillesse, le respect. Et tu ne me témoignes rien de tout ça !

Elle est prête à recevoir sa colère, prête à faire une sortie dramatique dans la nuit, à grands pas rageurs, mais Rufus rend aussitôt les armes.

— Pardon, dit-il, le front plissé par le remords. Je ne voulais pas t'offenser…

Amara découvre qu'une fois lancée, il n'est pas si facile de s'arrêter.

— C'est ce que tu t'imagines ? lance-t-elle, cinglante. Que tu peux prendre ce que tu veux sans même demander ?

— Non ! Non, pas du tout, je…

— Et toutes ces pièces que tu adores ? Elles parlent toutes d'amour, non ? Je pensais que ça comptait pour toi ! J'ai déjà assez de clients comme ça, ment-elle. Je pensais que tu étais différent. Je pensais que tu attendais autre chose de moi.

Sa colère enfle encore et toujours ; elle n'a plus grand-chose à voir avec Rufus. Amara sait qu'il faut qu'elle s'arrête, et elle se détourne pour reprendre son souffle, en lui cachant son visage comme pour lui dissimuler des larmes.

— Je pensais que tu tenais à moi, achève-t-elle.

Puis elle attend de voir s'il acceptera d'endosser le rôle qu'elle lui offre.

Il lui touche le bras, d'abord hésitant, puis avec plus d'assurance en voyant qu'elle ne se dérobe pas.

— Je t'en prie, dit-il en lui prenant la main. Je ne voulais pas. Laisse-moi me faire pardonner.

Amara le laisse peu à peu la reconquérir. Son propre rôle n'est pas difficile : personne n'avait jamais fait tant d'efforts pour la séduire. Rufus tente de la faire rire, lui propose à manger, se tourne lui-même en dérision. Son sourire creusé de fossettes lui donne des airs de Cupidon. Amara accepte un verre de vin, sourit lorsqu'il se compare défavorablement à l'eunuque de la pièce qu'ils viennent de voir. Lorsqu'il plaisante sur sa terreur devant la colère d'Amara, surjouant la surprise en écarquillant les yeux, elle n'a pas à se forcer pour éclater de rire. Une fois réconciliés, ils reprennent le cours de leur conversation.

— Qu'est-ce que j'aimerais écrire pour le théâtre, lui dit Rufus. Mais je n'ai aucun talent.

Il lui fait signe de prendre des figues séchées avant de se servir.

— Je ne te crois pas, répond Amara.

— Si, c'est vrai. Je suis peut-être un idiot, mais au moins, j'en suis conscient. En plus, mon père n'approuverait pas. Il veut que je me présente aux élections municipales l'an prochain. Moi, édile ! Tu imagines l'horreur ? D'abord, lécher les bottes de toute la ville pour convaincre les gens de voter pour moi, et ensuite, un an à mourir d'ennui en écoutant des discours sans fin sur la distribution du grain. Ce n'est vraiment pas pour moi…

— Mais ce serait à toi d'organiser les célébrations annuelles, non ? dit Amara, songeant à Fuscus. Tu pourrais proposer une pièce de théâtre à entrée libre, au lieu des jeux du cirque habituels.

La stupéfaction de Rufus lui rappelle celle de Pline en l'entendant citer Hérophile.

— Oui, c'est vrai que j'y pensais, avoue-t-il. Ça pourrait rendre toute l'affaire plus supportable.

Ils échangent un sourire. Rufus se penche vers elle, les yeux dans les siens, puis ose l'embrasser en voyant qu'elle ne se détourne pas. Cette fois, elle sent qu'il fait plus attention, qu'il essaie de ne pas la brusquer.

— Il faut que je te demande quelque chose, dit-il en lui caressant le bras. Je sais que tu es piégée par ton métier au… Par ton métier. Je sais que tu n'as pas le choix. Mais ton cœur, est-il libre ?

Amara songe aussitôt à Ménandre.

— Oui, ment-elle.

— Et chez l'amiral, tous les deux, vous n'avez pas… Toi et Pline, je veux dire.

— Non. Il ne m'a pas touchée. Pas comme ça.

— Bon, dit Rufus qui semble soulagé. C'est juste que tu semblais tellement l'apprécier. Je ne pouvais pas m'empêcher de me poser la question. Tout de même, se contrôler comme ça auprès de toi… Il doit avoir une volonté de fer !

— Il connaît mon passé. À ses yeux, ma vie n'a pas pris le bon chemin.

— Térence a écrit sur ce genre d'erreurs, dit Rufus en hochant la tête. Quand une fille n'est pas *faite* pour l'esclavage. Mais attends, on t'a kidnappée, non ? Alors peut-être que tu n'es pas vraiment esclave. Si on pouvait le prouver…

Amara songe un instant à emprunter la vie de Didon. Mais elle a déjà raconté la vérité à Pline ; un tel mensonge serait trop risqué.

— Non. J'ai perdu mon père, et avec lui, tout le reste.

— Oh, ma chérie, quel malheur…

Il l'embrasse à nouveau, un peu plus insistant cette fois. Lorsqu'il laisse grimper sa main le long de sa cuisse en la poussant lentement en arrière sur la couche, elle l'arrête.

— Tu peux prendre ce que tu veux, dit-elle. Tu le sais, et moi aussi. Mais est-ce que tu ne préférerais pas que ce soit moi qui te le donne ? Est-ce que tu ne préférerais pas attendre que je t'offre mon corps en même temps que mon cœur ?

Elle l'embrasse pour adoucir ce nouveau refus. Elle sait bien que le pari est risqué. Nul ne reprocherait à Rufus de s'irriter : il a payé Félix. Amara est à lui pour la soirée. Et voilà qu'elle lui demande de la traiter comme une vierge dans une pièce de théâtre. Mais ses mensonges ont toute l'intensité du réel, et elle le fixe avec de grands yeux sincères.

— Si, souffle Rufus en lui frôlant la bouche du bout des doigts. Je voudrais conquérir ton cœur.

Quatre des esclaves de Rufus, dont Vitalion, escortent Amara jusqu'au bordel. Ironiquement, elle n'y sera pas beaucoup plus en sécurité que dans les rues sombres. Tous les cinq marchent d'un pas vif, en silence. Les torches des esclaves lancent des langues de lumière aux murs des maisons.

Amara songe à Rufus avec une allégresse mêlée d'angoisse. Son baiser d'adieu, sa tendresse en replaçant le jasmin derrière son oreille avant son départ… Il a pleinement adhéré au rôle qu'elle lui a ouvert. Auprès de lui, elle se sent comme une personne pleine et entière plutôt qu'une esclave, ce qui suffirait presque à la faire tomber amoureuse. Mais elle ne peut oublier que ce n'est qu'une illusion. Le fantasme qu'ils tissent ensemble est bien fragile. Il serait si facile de se prendre d'affection pour lui, d'oublier la précarité de sa situation. Le plus dur commence maintenant : trouver comment Rufus pourrait l'aider à s'échapper, d'une façon ou d'une autre. Le chemin sera long, et sur une telle route, elle ne peut se permettre de s'encombrer de sentiments.

Chapitre 27

Pythias : Quel homme c'est, je n'en sais rien ;
mais ce qu'il a fait, le résultat suffit à le révéler.
La jeune fille est en larmes, et, quand on lui demande
ce qu'elle a, elle n'ose pas répondre.

Térence, *L'Eunuque*, acte IV, scène 3.

Jamais Amara n'avait entendu de hurlements pareils. Saisie de terreur, elle court à la porte, persuadée que l'on assassine l'une de ses amies, mais Thrason semble parfaitement calme.

— C'est juste la nouvelle, déclare-t-il avec un haussement d'épaules.

Elle se fraie un passage dans le couloir et y trouve Victoria, Didon et Cressa. Cette dernière a le visage mouillé de larmes.

— C'est Britannica, dit-elle. Je ne peux pas le supporter…

— Qu'est-ce qu'ils lui font ? Qu'est-ce qui se passe ?

— Mais rien ! s'agace Victoria. Rien de plus qu'aux autres ! Elle est complètement folle !

Britannica pousse des cris, hurle le nom de Cressa.

Même sans comprendre son langage, impossible de ne pas saisir qu'elle appelle à l'aide. Victoria retient Cressa lorsqu'elle fait mine d'y aller.

— Tu ne peux pas ! Qu'est-ce que tu vas faire ? Les arrêter et leur dire que Félix les remboursera ?

— Mais on ne peut pas la laisser ! s'écrie Didon en éclatant en sanglots. Il y en a deux !

— Deux hommes ? s'afflige Amara.

— Elle se débattait trop, dit Victoria en évitant son regard. L'autre y est allé pour la tenir.

Amara échange des regards désespérés avec Didon, puis avec Cressa. Leur inutilité frôle l'absurde. Comment peuvent-elles rester là sans rien faire ? Comment peuvent-elles la laisser souffrir ainsi ? Les cris de Britannica la prennent aux tripes : ils sont si familiers. Elle est presque choquée de n'avoir jamais hurlé ainsi elle-même, d'avoir gardé le silence. Elle essaie de se boucher les oreilles pour tenir l'horreur de ses cris perçants à distance.

— Mais elle ne peut pas s'arrêter, non ? éclate Victoria, soudain hors d'elle. Elle ne comprend pas, ou quoi ? Ça met les clients de mauvaise humeur, et maintenant, ils vont tous nous brutaliser ! Abrutie de merde !

— C'est à eux de s'arrêter ! crie Cressa, bouleversée. Pas à elle !

Les hurlements se transforment en sanglots.

— Bon, ça y est, on y est presque, marmonne Victoria sans répondre à Cressa. Elle se bat toujours jusqu'au bout, donc ça veut dire qu'ils ont bientôt fini. Ça ira mieux dans un moment.

Le rideau s'ouvre et deux hommes sortent dans

le couloir. Les femmes se reculent d'instinct en s'accrochant les unes aux autres. L'un d'eux leur jette un regard de mépris et crache sur le sol, puis sort d'un pas conquérant. Cressa, la première, se rue dans l'ancienne cellule d'Amara. Ce sont ses pleurs qu'elles entendent désormais. Plus aucun bruit de la part de Britannica.

Un nouvel homme se glisse dans le couloir. Sa silhouette, sa démarche… C'est Ménandre. Amara reçoit un tel coup au cœur qu'elle ne peut parler.

— Je suis venu te voir, explique-t-il. Thrason a dit que tu étais libre.

Il se tient pile là où l'un des tourmenteurs de Britannica a craché au sol. Amara sent le dernier fragment de son innocence lui être arraché. Sans un mot, elle se dirige vers la cellule de Didon. C'est à peine si elle lui laisse le temps de la suivre avant de refermer le rideau. Elle ne peut supporter de croiser son regard, de voir son beau visage. Elle reste là, agrippée au tissu, en lui tournant le dos.

— Qu'est-ce que tu veux ? répond-elle enfin.

— Timarété…

— Quel service ?

— Service ?

— Oui. Tu as payé, non ? s'écrie-t-elle en se retournant d'un coup, déchirée entre sa rage et son chagrin. Alors qu'est-ce que tu veux ? Je te fais quoi ?

— Je ne veux rien.

— Alors qu'est-ce que tu fous là ?

— Je suis venu te voir. Te parler…

— *Ici ?*

Sa voix frôle l'hystérie. Le rideau fermé ne les

empêche pas d'entendre Cressa qui pleure, Béronice avec un client dans la cellule voisine, Victoria qui se dispute maintenant avec Thrason en lui hurlant de ne pas laisser entrer des brutes pareilles.

— C'est notre seule option, répond Ménandre avec douceur.

En voyant la tristesse dans ses yeux, elle comprend soudain qu'il dit la vérité. Son soulagement la transperce presque plus encore que son choc en le voyant entrer. Elle s'avance vers lui, l'enlace, presse sa joue contre la sienne.

— Tu as payé pour me parler…

— Je ne voulais pas attendre jusqu'à décembre, dit-il en la serrant fort contre lui. Ça fait un moment que j'économise. Rusticus aime bien que ses esclaves aillent au bordel. Il pense que ça nous rend plus obéissants.

— Mais tu ne devrais pas dépenser ton argent comme ça ! Tu en as besoin. Il faut que tu le mettes de côté.

— J'en avais besoin pour te voir.

Elle songe à Rufus, à son propre discours ridicule sur l'amour, à tous les mensonges qu'elle lui a servis.

— Je n'ai rien à te donner. Je n'ai rien, dit-elle en ouvrant les bras pour lui montrer la cellule nue. Je ne possède même pas mon propre corps, ma propre vie !

— Moi non plus.

— Alors à quoi bon ? fait-elle en s'asseyant sur le lit. À quoi bon se voir ?

— Je sais que tu te sens seule, répond-il en s'asseyant près d'elle. Moi aussi. Mais pas quand je suis avec toi.

— Mais ça fait si mal ensuite, murmure-t-elle en se laissant aller contre son épaule, en le laissant la reprendre dans ses bras. Si mal…

— Parce que ça te fait penser à ta maison, à tout ce qu'on a perdu…

— Ce n'est pas seulement ça. Est-ce tu sais avec combien d'hommes j'ai couché ? Je n'en désirais aucun, mais je n'ai pas eu le choix. C'est ma vie, désormais, il faut que je l'accepte. Et maintenant, te voilà, le seul que je veuille vraiment, et personne ne viendra nous déranger, puisque tu as payé rien que pour me voir, et pourtant… je ne peux pas. Pas ici. Je ne peux pas.

— Je sais. Je ne te demande rien. Pas ici, répète-t-il en lui embrassant la tempe. Mais on peut s'imaginer ailleurs. Ça ne t'arrive jamais ?

Amara songe au jardin de Pline, au parfum du jasmin, au murmure de la fontaine.

— Si.

Ménandre, adossé au mur, l'attire contre lui, son bras autour d'elle.

— Parfois, la nuit, couché par terre à l'étage du potier, j'imagine que je suis revenu à Athènes, dit-il. Je me vois marcher dans les rues le soir, rentrer chez moi, retrouver la boutique de mon père. Mais ce ne sont pas mes parents ou mes sœurs qui m'attendent : c'est toi. Je te vois dans l'entrée, alors que tu n'as jamais été là-bas. Et on peut parler autant qu'on veut. On a tout notre temps.

— Moi aussi, parfois, je t'imagine à Aphidna, admet-elle. Mais la plupart du temps, j'imagine un endroit complètement différent. Un lieu qu'on ne connaît même pas, pas encore.

Elle s'interrompt. Que peut-elle lui dire ? Qu'elle a pensé à lui quand Rufus l'a embrassée, qu'elle aurait préféré que ce soit lui ? Ou qu'elle a affirmé à Rufus que son cœur était à prendre, car elle n'aurait pas pu se permettre une autre réponse ?

— Ce n'est pas un rêve impossible, dit-il en l'attirant plus près. Les esclaves peuvent se marier, non ? Ou alors, peut-être que Rusticus m'accordera ma liberté. Il n'a pas d'héritier, personne pour reprendre la boutique.

Amara n'ose même pas imaginer la réaction de Félix à cette première idée. Quant à la deuxième, elle n'a pas le cœur de dire à Ménandre que depuis la nuit des temps, des maîtres sans scrupule appâtent leurs talentueux apprentis avec de vagues promesses de liberté pour qu'ils travaillent plus dur. Elle ne pourrait supporter de détruire son rêve.

— Si j'avais le choix, c'est toi que je choisirais, se contente-t-elle de déclarer. Personne d'autre.

Ils passent la nuit à parler. Chaque seconde passée en sa compagnie atténue la solitude d'Amara. Même le bordel lui semble moins terrible, par la seule grâce de la présence de Ménandre. Elle lui parle de Pline, de l'effet qu'ont eu sur elle ces brefs jours de liberté. Il lui raconte ce qu'il ressent au travail, ces moments où il oublie son statut d'esclave, pris par la création d'une nouvelle lampe, d'un nouvel objet, comme dans sa vie d'avant.

Ils oublient tout du reste du monde : il n'y a plus qu'eux deux. Du moins jusqu'au moment où le bordel ferme ses portes et Thrason vient jeter les retardataires dehors.

— Allez, ça dégage, maintenant ! aboie-t-il en faisant irruption dans la cellule. T'en as eu pour plus que ton argent !

Amara tente d'échanger un baiser d'adieu avec Ménandre, mais Thrason s'interpose et la repousse violemment. Elle voit Ménandre s'avancer, d'instinct, pour intervenir.

— Non ! crie-t-elle en secouant la tête. Je t'en prie !

Ménandre semble dégoûté par sa propre impuissance. Il ne peut la protéger de Thrason, ni de personne d'autre. Tous deux le savent bien, et Amara ne peut supporter de le voir ainsi. Après son départ, elle ne pleure pas. Debout dans sa cellule, les deux mains pressées contre le mur, elle voudrait hurler sa rage dans la nuit, comme Britannica. Cette rage qui monte comme la marée haute, jusqu'à la noyer. Il faut qu'elle se sorte de là.

Chapitre 28

Hélas ! les vers ne sont guère en honneur.
On en fait l'éloge, mais on veut des dons plus solides.
Un Barbare même, pourvu qu'il soit riche, est sûr de plaire.

OVIDE, *L'Art d'aimer*, Livre II.

L'atmosphère est étouffante au Moineau, même avant midi. Cressa est restée au bordel pour s'occuper de Britannica, et Amara et les autres se sont assises pour partager un peu de pain, de fromage et de ragoût de légumes. Déjà, les habits d'Amara lui collent à la peau à force de sueur.

— Alors, ton fiancé s'est pointé ? demande Victoria d'un ton bien plus plat qu'à l'ordinaire.

Amara se contente de hocher la tête. Elle préfère ne pas parler de Ménandre, et Victoria n'insiste pas.

— Désolée de vous avoir fait partager, toutes les deux, reprend Amara à l'adresse de Victoria et Didon.

— On s'est dit que tu apprécierais d'être tranquille avec lui, répond Didon.

— Merci.

Le silence retombe.

— Qu'est-ce qu'on va faire d'elle ? demande Béronice. Quand est-ce qu'elle va arrêter de se débattre et de hurler comme ça ?

Nul besoin de préciser de qui elle parle. À la table d'à côté, un vieil homme marmonne dans sa barbe, ivre ou malade. Il tend une main tremblante vers elles, pour prendre leur pain ou peut-être pour tâter Béronice.

— Pas aujourd'hui, papi ! le rabroue Victoria d'une voix forte. Merde, on n'est tranquille nulle part.

— Ça ne peut pas continuer comme ça, continue Béronice. Mon client était complètement déconcentré. Après ça, il était de mauvaise humeur, et il m'a fait mal !

— Moi, je la trouve courageuse, fait Didon.

— Courageuse ? répète Victoria. C'est une barbare !

— Arrête de l'appeler comme ça, s'il te plaît, intervient Amara. Juste parce qu'elle ne parle pas latin… Et je suis d'accord avec Didon. On ferait toutes comme elle si on en avait l'audace.

— Puisque tu la trouves si géniale, tu n'as qu'à lui apprendre le latin ! lance Victoria. Et puis, ce n'est pas de l'audace, c'est de la stupidité. Vous avez vu les bleus qu'elle se tape ? À quoi bon se battre quand on sait qu'on ne pourra pas gagner ?

— C'est ça, le courage.

— Non mais va te faire mettre ! Si tu n'es pas capable de comprendre le problème, peut-être que tu passes un peu trop de temps dans tes soirées de luxe de merde ! Tu ne seras pas dans les parages quand on se fera attaquer, donc tu t'en fous, c'est ça ?

Amara se lève en emportant un bout de pain et de fromage. Elle était déjà d'une humeur noire et ne se pense pas capable de garder son calme. Victoria semble partagée entre l'envie de s'excuser et de la provoquer davantage.

— Où tu vas ?

— Je vais essayer de lui apprendre le latin, rétorque Amara.

Elle retourne à grands pas vers le bordel et manque de renverser Nicandrus qui remonte le trottoir jusqu'au Moineau, un seau d'eau à la main.

— Attention ! lance-t-il.

Elle lève les mains en signe d'excuse mais ne s'arrête pas. Le voir lui rappelle Ménandre, et le choix de Didon – ne pas laisser ses sentiments pour Nicandrus s'enraciner dans une terre infertile pour l'amour. Sage de sa part, peut-être.

Thrason est toujours à la porte, épuisé d'avoir monté la garde toute la nuit. C'est à peine s'il s'écarte pour la laisser passer, et elle doit s'écraser contre le mur.

— Cressa ? appelle-t-elle.

Un bruit de vomissement lui parvient depuis les latrines. Fabia, qui passe le balai dans le couloir, lui répond sans lever la tête :

— Elle ne se sent pas bien. Elle est malade.

— Cressa ! lance Amara en hâtant le pas vers le bout du couloir. Cressa, ça va ?

Cressa sort en s'appuyant au mur, le teint pâle, les yeux marqués de cernes. Amara se sent prise de nausées elle-même en devinant ce qui lui arrive.

— Tu devrais manger quelque chose, dit-elle à

voix basse. Ça aiderait. Les autres sont toujours au Moineau.

— Rien ne m'aidera, répond Cressa en secouant la tête.

— Mange un morceau, je t'en prie. Tu te sentiras moins nauséeuse, au moins.

— Et Britannica ?

— Je peux m'occuper d'elle.

Cressa semble soulagée.

— Tu es sûre ? Sois gentille avec elle, d'accord ? Promis ?

Amara hoche la tête, touchée : Cressa fait toujours passer le bien-être des autres avant le sien.

— Elle est dans ma cellule. J'allais l'aider à se laver.

Cressa se dirige vers la sortie, mais Amara l'attrape par le bras lorsqu'elles se croisent.

— Et toi, je ne peux pas t'aider ? dit-elle à voix basse.

— Rien ne peut m'aider, répète Cressa en baissant les yeux, comme incapable de supporter sa sympathie.

Puis elle se hâte de quitter le bordel, en évitant Fabia. Après son départ, la vieille femme se tourne vers Amara en secouant la tête.

Britannica, assise sur le lit, sursaute en voyant Amara et replie les genoux vers sa poitrine. Elle semble plus méfiante qu'effrayée. Ses bras pâles sont parsemés de bleus, dont des empreintes de doigts très nettes là où on l'a empoignée pour la maintenir immobile. Du sang séché lui encroûte le visage. *Lâches*, pense Amara.

Elle lui sourit et se désigne du doigt.

— Amara. Je suis Amara, une amie de Cressa.

— Cressa ? demande Britannica en regardant derrière Amara, dans l'espoir évident de la voir apparaître.

Amara se penche pour déposer le pain et le fromage sur le lit, à côté d'elle.

— Pour toi. Cressa reviendra bientôt.

Britannica prend la nourriture sans regarder Amara ni témoigner de gratitude. Amara attend la fin de son repas puis se lance dans une pénible pantomime, désignant et nommant tous les objets de la cellule. Elle demande à Britannica si elle peut lui laver le visage.

— « Eau », dit-elle en désignant la jarre.

Elle y trempe les doigts et montre à Britannica les gouttes qui en tombent.

— « Eau ». À toi, maintenant, répète. « Eau ».

En réponse, Britannica l'abreuve d'un torrent de mots dans sa langue gutturale, accompagné de gestes violents et d'un air féroce. Amara est mal à l'aise devant cette tirade incompréhensible, mais sait qu'elle n'est sans doute pas l'objet de la colère de Britannica. Lorsqu'elle tend à nouveau la main vers la jarre, Britannica lui agrippe le bras. Sa poigne est aussi forte que celle d'un homme. Elle répète un mot étrange, encore et encore, en fixant Amara avec intensité comme pour lui intimer de la comprendre. Puis elle la relâche avec un cri d'exaspération et se rejette sur le lit.

— Je sais. Moi aussi, je voudrais les tuer, dit Amara. Mais ce n'est pas comme ça que ça marche. On n'a pas le choix.

Britannica s'est tournée vers le mur et l'ignore. Elle ne résiste pas lorsque Amara l'asperge de quelques gouttes d'eau, mais ne fait rien non plus pour l'aider.

— Qu'est-ce que tes cheveux sont emmêlés, dit Amara. Je peux les brosser ?

Prenant son silence pour un assentiment, elle prend la brosse sur l'étagère de Cressa et s'attaque aux nœuds.

— « Roux », dit-elle. Tes cheveux sont roux.

Elle n'avait encore jamais rien vu de pareil. Pendant la vente de Britannica, nue au marché aux esclaves, ils devaient rougeoyer comme un incendie sous le soleil de juillet. Le blanc étrange de sa peau était sans doute plus frappant encore. À l'évidence, Félix voulait quelque chose d'exotique et se moquait bien qu'elle ne parle pas la langue.

— Quel abruti, marmonne Amara pour elle-même.

Britannica ne se plaint pas, même si Amara doit lui tirer les cheveux. Celle-ci laisse vagabonder ses pensées, concentrée sur sa tâche, jusqu'à ce que la voix de Félix la tire de sa méditation. Il s'adresse à Thrason à la porte. Tous les sens d'Amara sont aussitôt en alerte.

Quelqu'un passe le seuil du bordel. Britannica se retourne d'un coup et crie quelque chose à Amara. On dirait plutôt un ordre qu'un avertissement, mais elle n'a aucune idée de ce que cela pourrait bien signifier.

— Alors, on se fait des amies ? lance Félix depuis l'encadrement de la porte.

Britannica se ramasse sur elle-même. On croirait voir un tigre dans l'arène. Elle montre les dents à

Félix et crache comme un fauve. L'insulte de Victoria revient d'elle-même à l'esprit d'Amara. *Barbare.*

Leur maître ne semble guère s'en soucier et sort un petit couteau de sa tunique, en l'examinant comme s'il songeait à le nettoyer. Britannica cesse son sifflement et le regarde avec de grands yeux. Félix lui fait un signe de la pointe du couteau, plutôt nonchalant que menaçant.

— Ça ne te plaît pas, ça, hein ?

— Elle ne comprend pas le latin, dit Amara.

— Mais si, elle me comprend. On se comprend très bien, tous les deux. Pas vrai ?

Comme en réponse, Britannica se recule. Félix range son couteau.

— Tu vois, elle parle mon langage, dit-il à Amara.

— Elle ne comprend pas comment se font les choses ici, insiste Amara. Elle hurle toute la nuit. Ce n'est pas bon pour les affaires.

— Elle finira par s'y habituer. Et même si ce n'est pas le cas, certains clients aiment ça, répond-il en haussant les épaules. De toute façon, tu n'as pas à t'inquiéter, toi, après cette lettre de ton joli garçon.

Il lui montre un mot, l'air amusé.

— Il exige que tu sois logée hors du bordel.

— Rufus ? fait Amara, abasourdie.

— Mais oui, Rufus. Tu n'en as pas trente-six, des clients comme ça. J'ai envoyé Gallus lui porter une réponse. Il n'offre pas assez pour toutes les nuits. Mais j'ai accepté que tu ne passes que deux nuits par semaine ici, pourvu qu'il nous paie un acompte.

Amara songe à Rufus au théâtre, à sa façon de lui offrir un brin de jasmin, d'accepter sa colère. Elle ne saurait exprimer combien ce geste la touche – certainement pas devant Félix.

— Allez, bouge-toi un peu, s'énerve celui-ci devant son absence de réaction. Lève-toi, fais tes bagages !

— Mais où vais-je ?

— Tu peux dormir à l'étage, dans le débarras, avec Paris.

— Je ne peux pas laisser Britannica toute seule. J'ai promis à Cressa…

Félix ressort le couteau, s'approche de Britannica et le pointe vers son visage. Elle tressaille, mais rien de plus, ce qui surprend Amara.

— Toi, rester là. Pas bouger.

Il lui agrippe la cuisse d'un geste agressif, clairement sexuel. Cette fois, elle semble plus effrayée. Félix attend qu'elle baisse le regard avant de se redresser. Amara l'exècre plus que jamais.

— Tu vois, il suffit de se montrer ferme, dit-il en se dirigeant vers la porte. Allez, va chercher tes affaires.

Amara le suit en jetant un dernier regard à Britannica avant de quitter la cellule. En voyant la haine sur son visage, elle espère que celle-ci n'a que Félix pour cible.

Paris n'est pas franchement ravi de sa nouvelle colocataire, ce qui ne surprend guère Amara. L'esclave de Félix n'ose pas exprimer son mécontentement devant son maître, surtout après que celui-ci leur a clairement fait comprendre qu'il ne voulait pas de problèmes. Mais dès le départ de Félix – Amara abandonnée dans le débarras, un objet de plus sur la pile –, Paris montre les dents.

— Tu peux dormir là-bas, dit-il en lui désignant de vieux sacs vides dans un coin. Le plus loin possible. Je ne veux pas sentir ta chatte qui pue.

— Oh, ferme-la, répond Amara en déposant la sacoche de son père dans le coin. Comme si tu ne prenais pas de clients, toi aussi. Et même ici, à l'étage, je parie que ce n'est pas que pour nettoyer le sol que tu te mets à genoux.

— Va te faire foutre ! s'écrie Paris en serrant les poings, le visage rouge de colère.

Amara s'assoit lourdement près de la sacoche, pour bien montrer qu'elle n'ira nulle part.

— Rappelle-toi, Félix ne veut pas de problèmes, dit-elle. Si tu me mets un œil au beurre noir, imagine ce qu'il te fera, à toi.

Elle le voit tressaillir, l'air soudain effrayé, et pousse son avantage jusqu'au bout :

— Toi aussi, il te baise, pas vrai ? Comme nous toutes.

L'espace d'un instant, et pour la première fois, Amara reconnaît un peu de Fabia chez son fils : ses épaules courbées par la crainte, son expression blessée. Elle sait qu'il n'est pas beaucoup plus jeune qu'elle-même, mais avec ses jambes maigres et ses épaules étroites, on dirait un enfant battu. Aiguillonnée par la culpabilité, elle se prépare à lui adresser quelques mots moins durs, mais le visage de Paris se crispe soudain de haine.

— Vous me dégoûtez ! Toutes autant que vous

êtes ! Sales putes de merde. Si tu touches un truc à moi avec tes sales pattes, je te tue !

Il sort à grands pas et Amara se demande si finalement, Rufus n'aurait pas mieux fait de la laisser au bordel. Elle tente de trouver une position plus confortable sur les vieux sacs poisseux et poussiéreux. Ils ne seront pas beaucoup plus confortables que la couche de pierre dans la cellule de Didon, mais au moins, elle pourra dormir au lieu de travailler toute la nuit. Une sensation étrange l'envahit, assise là dans ce débarras silencieux, à l'étage du bordel. Elle doit être juste au-dessus de la cellule de Cressa, ou peut-être de Béronice. Elle promène son regard sur la pièce étroite. Des pots et des ballots de tissu s'entassent sur les étagères. Au sol, près d'elle, un sac de haricots à moitié vide, qui pourrait lui servir d'oreiller. Il se révèle troué quand elle le déplace, et quelques haricots s'en échappent. Pourvu qu'il n'y ait pas trop de souris, se dit-elle. Ou de rats.

Elle se lève et s'approche de la porte. La façon dont se déroulent les choses dans les appartements de Félix lui reste assez mystérieuse. Gallus et Thrason doivent dormir dans la pièce d'à côté. Dommage qu'elle n'ait pas été plus amicale envers Paris, ne serait-ce que pour lui soutirer des informations.

Cela ne fait que quelques minutes qu'elle est ici mais, déjà, Amara est frappée par l'absence de ses camarades du rez-de-chaussée. Thrason leur dira-t-il au moins ce qu'il s'est passé, pourquoi Félix l'a déplacée ? L'espace d'un instant, elle se sent saisie d'émotion face à l'étrangeté de sa propre solitude. Elle appuie la tête contre l'encadrement de bois et tente de s'éclaircir l'esprit. Inutile de se morfondre ici et d'y perdre son temps : Rufus ne l'y gardera peut-être pas longtemps, et son intérêt pour elle pourrait bien ne pas porter ses fruits. Mais elle peut au moins se servir de son séjour pour en apprendre plus sur la façon dont Félix conduit ses affaires, le convaincre de l'utiliser à ces fins plutôt que de la vendre. Cette vie serait déjà meilleure que le bordel. Elle s'engage dans le couloir.

La porte de son bureau est entrouverte pour créer un appel d'air et dissiper la chaleur de l'été. Avant même qu'elle puisse frapper, il l'apostrophe – il doit avoir repéré son ombre :

— Qu'est-ce que tu veux encore ?

Elle se glisse dans la pièce, en restant à bonne distance du bureau.

— La fille de l'Éléphant, celle qui a remboursé son prêt. Pitane. Elle m'a dit qu'elle avait peut-être une autre cliente pour toi. Je me disais que je pourrais profiter de mon temps libre pour m'en occuper.

— Je ne peux pas me permettre d'envoyer quelqu'un avec toi.

— Et si j'y allais toute seule ? suggère Amara. Ce n'est que l'Éléphant. Je pourrais noter la proposition pour voir si elle te convient.

Elle attend la réponse de Félix, les paumes moites.

— C'est comme une drogue pour toi, c'est ça ? Gagner de l'argent ?

S'il était différent, s'il était susceptible d'être flatté par la comparaison, elle pourrait répondre : *Oui, comme pour toi.* Elle se contente de hausser les épaules.

— Tout le monde veut gagner de l'argent. Enfin, là, c'est pour toi que j'en gagne.

— Alors vas-y, dit-il avec un geste nonchalant en retournant à ses comptes.

L'Éléphant est un établissement de meilleure qualité que le Moineau, comprenant une grande auberge. Une lanterne de cuivre en forme d'éléphant, ornée de grelots, pend à la porte en tintinnabulant. À l'intérieur, les murs sont ornés de fresques d'énormes bêtes qui affrontent des gladiateurs dans l'arène.

Le bordel et l'auberge font souvent affaire, et Sittius, le propriétaire, salue Amara d'un signe de tête lorsqu'elle s'accoude au bar.

— Pas beaucoup de clients pour toi, aujourd'hui, dit-il.

— Je me demandais juste si Pitane avait un moment de libre.

— Elle est dans la cour, répond-il. Mais si c'est pour la déranger dans son travail, je préfère que tu prennes un verre.

On est loin du charme indulgent de Zoskalès au Moineau. Amara prend un verre de vin, le plus petit possible, et traverse la salle pour gagner l'étroite cour à l'arrière. Elle y trouve quelques tables en extérieur à l'ombre d'une treille. Deux ou trois clients boivent dans un coin. Pitane est là, occupée à balayer les dalles. Elle s'illumine en voyant Amara.

C'est non seulement de l'argent, mais aussi une éternelle gratitude qu'Amara a reçu de sa part.

L'avortement a réussi et Amara a remboursé elle-même les derniers sous du prêt quand Pitane lui a dit qu'elle ne pourrait sans doute pas compléter le paiement. Sans le dire à Félix, bien sûr. Pas seulement parce qu'elle ne pouvait pas supporter l'idée de répéter ce qu'elle avait vécu avec Marcella ; elle s'est dit qu'une faveur valait bien un petit investissement. Félix peut se reposer sur la force brute, mais Amara doit conduire ses affaires différemment pour amasser une clientèle.

— Tu as l'air d'aller bien, déclare Amara.

— Oui, tout va très bien ! s'écrie Pitane.

Puis elle baisse la voix avec un regard en coin vers les clients à la table du fond.

— Et je me sers d'une éponge, maintenant, comme tu me l'as recommandé.

— Tu m'avais dit que tu connaissais une autre femme qui pourrait avoir besoin d'aide ?

Amara s'assoit sur le rebord d'une table à l'ombre et prend une gorgée de vin, puis fait la grimace. Sittius lui a bel et bien donné ce qu'il avait de plus médiocre. On dirait du vinaigre. Tout ce falerne chez ses riches clients l'a habituée au luxe.

Pitane hoche la tête, clairement ravie qu'on fasse appel à elle, et se remet à chuchoter, trop heureuse de pouvoir colporter quelques ragots.

— C'est Térentia ! Tu sais, la marchande de fruits à l'angle, juste avant le Forum ? Eh bien, elle a perdu beaucoup d'argent ce mois-ci. Apparemment, on lui a vendu un chargement pourri. Elle m'en a parlé quand je suis venue chercher des provisions pour l'auberge, et j'ai dit que je connaissais quelqu'un qui pourrait lui faire un prêt pour qu'elle puisse refaire son stock et rattraper son retard plus vite.

— Vendre des fruits pourris aux gens ! C'est fou, tout de même, dit Amara en claquant la langue. Il lui faut combien ?

— Dix deniers.

Amara prend un moment pour calculer les intérêts. Les taux proposés par Félix sont de l'extorsion pure et simple. Pourvu que Térentia puisse tout rembourser – les économies d'Amara ne suffiraient jamais à régler la différence.

— Je pense que je peux l'aider, dit Amara. J'irai la voir cette semaine.

— Béronice me dit que vous allez à plein de fêtes ces jours-ci, Didon et toi ! lance Pitane qui n'a clairement pas envie de la voir partir. Ça doit être tellement amusant !

— Ça nous change, c'est sûr, sourit Amara.

Elle passe un petit moment à discuter avec Pitane. La cour ensoleillée est bien plus agréable que l'étroit débarras poussiéreux. Les clients regroupés dans le coin finissent par interrompre leur conversation pour leur jeter un regard curieux. Le statut d'Amara est évident, vu sa toge, et Pitane a sans doute déjà dû les servir. Pourtant, voilà que ces deux femmes les ignorent, alors qu'ils représentent un potentiel pourboire.

— Hé, les filles ! appelle l'un d'eux. Qu'est-ce qu'il faut faire pour avoir un peu d'affection, là ?

Amara se sent envahie par une vague de gratitude en songeant à l'avance versée par Rufus. Elle n'aura pas à se plier au bon plaisir de ces idiots aujourd'hui.

Avec un regard de mépris pour les deux hommes, elle dit à Pitane :

— Je ferais mieux de te laisser travailler.

— Oh, oui, j'imagine, répond Pitane, déçue. À bientôt.

Elle se dirige vers les clients, épaules basses. La meilleure partie de sa matinée est finie.

Chapitre 29

Ne vous montrez pas trop facile aux instances d'un jeune amant, mais ne rejetez pas durement ses prières. Faites qu'il espère et craigne en même temps, et qu'à chaque refus ses espérances s'accroissent et ses craintes diminuent.

OVIDE, *L'Art d'aimer*, Livre III.

La vie d'Amara à l'étage du bordel devient une routine en soi, quoique irrégulière. Passer ses nuits en sécurité est un immense réconfort. Elle n'en avait plus fait l'expérience depuis son séjour chez Pline. Non qu'elle passe d'aussi bonnes nuits dans le débarras que sous la protection de l'amiral – les sacs sont rugueux, les souris la réveillent, et elle entend ses amies travailler au rez-de-chaussée, tiraillée entre la culpabilité et le soulagement.

Elle rêve parfois de Ménandre, et lorsqu'elle se réveille, son absence est comme un poids sur sa poitrine. Dans l'obscurité, elle se remémore chaque moment passé ensemble sous tous les angles, comme on examine une pierre précieuse, jusqu'à leur faire perdre leur netteté et y mélanger ses fantasmes. Puis l'avertissement de Didon quant à l'amour vain lui revient en mémoire, et elle se force à songer à la dernière fois qu'elle a vu Ménandre, lorsqu'il était incapable de la protéger ou de se protéger lui-même.

Paris, pour l'essentiel, demeure silencieux et l'ignore si elle tente de lui adresser la parole. Sans doute leur maître lui a-t-il intimé de garder ses distances pour ne pas répéter l'épisode de l'œil au beurre noir de Victoria. Malgré sa discrétion, Amara préfère encore être seule dans le débarras lorsque Paris est employé au bordel. Le pire sont les nuits où Félix offre le garçon à Thrason. Paris ne lui oppose pas la moindre résistance, à croire que Thrason s'active sur un cadavre. Amara se roule en boule face au mur pour lui laisser au moins un peu de dignité. Son silence total est presque aussi dérangeant que les hurlements de Britannica. La première fois que Thrason vient se servir, après son départ, elle se risque à demander à Paris si tout va bien.

— C'est toi qu'il aurait dû prendre, se contente-t-il de répondre.

Amara tente de se joindre aux autres au Moineau, comme avant, mais une gêne pèse sur la conversation – sauf avec Didon. Depuis leur dispute au sujet de Britannica, c'est à peine si Victoria lui adresse la parole. Lorsqu'elle retourne travailler au bordel, Amara se rend compte que la résistance de la Bretonne a changé l'ambiance pour de bon. Toutes les filles sont nerveuses et tentent d'éloigner les clients de Britannica, pour son bien autant que pour le leur. Les rares fois où elles échangent des plaisanteries, Amara se sent mise à l'écart. Le soir où Didon et elle sont envoyées chez Cornélius pour une représentation, Amara est si heureuse de voir Egnatius, avec ses compliments absurdes et sa bonne humeur perpétuelle, qu'elle pourrait l'embrasser.

Et puis il y a Rufus. Il ne demande pas à la voir aussi souvent qu'elle l'espérait – pas plus de deux fois par semaine – mais à chaque rencontre, elle sent qu'elle le ferre un peu plus. Ses propres sentiments poussent comme du liseron, incontrôlables. Ils envahissent ses pensées, menacent de gripper les rouages de ses plans. Rufus fait tant d'efforts pour se montrer charmant et lui témoigne tant de gentillesse : comment ne pas s'attacher à lui ? Mais elle est toujours consciente du pouvoir qu'il détient sur elle, et sa peur est l'ombre de son affection. Il pourrait détruire sa vie sur un caprice, alors qu'elle-même n'a guère plus qu'un gravier à jeter dans la mare.

Durant sa troisième semaine à l'étage du bordel, l'esclave de Rufus, Philos, passe le jeudi matin pour l'avertir de se préparer à la venue de son maître ce même soir. Elle entend Félix prendre le message – et l'argent. Puis les lattes du couloir qui craquent sous ses pas à son approche. Amara se redresse en hâte, brossant la poussière de sa toge.

— J'imagine que tu as entendu ? demande Félix en passant la tête dans le débarras. Rends-toi utile jusqu'à ce qu'il arrive, au moins.

— Bien sûr, répond-elle en le suivant dans le couloir jusqu'à son bureau.

Là est l'aspect le plus étrange de sa nouvelle vie : toutes ces heures qu'elle passe avec son maître. Elle prend sa place habituelle près de la porte, à côté d'une table basse. Félix ne l'a plus invitée dans son lit, mais il a fini par accepter qu'elle l'aide à tenir ses comptes, en commençant par lui faire écrire le contrat pour Térentia et prendre note de leur accord. Elle travaille désormais sur bon nombre de dossiers, au point de se demander comment il s'en sortait tout seul.

Amara l'a toujours vu comme une brute, mais elle ne peut nier qu'il déploie autant de charme que de menaces dans son activité de prêteur sur gages. Les clients passent sans remarquer la fille dans un coin qui note tout ce qu'ils disent. Félix leur offre du vin, de l'humour et des flatteries pour obtenir leurs espoirs, leurs secrets.

— Toute information est bonne à prendre, dit-il à Amara après le départ d'un client qui vient de passer trente minutes à se plaindre de sa belle-mère.

Les comptes de Félix sont d'une minutie rigoureuse. Tout l'argent du bordel est investi dans ses prêts, et il ne dépense que très peu pour son plaisir. De fait, il ne semble guère y accorder d'importance dans tous les aspects de sa vie. Il lui arrive de passer une soirée à la taverne, sans doute avec les mêmes compagnons qu'au Palestre, mais Amara ne saurait dire s'il tient vraiment à qui que ce soit, s'il a de vrais amis.

Elle essaie de mettre sa haine de côté, au moins pour un temps, et de l'étudier comme elle le voit étudier les autres. Que remarquerait-elle chez lui, s'il lui était inconnu ? Son amour de l'argent, sa détermination, sa cruauté, son étonnante fascination pour les pensées et les sentiments des autres. Son absence totale de compassion. Et surtout – ce qu'elle peine à admettre, même dans le secret de ses pensées : sa solitude.

Alors qu'elle est plongée dans le calcul des intérêts d'un prêt, à l'aide des informations glanées par Félix sur les possessions du client, elle se rend compte qu'il la fixe.

— Tu n'as toujours pas baisé ton joli garçon ?

— Non.

— Quel cœur de pierre, ricane-t-il.

Elle sait qu'il s'agit d'un compliment.

— Mais je ne traînerais pas trop, à ta place, poursuit Félix. Un rejet, ça intrigue, puis on s'en lasse vite. Tu es sa putain, pas sa femme.

Il a lu dans ses angoisses comme si on les avait épelées au fer rouge sur son corps.

— Il me fait peur, ment Amara. Je crois qu'il aime bien la violence.

— Tu t'en sortiras, réplique Félix en retournant à ses comptes. Ce n'est pas comme si tu manquais d'expérience. Et si c'est vraiment extrême, je pourrai le faire payer plus cher, alors tiens-moi au courant.

— C'est moi, le cœur de pierre ? remarque-t-elle en haussant les sourcils. Et s'il me tuait ?

— Alors je serais désolé d'avoir perdu une putain qui me rapportait tant.

— Vraiment désolé ?

— Arrête de mendier des miettes d'affection, ça ne te va pas au teint.

De douloureux souvenirs lui reviennent – ses lamentables prières pour que Pline l'achète. Voilà qui l'aura au moins guérie de la tentation de supplier qui que ce soit à l'avenir. Elle jette un regard au bureau de Félix. Le rouleau d'Hérophile s'y trouve toujours, bien en vue pour la tourmenter, sans aucun doute. Elle ne lui a jamais fait le plaisir de lui demander si elle pouvait le lire.

— Je pense que tu pourrais demander un peu plus à ce client-là, dit-elle en revenant à ses propres notes. Quand on prend ses affaires en considération, on se rend compte qu'il pourrait trouver de l'argent un peu partout, ce Manlius. Tu as noté ici qu'il avait une broche de bronze.

— C'est son troisième prêt et il paie toujours à temps, répond Félix. On ne serre pas un bon client de trop près. Si tu penses qu'ils n'auront pas de quoi remettre ça, c'est là qu'il faut les prendre à la gorge.

Amara songe à Marcella et se demande si Félix a déjà vendu sa bague. Le doigt de la femme lui revient en mémoire, le cercle de peau pâle sous l'anneau de sa mère, sa lutte pour l'ôter.

— Je ferais bien d'aller aux bains aujourd'hui, dit-elle. Tu as raison, je ne pourrai pas faire patienter Rufus éternellement. Est-ce que je peux m'offrir une séance de coiffure ? Ça ne serait pas du luxe.

Félix examine ses cheveux en plissant les yeux, l'air de se demander si la dépense est nécessaire. Puis il sort quelques pièces d'un tiroir.

— Dans quelques heures, quand tu auras fini tes dossiers.

Amara sort, heureuse de pouvoir s'éloigner de Félix. En voyant ses dossiers sur ses clients, elle se demande ce qu'il a bien pu rassembler sur elles toutes, les informations qu'il a prises en note à son sujet. En passant devant la porte arrière du bordel, elle hésite, partagée entre l'envie de voir si Didon est là pour lui demander de l'accompagner, et l'inquiétude de passer pour une arrogante qui ne cherche qu'à rendre jalouse les autres. Gallus est à l'entrée.

— Les filles sont là ? demande-t-elle.

— Seulement Victoria. Tu ne l'entends pas ?

Amara se rend compte qu'on entend bel et bien Victoria s'adresser à un client en s'extasiant sur sa virilité.

— Les autres sont parties racoler. Enfin, sauf la Barbare.

— Merci. Passe le bonjour à Béronice.

— Je ne suis pas un putain d'esclave messager ! s'irrite Gallus. Dis-lui bonjour toi-même !

Se rendre aux bains seule est encore une chose dont elle n'avait jamais fait l'expérience avant de déménager à l'étage. Amara range sa toge bon marché dans l'un des casiers du vestiaire et se fraie un passage dans le couloir bouché par deux amies qui s'attardent, déjà nues, en pleine séance de ragots. Les murs de pierre se renvoient les échos des conversations des femmes et des cris et des éclaboussures des baigneuses qui partent se rafraîchir dans un bassin d'angle, moins profond. Amara trouve une esthéticienne cherchant des clientes et traverse avec elle le caldarium, en enfilant des sabots de bois pour protéger ses pieds du sol brûlant.

L'esthéticienne est grecque mais semble peu désireuse d'évoquer le passé avec Amara. Son traitement est sans douceur : elle s'attaque à ses aisselles avec une pince à épiler, lui étale de la résine sur les jambes et les racle jusqu'à ce qu'elles soient bien lisses. Amara grimace de douleur. Autour d'elles, d'autres femmes se font elles aussi tailler et débroussailler, quoique certaines aient opté pour un massage, plus relaxant : on entend les mains qui claquent sur leur dos nu. L'esthéticienne d'Amara part chercher un baquet d'eau et Amara se rince pour se débarrasser des restes de résine et de la poussière du débarras. Elle se sent décapée par la chaleur et les soins.

Se faire coiffer est plus agréable. Une fois rhabillée, elle suit une coiffeuse vers une autre pièce, plus petite et moins étouffante. Elle s'assoit et la voit placer un fer au feu. Lorsqu'il vire au rouge, Amara intervient :

— Ça ira comme ça. Mes cheveux sont déjà frisés, j'ai juste besoin d'une coiffure.

Et je ne tiens pas à ce que tu les brûles, ajoute-t-elle en son for intérieur.

— Une coiffure comment ?

— Pour impressionner un homme.

— Mais pas un mari…

— Non.

La coiffeuse lui fait un petit sourire déplaisant ; comme si la toge de sa cliente ne proclamait pas déjà son statut. Tandis qu'elle se lance dans un chignon élaboré avec des boucles en cascade, Amara songe à Rufus. Difficile de savoir précisément ce qui lui plairait. La préférerait-il au naturel, laissant voir sa nervosité, voire sa timidité, ou s'attend-il à une orgie de plaisir comme seule peut en procurer une courtisane d'expérience ? Si seulement Amara pouvait demander conseil à Victoria.

— Et voilà ! Prête à baiser l'empereur, dit la coiffeuse. Si vous me passez l'expression.

Amara la remercie avec un rire et sort dans la rue en ignorant les sifflets de quelques hommes traînant à l'entrée des bains. L'endroit est bien connu des racoleuses, et elle se demande si certaines de ses amies y ont déjà trouvé des clients aujourd'hui.

Une odeur de friture la tente sur le chemin du retour, mais elle se retient. Elle mangera gratuitement le soir venu, mieux vaut économiser son argent. Paris lui ouvre la porte, avec une grimace de malveillance pure devant ses cheveux.

— Le maître veut te voir, dit-il en lui tournant le dos dès qu'elle a passé le seuil.

Elle monte l'escalier en se demandant ce que veut Félix, mais à son entrée, il ne dit rien et se contente de lui désigner une pile de tablettes d'un air impatient. Elle s'assoit et se met au travail. Peu après, l'un de ses clients apparaît – Cédrus. Les deux hommes discutent du prêt, de leurs affaires, de la chaleur étouffante de l'été. Félix lui propose une réduction au bordel s'il emprunte plus d'argent, un geste commercial assez courant de sa part, comme l'a remarqué Amara. Cédrus se retourne pour la fixer.

— Elle fait partie des…

— Oui, mais elle est souvent réservée. Elle coûte un peu plus cher.

— Pas étonnant ! Moi aussi, je la garderais pour moi, celle-là.

— Si tu fais ton choix au rez-de-chaussée, je te recommande Victoria.

— Et toutes les putains s'occupent de la comptabilité, ici ? s'amuse-t-il.

— Juste celle-ci. C'est une fille de médecin.

— Ça, c'est un investissement de qualité, dit Cédrus qui semble impressionné. J'imagine que vous n'avez pas de vierges ?

Amara songe aux souffrances de Didon qui a perdu son innocence dans cet endroit et presse son stylet si fort dans la cire qu'elle manque de le casser en deux.

Félix secoue la tête. Les hommes passent à autre chose, et lorsque Cédrus s'en va, il ne jette pas même un regard à Amara, comme s'il avait oublié son existence.

— Ne refais jamais ça, l'avertit Félix après son départ.

— Faire quoi ?

— Nous écouter.

Amara ouvre la bouche pour protester, puis se ravise.

— Je ne me rappelle pas t'avoir dit que mon père était médecin, dit-elle à la place.

— C'était juste après que je t'ai achetée. Je vous ai donné des figues, à toi et Didon, et tu m'as dit que c'était le fruit préféré de ton père. Je t'ai demandé ce qu'il faisait dans la vie.

Le souvenir lui revient, si net qu'il la brûle, comme le sol des bains. Le sourire de Félix, sa douceur en lui touchant le bras, en lui proposant les fruits. Presque tendre. Le soulagement crédule d'Amara. *Je suis tombée sur quelqu'un de gentil.*

— Ça ne me dit rien, fait-elle en haussant les épaules.

Elle travaille en silence pendant le reste de l'après-midi, en gardant la tête baissée durant tout un défilé de clients. Elle semble hermétique même aux sanglots de l'un d'eux, qui supplie Félix de lui accorder plus de temps. Mais tout du long, elle désobéit à son maître : elle les écoute avec toute son attention, toute la haine qui lui brûle les entrailles. Paris finit par faire son entrée pour leur apprendre l'arrivée de Philos, l'esclave de Rufus. Félix le renvoie et s'approche d'Amara en la regardant empiler ses tablettes.

Lorsqu'elle a fini, il lui tend l'une des robes offertes par Pline. Il ne se détourne pas pendant qu'elle se change. Sa présence la rend nerveuse, et elle ne parvient pas à attacher la broche. Félix la prend pour l'aider. Avec son front plissé par la concentration tandis qu'il ajuste le tissu et l'épingle, on croirait voir un mari auprès de sa femme. Une fois vêtue, elle se tourne pour sortir, mais il lui attrape le poignet et la tire vers lui. Rien à voir avec un moment intime.

— Rappelle-toi ce qui arrive à ceux qui me trahissent, dit-il.

Puis il la lâche et retourne à son bureau sans la regarder partir.

Chapitre 30

Si vous n'avez pas vu la Vénus d'Apelle,
regardez donc la femme que j'aime :
elle est tout aussi rayonnante !

Graffiti de Pompéi.

Le restaurant est au-dessus des standards d'Amara, en dessous de ceux de Rufus. Il doit être tout excité par cette aventure : manger hors de chez soi ! Tous ceux qui peuvent se le permettre dînent à la maison, bien conscients qu'il n'est pas de plus grand luxe. Mais elle-même est ravie de l'expérience. Leur terrasse donne sur les toits de terre cuite, baignés de la lumière rougeoyante du crépuscule. À l'horizon, la montagne aux pics acérés s'enfonce dans l'ombre. Des lampes pendent d'une treille bien plus élaborée qu'à l'Éléphant, tressée de sarments de vigne et alourdie par les grappes de raisin.

Rufus passe la commande et Amara s'angoisse à l'idée de se salir en mangeant les oursins.

— Nous pourrions retourner au théâtre, dit-il en arrosant son plat de sauce de poisson. On joue l'une de mes pièces préférées. En plus, la compagnie est excellente, en tournée depuis Rome. J'ai très envie de voir leur mise en scène…

— Ce serait merveilleux, répond-elle – soulagée, comme toujours, qu'il soit déjà en train de prévoir leur prochaine rencontre. Tu es déjà allé à Rome ?

— Non, je n'ai jamais été plus loin que Misène. Avec l'amiral, d'ailleurs. Il a une très belle maison là-bas.

Amara sourit sans laisser transparaître qu'elle espérait faire sienne cette maison.

— J'adorerais voir la Grèce, poursuit-il. Tant de nos pièces sont inspirées de celles de vos auteurs ! Tu as déjà vu Athènes ?

Elle ne peut pas lui dire que son seul souvenir de cette ville est celui de son passage au port aux esclaves.

— Non, pas vraiment. Je ne connais que ma ville d'enfance, Aphidna. Je crois que notre statue d'Hélène de Troie te plairait beaucoup.

— Je suis sûr qu'elle est moins belle que toi, affirme-t-il avec un baisemain.

Leurs yeux se rencontrent, et elle peut lire sa question dans son regard. *Ai-je assez attendu ?*

— Rufus ! les interrompt une voix familière.

En levant les yeux, Amara voit Quintus arriver à leur table, accompagné d'une femme magnifique. Amara l'a déjà vue : c'est la courtisane du théâtre, celle qui portait une robe dos nu. De près, elle est encore plus frappante, couronnée d'un savant entrelacs de tresses. Sa peau est étonnamment noire, comme celle de Zoskalès. Un bracelet d'or brille à son bras.

— Tu connais Drusilla, non ?

— Bien sûr ! C'est toujours un plaisir, dit Rufus

avant d'ajouter avec une fierté évidente : Et voici Amara.

— Heureux garçon, lance Quintus avec un sourire en coin. J'ai déjà entendu sa jolie voix…

Amara s'alarme : son expression n'a rien d'amical.

— Vous chantez ? s'écrie Drusilla. C'est merveilleux ! J'adore la musique. Il faut absolument que vous veniez tous les deux passer une soirée chez nous.

Elle fait un chaleureux sourire à Amara qui le lui rend, soulagée par cette distraction.

— Elle adore recevoir, celle-là, fait Quintus en levant les yeux au ciel. Je ne trouve même plus à m'asseoir chez moi tant la maison se remplit de femmes en pleine séance de potins.

Drusilla fait mine d'être outragée.

— Comme si je te refusais jamais quoi que ce soit !

Elle part vers leur table dans une sortie théâtrale, et Quintus, avec un haussement d'épaules à leur égard en guise d'excuses, part à sa suite. Amara se retourne vers Rufus, toujours souriante, mais son expression la glace.

— Alors comme ça, tu connais déjà Quintus ?

Elle redresse la tête avec fierté, bien décidée à ne rien laisser voir de son angoisse, encore moins de sa culpabilité.

— J'ai chanté dans des soirées où on l'avait invité. Ma partenaire de musique, Didon, le connaît mieux que moi.

Rufus parle avec une colère rentrée ; difficile de savoir qui en est la cible, Amara ou Quintus.

— Il a une certaine réputation. J'espère que tu ne l'approcheras jamais de trop près.

— Tu t'imagines que j'ai le choix ? dit-elle sèchement.

— Oublions ça, répond-il avec un geste de la main.

— Non merci, continue-t-elle d'une voix plus glaciale encore. Si tu me reproches les aspects les plus douloureux de ma vie, je ne peux pas continuer à te voir.

Rufus semble revenu à lui-même, avec son expression familière, inquiet à l'idée de lui avoir déplu.

— Je ne te faisais pas de reproches…

— J'espère bien que non. Ce n'est pas parce que tu as eu la générosité de me donner le choix que d'autres l'ont fait.

Soudain, elle se sent épuisée de devoir sans cesse lutter pour son attention, sans cesse s'expliquer elle-même, alors qu'elle sait bien qu'il ne peut pas la comprendre. Un souvenir de Ménandre lui revient : leur après-midi au pied des arènes, à parler du passé. *Tu es toujours celle que tu étais avant. Je te vois toujours comme la même personne.*

Même s'il ne peut en deviner l'origine, Rufus lit sa tristesse sur son visage.

— Désolé. Je ne suis qu'un idiot. Je sais bien que tu as beaucoup… chanté, pour beaucoup de gens.

Il fait la grimace pour montrer que c'est lui qu'il tourne en dérision par cet euphémisme, pas elle.

— C'est ridicule d'être jaloux. Mais c'est juste que tu es si jolie… N'importe qui serait à tes pieds, si tu le voulais. Tu me pardonnes ? dit-il en lui tendant la main.

— Ce qui est ridicule, c'est d'imaginer que je pourrais te préférer Quintus, répond-elle en lui serrant les doigts.

On dirait une réplique toute faite, mais elle est parfaitement sincère. Elle le relâche et poursuit :

— Drusilla semble charmante.

— Oui, elle est merveilleuse ! s'écrie Rufus, avant de sembler horrifié. Enfin, pas dans le sens où… Je n'ai jamais…

Amara éclate de rire et il se joint à elle, soulagé.

— Enfin, bref, elle organise des dîners épatants. Son vieux maître lui a légué sa liberté, et pas mal d'argent, clairement. Je crois que ses… amis… la financent aussi.

Amara jette un regard à Drusilla avec encore plus d'intérêt qu'avant. Elle a le port de tête d'une reine, ce qu'Amara avait déjà remarqué au théâtre. Même l'arrogant Quintus semble faire beaucoup d'efforts pour l'impressionner.

— On devrait accepter son invitation, poursuit Rufus en suivant son regard. Si ça te dit.

— Oui, ça me plairait beaucoup. Mais de toute façon, n'importe quoi me plairait, pourvu que tu sois là.

Elle a gardé les yeux baissés pendant sa déclaration – sa nervosité aura aisément pu passer pour de la timidité. Lorsqu'elle les relève pour croiser ceux de Rufus, elle voit qu'il a bien compris ce qu'elle voulait dire.

Ils ne prêtent plus guère attention à ce qu'ils mangent pendant le reste du repas, tous deux électrisés à l'idée de ce qui va suivre. Chaque frôlement semble décuplé, même lorsqu'ils ne font que se passer le vin. Cela ressemblerait presque à de l'amour.

La nuit est tombée lorsqu'ils repartent chez Rufus, qui n'habite pas très loin. Philos et un autre esclave les escortent en éclairant leur chemin. Amara connaît bien la maison de Rufus ces jours-ci. Le jasmin n'est plus en fleur, et c'est désormais le myrte qui parfume l'air. Elle se remémore son offrande à Vénus, ce qu'elle lui a demandé. Ce souvenir l'aide à se décider sur le comportement à adopter. Cette soirée ne sera que performance.

Elle est heureuse d'entendre Rufus faire partir les autres esclaves : elle préfère être seule avec lui. Philos a laissé brûler les lampes, qui illuminent çà et là des scènes de théâtre aux murs, en laissant la majorité de la pièce plongée dans l'ombre. Amara se rend soudain compte qu'elle n'a jamais vu la maison de Rufus de jour.

Elle s'attendait à demi à ce qu'il lui saute dessus, comme lors de leur première soirée ensemble, mais au contraire, il semble presque réticent. Amara se déshabille lentement, pour lui laisser le temps d'admirer tous les détails, et endosse le rôle qu'elle s'est attribué ce soir : celui de la courtisane amoureuse, cousu de vrai et de faux. Tous les tours qu'elle a appris, toutes les façons de donner du plaisir, elle les consacre à Rufus. Même ses nuits avec Salvius lui sont utiles, pas pour elle-même, mais parce que avec ses vains efforts pour la satisfaire, il lui a enseigné le pouvoir de l'attente.

Rien ne lui semble déplaisant. Pour la première fois, elle trouve même un certain plaisir dans la jouissance d'un homme, car il s'agit d'un homme pour lequel elle a de l'affection. Mais cette affection est indissociable de son besoin de se faire désirer, pas juste l'espace d'une nuit, mais encore et encore. Il faut qu'il désire tout ce qu'elle est capable de donner.

Après l'acte, ils reposent ensemble, en sueur, sa peau tiède contre la sienne. Il l'embrasse et répète « Je t'aime, je t'aime ».

— Moi aussi, je t'aime, dit-elle en le serrant plus fort encore.

— Je n'ai jamais connu de femme comme toi. Tu ne me demandes même pas de te faire des cadeaux... Tu ne m'as jamais rien demandé, à part de te laisser du temps.

Amara songe à ses amies, surtout Didon et Victoria. Il existe bien des femmes comme elle, mais on leur accorde rarement la compassion que lui a témoignée Rufus.

— Tu as déjà été si généreux avec moi, lui assure-t-elle. Tu m'écoutes, tu me protèges, même en ton absence.

— C'est pour ça que je t'aime, répond-il en l'embrassant à nouveau.

Puis il se redresse sur un coude et se penche de son côté de la couche en cherchant quelque chose sous les coussins. Il lui tend une boîte en bois, l'air aussi excité qu'un petit garçon.

— Qu'est-ce que c'est ?

— Ouvre, ouvre !

Elle s'exécute et trouve à l'intérieur un collier d'argent avec un pendentif d'ambre. L'espace d'un instant, la stupeur la rend muette.

— C'est magnifique !

Rufus l'aide à attacher le collier et semble très content de lui-même.

— Ça te va très bien, je dois dire. C'est un produit de nos affaires familiales. J'ai mis l'un de nos meilleurs artisans à la tâche.

Les joailleries qui entourent la maison de Rufus n'ont pas échappé à Amara, qui a un jour discrètement amené Didon dans le quartier pour le plaisir des yeux. Elle effleure la goutte d'ambre qui lui pend au cou, si lisse. Ce matériau lui rappelle Marcella et son collier, celui que Fulvia avait amené au Forum. Elle ne veut pas penser aux deux femmes et à leurs soucis.

— Je n'ai jamais rien reçu d'aussi beau, dit-elle. Mais, mon amour, je ne peux pas le garder. Mon maître me le prendrait.

— Comment ? s'outrage Rufus. Mais il n'a pas le droit ! C'est un cadeau personnel !

— Je le porterai chaque fois que nous serons ensemble, répond-elle en lui prenant la main pour le rassurer. Tu peux le garder en sécurité ici. Il te rappellera que tu pourras toujours venir me retrouver.

— Mais et toi ? Tu n'auras rien qui te fasse penser à moi !

Amara fixe son amant – cet homme si riche, et socialement plus fortuné encore, sincèrement inquiet à l'idée qu'elle puisse l'oublier. Comme si elle avait autre chose à faire que compter les heures dans le débarras de Félix jusqu'à leur prochaine rencontre.

— Je sais ! s'écrie-t-elle. Tu n'as qu'à m'acheter un bracelet bon marché. Des perles de verre, ou même de bois. Félix ne s'embêterait pas à me le confisquer. Ça me rappellera ton amour chaque fois que j'y poserai les yeux.

— C'est romantique, reconnaît Rufus, un peu apaisé. Mais si tu racontes à tes amies que c'est tout ce que ton amant t'a offert, je vais passer pour le dernier des pingres ! Surtout si elles connaissent les affaires de ma famille !

Le voir s'angoisser pour sa réputation parmi les putains du bordel amuse beaucoup Amara – à moins qu'il s'imagine qu'elle a d'autres amies d'un meilleur statut.

— Je n'en ferai rien, je te le jure.

— Il ne t'empêchera pas de me voir ? s'inquiète encore Rufus. Ton maître ? S'il vient à penser que tu tiens à moi ?

L'espace d'un instant, Amara ne comprend rien à ce qu'il veut dire. Puis son propre mensonge lui revient : pour éloigner Rufus du bordel, elle lui a raconté que Félix se mettrait en rage en la voyant heureuse.

— Oh, dit-elle. En fait… je lui ai dit que tu me faisais peur. J'espère que ça ne te dérange pas. L'idée que tu me fasses du mal le réjouissait beaucoup.

Nul besoin de mentionner que ce qui réjouissait surtout Félix étaient les tarifs, qui grimpent en cas d'acte de violence.

— Quel monstre ! s'indigne Rufus. Mon pauvre amour…

Il la serre si fort contre lui que son pendentif lui rentre dans la chair.

— J'espérais que tu passes la nuit ici. Mais cela te compliquera peut-être les choses ?

Vu la façon dont il s'accroche à elle, il préférerait

clairement qu'elle reste, et Amara elle-même est tentée d'accepter. Mais elle sait que si elle satisfait tous ses désirs, sa passion pourrait se consumer trop vite. Mieux vaut lui refuser certaines choses de temps à autre.

— Je ferais mieux de rentrer cette fois-ci, dit-elle d'une petite voix. La prochaine fois, je resterai.

Il la relâche et lui prend tendrement le visage pour l'embrasser sur le front.

— Si tu penses vraiment que c'est pour le mieux, d'accord.

Sa sincérité lui transperce le cœur.

Chapitre 31

Je vois que ce sont les bordels
et les bars mal famés qui t'attirent en ville !

HORACE, *Satires*, I, 14.

Félix semble alarmé de la voir rentrer avant l'aube. Il doit avoir entendu Philos la ramener, car lorsqu'elle monte les escaliers, elle le trouve à l'attendre dans le couloir.

— Ne me dis pas que tu n'as pas fait ce qu'il te demandait !

— J'ai tout fait, répond-elle avec un regard aussi glacé que le sien. Mais je ne voulais pas rester toute la nuit. Je te l'ai dit, il me fait peur. Et en plus, ça entretient le désir. On veut le faire durer autant que possible, non ?

— Cœur de pierre, ricane Félix.

Amara s'attend à ce qu'il l'envoie se coucher et se met à défaire sa cape, mais il l'arrête d'un geste.

— Pas la peine. Je sors. Tu n'as qu'à venir avec moi.

— Pourquoi ? fait-elle, incapable de maquiller sa surprise.

— Ça ne fait pas de mal de montrer la marchandise, répond Félix.

Lorsqu'il lui passe un bras autour de la taille, elle pense, l'espace d'un instant de stupéfaction, que c'est une marque d'affection. Puis elle sent ses doigts lui pincer la hanche comme un boulanger qui vérifie la qualité de la pâte.

— Mais ferme ta grande gueule, vu ?

La taverne où ils se rendent se trouve dans un quartier qu'elle connaît mal. Bas de plafond, étroite, elle empeste la fumée de pipe. Amara est la seule femme présente, coincée contre le mur. Félix s'est placé de façon à la séparer des hommes qu'il attend. La plupart, lorsqu'ils arrivent, sont ivres. Félix demande du vin d'une voix forte, mais elle voit bien qu'il n'a aucune intention de boire. Il garde la main sur sa cuisse, et elle comprend qu'il s'agit d'un message pour les autres : bas les pattes.

Elle n'est pas seule à être surprise que Félix ait amené une femme.

— Qu'est-ce qu'elle a fait, celle-là ? demande un homme en la désignant de sa coupe, qui répand du vin sur la table.

Elle le connaît, avec sa cicatrice blanchâtre qui lui traverse le visage. C'est l'un des hommes du Palestre. Lui ne la reconnaît pas.

— Elle fait des choses extraordinaires, c'est ça ? Ou alors elle en a marre de coucher avec toi, et elle est là pour en essayer d'autres ?

Les autres renchérissent, mais ils ont beau tous parler d'elle, c'est à Félix qu'ils s'adressent, comme si elle n'était pas vraiment là. Elle-même ne dit rien et se contente de fixer la main sur sa cuisse.

— Il y en a plein d'autres là d'où elle vient, dit Félix. Vous pourrez les essayer plus tard.

Perdant tout intérêt pour Amara, ils se mettent à parler affaires. Elle est si épuisée qu'elle pourrait presque s'appuyer contre le mur et s'endormir ; l'aube ne tardera sans doute pas.

— Je crois que le cordonnier n'a plus envie de payer, dit un homme maigre aux airs de fouine. Alors qu'on se décarcasse à assurer sa sécurité… Pas vraiment reconnaissant, hein ?

L'homme à la cicatrice s'esclaffe, mais Félix semble plus agacé qu'autre chose.

— Il faudrait lui rafraîchir la mémoire, répond-il. Mais rien de trop radical. Mieux vaut envoyer quelqu'un qu'il ne connaît pas encore…

— Je connais un homme, acquiesce la Fouine.

Ce n'est pas de prêts qu'on discute, comprend Amara. La conversation oscille entre les affaires et le badinage : ceux qui ont payé, ceux qu'il faut persuader un peu plus vivement, les derniers jeux du cirque, la meilleure putain du port. Amara n'est pas surprise que Félix soit à la tête d'opérations de « protection », mais n'aime pas l'idée d'un tel risque. Ne gagne-t-il pas déjà assez ? Et si quelqu'un ripostait ? Peut-on vraiment faire confiance à tous ceux qui les entourent ? Pourvu que rien ne permette de remonter jusqu'au bordel…

Les heures s'étirent. Elle a l'impression d'être un fantôme. Seule la main de Félix l'ancre dans le présent. Après ce qu'il a dit sur le fait de montrer la marchandise, elle n'ose pas s'assoupir. À la place, elle croise de temps à autre le regard des hommes puis prend une mine suggestive à l'adresse de Félix, pour qu'ils se rappellent son rôle et ce dont ils pourraient profiter plus tard.

Lorsque Félix se lève enfin en la hissant sur ses pieds, elle pleure presque de soulagement. Quelques-uns des hommes les accompagnent au bordel, encore suffisamment d'attaque – on se demande comment – pour accepter la réduction qu'il leur offre sur les tarifs. Amara n'envie guère celles qui devront les recevoir. En les voyant s'enfoncer dans le corridor sombre, consciente qu'elle-même n'aura pas à prendre place dans sa cellule, elle se découvre trop épuisée pour se sentir coupable. Elle suit Félix jusqu'à ses appartements, qui ne sont finalement qu'à peine plus sûrs.

Au sommet des escaliers, il lui agrippe le poignet et la détaille comme pour jauger son potentiel. Puis il la relâche et s'éloigne, en lançant par-dessus son épaule :

— Envoie-moi Paris.

Elle se hâte de gagner le débarras et secoue le jeune garçon du bout du pied.

— Debout. Le maître te demande.

Paris se réveille en sursaut, comme un chat, en rejetant les couvertures dans sa panique.

— Maintenant ? Il me veut maintenant ?

— Désolée, dit-elle en partant dans son coin. C'est ce qu'il m'a dit.

Paris étouffe un sanglot misérable. Elle le regarde quitter la pièce, incapable de ressentir autre chose que de la reconnaissance à l'idée qu'il sera tourmenté lui, plutôt qu'elle. Quelques secondes à peine après avoir laissé aller sa tête sur le sac de haricots bosselé, elle s'est endormie.

Elle se réveille consciente que quelqu'un s'est penché sur elle. En ouvrant les yeux, elle découvre Paris, si près que son nez touche presque le sien.

— C'est le jour du bordel, murmure-t-il.

— Dégage ! crie Amara en le repoussant si fort qu'il tombe en arrière. Mais qu'est-ce qui te prend ?

Paris se relève en s'époussetant, furieux de s'être rendu ridicule.

— La nuit dernière, c'est ta faute ! Pourquoi Félix ne t'a pas prise toi, hein ? Tu étais déjà réveillée ! Et ça ne te fait rien, à toi. Ça ne te fait rien du tout ! C'est à ça que tu sers ! C'est ta raison d'être !

Sa voix est montée dans les aigus ; il s'arrête, au bord des larmes. Sa maigre poitrine s'active comme un soufflet et il ne contrôle ses émotions qu'à grand-peine. Amara songe aux cruautés qu'a dû endurer Paris : grandir dans le bordel, voir comment l'on traitait sa mère, devenir lui-même une cible. Puis devoir endurer le mépris des autres hommes, même ceux comme Gallus, qu'il voudrait tant impressionner. Amara parle d'une voix neutre pour ne pas l'humilier davantage en lui témoignant de la sympathie.

— Je suis désolée qu'il t'ait fait du mal. Mais tu sais bien que ce n'est pas ma faute. Personne ne dit quoi faire à Félix.

— Il ne te baise même pas quand tu es dans son bureau, pas vrai ?

Paris prend son silence pour un oui et envoie un coup de pied rageur dans le mur.

— Ça fait des années que j'attends qu'il me fasse confiance avec ses affaires, et c'est toi qu'il choisit ! Comme si c'était moi, la femme !

Il crache ce dernier mot comme s'il craignait de salir sa propre bouche en l'employant. Amara choisit de ne pas lui faire remarquer qu'il ne servirait pas à grand-chose à Félix dans la tenue de ses affaires, puisqu'il ne sait même pas lire.

— Ce ne sera pas éternel, dit-elle. Il finira par arrêter de te traiter comme ça. Je suis sûre qu'il te fait confiance.

Paris la regarde en se mordant la lèvre. Elle voit bien qu'il voudrait engager la conversation pour de bon. Toute cette solitude accumulée en lui, comme l'eau qu'on remonte d'un puits, juste avant que le seau ne bascule… Mais sa fierté l'emporte, et il hausse les épaules comme pour se débarrasser physiquement de la tentation.

— Personne ne te paie pour être ici aujourd'hui, non ? Alors repars trouver ta vraie place, et fous-moi la paix.

Amara se lève avec effort. Elle a l'impression de n'avoir dormi que quelques heures : à l'évidence, Paris l'a réveillée aussi tôt que possible. En quittant la pièce, avant de refermer la porte derrière elle, elle lui lance :

— Ce n'est pas en étant infect avec tout le monde que tu te rendras la vie plus facile.

Dehors, l'aube point à peine. Le bordel doit encore dormir. La porte de derrière est entrouverte et Amara s'y glisse, résignée à l'idée de rattraper un peu de sommeil dans le couloir plutôt que de réveiller Didon.

Elle s'assoit au sol, dos au mur. Puis elle entend des sanglots étouffés.

Ce doit être Didon. Britannica ne chercherait pas à être discrète. Mais en se levant et en remontant le couloir sur la pointe des pieds, elle se rend compte que c'est Victoria.

Il lui faut un moment pour en croire ses oreilles. Victoria ne pleure jamais. Amara hésite avant d'ouvrir le rideau. Cela fait des semaines qu'elles n'ont pas eu de vraie conversation. Mais elle ne peut supporter l'idée de laisser son amie souffrir.

Elle passe la tête dans la cellule et parle très bas pour ne pas réveiller les autres.

— Victoria ?

Elle s'attendrait à ce que Victoria cesse de pleurer ou lui dise de partir. Mais celle-ci reste roulée en boule sur son lit, à sangloter dans les couvertures. Amara, à présent sérieusement inquiète, entre en hâte et s'assoit sur le lit pour lui effleurer l'épaule.

— Qu'est-ce qui ne va pas ?

Victoria se redresse en s'essuyant furieusement les joues, les yeux rougis, les cheveux en bataille.

— Qu'est-ce qui ne va pas ? Tu sais très bien ce qui ne va pas !

— Ah bon ? fait Amara, abasourdie.

Victoria la gifle en pleine face. Amara laisse échapper un cri et porte une main à sa joue endolorie, trop choquée pour réagir.

— Arrête de jouer les idiotes ! hurle Victoria. Les vieux riches et les jolis cœurs, ça ne te suffit pas ? Il te fallait aussi Félix ? Il ne te plaît même pas ! Et ce n'est pas comme si tu avais envie de lui ! Alors arrête de te pavaner comme ça, à nous faire nous sentir comme des merdes !

— Comme si j'avais le choix ! crie Amara en retour. Tu crois que ça me plaît, d'être avec Félix ? Et de toute façon, qu'est-ce que tu en as à foutre ? Tu le hais autant que moi !

Mais dès qu'elle prononce ces mots, elle se souvient de ce qu'elle et Didon ont entendu cet après-midi-là : Victoria, haletante de dévotion. *Je t'aime. Je mourrais pour toi.* En voyant la détresse sur son visage, Amara comprend enfin ce qu'elle aurait dû comprendre il y a longtemps : Victoria ne faisait pas semblant.

— Mais... tu ne peux pas l'aimer, balbutie-t-elle. C'est un monstre ! Il s'en fout de nous. De nous toutes !

— Vous pourriez parler moins fort ? lance Béronice depuis l'encadrement de la porte, vacillante d'épuisement. Ou au moins, sortez. Y en a qui dorment.

Elle referme le rideau d'un coup.

Son interruption casse l'élan de colère d'Amara et Victoria. Celle-ci baisse la voix.

— Je sais que c'est un salaud. Je le sais bien. Tu n'as pas besoin de me le dire. Mais tu ne comprends pas comment il est, parfois... Tu ne l'as jamais vu comme ça...

Ses yeux brillent de larmes et ses paroles s'emmêlent, comme prises dans ces sentiments qu'elle s'efforçait de cacher.

— Il peut être tellement aimant... tellement doux... Et il est toujours tellement désolé quand il me fait mal. Il me supplie de le pardonner. Il me *supplie* ! Je suis la seule à connaître cette part de lui ! Il est si seul. Il est comme moi. Je l'aime tellement.

Son désespoir la rend presque méconnaissable. C'est à peine si Amara supporte de l'entendre. Elle songe à la façon dont Félix a traité Victoria après le coup de poing de Paris. Aux très nombreuses fois où elle l'a vu lui faire du mal. À la façon – hier encore – dont il l'a offerte à Cédrus comme si elle n'était rien. Une nausée la prend. Elle saisit la main de Victoria, serre fort.

— Je trouve juste que… que tu mérites tellement mieux, dit-elle.

— Mieux ? Comme quoi ?

— Quelqu'un qui ne te battrait pas ! Un homme qui ne vendrait pas ton corps…

— Mais tu te prends pour quoi ? Tu te crois où ? fait Victoria, incrédule, en désignant les murs encrassés d'un geste. On n'est pas au théâtre, merde ! On n'est pas des déesses ! Tu voudrais quoi ? Baiser avec l'empereur ?

Un bruit violent les interrompt : quelqu'un qui vomit. Elles échangent un regard alarmé.

— Cressa !

Le temps qu'elles arrivent, Béronice est déjà aux latrines et se penche par-dessus le muret.

— Ça va, là-dedans ?

— Non, pas du tout, répond Cressa avant de vomir à nouveau.

Les trois femmes ne peuvent qu'attendre, impuissantes. Après un silence, Cressa ressort, appuyée au mur pour rester debout, comme sur le pont d'un navire.

— Tu devrais peut-être manger quelque chose, propose Victoria.

— D'accord, mais pas au Moineau, dit Cressa avec lassitude.

— De toute façon, il n'est pas encore ouvert, il est trop tôt, fait remarquer Béronice qui semble toujours agacée qu'Amara et Victoria l'aient réveillée.

— Allons trouver un boulanger. Du pain te fera du bien, dit Amara.

Elles laissent Didon et Britannica dormir. Dehors, le ciel vire au bleu pâle, et les rues se remplissent déjà. Gallus est surpris de les voir si matinales. Après avoir jeté un regard furtif dans l'allée pour s'assurer de l'absence de Félix, il embrasse Béronice.

— Tu ne voudrais pas les laisser partir devant ? demande-t-il en glissant une main sous sa toge.

Béronice regarde ses amies, partagée, pendant que Gallus lui respire dans le cou. Puis elle le laisse l'entraîner de nouveau à l'intérieur.

— Je vous rattraperai, dit-elle.

— Mais elle ne sait même pas où on va, fait Amara, déçue, en la regardant partir.

— Oublie-la, réplique Victoria qui s'éloigne déjà à grands pas. Elle laisse cet abruti la traiter comme de la merde.

Amara songe à sa dévotion désespérée pour Félix, mais ne dit rien.

— Pas trop vite…, demande Cressa en s'agrippant à son bras. Et n'allons pas trop loin.

À la lumière du jour, elle semble encore plus mal en point, la peau couverte d'un film de sueur.

Quelques établissements ont déjà ouvert près

des bains. Elles jettent leur dévolu sur l'un d'eux et prennent une table plutôt que de rester au comptoir. Le pain date de la veille ; il est si dur qu'Amara craint de se déchirer les joues en mâchant. Cressa demande un verre de vin sucré pour se calmer l'estomac et y trempe son pain pour amollir la croûte, en silence.

— Tu ne peux pas continuer à nier l'évidence, finit par dire Victoria à voix basse au cas où on les écouterait. On sait toutes que tu es enceinte. Dis-nous comment on peut t'aider.

Cressa repose son pain.

— Personne ne peut m'aider, répond-elle d'une voix sans timbre.

— Pitane, la serveuse de l'Éléphant, s'est fait avorter il n'y a pas longtemps, dit Amara. Et ça a très bien marché. Je pourrais lui demander où elle a trouvé ses herbes…

— Non, tranche Cressa sans relever le regard. J'ai essayé la dernière fois, avec Cosmus. Ça n'a pas réussi. Ça m'a coûté une fortune et j'ai été malade comme un chien, c'est tout.

Victoria lui frotte le bras comme pour la débarrasser de sa douleur.

— Peut-être que Félix te laissera garder le bébé, cette fois-ci ! dit-elle avec un entrain forcé. Ça vaut la peine de demander, non ?

Les épaules de Cressa se mettent à trembler, sans un bruit de sa part. Amara sait qu'elle pleure.

— À quoi bon ? murmure Cressa en pressant ses mains contre ses yeux pour empêcher les larmes de couler. Quelle vie puis-je offrir à un enfant ? Un autre Paris ? Une petite fille qui devra servir les clients avant même de grandir ? Voir ça me tuerait. Je préférerais mourir.

Elle prend une grande inspiration en essayant de se calmer.

— De toute façon, poursuit-elle d'une voix à nouveau monotone, il m'a déjà dit que s'il y avait d'autres bébés, ils finiraient à la décharge. Vendre un enfant ne lui rapporte pas assez.

— Ce serait peut-être pour le mieux, dit Victoria. Et ça ne veut pas dire que l'enfant mourra ! Regarde-moi, j'ai bien survécu…

— Tu ne comprends pas. Tu n'y comprends rien. Tu crois que je ne pense pas à Cosmus, juste parce que je n'en parle jamais ? Il me manque à chaque seconde. Je voudrais le voir. Au moins son visage. Tout le temps, à chaque moment du jour.

Elle porte la main à son cœur comme pour étancher un flot de sang.

— Rien d'autre n'est comparable à cette douleur. Je ne peux pas perdre un autre enfant.

Amara et Victoria échangent un autre regard, incapables de trouver les mots pour la réconforter. D'une petite voix, Victoria avance :

— Peut-être que tu ne le mèneras pas à terme…

— Peut-être, répond Cressa en vidant son vin. Peut-être.

En retournant vers le bordel, elle refuse de s'appuyer sur elles et préfère marcher seule. Victoria prend la main d'Amara, serre fort, comme une femme qui craint de se noyer.

[illegible]

SEPTEMBER

Chapitre 32

Emmenez-moi à Pompéi où l'amour est doux !

Graffiti de Pompéi.

Amara ramasse une figue à la table de Drusilla et prend le temps de savourer ce goût sucré sur sa langue. Octobre approche. Rufus, allongé contre elle, lui réchauffe le dos. Ils passent plus souvent chez Drusilla depuis que les parents de Rufus sont rentrés de leur été à Baïes. Ceux-ci sont au courant de l'existence d'Amara, lui a-t-il juré. Qu'il ait une bonne amie n'a rien de déshonorant, mais tout de même, mieux vaut éviter de les croiser dans l'atrium. Sa mère se met parfois de drôles d'idées en tête. Elle s'imagine qu'une esclave de maison suffit bien. Elle ne comprend pas ce qu'être amoureux veut dire.

La situation d'Amara aurait pu devenir désespérée sans la générosité de Drusilla, qui les laisse profiter de sa maison. Contre rétribution, bien sûr. Louer des chambres doit être plus agréable que louer son corps, songe Amara. Elle prend une autre figue. Ce soir, pour la première fois, Didon s'est jointe à eux. Amara n'avait plus frôlé le bonheur de si près depuis longtemps ; peut-être cette vie ne pourra-t-elle lui offrir mieux.

— Alors comme ça, vous êtes tous deux puniques ? demande Drusilla à Didon et Lucius.

Celui-ci est un jeune homme fortuné qu'elle a invité expressément pour Didon. Sans doute un ancien amant à elle, difficile d'en être sûr. Lucius hausse un sourcil en entendant la question, puis se tourne vers Didon et lui lance quelque chose dans un langage que personne d'autre ne comprend. Une plaisanterie, à en croire le ton. Didon éclate de rire, ravie. Dans le même langage, elle lui adresse une réponse qui le fait sourire.

— On dirait bien, conclut-il en se retournant vers Drusilla.

— Mais c'est merveilleux ! s'écrie-t-elle en battant des mains. Quelle coïncidence !

Quintus, assis près d'elle, soupire et lève les yeux au ciel. Amara lui enverrait bien une figue à la tête. Elle ne comprend toujours pas pourquoi Drusilla, la femme la plus charmante qu'elle connaisse, s'intéresse à un homme si parfaitement ordinaire. Il doit être bien plus riche qu'elle ne le croyait.

L'accent de Lucius ressemble en effet à celui de Didon, sans toutefois être identique. Il doit la dépasser d'un bon millier de strates sociales.

— Toute ma famille vient de Carthage, explique-t-il. On m'a expatrié en Italie pour que je m'occupe de nos affaires. Nous sommes établis à plusieurs endroits ici, en Campanie.

— Si loin… La maison doit te manquer, fait Didon d'un air mélancolique.

Il lui répond en punique et elle sourit à nouveau, puis baisse les yeux. Ce devait être un compliment.

— Mais on t'a kidnappée, non ? demande Rufus à Didon. Ça veut dire que ta vente n'était pas légale ! Je suis convaincu que la tienne non plus, mon amour. Convaincu ! Ce n'est pas normal pour une fille de docteur de devenir esclave, si ? Non ?

Il les regarde tous en posant sa question, et Amara retient une grimace d'embarras. Rufus est bien décidé à faire de leurs vies une pièce de Plaute, où Amara se révélerait être une femme libre qu'il pourrait épouser. Un monde où une tragédie les sépare, plutôt que du simple snobisme. Lucius s'éclaircit poliment la gorge.

— Peut-être pas, lui accorde-t-il.

— Bien sûr que si, c'est normal, lance nonchalamment Quintus. Franchement ! N'importe qui peut finir esclave s'il n'est pas citoyen romain.

Avant que Rufus puisse objecter, Drusilla change de sujet.

— Vous voudriez bien chanter pour nous ? Didon, Amara m'a dit que tu avais une voix enchanteresse.

— Seulement si tu nous joues de la harpe, répond Amara.

— Oh, oui, s'il te plaît ! s'écrie Didon. Ça fait si longtemps que je veux t'entendre !

Toutes les trois continuent à s'envoyer de petits compliments, à jouer de fausse modestie et de réticence feinte, tout en flirtant avec les hommes, tandis que les servantes de Drusilla amènent la harpe. Didon et Amara s'allongent non loin, dans des poses étudiées. Le tout est fait pour sembler spontané, mais elles ont en fait répété tout l'après-midi. Elles faisaient alors beaucoup moins de mines, toutes trois concentrées sur la musique, essayant plusieurs arrangements, avec de temps à autre une plaisanterie de Drusilla – toujours aux dépens de leurs amants. Amara ne s'étonne plus de la générosité de Drusilla : recevoir des femmes lui permet de louer des chambres et de se donner en spectacle, entretenant ainsi sa réputation de courtisane la plus courue de Pompéi.

Drusilla n'a pas à craindre qu'Amara et Didon lui volent la vedette. Elle est très douée à la harpe, un instrument qui lui permet de mettre en évidence ses bras gracieux et ses doigts minces. Sa voix vibre d'émotion et sublime leur chant alors même qu'elles sont en compétition. Les hommes boivent du vin, échangent des plaisanteries, allongés sur leurs couches, parfaitement satisfaits d'être la cible de tant d'efforts. Amara est touchée de voir que Rufus ne regarde que rarement les deux autres femmes. Quintus et Lucius n'ont pas ces prévenances.

La soirée se poursuit agréablement. La nourriture, sans être d'un luxe inouï, est délicieuse, et le vin coule à flots. Les hommes, pour rire, se lancent dans une session de lutte qui amuse beaucoup Rufus et que Quintus prend bien trop au sérieux. Puis ils passent à un duel de poèmes, en inventant leurs propres vers lorsque l'alcool leur monte à la tête. Amara est heureuse de voir à quel point Lucius s'est attaché à Didon, même si elle le soupçonne de ne pas chercher l'amour comme le faisait Rufus lorsqu'elle l'a rencontré. Elle effleure les boucles d'oreilles qu'il vient de lui offrir, pour sentir leur balancement léger. Le coffre de bois de la chambre de Rufus renferme de plus en plus d'objets précieux, tous à elle. Elle glisse sa main dans la sienne pour lui frotter la paume pendant qu'il rit, bon enfant, à l'une des piques de Quintus.

Peut-être Amara devrait-elle tenter de partager sa bonne fortune avec d'autres de ses amies, mais elle n'arrive pas à imaginer Béronice ou Victoria dans une soirée pareille, une pensée qui la remplit de culpabilité. Victoria n'aurait que trop de succès : Amara la voit déjà se lancer dans une danse lascive comme aux Vinalies. Mais cet acte briserait l'équilibre ténu de ces soirées en révélant les véritables désirs qu'elles dissimulent.

— Allez, je crois que c'est l'heure d'aller au lit, fait Quintus en s'étirant paresseusement, comme s'ils étaient chez lui. Sinon, je ne serai bon qu'à dormir.

— Tu n'oserais pas, pas sous mon toit ! Je ne peux pas imaginer pire insulte, répond Drusilla.

Tout le monde éclate de rire et les hommes se disent bonne nuit avant de partir chacun de son côté, une femme au bras : leur butin de la soirée. La maison de Drusilla est loin d'être aussi luxueuse ou aussi grande que celles de ses clients, mais elle est aussi confortable qu'élégante. Chaque chambre est décorée de scènes d'amour tirées de la mythologie, pour ce qu'en a vu Amara. Aux murs de celle que lui réserve habituellement Drusilla, la fresque représente Léda et le cygne. La pièce se trouve à l'étage, donnant sur la salle à manger et la petite cour.

La servante de Drusilla les y guide. Avant même qu'elle n'ait fini d'allumer toutes les lampes, Rufus a entrepris de déshabiller Amara. Elle a déjà remarqué cela chez lui : sa façon de ne pas voir nombre des esclaves qui le servent. Chez lui, Vitalion entrait souvent sans frapper pour leur amener du vin et des fruits, jusqu'à ce qu'Amara demande à Rufus de l'interdire.

— Mais il ne pense pas à mal ! a protesté Rufus.

Amara n'en était pas si sûre. Elle a vu le regard qu'a un jour posé Vitalion sur elle, d'esclave à esclave, pendant que Rufus discourait sur une pièce. Clairement, il ne l'aime pas, et la servir le met en colère. Elle ne comprend toujours pas pourquoi.

Ce soir-là, à son grand soulagement, ils ont à peine fini de se dévêtir lorsque la servante s'éclipse. Se souvenir de maintenir son masque auprès de Rufus est devenu un effort. Il semble sincèrement l'aimer. Elle se demande ce qu'il se passerait si elle tentait de trouver du plaisir pour elle-même, ou si elle lui donnait des instructions à cet effet. Mais il est plus simple de lui réserver ses attentions et de simuler. Salvius avait beau lui demander de ne pas faire semblant, l'absence de réaction d'Amara est sans aucun doute ce qui a fini par lui faire perdre intérêt.

C'est l'après qu'elle préfère, lorsque Rufus lui répète qu'il l'aime et la serre contre lui comme s'il ne voulait plus la lâcher. Elle ne le croit pas vraiment. Elle sait bien qu'il ne peut pas vraiment l'aimer, pas comme elle aimait sa famille, pas comme elle aime Didon, pas comme l'on aime quelqu'un que l'on considère son égal. Malgré tout, elle ne se lasse pas de l'entendre dire.

Avec un dernier baiser, Rufus lui souhaite bonne nuit et quitte la pièce. Peu après, elle l'entend rire dans la cour avec les deux autres. Il ne passe que rarement la nuit chez Drusilla, mais Amara n'a aucune intention d'en informer Félix. C'est l'un des meilleurs aspects de cet arrangement : dormir en tant qu'invitée, non en tant qu'esclave, dans la maison d'une amie. Elle sourit en imaginant Didon s'étirer dans son lit, en sécurité, comme elle. Toute une nuit de sommeil les attend, sans que personne les dérange. Quelle félicité !

L'air frais du matin sent l'automne. Amara et Didon attendent leur hôte dans la petite cour, en profitant de la tranquillité. Drusilla a optimisé l'agencement des lieux : la fontaine est contre le mur au lieu de prendre trop de place au centre. L'eau tombe en cascade devant une mosaïque bleue, éclaboussant une statue de Vénus posée au bord du bassin, comme prête à se baigner.

— C'est tellement joli, ici, fait Didon.

— La fontaine est parfaite, acquiesce Amara.

— Contente que ça vous plaise, lance une autre voix.

En se retournant, elles découvrent Drusilla qui les regarde, vêtue d'une tunique légère, avec son bracelet d'or au bras. Ses cheveux sont enveloppés d'un foulard de soie, ce qu'Amara songe aussitôt à copier. Parfait pour impressionner quelqu'un au saut du lit, avant même d'avoir vu la coiffeuse.

— Prenez donc un verre avec moi avant de partir.

Elles ne sont que trop heureuses d'accepter et la suivent dans la salle à manger, qui a été débarrassée depuis la nuit dernière. Sur une table basse se trouve une assiette de figues, de poires et de pain.

— Alors, comment était Lucius ? demande Drusilla en s'allongeant sur une couche et en leur faisant signe de l'imiter. Il avait l'air de bien t'aimer !

— Il va essayer de retrouver ma famille, lance Didon qui attendait clairement l'occasion de leur annoncer la nouvelle. Il dit que c'est sûrement possible à l'aide du recensement !

— Mais c'est merveilleux ! s'écrie Amara.

— Il te l'a dit avant, ou après ? demande Drusilla.

— Après. En partant.

— Ça, c'est bon signe. Ça veut dire qu'il était sérieux. Tu ferais quand même bien de le lui rappeler, au cas où. Lucius n'a pas l'habitude de songer aux autres.

Sur ces mots, Drusilla pousse le plateau vers elles et attend qu'elles se soient servies avant de faire de même.

— Et s'il les trouve, qu'est-ce qui se passe ?

— Je ne sais pas, hésite Didon. Savoir qu'ils sont en vie me rendrait déjà tellement heureuse…

— Ils te rachèteraient, non ? demande Drusilla en croquant dans une poire.

Amara jette un regard anxieux à Didon. Elles en ont déjà souvent discuté.

— Non, fait Didon. Je ne crois pas. Pas après… ce qui m'est arrivé. Il n'y aurait plus de place pour moi à la maison. Si j'étais libre, si j'avais un peu d'argent de côté, ils pourraient fermer les yeux, faire comme si de rien n'était. Mais dans mes circonstances actuelles… non.

— Lucius le sait ? s'enquiert Drusilla.

— Oui. Je lui ai dit que je ne pouvais pas revenir en arrière.

— Ça vaut peut-être mieux. Ça lui fait moins de travail, et il pourrait bel et bien tenir sa promesse s'il sait que ça ne se terminera pas dans les larmes. Ou alors, il s'est enfin découvert un côté romantique, je ne sais pas.

— Toi et Lucius…

— Oui, nous avons couché ensemble pendant quelques mois, répond Drusilla. De temps en temps, il vient encore me voir. Je l'aime bien. Mais il faut que je fasse attention, avec Quintus. Il a plus de fierté qu'on ne pourrait le croire.

Elle se tourne vers Amara, le sourcil levé.

— Enfin, celle qui doit faire le plus attention, c'est toi. Rufus n'aimerait pas du tout, mais alors pas du tout se découvrir un rival.

— C'est sûr. Mais aucun risque, dit Amara.

Elle fixe sa figue en songeant à Ménandre. C'est Didon qui a insisté pour qu'elle cesse toute communication avec lui, même par graffiti. Elle n'a pas eu le courage de lui dire qu'elle avait un « mécène » et s'est défilée en laissant Didon se rendre chez le potier à sa place. Son seul souvenir lui fait mal. Elle cesse de peler sa figue et fixe le fruit, blanc et nu, dans ses mains. Puis elle lève les yeux vers Drusilla.

— Et Rufus ? Vous étiez amants ?

— Est-ce que la réponse t'importe, quelle qu'elle soit ?

— Non. Mes sentiments ne sont pas…

Elle s'interrompt, sans savoir comment expliquer ce qu'elle ressent, et finit par hausser les épaules.

— Oui, mais très brièvement, répond Drusilla. Ah… je vois que ça ne te plaît pas.

— Ce n'est pas ça, dit Amara, surprise de se sentir si secouée. Je veux dire, je ne suis pas jalouse. C'est juste qu'il m'a dit que vous n'aviez pas couché ensemble. Il semblait vraiment sincère.

Drusilla éclate de rire.

— Les hommes sont tous des menteurs-nés ! Tu devrais le prendre comme un compliment. Il ne voulait pas te blesser. Au moins, il se soucie de ce genre de choses.

— Et pas Quintus ? s'étonne Didon.

Drusilla, l'air amusé, rompt un bout de pain et se laisse aller sur les coussins.

— Tu vois, ce n'est même pas la peine que je vous demande si vous avez couché avec lui, toutes les deux. Je sais bien que oui. Sinon, il me harcèlerait pour que je lui organise un coup d'essai.

Toutes les trois éclatent de rire.

— Avec lui, au moins, on sait à quoi s'attendre. Mais on peut s'attacher même à un homme comme ça.

— Il est certains hommes auxquels on ne peut jamais s'attacher, grimace Amara.

— Comme ton maître ? devine Drusilla.

Amara hoche la tête. Elle ne veut pas prononcer son nom.

— Oh, je ne sais pas, la taquine Didon. Toutes ces heures seule avec lui dans son bureau, à faire les comptes… Il doit bien s'être montré sous un jour plus aimable !

— Ce n'est qu'un *salopard*, crache Amara.

La vulgarité du mot tranche dans leur conversation. Elle sent l'ombre du bordel s'étendre sur la paisible matinée.

— Pardon, dit-elle à Drusilla en rougissant d'embarras. Je ne voulais pas être grossière.

— Personne ici ne s'offensera d'un peu de grossièreté, rit Drusilla. Quintus est aussi un genre de salopard. Mais c'est vrai que je ne le vois pas me mettre en colère au point de le dire à haute voix.

Puis elle retrouve son sérieux.

— Mais il me donne de l'argent au lieu d'en prendre. Croyez-moi, je comprends la différence.

Parce qu'elle est libre et nous sommes esclaves, songe Amara. Il est si facile de l'oublier. Drusilla est si accueillante, si amicale. Mais dans son privilège, elle est presque aussi lointaine que Rufus, même s'il lui faut gagner sa vie de la même façon qu'elles.

L'intrusion de Félix dans la conversation y a imposé une certaine tension, là où tout n'était que plaisant badinage. Après un silence gênant, puis un deuxième, Didon murmure :

— J'imagine qu'on ferait mieux d'y aller.

Drusilla ne les presse pas de rester mais a la grâce d'insister pour qu'elles reviennent, comme si elles étaient vraiment ses invitées plutôt que celles des hommes qu'elle reçoit. Sur le pas de la porte, Didon et Amara restent un instant immobiles, à regarder la rue pleine d'animation. Puis Didon s'engage sur les pavés et Amara lui emboîte le pas.

Chapitre 33

Je me moque bien de ta grossesse,
Salvilla ; je la méprise.

Graffiti de Pompéi.

Félix continue à entasser des femmes au bordel, et le confort y devient de plus en plus précaire. Seules Béronice et Victoria ont encore leur propre cellule : deux danseuses hispaniques se sont installées dans celle de Cressa une semaine plus tôt. Cressa partage avec Britannica, et toutes les deux ont bien moins de clients que les autres. Même si Félix ne l'admettra jamais, acheter Britannica était une très mauvaise idée.

Ipstilla et Téléthusa ne parlent pas bien latin – ou alors, elles préfèrent rester entre elles. En entrant, Amara et Didon les entendent rire depuis l'autre bout du couloir. Elles se crient des choses en ibérique et ignorent Fabia qui tente en vain de passer le balai autour d'elles.

— Didon ! Amara ! Heureusement que vous êtes là, lance Victoria en leur faisant signe de s'asseoir sur sa couche. Félix veut qu'on sorte un peu les nouvelles, qu'on leur apprenne à racoler.

— Elles ne peuvent pas y aller seules toutes les deux ? C'est ce qu'elles préféreraient, de toute façon.

— Non, il veut qu'on les surveille. Et quelqu'un doit sortir Britannica. Il en a marre qu'elle ne fiche rien.

Victoria aussi, sans doute. Elle n'aime toujours pas la Bretonne.

— Si je m'occupe des Ibères avec Didon, tu prends Britannica ? demande Victoria.

— Pourquoi moi ?

— On ne va pas demander à Cressa. Et Béronice ne va pas très bien. Elle a eu un client difficile la nuit dernière. En plus, je croyais que tu l'aimais bien, la rousse !

— D'accord, soupire Amara, je m'en charge.

Elle abandonne Didon et Victoria à leurs négociations bruyantes avec les Ibères et part dans son ancienne cellule. À l'intérieur, elle trouve Cressa allongée, les yeux fermés. Amara la soupçonne d'être éveillée. Britannica, assise sur un tabouret, la fixe comme un chien de garde trop pâle.

— Britannica, viens avec moi, dit Amara en lui tendant la main.

La Bretonne hésite, regardant Cressa.

— Viens ! répète Amara plus fermement. Nous chercher hommes.

Britannica se lève, tellement plus grande qu'elle, et sort à grands pas, l'air sinistre. Amara ne saurait dire à quel point elle comprend désormais le latin. Sans doute bien plus qu'elle ne le laisse deviner, quoiqu'elle n'ait jamais dit un mot autre que « Cressa ». Elles sortent par la porte de derrière pour esquiver les cris et les gesticulations dans le couloir.

— Aux bains, dit Amara en tirant sa musculeuse compagne sur le trottoir.

Toutes deux ensemble n'ont aucun mal à attirer l'attention, mais pas celle que voudrait Amara. Britannica marche comme un fauve, comme un homme. On croirait voir un gladiateur plutôt qu'une prostituée. Elle croise tous les regards avec défi et colère. Si quelqu'un la fixe en retour, elle montre les dents et feule. Ce n'est encore que la première rue, et Amara redoute déjà qu'on les agresse avant même d'atteindre l'angle.

— Bon, allez, ça suffit, s'écrie-t-elle, exaspérée. Tu as gagné, on retourne au bordel !

Britannica fait aussitôt volte-face et Amara se hâte de la suivre. Le couloir est enfin vide, mais Amara sait qu'elle ne peut pas se résigner à rester là. Il faut bien qu'elle sorte racoler avec quelqu'un. Elle suit Britannica dans la cellule où Cressa est toujours prostrée, misérable.

— Cressa ? Je sais que tu ne dors pas, dit Amara. Tu ne voudrais pas sortir ? L'air frais te ferait du bien.

— Pas envie, marmonne Cressa.

Britannica semble suivre la conversation avec anxiété, mais Amara l'ignore.

— Je sais, mais tu ne peux pas rester à l'intérieur toute la journée, plaide-t-elle. On pourrait aller au port. Je t'achèterai du vin.

Cressa se redresse lentement. Son ventre commence à gonfler, mais son visage s'est creusé.

— D'accord, dit-elle d'un air las. Je viens.

— Cressa ! lance Britannica, alarmée. Cressa !

— Je reviendrai bientôt, fait Cressa en lui tapotant le bras comme à une enfant. Repose-toi.

Amara sait bien que Britannica n'a aucune intention de se reposer. Elle l'a déjà observée alors qu'elle se croyait seule : elle envoie des coups de poing et de pieds à des hommes imaginaires, une guerre sans fin. En sortant, Amara lui lance un regard d'avertissement. *Ne nous crée pas de problèmes !*

Marcher jusqu'au port est long et pénible. Difficile de croire que Cressa se souciait autrefois de son apparence autant que les autres. Elle est sale, débraillée, les cheveux ébouriffés. *Les putains vieillissent deux fois plus vite*, songe Amara. Cette pensée la glace.

— Je ne comprends pas pourquoi vous êtes toutes si méchantes avec Britannica, dit Cressa en regardant par-dessus son épaule comme pour apercevoir la Bretonne. Elle n'a rien fait d'autre que de détester son sort. Elle a bon cœur, tu sais ? Plus loyale que n'importe qui. Et elle a tellement d'intelligence. Je sais que personne d'autre ne s'en rend compte, mais c'est vrai.

— Quand même, elle n'est pas facile à vivre…

— Pourquoi elle le serait ? Elle n'a pas la vie facile !

La voix de Cressa se brise et Amara craint qu'elle se mette à pleurer. Elle ne voulait pas bouleverser son amie déjà fragile.

— Je sais, dit-elle sur un ton d'excuse. Je sais. Je ferai plus d'efforts, c'est promis.

Elles continuent leur avance laborieuse, jusqu'à ce que Cressa s'arrête pour de bon. Amara se rend compte qu'elle regarde un enfant de trois ou quatre ans. Sa petite voix est facile à entendre, et sa mère lui adresse un sourire indulgent avant de prendre conscience qu'une étrange clocharde fixe son trésor. Elle passe un bras autour de son fils et l'emmène bien vite, nerveuse.

— Cressa, dit Amara en tentant de la faire repartir.

Mais Cressa pleure. Lorsque Amara tente de la prendre dans ses bras, elle la repousse. Amara soupire. Elle regrette presque de l'avoir emmenée.

Elles passent sous la porte marine, devant les bains de Vibon. Félix a décidé que les pourboires n'étaient pas à la hauteur, si bien qu'aucune d'elles n'y a travaillé depuis des mois. En bas de la colline scintille la mer. L'air frais sent l'iode. Cressa semble un peu plus calme maintenant qu'elles ont atteint le port. Plusieurs bateaux vident leurs chargements sur les quais. Amara lui offre son bras, un peu nerveuse après la scène de tout à l'heure, mais cette fois, Cressa l'accepte.

— On fait un tour avant de chercher des clients ? propose Amara.

Cressa hoche la tête et elles se dirigent vers la colonnade autour du port. Amara sent son humeur s'améliorer. Le soleil se reflète sur la mer, éclabousse les colonnes et les statues peintes. Les appels des mouettes et les cris des marins semblent presque former une mélodie. Elle aide Cressa à s'asseoir au bord du quai, à la lumière. Sous leurs pieds qui se balancent, elle voit de petits poissons gris filer dans l'eau claire.

— Félix ne m'a jamais dit où il a vendu Cosmus, dit Cressa.

L'entendre mentionner son fils est si inattendu qu'Amara ne sait pas quoi dire. Elle la fixe sans pouvoir déchiffrer son expression. Cressa est tournée vers la mer.

— Fabia a essayé de m'aider à le découvrir, mais on n'a jamais réussi.

— Fabia ? s'étonne Amara.

Elle ne peut imaginer la mère de Paris assez courageuse, ni assez rusée, pour se lancer dans cette entreprise.

— Pourquoi pas Fabia ? Elle remarque bien plus qu'on ne le croit. Et personne ne fait attention à elle. C'est ce qui arrive quand on vieillit, dit Cressa avec une amertume très nette.

— Je sais que ça a été dur pour toi, mais c'était peut-être pour le mieux, non ? dit Amara dans une tentative désespérée pour lui remonter le moral. Comme ça, Cosmus ne s'est pas retrouvé piégé dans le bordel…

Cressa se retourne vers elle. En plein jour, elle semble si vieille, si fatiguée, qu'Amara ressent un choc.

— Je sais que vous ne comprenez pas, dit-elle. Que vous pensez que je devrais m'en remettre.

Amara se met à protester mais Cressa l'arrête d'un geste.

— Si tu as un enfant un jour, Amara, tu sauras ce que je ressens.

Elle ne répond rien, bien consciente que le ventre de Cressa s'arrondit chaque jour. Après un silence, Cressa se lève lourdement, en faisant signe à Amara de rester assise lorsque celle-ci fait mine de l'aider.

— Tu veux bien m'accorder quelques moments toute seule ? demande Cressa. Tu peux attendre ici. Je ferai vite.

Amara n'aime pas cette idée. Le port n'est pas sûr. Mais sous les yeux suppliants de Cressa, elle ne peut refuser.

— D'accord, mais ne va pas trop loin. Je ne veux pas rester toute seule trop longtemps.

Cressa part d'un pas vif. Cela faisait longtemps qu'Amara ne l'avait pas vue aussi énergique, aussi déterminée. L'air marin lui a vraiment fait du bien. Accrochée à une colonne, Amara tend le cou pour la suivre du regard. Elle la voit s'approcher des quais puis s'arrêter près d'une cargaison d'amphores que l'on décharge d'un bateau.

Elle doit avoir les pieds enflés, car elle s'appuie contre l'une des larges jarres. Elle fixe toujours la mer, la houle qui danse. Amara tourne également son regard sur les vagues où joue la lumière, puis plus loin encore, vers Vénus Pompéiana debout sur sa colonne de pierre où vient se briser le ressac. La déesse de l'amour, sainte patronne d'Amara. Elle a pour elle un nouveau respect depuis les Vinalies. C'est après l'avoir priée que sa chance s'est mise à tourner. *Ne m'oublie pas, Aphrodite*, songe-t-elle en fixant la statue. *Si tu me montres comment m'en tirer, le reste de ma vie est à toi.*

En se retournant vers l'endroit où se tenait Cressa, elle saute sur ses pieds, alarmée. Un homme se dispute avec elle en essayant de l'empêcher de s'appuyer sur sa marchandise, mais elle refuse de s'en éloigner. Amara se met à courir. L'homme s'est mis à vociférer et semble sur le point d'attraper Cressa par le bras. Amara crie à son amie de se reculer et, soulagée, la voit obéir. Mais soudain, dans un mouvement violent,

Cressa pousse une amphore par-dessus le mur du port. Celle-ci l'entraîne à sa suite dans l'eau, si vite que tout est fini en un clin d'œil. Sans doute avait-elle noué sa cape à l'anse.

Amara pousse un cri d'angoisse. Elle bouscule les gens sur son passage dans sa hâte d'atteindre le bord, sans prêter attention à leur colère. En arrivant au quai, elle tombe à genoux et se penche par-dessus le rebord.

— Cressa ! hurle-t-elle. Cressa !

Son cœur bat à grands coups. Elle refuse de comprendre ce qu'elle a vu. Elle fixe les vagues, mais aucun signe de son amie. Rien que de l'écume, une eau légèrement plus agitée là où elle a crevé la surface.

Amara se redresse, cherchant désespérément de l'aide. L'homme qui avait crié quelque chose à Cressa se tient non loin, fixant l'eau, aussi stupéfait qu'elle. En sanglots, Amara lui attrape le bras et va jusqu'à le tirer vers la mer dans son hystérie.

— Vous savez nager ? Vous pouvez aller la sauver ? Sautez, je vous en supplie ! Par pitié ! Elle va mourir !

L'homme la repousse, furieux.

— Cette connasse vient de me coûter une amphore de ma meilleure huile d'olive ! Tu t'imagines que je vais risquer la noyade pour une putain et une voleuse ?

Il la regarde de plus près, notant sa toge.

— Tu étais avec elle ? Vous avez le même maître ?

Amara fixe à nouveau la surface. Celle-ci est à présent presque parfaitement calme, comme si Cressa n'avait jamais sauté. Comme si elle n'avait jamais existé. Amara ne sait pas nager. Chaque seconde qui passe fait diminuer les chances de survie de son amie, à moins qu'elle ne soit déjà morte. Toute cette agitation commence à attirer d'autres marins et marchands qui échangent des exclamations. La peur la saisit.

— Non, dit-elle en essayant de contrôler sa détresse, ses tremblements. Je ne la connais pas. Seulement de loin.

Puis elle se détourne et repart vers la porte marine, aussi vite que possible sans courir.

Chapitre 34

Quand on est mort, on n'est rien.

Graffiti de Pompéi.

Les sanglots l'étouffent tellement que c'est à peine si elle arrive à parler. Elle déverse toute l'histoire à Félix. Ils sont seuls et il lui tient les bras pour l'aider à rester droite. Elle voudrait qu'il la serre contre lui, qu'il la réconforte, qu'il partage sa douleur. Mais il se contente de l'écouter jusqu'au bout sans l'interrompre, impassible.

— Tu as bien fait de leur cacher que vous aviez le même maître, dit-il quand elle a fini. Ils m'auraient fait payer l'huile d'olive. Cressa m'a déjà coûté assez cher. Ça fait des mois qu'elle ne rapporte pratiquement plus rien.

Amara est si choquée qu'elle cesse de pleurer. Félix semble complètement indifférent à sa détresse. Sa froideur ne devrait pas la surprendre, mais elle la blesse tout de même, une douleur qui appelle la colère. Amara le pousse violemment en arrière, aveuglée par sa rage. Lorsqu'il recule d'un pas, elle lui décoche un autre coup au visage – pas une gifle, un coup de poing – mais il est trop rapide pour elle, et elle ne cogne que son épaule.

— Je te hais ! hurle-t-elle. Tu ne ressens rien ! C'est ta faute si elle est morte, et tu t'en fous ! Tu ne ressens rien ! Je te hais !

Hors d'elle, elle n'arrive pas à viser et il esquive tous ses coups. Elle agrippe ses vêtements et tente de le secouer.

— Tu n'as qu'à crever !

Il lui attrape le bras et le lui tord dans le dos. Avec un cri, elle tombe aussitôt à genoux. C'est Félix qui hurle, maintenant, si près de son oreille qu'elle craint de devenir sourde :

— Tu ne sais rien de ce que je ressens ! Pute de merde ! Tu crois que je l'ai choisie, cette vie ?

Il la relâche violemment et elle ramène son bras vers sa poitrine. Elle ne dit rien. Elle n'a jamais cherché à savoir comment Félix était arrivé au bordel. Il semble fait pour cet endroit. Toujours écumant, il s'accroupit près d'elle et elle se recule, terrifiée.

— Je suis né ici ! Pas à l'étage, précise-t-il avec un geste impatient. En bas. Tu crois que je ne sais pas ce que c'est ? Tu crois que je ne comprends pas ?

La douleur lui déforme les traits. C'est à peine s'il est reconnaissable.

— Ma mère n'avait pas le courage de Cressa ! Trop lâche pour se tuer et épargner son fils !

Amara ne bouge pas et n'ose rien répondre. Félix ne se rend pas compte de ce qu'il vient de dire. Elle ne voit pas comment il pourrait lui pardonner de l'avoir vu ainsi. Le dos courbé, il semble vaincu, pour la première fois depuis leur rencontre. Qu'importe à quel point elle le hait, comprend-elle. Elle ne pourra jamais le détester autant qu'il se déteste lui-même.

— Cet endroit appartenait à mon père, ou plutôt l'homme désigné comme mon père par ma pute de mère. Il devait la croire, parce qu'il m'a donné ma liberté. Mais pas avant de m'avoir longuement appris le métier.

Il fixe le bureau en parlant. Ce devait être celui de son père. Amara songe à ses comptes si méticuleusement tenus. Elle l'imagine assis là, enfant, sous les yeux d'une version plus âgée et plus cruelle de lui-même. À apprendre le métier.

Puis elle se souvient du graffiti dans les cellules.

Elle détourne les yeux, en respirant trop vite. Son maître a-t-il pu être prostitué lui-même ? A-t-il vécu ce que vit Paris ? Elle a peur de parler, de lui rappeler sa présence, mais le silence qui se prolonge l'effraie tout autant.

— Qu'est-ce qui est arrivé à ta mère ? demande-t-elle d'une petite voix.

— Elle est morte quand j'avais dix ans.

Il fixe le mur écarlate, les yeux dans le vide. Son deuil est si palpable qu'Amara en oublie le bon sens. Elle ne voit plus qu'un petit garçon terrifié, sans sa mère, tourmenté par son père. L'idée lui transperce le cœur. Avec douceur, elle lui effleure le bras.

— Je suis désolée…

Félix, rappelé au moment présent, tressaille puis se lève en montrant les dents.

— Ne me touche pas !

Toujours au sol, Amara recule précipitamment,

craignant un coup de pied. Il la regarde fixement. Il a les larmes aux yeux, elle le voit bien, et il le sait.

— Va-t'en.

Elle part en courant.

Amara referme la porte d'entrée derrière elle et s'adosse au bois, debout sur le trottoir. Sa confusion au sujet de Félix la ravage presque autant que son deuil pour Cressa. Elle ne peut supporter l'idée d'entrer dans le bordel, de regarder Britannica en face. Tout raconter aux autres, revoir Cressa sombrer dans l'eau, rendre sa mort réelle. Elle s'avance dans la rue, d'un pas rapide quoique incertain, sans savoir où aller. Rufus lui vient à l'esprit. Le réconfort de ses bras, ses mots d'amour… Mais le déranger chez lui, en plein milieu de la journée, avec son horrible histoire de putain, de grossesse et de mort, serait impensable. Elle hésite à l'angle qui la mènera chez Drusilla : la courtisane ne la repousserait pas, elle le sait. Mais il n'empêche, elles ne se connaissent pas vraiment. Les pieds d'Amara savent déjà où ils vont, et elle finit par le comprendre elle-même. Le potier de la via Pompéiana. Ménandre.

Debout devant la boutique, elle observe l'intérieur. Il est là, échangeant des plaisanteries avec une autre esclave, une jeune femme. Aucun signe de Rusticus. Amara sent son cœur se serrer. Peut-être a-t-il trouvé quelqu'un d'autre. Elle n'a pas le droit de s'en soucier. Elle n'aurait pas dû venir ici dans l'idée de lui imposer son deuil. Au moment où elle se détourne, Ménandre la voit et sort en courant.

— Timarété !

Son cri l'arrête. En la rattrapant, il voit les larmes sur son visage.

— Je ne peux pas discuter devant la boutique, dit-il. Attends un instant. On peut aller à la fontaine.

Avant qu'elle puisse protester, il est déjà reparti. Elle le voit parler à la jeune esclave, qui le regarde avec curiosité puis lui passe un seau. Il rejoint Amara et l'entraîne dans la rue.

— Viens. Par ici.

Autour de la fontaine se trouvent déjà bon nombre de gens occupés à commérer. Beaucoup d'esclaves viennent y traîner dans leur temps libre.

— Je suis désolée, dit-elle. Désolée pour ce qui s'est passé entre nous.

— Ne parlons pas de ça maintenant, fait-il en la tirant sur le côté pour laisser passage à un homme qui s'impatiente. Dis-moi ce qui ne va pas. Quelqu'un t'a fait du mal ?

Il est si visiblement, si sincèrement inquiet qu'elle voudrait se remettre à pleurer.

— Cressa est morte. Elle était enceinte. On est allées au port ensemble et elle… elle a sauté.

Elle ne veut pas décrire ses derniers moments, l'éclair de sa cape, l'écume sur l'eau.

— Vous n'étiez que toutes les deux ? On vous a laissées ? Sur les quais ?

— Personne ne voulait aider. Personne. Quelqu'un m'a demandé pourquoi j'étais si choquée et j'ai dit que je ne la connaissais pas…

Elle enfouit son visage dans ses mains, submergée par sa trahison finale. Ménandre pose son seau pour la prendre dans ses bras et elle s'accroche à lui en sanglotant contre son épaule.

— Tu n'as rien fait de mal, dit-il. Ne t'en fais pas. Ce n'était pas ta faute.

— Personne ne nous a aidées ! Tout le monde s'en moquait ! Ils étaient en colère parce qu'elle avait poussé une amphore d'huile à l'eau, c'était tout ce qui comptait pour eux. Pas elle. Et maintenant, c'est fini pour elle. C'est comme si elle n'avait jamais vécu. Comme si elle n'était rien.

— Mais ça, ce n'est pas vrai, dit-il. Tu l'aimais, toi, non ? Elle comptait pour toi, pour tes amies…

— Je ne l'ai pas aidée ! Je l'ai laissée se noyer…

— Tu ne pouvais pas l'aider, corrige-t-il. Et elle a choisi de se noyer.

Elle se laisse aller contre lui jusqu'à prendre soudain conscience qu'ils ont attiré une audience aux yeux écarquillés, qui ne rate sans doute pas une miette de ses paroles. Elle se redresse et s'essuie les yeux tandis que Ménandre s'adresse aux gens qui les entourent, debout avec leurs seaux :

— Ça vous dérangerait de nous foutre la paix ?

— Va te faire mettre, marmonne un esclave.

Mais ils se détournent malgré tout pour leur laisser un peu d'intimité. Personne ne veut risquer une bagarre, pas avec leurs maîtres qui les attendent. Ménandre prend les épaules d'Amara pour la forcer à le regarder.

— Tu n'as rien fait de mal, répète-t-il. Tu m'entends ? Rien du tout.

Amara le dévisage. Ses traits si gentils, ses yeux sombres qu'elle a tenté si fort d'oublier. Elle n'aimera jamais Rufus, pas comme elle aime cet homme.

— Je suis désolée d'avoir envoyé Didon. Je suis tellement désolée. J'aurais dû te le dire moi-même.

Dès que ces mots lui échappent, elle voit bien qu'ils lui ont fait mal.

— Ce n'est pas que je l'aime, dit-elle. Mais j'ai une dette envers lui.

— Il a payé pour toi, répond Ménandre en la relâchant. Je comprends.

Amara ne parlait pas que d'argent. Elle doit bien plus à Rufus. Au moins un peu de loyauté, pour éviter de lui mentir à chaque mot. Mais elle ne veut pas blesser Ménandre encore davantage. Il se baisse pour ramasser son seau et le remplit d'eau, une eau dont il n'a besoin que pour lui servir d'excuse envers Rusticus. Pendant qu'il pompe, Amara poursuit :

— Je ne voulais pas que tu gâches tes sentiments avec moi. Alors que je n'avais rien à t'offrir.

Alors que je voudrais t'offrir tant de choses, songe-t-elle.

— Et je suis désolée d'être venue ici, de t'avoir fait sortir, de t'avoir chargé de ce fardeau. Je ne pouvais pas supporter ce qui est arrivé à Cressa, et j'ai oublié. J'ai oublié que je ne suis pas censée te parler. Que j'aurais dû te laisser tranquille.

— Tu pourras toujours venir me parler, dit Ménandre en s'écartant du puits, le seau rempli. Toujours. Et je sais bien que tu dois te protéger. Je comprends.

Amara baisse les yeux. Elle a l'impression qu'il la laisse partir, et ce n'est pas ce qu'elle veut.

— Il n'y a personne d'autre, lâche-t-elle, incapable de lui dire qu'elle l'aime. Personne d'autre comme toi dans ma vie.

— Je te retourne le compliment, Timarété, dit-il en se penchant pour l'embrasser furtivement sur le front.

Puis il ramasse le seau et se détourne, prêt à partir.

— Fais attention à toi. Et ne t'en veux pas trop.

Dès qu'elle voit Amara, Britannica comprend que quelque chose ne va pas.

— Cressa ? demande-t-elle d'une voix que l'anxiété fait monter d'une octave. Cressa ?

Amara ne peut pas supporter de lui apprendre sa mort alors qu'elles ne sont que toutes les deux. Toutes les autres sont sorties, même Béronice, et Amara ne peut qu'attendre pendant que Britannica fait les cent pas dans le couloir en marmonnant pour elle-même. De temps à autre, elle se retourne pour crier quelque chose à Amara qui se contente de secouer la tête.

Lorsque Didon et Béronice reviennent, toutes les deux ont des clients. Amara sait que son expression misérable leur aura d'emblée annoncé une mauvaise nouvelle, mais il leur faut tout de même s'occuper des hommes d'abord. Amara, assise dans sa cellule, attend qu'elles terminent.

Dès qu'elle est libre, Béronice se rue à ses côtés.

— Où est-elle ? Où est Cressa ? Qu'est-ce qui lui est arrivé ?

Britannica, les yeux agrandis par la peur, se tient près du lit en les regardant l'une et l'autre.

— Je suis désolée, commence Amara. Je suis tellement désolée…

— Non, comprend Béronice, en secouant la tête. Non, ce n'est pas possible.

— Elle a sauté dans l'eau depuis les quais, dit Amara en essayant de maîtriser les tremblements de sa voix. Elle s'est attachée à une amphore pour être sûre de se noyer. Je n'ai pas pu la rejoindre à temps pour l'empêcher. Je ne m'étais pas rendu compte…

— Non ! crie Béronice. Non !

C'était le deuil de Britannica que redoutait Amara, mais voilà que Béronice est celle qui perd tout contrôle d'elle-même. Elle tambourine contre le mur de la cellule, s'arrache les cheveux, se griffe le visage en hurlant.

— Je l'aimais ! Je l'aimais ! sanglote-t-elle. Ce n'est pas possible !

Amara n'ose pas la toucher. On la croirait possédée. Britannica se roule en boule sur le sol et se bouche les oreilles. Didon entre à cet instant et n'a pas besoin de demander ce qu'il s'est passé. Elle se jette dans les bras d'Amara et elles se serrent l'une contre l'autre en se balançant sur place.

Une autre voix tranche soudain sur leurs cris et leurs sanglots : les appréciations habituelles de Victoria. *Oh ! Je la sens qui se dresse… Comme elle est grosse !* On entend aussi les deux Ibères qui rient et plaisantent avec d'autres hommes, à la voix plus basse. Amara se libère de l'étreinte de Didon et sort dans le couloir, debout, en silence. Son ombre s'étend sur le sol.

Le client de Victoria l'entreprend déjà, mais elle ne lui prête qu'à demi attention : elle a entendu les sanglots. En voyant Amara, elle demande :

— Qui ?

— Cressa.

Victoria repousse le bras qui lui entourait les épaules.

— Dehors !

Son client la fixe, stupéfait par cette putain qui, l'instant d'avant, semblait saliver à l'idée de le toucher. Victoria le pousse violemment, le visage rouge de colère.

— Dehors ! Et ça vaut pour vous tous ! Dégagez ! Je ne veux pas d'hommes ici !

Ipstilla et Téléthusa sont pétrifiées. L'un de leurs clients lâche un rire nerveux.

— Il se passe quoi, là ?

— *J'ai dit tout le monde dehors !* vocifère Victoria en l'arrachant à Ipstilla.

L'homme recule, trop choqué pour la frapper, et son compagnon éloigne le mauvais œil d'un geste.

— Vous l'avez entendue ! hurle Amara. On ne veut pas de vous ici ! Dehors !

Béronice jaillit de la cellule derrière elle, l'air d'une démente avec son visage griffé et ses cheveux en bataille.

— Salopards de merde ! crie-t-elle. Elle est morte ! Vous ne pouvez pas nous foutre la paix ?

Les clients n'attendent pas d'en entendre plus et, sans même prendre la peine de les insulter en retour, fuient ce foyer de femmes furieuses, en trébuchant presque sur le seuil dans leur hâte de regagner la rue.

Chapitre 35

Tu t'attends sans doute à l'arrivée d'une troupe
de belles Ibères, saluées par des acclamations
pour leurs chants et leurs danses obscènes,
qui se laisseront descendre jusqu'à terre,
les cuisses frémissantes.

JUVÉNAL, *Satires*, XI, 162.

En n'importe quelle autre occasion, Félix serait venu déchaîner sa rage à l'idée des pertes du jour. Mais dans la sauvagerie de leur douleur, les femmes sont intouchables, du moins pour la journée. Amara se demande si lui aussi est en deuil, puis réprime son élan de sympathie. Quoi qu'ait pu vivre Félix dans son enfance, cela ne change rien à ce qu'il est devenu.

Fabia, qui a elle-même les yeux rouges à force de pleurer, les coiffe toutes. Amara se remémore ce que lui a dit Cressa : la vieille femme a tenté de retrouver Cosmus. Elle se demande de quoi d'autre les deux femmes discutaient, ce que Fabia sait peut-être sur leur maître.

Lorsqu'elles sont toutes prêtes, elles laissent Ipstilla et Téléthusa au bordel et gagnent silencieusement le

Moineau. Les Ibères ont passé une nuit misérable, pour une fois silencieuses, terrifiées par la violence de ce deuil pour une femme qu'elles ne connaissaient qu'à peine.

Zoskalès a déjà appris la nouvelle, ce qui leur apparaît clairement dès qu'elles passent le seuil. La moitié du voisinage doit être au courant, songe Amara, après qu'elles ont jeté dehors leurs propres clients. Zoskalès leur offre le repas et le vin, et vient les servir lui-même. Il leur presse les mains à chacune, l'une après l'autre.

— En mémoire de votre amie, dit-il d'une voix vibrante de sincérité. Pour Cressa. Puisse-t-elle reposer en paix dans l'autre monde.

Elles le remercient, Béronice en pleurant toujours. Mais Amara craint que Cressa ne trouve pas le repos, où qu'elle soit désormais. Elles ne peuvent même pas l'enterrer. Il n'y a rien à faire pour apaiser son esprit.

— À Cressa, lance Victoria avant d'avaler son vin.

Les autres l'imitent. Amara propose une flasque à Britannica, mais celle-ci détourne la tête. Elle n'a pas émis un son depuis qu'elle a appris la mort de sa seule amie. Son silence est bien plus dérangeant que la douleur déchaînée à laquelle s'attendait Amara. Elle se sent encore plus responsable de Britannica, désormais. C'était, après tout, la dernière volonté de Cressa : qu'elles s'occupent de la Bretonne.

— Sa douleur a pris fin, dit Victoria. C'était son choix, et nous devons le respecter.

Amara revoit le visage de Cressa, marqué par la détresse sous le soleil cuisant des quais.

— Elle n'avait pas vraiment le choix. Elle ne voulait pas perdre son enfant. À qui la faute ?

— Je t'en prie, arrête, fait Didon en secouant la tête. Ça n'aide pas.

— N'importe laquelle d'entre nous aurait pu se retrouver dans la même situation, continue Amara en l'ignorant. N'importe laquelle ! On ne compte pour personne !

Béronice se remet à pleurer en s'affaissant sur la table, les épaules tremblantes.

— Mais arrête ! crie Didon.

— Pardon…

Amara lance un regard coupable à Béronice qui s'essuie les yeux en essayant de se maîtriser. Didon l'entoure d'un bras.

— On devrait faire une tombe pour Cressa, lance Victoria. Acheter des offrandes avec ses économies, payer quelqu'un pour les rites. On contribuera toutes s'il le faut.

Les autres hochent la tête. Puis Amara ajoute :

— Et il faut qu'on veille sur Britannica. C'était la dernière volonté de Cressa. Elle voulait qu'on la traite avec plus de gentillesse.

Cette proposition rencontre moins d'enthousiasme. Témoigner ses respects à l'esprit d'une morte est autrement plus facile que de prendre soin d'une Bretonne à la colère aussi large que ses épaules.

— J'espère qu'Ipstilla et Téléthusa vont bien, fait Didon. Elles étaient bien silencieuses, ce matin… Tout ça doit leur sembler étrange.

— Ces garces ne ressentent rien du tout ! rétorque Victoria. Tu aurais dû les voir hier, devant les bains. Aucune honte ! J'ai cru qu'elles allaient se laisser prendre contre un mur devant tout le monde !

Elle lance à Amara un regard qui ne renferme pas que de la sympathie.

— Vous allez passer une mauvaise soirée, toutes les deux.

Amara et Didon jouent ce soir chez Cornélius, mais elles n'iront pas seules : Ipstilla et Téléthusa viendront danser.

— Elles ne peuvent pas être si terribles que ça.

— Eh bien, tu nous raconteras la soirée demain, et on verra bien. Hâte d'entendre ça ! Béronice aussi, j'en suis sûre !

Amara sait bien que c'est la douleur qui rend Victoria mauvaise, mais le regard qu'échangent les deux femmes témoigne d'une amertume plus profondément ancrée. En les voyant, Amara comprend qu'elles ont dû souvent exprimer ensemble leur jalousie envers elle et Didon. Peut-être Cressa prenait-elle aussi part à ces petites conversations. Amara vide sa flasque d'une traite pour chasser cette pensée.

L'accueil que réserve Egnatius à Ipstilla et Téléthusa est sans commune mesure. Jamais Amara ne l'avait vu aussi empressé. Il fait irruption dans la salle d'attente glaciale, débordant d'excitation à l'idée de rencontrer les nouvelles. Tous trois se lancent dans un torrent d'ibérique, et Amara voit bien que la joie d'Egnatius, à cette occasion de parler sa langue natale, n'est pas feinte. Elle n'est pas étrangère à cette impression de reconnaître l'autre, de le comprendre. C'est ce qu'elle a ressenti en parlant avec Ménandre pour la première fois.

Elle et Didon s'entraînent discrètement dans un

coin. Encore de l'Ovide ce soir : elles ont mis quelques passages de son *Art d'aimer* en musique. Des strophes sur la danse, pour s'accorder à la performance des Ibères. Egnatius ne leur accorde que peu d'attention. Amara se remémore leur première fois dans cet endroit. À l'époque, c'étaient elles, les stars, et les mimes étaient laissées à elles-mêmes. Rien de tel que l'attrait de la nouveauté.

Egnatius finit par se souvenir de leur présence et vient les trouver, en s'excusant presque, pour leur tresser les cheveux de guirlandes.

— Elles sont parfaites ! glousse-t-il en glissant quelques feuilles derrière l'oreille de Didon. Votre maître a acheté pile le type de filles que j'avais demandées.

— Vous ? répète Amara, stupéfaite.

— Oui, des esclaves ayant tout appris à Gadès. Oh ! Les danses auxquelles j'assistais quand j'étais enfant ! Il n'est rien de comparable dans le monde entier. Cela prend des années d'apprendre à danser comme ça ! Mais bien sûr, ce n'est pas tout ce qu'elles ont appris, ajoute-t-il sur un ton entendu, le sourcil levé.

Amara et Didon échangent un regard horrifié. Qui s'intéressera à deux moineaux en présence d'une paire de phénix ? Leur angoisse n'échappe pas à Egnatius qui prend peut-être conscience de son manque de tact.

— Mais bien sûr, rien qui puisse se mesurer à votre performance enchanteresse ! s'écrie-t-il sans la moindre trace de sincérité. Mes adorables petites nymphes !

Puis il s'en va d'un pas guilleret en échangeant

quelques derniers mots avec les Ibériques avant de partir – une blague grivoise, à l'évidence, qui les fait ricaner tous les trois.

— Eh merde, marmonne Amara.

— On n'a même pas de nouvelles chansons pour ce soir, se désole Didon.

En effet. Salvius leur a appris tous les airs qu'il connaissait, ou tous ceux qu'il voulait bien partager. Elles ne peuvent plus rafraîchir leur performance qu'en inventant de nouvelles paroles.

— Ça ira, dit Amara sans conviction. On fait deux numéros différents, voilà tout.

— Tu savais que Félix était en contact direct avec Egnatius ?

Amara secoue la tête. Toutes ces journées dans son bureau à travailler avec lui sur les comptes, et il ne l'a pas mentionné une seule fois.

Le début des festivités aide Amara à mettre ses angoisses de côté. Fuscus est là et l'a requise sur sa couche pour au moins une partie de la soirée. Cela fait bien des semaines qu'il n'a plus payé pour l'avoir rien qu'à lui pendant tout le dîner. Ils parlent de ses fils, de ses affaires, même de sa femme. Il la caresse d'une façon familière, sans empressement. Mais il ne faut pas s'en étonner : les amants ne se touchent plus avec la même ardeur après les premières fois.

Tout de même, Amara est mal à l'aise. N'y aurait-il pas moins d'invités que d'habitude ? Et aucune femme parmi eux, pas même leur hôtesse, Calpurnia. Le reste du dîner demeure suffisamment prévisible pour la rassurer. Leur numéro de chant et de musique semble plaire à tout le monde, et Egnatius les dirige d'une couche à l'autre avec grâce. Mais Ipstilla et Téléthusa n'apparaissent pas à la fin du repas comme l'avaient fait les mimes. Egnatius les fait entrer au point culminant de la soirée, alors que les invités sont au sommet de leur énergie et de leur convivialité.

Amara est aux côtés d'un inconnu sur sa couche lorsque les Ibères font leur entrée. L'homme ne lui a pas directement adressé la parole, mais elle a cru entendre qu'il s'appelait Trébius. Tanneur de son métier, il n'en finit pas de parler de cuir à son voisin tout aussi ennuyeux. La voix forte de Cornélius vient l'interrompre, lui et les autres convives.

— Mes amis ! s'écrie-t-il. Je crois bien que la suite va vous plaire ! Une spécialité hispanique, bien épicée !

Des rires saluent son annonce et Amara comprend que tout le monde attendait impatiemment ce numéro. Didon et elle n'étaient là que pour la mise en bouche. Toute la soirée a été conçue autour du numéro des deux nouvelles.

Ipstilla et Téléthusa jaillissent de derrière la fontaine aux nymphes en tournant sur elles-mêmes, castagnettes rouges aux mains. Même l'ennuyeux Trébius s'est interrompu pour leur accorder toute son attention, soudain alerte. Les deux danseuses sont nues, mais se sont généreusement servies dans le pot de pâte dorée imprudemment abandonné par Amara et Didon dans la salle d'attente.

Après cette entrée flamboyante, les Ibériques passent aux choses sérieuses. Amara en reste bouche bée. Elle n'a jamais rien vu de si lascif : leur danse ferait passer la performance de Victoria aux Vinalies pour celle d'une mère de famille. Comment arrivent-elles à secouer ainsi tout leur corps, à faire trembler leurs fesses et leurs cuisses en descendant presque jusqu'à terre, sans toucher le sol ni perdre l'équilibre ? Le chant est encore pire : un mélange sans paroles de cris et de gémissements, qui évoque le sexe sans aucune subtilité.

Elle tressaille lorsque Trébius lui agrippe la jambe. Mais en levant les yeux vers lui, elle constate qu'il ne la regarde pas, qu'il ne semble même pas conscient de sa présence. S'il enfonce ses doigts dans sa cuisse, c'est tout simplement parce qu'il veut toucher un corps de femme pendant qu'il regarde la danse. Amara repousse son premier instinct – le faire lâcher prise en lui tordant les doigts, de préférence jusqu'à ce que l'os craque – et cherche à croiser le regard de Fuscus. Lui aussi est fasciné par la danse, mais elle continue à le fixer en lui intimant mentalement de la remarquer. Son plaidoyer silencieux finit par lui faire tourner la tête et elle plonge ses yeux dans les siens, en priant pour qu'il comprenne. Il fait signe à Egnatius et lui indique la couche où Amara est piégée. En voyant approcher Egnatius, Amara est soulagée comme jamais.

— Mille excuses, murmure-t-il à Trébius. Terrible erreur de notre part… Elle est déjà réservée par un autre…

Trébius regarde enfin Amara et semble presque surpris de se découvrir en train de la toucher.

— Oui, prenez-la ! répond-il impatiemment en la

poussant quasiment par terre. Vous me bouchez la vue !

Amara prend place aux côtés de Fuscus, qui semble très content de lui-même.

— La danse t'aurait-elle donné envie de moi, mon petit moineau ? dit-il en l'attirant contre lui.

— Comment pourrais-je en désirer un autre ? soupire-t-elle.

Il lui halète à l'oreille. Autant laisser cet idiot s'imaginer qu'elle voulait son corps plutôt que sa protection. Au moins, elle le connaît. Même si l'affection de Fuscus pour elle n'est pas réelle, il ne lui fera pas mal. Il ne la touchera pas sans même se rendre compte qu'il y a quelqu'un sous cette chair qu'il pétrit.

Avec une pointe de culpabilité pour n'y penser que maintenant, elle cherche Didon du regard et finit par la repérer près de la fontaine, avec un homme qu'elle ne reconnaît pas. Au moins, il a l'air de la laisser tranquille, trop absorbé par les danseuses pour se rappeler qu'il dispose d'une femme à ses côtés.

Le dîner dure moins longtemps qu'à l'ordinaire, sans surprise. Les invités courent au bordel privé de Cornélius plutôt que de s'y rendre avec leur habituelle nonchalance. D'autres femmes les y attendent déjà, sans aucun doute embauchées par Egnatius pour s'assurer que personne ne resterait sans partenaire. Fuscus n'entraîne pas Amara dans une chambre privée, ce qui la déçoit, lui qui préfère ne pas être observé. Il doit se dire que les autres hommes seront trop occupés à regarder les danseuses pour s'intéresser les uns aux autres – tout comme lui. Ipstilla et Téléthusa passent de l'une à l'autre des luxueuses cellules en continuant à danser pour les clients pendant qu'ils s'activent. Mais elles n'ont pas à endurer ce genre de traitement, songe amèrement Amara.

Elle n'a pas peur de Fuscus, mais lorsqu'il lui fait prendre une position inconfortable dans le seul but de mieux voir Téléthusa, elle comprend qu'il n'est pas si différent de Trébius qu'elle l'imaginait. Il connaît trop le corps d'Amara pour s'en exciter seul, et ne le voit plus que comme un moyen d'augmenter le plaisir qu'il tire des danseuses. Coincée sous son poids, sous ses mouvements qui la drossent comme les vagues dans l'océan, elle se sent sombrer. Elle pense à Cressa, perdue sous l'eau, et détourne le visage en s'agrippant aux draps luxueux. Du coin de l'œil, elle aperçoit les jambes de Téléthusa qui danse. *C'est Félix qui l'a mise là*, songe-t-elle. Tout cet or que lui a rapporté Amara, il l'a utilisé pour diminuer sa valeur. Il détruit toujours tout.

Chapitre 36

Les soleils qui s'en vont pourront renaître encore
Mais après que s'éteint notre brève lueur
C'est une longue nuit dans laquelle on s'endort.

CATULLE, *Poésies*, Poème 5.

Amara entend Thrason avant de le voir. Gallus les ramène à l'Antre dans le noir, quoique cette rue, avec tous ses bars, sans parler du bordel lui-même, n'est pas aussi sombre que les autres. À l'angle, non loin de leur propre porte, une petite foule encercle le pied d'une échelle appuyée au mur. Une femme vociférante tente de la secouer, retenue à grand-peine par quelques hommes ivres. Au sommet des barreaux, Thrason lui hurle dessus en retour, accroché à l'échelle d'une main et agitant un marteau de l'autre.

— C'est quoi, ce bordel ? demande Gallus en levant sa lampe pour éclairer la scène.

Amara prend la main de Didon et toutes deux restent bien près l'une de l'autre. Mais Ipstilla et Téléthusa semblent tout excitées à la perspective d'une bagarre et se rapprochent pour mieux voir. Toutes deux sont toujours extatiques après leur succès chez

Cornélius. Même Egnatius leur a laissé un pourboire, ce qu'Amara ne l'avait jamais vu faire.

Gallus se fraie un chemin dans la foule et attrape la femme par l'épaule.

— Oh ! crie-t-il. Tu essaies de le tuer ou quoi, sale garce ?

La femme se retourne, sans se calmer d'un pouce, et Amara la reconnaît : c'est Maria, la putain la moins cotée de Simon. En voyant Amara et Didon, elle fait une grimace de haine et crache à leurs pieds.

— Pour Drauca, dit-elle avant de se retourner vers Gallus. Et toi, là ! Dis-lui d'arrêter ! Regarde ! Il détruit la propriété de mon maître !

Thrason abat son marteau sur un phallus de pierre qui a poussé au sommet du mur. Amara ne l'avait pas remarqué. Il faut dire qu'il y en a tellement à Pompéi. En voyant qu'il regarde vers le haut, Maria en profite pour secouer violemment l'échelle, et Thrason s'y agrippe en poussant des jurons.

— Tu n'as pas le droit ! hurle-t-elle d'une voix suraiguë. Arrête tout de suite !

— Je vais te le laisser tomber sur la tête si ça continue ! crie Thrason en agitant le marteau.

Ipstilla s'avance et tire sur la toge de Maria pour l'éloigner du danger en lui criant quelque chose dans sa langue. Les deux femmes luttent ensemble et la foule pousse des vivats, ravie par ce divertissement nocturne impromptu.

— Il faut avertir Félix, lance Gallus à Amara et Didon. Vite !

Elles retournent au bordel en courant. Il est juste à côté, mais les clients de l'Éléphant en face sont si bruyants que les cris de l'altercation, quelques maisons plus loin à peine, se perdent dans le chaos. Paris, qui monte la garde, semble stupéfait de les voir arriver à toute vitesse sans escorte.

— Va chercher Félix, halète Amara. Dis-lui qu'il y a un problème avec l'une des putains de Simon. Il comprendra.

Paris court à l'étage et tambourine à la porte en criant. Elle s'ouvre et il disparaît à l'intérieur. Quelques instants plus tard, Félix en jaillit, armé d'une tige de métal. Paris repart vers le bordel, renvoyé à son poste de garde plutôt qu'enrôlé pour lui prêter main-forte. Didon et Amara trottent à la suite de Félix.

— Où sont les danseuses ? demande-t-il, surpris de les voir seules.

— Elles sont restées avec Gallus.

— Vous auriez dû les ramener avec vous, s'irrite-t-il en secouant la tête.

Lorsqu'ils atteignent l'échelle, la foule leur ouvre un passage, par respect pour l'arme plutôt que pour l'homme qui l'a au poing. Maria et Ipstilla se bagarrent toujours, avec Gallus qui tente de s'interposer, mais en voyant arriver Félix, ils se séparent. Gallus éloigne Ipstilla en marmonnant sur les femmes.

— Alors, qu'est-ce qui se passe ici ? demande Félix sur le ton de la conversation en s'appuyant sur sa tige de métal.

Maria, encore pantelante d'effort, se redresse de toute sa hauteur.

— À toi de me le dire ! crie-t-elle. Ton homme de main détruit l'établissement de mon maître ! Cette chambre est à Simon, il la loue ! Vous n'avez pas le droit !

— Cette chambre-là ? répète Félix en indiquant de son arme l'étroite cellule sombre, ouverte sur la rue. Vraiment ?

Il fronce le nez comme s'il pouvait sentir son odeur d'ici. Maria se place devant la porte, protectrice. Amara ne peut qu'admirer son courage.

— Tu sais bien que oui ! C'est pour ça que l'autre bâtard essaie de détruire l'enseigne !

Thrason vient de descendre de l'échelle, et Félix lui adresse un sourire.

— Je crois qu'on peut laisser son phallus à la dame. Mais il est bien gros pour un si petit bordel, non ? Il espère quoi, ton maître ? Que ceux qu'on refuse chez moi se traîneront jusqu'à chez lui ?

Félix se retourne vers la foule avinée.

— Franchement, à choisir, vous prenez la grosse ou mes danseuses ?

Certains des hommes éclatent de rire, Ipstilla avec eux, mais Téléthusa semble moins enthousiaste. Sans doute n'apprécie-t-elle guère l'idée de passer une nuit avec les ivrognes en présence. Au moins Amara est-elle d'accord avec elle là-dessus.

— C'est ça, ouvre ta grande gueule, j'ai peur ! lance Maria en levant le menton. Tu te crois le premier à me traiter de grosse ? Laisse-moi te dire que mon gros cul, il ne bougera pas d'ici !

Cette fois, les rires saluent les paroles de Maria. Félix hoche la tête, et dans son sourire, Amara ne voit que pure cruauté.

— Mais je vois qu'il n'y a pas de garde à la porte,

fait-il avec un regard théâtral alentour pour repérer un protecteur absent. Simon ne doit pas beaucoup s'inquiéter pour toi, pour te laisser pratiquement sur le trottoir… Il pourrait t'arriver n'importe quoi. Quand on laisse traîner ses affaires, quelqu'un peut les voler. Ou les détruire à coups de marteau, par exemple.

Il n'a pas cessé de fixer Maria pour qu'elle ne puisse se méprendre. Pour la première fois, Amara voit de la peur sur son visage. Mais elle choisit de la repousser par une bravade :

— Puisque je suis si moche, à quoi bon me menacer ?

Félix s'incline.

— Après ta performance de ce soir, personne ici ne te résisterait, je n'en doute pas un instant.

En l'entendant, certains des ivrognes s'avancent en jouant des coudes vers la petite cellule de Maria. Celle-ci se décompose sous les yeux de Félix en comprenant qu'elle ne pourra contrôler ni le nombre, ni le comportement de ses clients. *Il doit vraiment la détester*, songe Amara, *pour l'effrayer d'une façon qui rapportera de l'argent à Simon.* Elle songe à Drauca et prend peur : que va-t-il arriver à Maria ?

Félix se tourne vers le reste de la foule.

— Pour ceux qui préfèrent le vin à l'eau, mon bordel, c'est par là !

La plupart n'étaient là que pour le spectacle, et s'en vont maintenant qu'il n'est plus gratuit, mais quelques-uns emboîtent le pas à Félix lorsqu'il repart vers le bordel. Tous marchent en bande sur le trottoir étroit. Ipstilla et Téléthusa échangent des regards anxieux. Leur maître ne s'attend tout de même pas à ce qu'elles se laissent monter par ces ivrognes, pas après leur performance chez Cornélius !

— Pourquoi elle pas rester ? demande Ipstilla en attrapant le bras de Félix, avec un signe vers Amara. Elle mieux au bordel ! On a rapporté à toi beaucoup plus d'argent ce soir !

Félix lui décoche une gifle derrière la tête, ce qui lui arrache un cri. Elle le fixe avec stupéfaction. À l'évidence, elle n'a pas l'habitude d'un maître sans loyauté ni favorites.

— Mais elle, elle ne s'est pas battue dans la rue comme une chienne enragée, rétorque-t-il. On ne discute pas les ordres.

En arrivant au bordel, Félix adresse un signe de tête à Paris et lui désigne les femmes revenues de la fête.

— Récupère leurs vêtements avant, dit-il. Je ne veux pas qu'on les déchire.

Il claque des doigts en direction d'Amara. Elle le suit sans oser se retourner vers Didon, abandonnée avec le reste.

— Petite chienne, siffle Ipstilla quand elle passe. Lui se lasser de toi plus tard !

Félix ne lui dit rien en montant les escaliers, mais l'arrête avant qu'elle ne parte dans le débarras.

— Elles ont vraiment gagné plus que toi ce soir ? Les danseuses ?

C'est la première fois qu'ils s'adressent la parole seuls depuis qu'il lui a parlé de sa mère. Amara hoche la tête sans trahir d'émotion. Il s'appuie au mur et la regarde de haut en bas. Ses yeux sont remplis de haine, et elle sait qu'il ne lui pardonnera jamais de l'avoir vu dans cet état, qu'il cherchera toujours à la rabaisser.

— Tu vois ton joli cœur demain, non ? Tu ferais mieux d'aller dormir. Tu as l'air si fatiguée. Comme Cressa.

Il lui appuie sur la joue comme on vérifie la fraîcheur d'un fruit au marché.

— Personne ne vieillit plus vite qu'une putain, ma jolie.

S'asseoir à la coiffeuse de Drusilla lui rappelle les matins luxueux qu'elle a passés chez Pline, aux bons soins de Sarah. Amara est consciente que la courtisane lui accorde une grande faveur en lui ouvrant ainsi son intimité. Thalia, la servante préférée de Drusilla, est occupée à coiffer Amara. Elle a une peau très sombre, comme sa maîtresse, et des doigts très agiles. Drusilla a expliqué que Thalia a beaucoup de valeur : elle a dû payer cher pour une femme qui sait comment sublimer au mieux des cheveux comme les siens. Thalia l'a écoutée en silence sans trahir ses pensées, elle que l'on a expédiée depuis Aksoum pour rendre belle une inconnue.

— J'étais toute petite quand je suis arrivée ici, poursuit Drusilla. J'ai presque complètement oublié ma famille. Mon maître, Véranius, était tout pour moi.

Elle effleure le bracelet d'or qu'elle porte au bras. Amara ne l'avait encore jamais entendue parler de son passé.

— C'était son cadeau ? demande-t-elle.

En guise de réponse, Drusilla ôte son bracelet et le lui tend. Il est plus lourd que prévu, en forme de serpent avec deux gemmes en guise d'yeux. À l'intérieur est gravé : *Du maître à son esclave.* Amara l'admire, puis le rend.

— Il devait t'aimer beaucoup pour te faire faire un si beau bracelet.

— J'ai été la cinquième à le porter, répond Drusilla en l'enfilant à nouveau. J'ai connu certaines des précédentes.

En voyant l'expression d'Amara, elle sourit.

— C'était l'une de mes premières leçons sur les hommes. La quatrième femme, c'était Procris, la servante de son épouse. C'est elle qui m'a élevée. Elle a dû me donner le bracelet, avec la faveur qu'il symbolisait, quand je suis devenue adulte. Mon maître lui a brisé le cœur.

Amara ne sait pas quoi dire. Drusilla vient de lui dire que Véranius était tout pour elle, mais il semble aussi monstrueux que Félix. Comme si elle devinait ses pensées, Drusilla reprend :

— Je l'aimais. Et je le méprisais. Que ressentir d'autre pour l'homme qui donne tout, et prend tout ?

— Tu devais être sa préférée entre toutes, insiste Amara. Puisque tu as gardé le bracelet, et qu'il t'a libérée.

— Parfois, tu es aussi naïve que Rufus ! s'esclaffe Drusilla. Je lui ai survécu, c'est tout. Rien que de la chance. S'il était mort pendant que Procris avait le bracelet au bras, c'est elle qui serait libre, et je serais occupée à coiffer la veuve de mon maître.

Thalia se recule et présente le miroir à Amara pour qu'elle admire son œuvre. Amara se tourne d'un côté, puis de l'autre, avant de poser le disque d'argent avec précaution.

— C'est magnifique, merci beaucoup.

Drusilla adresse à sa servante un signe de tête, et elle quitte la pièce. Après son départ, Amara dit :

— Merci de me laisser venir ici. Je n'aurais pas pu continuer à voir Rufus sans toi.

— Il ne t'aimera jamais plus que maintenant, répond Drusilla.

Amara se touche la gorge, contrariée, car elle sait bien que c'est vrai.

— Je ne dis pas ça par cruauté. C'est juste que tu devrais réfléchir à ce que tu attends de lui. Quoi que tu veuilles lui demander, c'est maintenant ou jamais.

— Il passe son temps à dire qu'il compte m'épouser, admet Amara. Mais c'est impossible ! On m'arrêterait et l'union serait rompue. Les citoyens romains n'épousent pas les putains du bordel. La vie n'est pas comme dans ses pièces de théâtre !

— Je ne parlais pas de mariage, s'amuse Drusilla. Vise un peu moins haut !

Amara rit avec elle, gênée d'avoir révélé toute l'étendue de son ambition. Avec un peu d'appréhension, elle demande :

— Je peux te poser une question ? Pourquoi ça n'a pas marché entre Rufus et toi ?

— Rufus veut tout donner à une femme. Il veut l'inventer, en quelque sorte, dit Drusilla en mettant ses mains en coupe. Ce qu'il attend, c'est un oiseau blessé qu'il peut tenir ainsi, pour le sentir battre des ailes.

Elle a baissé la voix et fredonne presque. Amara

s'imagine tenir l'oiseau elle-même, sentir tambouriner son petit cœur apeuré sous la douceur des plumes.

— Je n'étais pas assez fragile pour lui. Toi, oui.

Une fois encore, la vérité lui cause une douleur indicible.

— J'étais comme toi, continue Drusilla. Véranius ne m'aurait jamais laissée partir. C'est sa mort qui m'a libérée, rien d'autre. Mais Rufus est peut-être différent. Tu pourrais peut-être le persuader qu'il n'y aurait rien de plus beau que d'ouvrir ses mains et de voir s'envoler l'oiseau, en sachant qu'il lui doit chacun de ses battements d'ailes, chaque inspiration qu'il prend.

Drusilla joint le geste à la parole et toutes deux suivent des yeux l'envolée invisible. Puis Drusilla, le regard triste, baisse les mains.

— En tout cas, il faut que tu essaies.

Amara dîne seule avec Rufus, en privé, dans la chambre décorée de Léda et du cygne. Elle sait que Drusilla amuse Quintus ailleurs dans la maison. Rufus veut coucher avec elle avant le repas, ce qui la rassure : au moins, manger ne l'intéresse pas déjà plus que lui faire l'amour. Mais ses caresses après l'acte ne la réconfortent plus autant qu'avant. Elle ne cesse de songer à l'oiseau, à ce que doit ressentir Rufus en gardant dans ses mains sa fragile, tragique petite putain.

— Comme j'aimerais passer toutes mes soirées avec toi, dit-il en se servant le poisson grillé et les haricots apportés par Drusilla. Si ça ne tenait qu'à moi, nous serions toujours ensemble. Tu le sais, n'est-ce pas, mon amour ?

Il lui prend la main et l'embrasse, l'air sentimental. Le cœur d'Amara bat trop vite, ses nerfs sont trop tendus : impossible de toucher à son assiette. Elle ne le suppliera pas. Pas après Pline. De toute façon, elle ne voudrait pas remplacer l'ancien maître par un nouveau.

— Si seulement j'avais une maison, comme Drusilla, soupire-t-elle. Tu pourrais me voir quand tu veux.

Rufus lui donne un baiser, mais elle voit bien qu'il ne l'a pas prise au sérieux. Elle fait un nouvel essai.

— Jamais je n'avais rencontré quelqu'un d'aussi généreux que toi. Parfois, quand je suis seule, je pleure en songeant que tu irais jusqu'à m'épouser. Je sais bien que tu étais sincère en me le proposant, alors que je ne pourrais jamais accepter. Je ne pourrais pas déshonorer ainsi ta famille.

Son adoration distrait cette fois suffisamment Rufus pour qu'il abandonne complètement son plat et l'embrasse plus passionnément.

— Comme je t'aime ! murmure-t-il.

— Mais si tu m'installais dans une maison comme celle-ci, je pourrais être ta deuxième épouse, poursuit-elle. Si j'étais libre.

Amara voit dans ses yeux un éclair d'inquiétude. Mais elle a jeté les dés, et il ne lui reste plus qu'à jouer le jeu.

— Je n'existerais que pour toi. Je n'ôterais rien à ta famille. Ni maintenant, ni plus tard. Je ne demanderais qu'une chose : être autorisée à t'aimer.

— C'est vraiment ce que tu veux ?

— Plus que tout au monde, dit-elle d'une voix tremblante.

C'est de peur qu'elle tremble, et non d'amour, mais Rufus ne peut le savoir. Il se détourne, l'air distrait plutôt qu'enthousiaste.

— Oui, ce pourrait être possible… Ça demanderait du travail. Ce n'est pas rien, ce que tu me demandes.

— Je sais. Mais notre amour, ce n'est pas rien non plus ! Je ne pourrais pas supporter de te déshonorer en te laissant faire de moi ta femme, mais si j'étais ta maîtresse, je pourrais t'aimer sans faire honte à personne.

Rufus semble peu à peu tenté par l'idée d'un puits sans fond de dévotion.

— C'est vrai, ce serait merveilleux. Et même après que je me marie, si ma femme n'est pas…

Il s'interrompt, sans doute frappé par l'indélicatesse d'une réflexion sur la désirabilité de sa future femme.

— Bref, quelle que soit ma femme, je pourrais te voir dès que nous le voulons !

— Oui, approuve Amara. Je serais toujours, toujours en train de t'attendre…

— Et Drusilla pourrait t'apprendre la harpe, poursuit Rufus avec son expression d'espoir enfantin. Vous êtes amies, non ? Tu n'as pas idée d'à quel point j'aime te voir perdue dans ta musique. Tu serais encore plus belle à la harpe qu'à la lyre.

Amara sourit, soulagée de le voir charmé par l'idée d'une maîtresse chantant dans une cage dorée. Mais les mots de Rufus éveillent un écho déplaisant : sans pouvoir s'en empêcher, elle songe au fantasme concurrent de Ménandre. Elle se voit comme il la voyait, à l'attendre dans la maison de son père. Cette vie en Attique qu'ils ne partageront jamais.

Elle se penche en avant pour déposer un doux baiser sur les lèvres de Rufus. Puis elle le regarde en face, non en tant que Timarété, la femme qu'il ne connaîtra jamais, mais en tant qu'Amara, la femme qu'elle est aujourd'hui.

— Tout ce que tu veux, lui dit-elle.

— Je le ferai ! répond-il d'un ton plus déterminé. Il doit y avoir un moyen. Et je n'aurais plus à payer pour te voir après la dépense initiale…

Puis il grimace, gêné.

— Pardon, mon amour, c'était horriblement grossier. Ce que je veux dire, c'est que si l'affaire fait sens d'un point de vue financier, même mon père pourrait l'approuver.

— Tu es le meilleur des hommes ! s'écrie Amara en joignant les mains.

Il lui sourit, mais elle voit toujours cette distraction dans ses yeux. Elle laisse aller sa tête sur son épaule. Le sang lui bat aux oreilles. Pourvu qu'il soit sincère – pourvu qu'elle ne vienne pas de précipiter sa propre chute, son propre exil hors de sa vie.

DECEMBER

Chapitre 37

Allons, mon petit amour,
confie donc ton bonheur au vent.
Crois-moi, les hommes sont de nature inconstante.

Graffiti de Pompéi.

Il fait très froid dans le petit atrium de Balbina. Au centre, le bassin d'eau de pluie est recouvert d'une pellicule de glace. Amara et les deux autres femmes, sous leurs capes de laine, se serrent ensemble tout en marchandant. Payer les derniers versements de Térentia à Félix lui a beaucoup coûté, mais cet investissement est peut-être enfin sur le point de lui rapporter. La vendeuse de fruits lui a présenté une nouvelle cliente.

— Je garderai le contrat pour vous deux, dit Térentia. J'ai trouvé Amara très correcte, plus que correcte.

Balbina s'est endettée aux dés et ne veut pas que son mari le sache. Parfait, du moins du point de vue d'Amara, à condition que Balbina puisse faire un versement initial suffisamment important.

— Montrez-moi ce collier, demande-t-elle en adoucissant son ordre d'un sourire.

La chaîne lui glisse entre les doigts, souple et légère. Elle ne s'y connaît pas assez pour savoir s'il couvre le prêt, mais au moins le pendentif lui paraît-il avoir de la valeur. Après avoir passé le collier à son propre cou, en le cachant sous sa cape, elle tend une bourse à Balbina.

— N'hésitez pas à vérifier que tout y est, dit-elle.

Balbina, sous les yeux de Térentia et d'Amara, compte les pièces deux fois. Puis Térentia leur tend à toutes deux les tablettes à signer.

— Moi, je n'avais pas eu un taux si intéressant, soupire-t-elle.

— Je sais, fait Amara. Mais je prends un plus grand risque, cette fois-ci.

Ce qu'elle vient de faire est bien plus que risqué, et elle le sait très bien. Si Félix découvre sa trahison, les conséquences iront au-delà de tout. Elle se répète que ce prêt est sa bouée de sauvetage, une façon de se faire un peu d'argent si Rufus finit par la décevoir. Mais elle sait bien que cela n'explique qu'en partie le terrible danger auquel elle s'expose. Sa vraie raison, c'est la joie féroce qu'elle prend à se jouer de Félix, à se montrer plus maligne que lui. Depuis la mort de Cressa, l'hostilité entre eux n'a fait que monter, et Amara est bien décidée à remporter ce duel mental. *Je suis meilleure que lui à ce jeu-là*, songe-t-elle.

— Nous vous faisons toutes deux confiance pour garder le contrat en sécurité, dit-elle en se tournant vers Térentia.

Une confiance à laquelle s'ajoutent cinq as, mais ce n'est pas la peine d'en informer Balbina. Pour peu que celle-ci ait un peu de jugeote, elle aura aussi graissé la patte de Térentia. Amara se retourne vers sa cliente, qui a déjà escamoté la bourse.

— Quand vous aurez payé les intérêts, je vous rendrai le collier.

— Je les paierai en un rien de temps, rétorque Balbina d'un ton grincheux. Je n'ai pas eu de chance, c'est tout !

Personne ne veut s'attarder, si bien qu'après des adieux abrupts, Amara et Térentia ressortent dans la rue.

— Heureusement que tu as le collier, remarque cette dernière. Il lui faudra beaucoup de chance au jeu pour tout rembourser d'un coup.

— Je vous remercie d'avoir organisé cette rencontre.

— La prochaine fois, je veux un prêt au même taux qu'elle ! lance Térentia en s'éloignant d'un pas rapide. Ton maître est un vrai radin !

Didon se tient de l'autre côté de la rue, devant une boulangerie, comme si elle faisait la queue. Amara la rejoint en tapant des pieds sur les pavés glacés.

— Merci d'avoir attendu, lui dit Amara. On ferait mieux de manger quelque chose…

— Je ne sais pas comment tu fais, répond Didon. Je serais paralysée de terreur, à ta place…

C'est vrai qu'elle semble encore plus anxieuse qu'Amara. Mais celle-ci prend un risque si grand que la peur n'y a plus sa place. Au contraire, sa trahison la galvanise. Tromper Félix est encore plus satisfaisant qu'elle ne l'aurait cru.

— Ça ira, dit-elle. Rufus prendra soin du collier pour moi.

C'est aussi lui qui lui a donné la bourse pleine

d'argent : une autre mise à l'épreuve de son amour. Elle lui a dit que c'était pour une amie qui avait contracté des dettes, et il ne lui a pas posé de questions. Nul besoin de lui exposer cet aspect de sa vie. Lorsqu'elle sera installée dans leur petit nid d'amour, elle ne veut pas devoir se reposer sur lui pour tout. Mieux vaut avoir quelques moyens de se faire de l'argent.

Didon la fixe étrangement. Amara porte la main à son cou pour vérifier que le collier ne se voit pas.

— Qu'est-ce qu'il y a ?

— Rien, fait Didon en secouant la tête, clairement gênée. C'est juste que…

— Quoi ? insiste Amara.

La file avance, et ce sera bientôt leur tour au comptoir de la boulangerie. Si elle a quelque chose à dire, c'est maintenant.

— Je sais bien que beaucoup de choses te touchent profondément. Parce que je te connais, explique Didon. Mais tu sembles si détachée, parfois. On croirait voir…

Elle laisse mourir sa phrase une fois de plus. Ses tergiversations agacent Amara, qui demande sèchement :

— On croirait voir qui ?

— Félix, lâche Didon. Je suis désolée, mais c'est vrai.

Ces mots lui font mal, mais elle ne veut pas le montrer et les écarte d'un geste indifférent.

— J'imagine que les esclaves finissent tous par ressembler à leurs maîtres. Au moins, il est doué en affaires.

Mais Didon la connaît trop bien et a vu qu'elle l'avait offensée.

— Je ne voulais pas te faire de la peine... Tu ne pourrais jamais être aussi cruelle que lui. Ce n'est pas ce que je voulais dire.

Leur arrivée au comptoir les interrompt. Didon demande du pain, assez pour en donner un peu à Fabia et Britannica qui n'ont pas de quoi s'en acheter. Amara, toujours vexée d'avoir été comparée à Félix, garde le silence. Elle songe à son accord avec Balbina, si différent de son premier prêt à Marcella. Elle se souciait bien moins de sa cliente cette fois-ci. *Je n'ai pas le choix*, se dit-elle. *Il est libre, et moi pas.*

De la neige fondue s'est mise à tomber lorsqu'elles ressortent dans la rue. Elles resserrent leurs capes pour tenir le froid et l'humidité à distance, en hâtant le pas sur les pavés glissants. Amara prend le bras de Didon pour montrer qu'elle ne lui en veut pas.

— Je ne vois pas comment racoler qui que ce soit par ce temps, marmonne-t-elle.

— Tu vois Rufus ce soir, non ?

— Ça n'a pas d'importance. Félix m'a dit que je devais trouver d'autres clients ces jours-là aussi. Sinon, il fera payer le double à Rufus. Je ne peux pas prendre le risque de lui coûter encore plus d'argent.

La fatigue chasse déjà l'euphorie du prêt. Rufus a promis de l'acheter, mais il trouve toujours une raison de retarder la chose. En ce moment, il dit vouloir attendre les Saturnales. Ses parents, explique-t-il, souffriront moins de son indiscrétion si celle-ci se noie dans les célébrations. Amara espère qu'il est sincère, cette fois. Chaque jour passé au service de Félix est une pierre de plus sur le tas qui lui écrase le cœur. Elle peut bien être aussi maligne qu'elle veut, elle peut bien se jouer de lui autant que possible, cela ne change rien au fait qu'il a tous les pouvoirs sur elle.

— Autant essayer les bains, soupire Didon. Au moins, les clients n'auront pas à aller loin.

Amara se sent coupable en la voyant si fatiguée, elle aussi. Didon a encore plus de raisons qu'elle de s'angoisser. Egnatius les embauche de moins en moins, Aurélius et Fuscus n'ont jamais été réguliers, et l'ex-amant de Drusilla, Lucius, n'a fait que la décevoir. Il paie toujours pour Didon chez Drusilla, mais pas aussi souvent que Rufus pour Amara, très loin de là. Et il n'a plus reparlé de trouver sa famille.

— Si Rufus ne m'abandonne pas, je ne t'abandonnerai pas non plus, je te le jure, dit Amara en lui serrant le bras. Je trouverai un moyen de te sortir de là, toi aussi.

C'est une promesse qu'elle a déjà faite des milliers de fois.

— À condition que Félix te laisse faire, répond Didon d'un air déprimé.

Elles savent bien qu'acheter la liberté de Didon sera sans doute au-dessus des moyens d'Amara, à moins que Rufus ne la couvre d'or.

La place devant les bains est bien moins bondée que d'habitude. Personne ne veut s'attarder sous la neige. Elles s'approchent de l'entrée des hommes en s'abritant sous le balcon d'un marchand de vin. Chaque fois qu'un client sort des bains, le teint encore rouge après le caldarium, elles lui souhaitent une bonne journée en essayant de croiser son regard. Cela fait désormais plus d'un an que Didon est à Pompéi. La timide jeune fille de Carthage a presque entièrement disparu – en tout cas lorsqu'il s'agit de trouver des clients. *Quel horrible gâchis de ses talents*, songe Amara en se remémorant sa danse, son chant si doux, sa façon d'habiter un personnage. *Et voilà qu'on ne lui donne à jouer que le rôle d'une prostituée des rues.*

La plupart des hommes sortent sans répondre à leurs saluts. D'autres s'arrêtent pour leur envoyer des insultes ou tenter de leur voler un baiser. Didon est la première à trouver un client intéressé, un vieil homme corpulent. Elle hésite un moment avant de l'entraîner à sa suite. Ce n'est pas ainsi qu'elles travaillent, d'ordinaire – se séparer n'est pas une bonne idée, mais elles sont assez proches du bordel pour prendre ce risque. Amara hoche la tête pour lui confirmer que tout ira bien, et retourne à ses occupations sans perdre de temps à la regarder s'éloigner. Elle ne peut pas se permettre de relâcher ses efforts : une prostituée rivale vient de se poster à l'entrée des bains. Celle-ci est bien plus pauvrement vêtue, les joues creusées par la faim. *Rien de tel que de la concurrence à bas prix*, se dit amèrement Amara. Devant cette maigre créature, personne ne s'attendra à un prix trop élevé.

Sans surprise, la putain affamée trouve un client en quelques secondes. Elle ne le mènera sans doute que dans une insalubre arrière-cour. Amara hausse la voix et devient de plus en plus agressive dans son démarchage. Elle interrompt les conversations, s'insinue entre les gens en se pressant contre eux. Deux jeunes hommes s'arrêtent pour lui rendre son salut, peu pressés malgré le froid, les joues roses et couvertes de sueur.

— Tu as besoin qu'on te réchauffe, c'est ça ? lance l'un d'eux en la détaillant de la tête aux pieds.

— Et je ne suis pas la seule ! répond-elle en faisant semblant d'être amusée. Il y a chez moi beaucoup de filles en quête de compagnie…

Elle fait un pas en arrière pour les inviter à les suivre. L'autre homme se tourne vers son compagnon.

— Je t'avais dit que le bordel était juste au coin de la rue. Et il est en face d'une taverne, en plus, je m'en souviens. On pourra aller prendre un verre après.

Amara marche d'un pas si rapide qu'ils doivent se dépêcher pour ne pas la perdre. *On n'est plus très loin*, se répète-t-elle. *Finissons-en.* Elle passe devant l'unique cellule du bordel de Simon, à la porte entrouverte. Cette vision la met toujours mal à l'aise, mais pour le moment, Félix semble avoir décidé d'ignorer l'insulte. Maria est toujours vivante.

Félix n'a pas précisé combien de clients elle devait trouver aujourd'hui. Qu'elle fasse passer le seuil à deux hommes devrait suffire, non ? Gallus est de garde, trempé et misérable. Il montre trois doigts à Amara : trois femmes disponibles.

— Tu lui diras que c'est moi qui les ai ramenés, lui murmure Amara en passant.

Béronice attend dans le couloir, frissonnante sous sa cape, l'air de s'ennuyer ferme. L'un des deux hommes s'avance vers elle, ayant clairement fait son choix. Didon doit toujours être occupée. Amara n'a même pas besoin de se demander qui est la troisième femme : Britannica, qui d'autre ?

La cellule de Victoria est libre, et Amara y guide son client. Avec toutes ces femmes achetées par Félix, elles n'ont plus le luxe d'un espace réservé. *Je ne veux pas faire ça*, songe Amara en fermant le rideau. Elle ne ressent plus cette horrible panique qui la paralysait autrefois. À la place s'est installée une aversion sans nom, l'impression d'être au bord de la nausée, d'avoir été physiquement trop loin. *Pense à l'argent.*

Elle se retourne et sourit à l'homme qui s'est déjà dévêtu à demi.

— Contre le mur, ordonne-t-il.

Amara attend que Philos vienne la chercher. Seule dans le débarras, assise sur le sac de haricots trop durs, elle s'est adossée au mur, les yeux fermés. Elle tente de s'imaginer dans le jardin de Pline, de recréer cette impression de tranquillité. Le murmure de la fontaine. Son client des bains s'est éclipsé il y a des heures, mais elle sent toujours ses mains sur elle. Après son départ, elle est allée au puits sous la pluie pour ramener un lourd seau d'eau glacée. Elle s'est déshabillée et s'est frotté tout le corps pour tenter d'effacer jusqu'à la moindre trace de l'acte. L'eau était si froide qu'elle lui faisait mal. Peut-être la sensation s'estompera-t-elle plus tard, lorsque Rufus lui dira qu'il l'aime.

— J'espère que tu ne tires pas la tronche comme ça avec ton joli cœur !

Elle ouvre les yeux. Félix est debout dans l'encadrement de la porte, occupé à la regarder. Elle ne l'a pas entendu arriver et réprime l'envie de porter la main à son cou pour vérifier que le collier de Balbina est bien caché.

— Je te l'ai dit, il est violent, répond-elle sans se fatiguer à se lever. Plus j'ai l'air misérable, plus il est content.

— Tant qu'il paie…

Elle le regarde, lui et son rictus de mépris. Comme s'il valait mieux qu'elle ; comme s'il pouvait encore le lui faire croire. *Ta mère était une putain, et toi aussi.* Elle ne pourrait pas le dire à haute voix, mais ce seul savoir la rend plus forte. Après s'être attiré les faveurs de Fabia en lui offrant à manger, Amara a tenté d'en apprendre plus, en lui demandant si elle se souvenait de l'enfance de leur maître. Fabia a ouvert la bouche pour se pincer la langue, et s'est contentée de répondre : « Il a dit qu'il me la trancherait lui-même. »

— Gallus t'a dit que j'avais ramené deux clients aujourd'hui ? demande-t-elle.

— Ça va pour cette fois. La prochaine fois, j'en veux trois.

Elle ne dit rien. Elle ne montre pas sa colère. Pourvu qu'il s'en aille, maintenant qu'il a lancé sa pique. Mais il reste là.

— Tu es sûre qu'il est violent au lit, ton joli cœur ? D'habitude, ça laisse des traces.

— Ah bon ? Tu n'en laisses pas, toi.

Ils se fixent comme deux tigres décrivant des cercles dans l'arène. Elle hait cet homme plus qu'elle ne le désirera jamais.

Des coups frappés à la porte leur annoncent l'arrivée de Philos dans la rue en contrebas. Félix s'écarte pour la laisser passer, mais elle sent son animosité la suivre même jusqu'en bas des escaliers. Elle ouvre la porte. Philos, qui lui claironne une bonne journée avec un joyeux sourire, semble sorti d'un autre monde.

Ils s'avancent côte à côte dans la rue et Philos, comme toujours, ne se met à lui parler qu'une fois à bonne distance du bordel. Lorsqu'il se tourne vers elle, c'est avec un air solennel démenti par le sourire dans ses yeux.

— On va dans un nouvel endroit ce soir.

— Pas au théâtre ?

— C'est une surprise !

Il éclate de rire en voyant son expression.

— Je ne pourrais pas la gâcher, même pour sauver ma propre vie !

— Tu veux dire…, fait Amara en sentant son pouls s'accélérer.

— J'en ai déjà trop dit ! s'exclame Philos, dont la gaieté est une réponse en soi. Fais en sorte d'avoir l'air ébahi, c'est tout ce que je peux ajouter !

Amara rit en retour. Elle aime bien Philos, gentil et facile d'approche. Rufus se repose sur lui pour tout, comme Pline se reposait sur Secundus. Elle soupçonne Philos d'être considérablement plus intelligent que son maître, mais bien trop discret pour le laisser voir.

— J'imagine que tu as joué un rôle là-dedans ? lui demande-t-elle.

— C'est possible…

— Alors je sais que ce sera merveilleux.

Philos semble flatté. Amara sait bien que les esclaves ne reçoivent que rarement de compliments pour leur travail. En s'apercevant qu'il l'emmène dans les quartiers résidentiels les moins chers, elle sent monter encore son excitation.

— Nous y voilà, dit Philos en s'arrêtant devant un porche plongé dans l'ombre.

Elle se rapproche dans sa hâte de tout voir, et il la repousse par jeu, comme deux enfants se disputent un jouet. Il lui passe la lampe et sort de lourdes clés de sa toge, en faisant exprès de prendre tout son temps, jusqu'à ce qu'elle lui décoche une tape amusée sur le bras. Puis il tourne la clé, déverrouillant la porte de bois.

L'étroit atrium est glacé, avec quelques lampes à huile brûlant à même le sol. Leur lueur vacillante est éclipsée par les rayons de lune qui tombent de l'ouverture dans le plafond. Amara se retourne pour demander à Philos où ils sont, mais il s'est déjà fondu dans l'ombre.

— Bienvenue chez toi, mon amour.

Rufus se tient sous l'arche qui mène au jardin, ombre parmi les ombres. Amara se jette sur lui avec un cri de joie. C'est à peine si elle peut parler, prise dans le nœud de son amour, de son soulagement, de sa peur, trop emmêlés pour se desserrer.

— Mais tu trembles ! s'exclame Rufus.

Il la soulève dans ses bras, appréciant sans doute la théâtralité du geste. Amara doit être plus lourde qu'il ne le pensait, car il trébuche, mais il retrouve son équilibre et l'emmène vers l'une des pièces baignées de pénombre. Elle aussi est glacée, presque sans aucun ameublement. Rien qu'une couche et une lampe brûlant dans un coin. C'est bien plus qu'assez.

Amara n'a nul besoin de surjouer son bonheur :

cet aspect de sa performance est sincère. Après avoir donné à Rufus tout le plaisir qu'il peut physiquement supporter, c'est à peine s'il peut lui dire qu'il l'aime : Amara ne cesse de le répéter elle-même.

Il fait trop froid pour rester longtemps enlacés sur la couche.

— Pour l'instant, je ne fais que louer la maison, j'en ai peur, dit Rufus en se hâtant de se rhabiller. Mais nous pourrions l'acheter si elle nous plaît vraiment…

Un aiguillon de peur transperce Amara, aussi glacé que la sueur qui sèche sur sa peau. Elle frissonne. Cette maison doit bien être la preuve que Rufus compte acheter sa liberté. N'est-ce pas ? Il se penche vers elle pour l'embrasser à nouveau. Peu à peu, elle se détend. Il prend son visage entre ses mains.

— On pourra décider quand tu n'appartiendras plus qu'à moi.

Chapitre 38

Mais la même nuit nous attend tous,
et il faut fouler le sentier de la mort.

HORACE, *Odes*, I, 28.

Amara est seule dans le couloir du bordel. Personne d'autre n'est encore réveillé. Elle contemple ce lieu si familier, ses murs couverts de suie, ses fresques au-dessus des portes. Pour Victoria, une femme chevauchant son partenaire. Pour Béronice, un homme avec deux verges. Toutes ces femmes aux murs que l'on pénètre sans jamais leur laisser aucun répit, pas même quand les vraies putains ont trouvé le sommeil. Combien de nuits lui faudra-t-il encore passer dans cet endroit ? Elle se frotte les bras en songeant à la maison vide qui l'attend.

Rufus la libérera bientôt. Elle en est certaine. Mais même s'il n'en fait rien, s'il se contente de l'acheter, lui appartenir serait déjà mille fois mieux que d'être esclave de Félix. La pointe de peur revient, mais elle se frotte les bras avec plus d'ardeur, en colère, comme pour s'en débarrasser physiquement. Un grand bruit la tire de ses pensées, en provenance de la cellule de Cressa. Britannica.

Le rideau bouge légèrement, animé par le mouvement qu'il cache. Elle rassemble le tissu dans son poing : il sent horriblement mauvais.

— C'est Amara, s'annonce-t-elle à voix basse avant d'entrer.

Britannica ne la regarde même pas. Une fois encore, Amara est frappée par son apparence si étrange. Elle est bien trop grande pour une femme, et ses cheveux roux sont maintenant trop courts. Ils étaient si emmêlés qu'il ne restait plus qu'à les couper. Elle est presque laide, dans sa négligence d'elle-même, mais Amara admire malgré tout son corps, sa force évidente. Les efforts des autres pour se donner l'air désirable paraissent pathétiques en comparaison.

Amara regarde les poings blancs qui martèlent l'air. À quand remonte la dernière fois que Britannica a quitté sa cellule ? Qu'elle a vu la lumière du jour ? Elle songe à la promesse qu'elle a faite à Cressa.

— Tu devrais sortir un moment, suggère-t-elle. Accompagne-moi au puits.

Britannica semble n'avoir rien entendu, mais Amara patiente. Elle sait désormais que la Bretonne finit toujours par réagir. Elle la regarde décocher des coups qui ne s'arrêtent qu'à un millimètre du mur. Une erreur de jugement, et elle se fracturerait la main.

Puis, sans avertissement, Britannica s'interrompt. Elle fouille les couvertures sur sa couche, en extrait sa cape et l'enfile d'un grand geste avant de ramasser une cruche. Puis elle penche la tête sur le côté en fixant Amara, l'air impatient. *Alors, qu'est-ce que tu attends ?*

Amara récupère le seau du bordel derrière la porte, et toutes deux s'engagent ensemble dans la rue. Leur silence n'a rien de confortable. Britannica irradie l'agressivité, en forçant quiconque la regarde à baisser les yeux. Peut-être serait-elle heureuse que quelqu'un relève le défi : elle semble avoir encore plus envie de se battre que Paris.

Deux hommes se trouvent déjà au puits, sans doute deux esclaves de différentes maisonnées saisissant leur chance de discuter. Amara patiente alors qu'ils ne font que leur barrer le passage – ni l'un ni l'autre ne semble disposé à remplir son seau. Lorsqu'ils daignent enfin remarquer les femmes, ils s'écartent, mais Amara ne peut se méprendre sur la façon dont ils la détaillent. Sans doute faisaient-ils exprès de les faire attendre.

Elle ne dit rien et se contente de poser son seau sur la pierre. Lorsqu'elle commence à pomper, elle sent la présence des deux hommes, trop proches. L'un d'eux pose une main sur ses fesses, en la poussant vers l'avant.

— Un peu d'aide ?

Avant même qu'elle puisse se retourner pour leur dire de la laisser tranquille, Britannica s'est emparée de lui. Amara lâche le seau en s'éclaboussant elle-même. Britannica l'a pratiquement soulevé, comme on attrape un chien par la peau du cou. Il tente de lui décocher un coup, mais elle le bloque en lui attrapant le bras, qu'elle tord violemment. Lorsqu'il crie de douleur, Britannica sourit. Il lui manque une dent de devant, souvenir d'un client trop violent.

L'autre homme bondit.

— On se calme, on se calme ! Pas la peine de réagir aussi violemment ! Regarde ! ajoute-t-il en désignant Amara. Personne ne la touche, là !

Britannica ne répond pas et continue à adresser à l'homme qu'elle tient un sourire qui n'a rien d'amical. Puis elle le dépose sur ses pieds, attend un moment comme un chat jouant avec une souris, et le relâche enfin. Les deux hommes la fixent, puis échangent un regard. À l'évidence, ni l'un ni l'autre n'a envie de se mesurer à cette inquiétante étrangère. Ils filent sans demander leur reste.

Britannica les regarde partir.

— Barbare, dit-elle d'une voix enrouée à force de silence.

— Quoi ? s'exclame Amara. Qu'est-ce que tu as dit ?

— Barbare, répète Britannica en latin, comme savourant le mot.

Elle lui offre à nouveau son féroce sourire à la dent manquante.

— Tu parles latin ? Tu sais parler !

Britannica incline la tête, un mouvement presque imperceptible. Jamais Amara n'avait autant communiqué avec elle.

— Je savais que tu nous comprenais ! Je le savais !

Britannica ne semble guère apprécier ces effusions. Elle récupère le seau et va le remplir. Amara la suit, incapable de se retenir.

— Je t'en prie, parle-moi ! Tu peux me faire confiance. Je t'en prie !

Elle ne reçoit en réponse qu'un geste impatient vers la cruche qu'elle a abandonnée au sol. Amara la ramasse et la lui tend.

— J'ai promis à Cressa que je serais ton amie. Je lui ai promis !

Britannica se raidit en entendant ce nom. Elle récupère le seau d'un geste violent et le laisse tomber dans les bras d'Amara, avec tant de force que celle-ci vacille et manque de le lâcher. Puis Britannica ramasse la cruche et repart à grandes enjambées vers le bordel. Amara n'a d'autre choix que de la suivre à petits pas. Le seau est trop plein et trop lourd pour lui laisser la moindre chance de rattraper la Bretonne. Le temps qu'elle atteigne la porte arrière, Britannica a disparu dans sa cellule.

— Je vois qu'on se rend utile, fait Victoria qui sort des latrines.

Elle s'adosse au muret en se frottant l'abdomen.

— Le seul bon côté des règles, c'est qu'on sait qu'on n'est pas enceinte…

— Britannica vient de me parler ! lance Amara en lâchant le seau. En latin !

— Ah bon ? s'étonne Victoria. Qu'est-ce qu'elle a dit ?

— « Barbare » !

— Barbare ? C'est tout ? dit Victoria en fronçant le nez.

— Oui, c'est tout…

— Alors, elle n'a pas vraiment parlé. Elle ne fait que répéter un mot qu'elle a entendu.

— Mais elle nous comprend, murmure Amara avec un regard vers l'ancienne cellule de Cressa. Elle a réagi quand j'ai mentionné Cressa.

Le nom de la morte les dégrise toutes les deux. Victoria descend la marche des latrines avec précaution.

— Il faudrait se rendre sur sa tombe. On n'y a pas été depuis des siècles.

— Tu veux y aller maintenant ?

Victoria jette un œil au couloir. Tous les rideaux sont encore fermés.

— Oui, pourquoi pas ? On peut s'arrêter au Moineau pour acheter du vin en offrande.

Elle part dans sa cellule, en ressort vêtue de sa cape, un petit pot de terre à la main. Il appartenait à Cressa.

— Allons-y.

La taverne n'est pas loin. Amara tente d'ignorer les graffitis qui tapissent le mur. Le souvenir de Ménandre lui écrivant par ce moyen est douloureux. Elle ne voudrait pas repérer les traces de son dernier message.

Nicandrus s'affaire au bar, prêt à accueillir les premiers clients de la journée. Il les salue avec un sourire.

— Comment va Didon ?

— Elle va bien, répond Amara, un peu gênée.

— Tu n'abandonnes jamais, toi, hein ? lance Victoria.

— Je lâcherais l'affaire si elle en aimait un autre. Mais ce n'est pas le cas. Pas vrai ? demande-t-il nerveusement.

— Non, admet Amara.

— Nous voudrions acheter du vin pour Cressa, dit Victoria en lui tendant le pot. C'est combien ?

Nicandrus le remplit, puis jette un œil par-dessus son épaule pour vérifier que Zoskalès n'est pas en vue. Après quoi il secoue la tête. *C'est gratuit.*

— Merci, dit Amara, touchée.

— Cressa était quelqu'un de bien, répond-il. Elle nous manque à tous.

Les deux femmes quittent la taverne et s'engagent

sur l'étroit trottoir, très proches l'une de l'autre pour marcher côte à côte.

— Vraiment, je ne comprends pas Didon, dit Victoria qui tient le pot. Il est tellement gentil. Imagine les efforts qu'il ferait ! Ça pourrait lui plaire, pour une fois.

— Elle ne veut pas se briser le cœur en aimant un homme qui ne pourra jamais être à elle, répond Amara.

Victoria ne dit rien. Amara sait bien que toutes deux songent à Félix.

À mesure qu'elles s'approchent de la porte qui mène au village de Nola, les rues se remplissent. La plupart des passants vont dans l'autre direction – des marchands qui viennent vendre au Forum ou fournir les boutiques. Ceux qui ont la chance d'avoir une carriole font un boucan de tous les diables sur les pavés. Les autres se traînent avec leurs produits empilés sur le dos. Quelques cochons circulent en couinant entre les roues de leur propriétaire. Amara les regarde dévaler la rue, la queue frétillante, comme pressés de se faire égorger. Victoria la pousse du coude et lui montre un chariot tiré par une mule, arrivant d'en face. Accrochée au bras d'Amara, elle se hisse sur la pointe des pieds pour mieux admirer les rouleaux de tissu multicolores. Le muletier les aperçoit et fait claquer son fouet, en riant lorsqu'elles sursautent.

Amara se sent moins en sécurité ici qu'ailleurs, en marge de la ville. Tant d'étrangers traversent Pompéi comme des nuages de fumée, en s'évaporant sitôt arrivés. Toutes deux attendent le passage d'une file de chariots transportant des blocs de pierre – un apport aux travaux incessants de la ville, sans aucun doute – avant de se glisser sous l'arche qui sépare la cité des vivants de celle des morts. De part et d'autre de la route se dressent à présent d'énormes tombes peintes de couleurs vives, certaines aussi grandes que le bordel où elles travaillent. Seuls les plus riches peuvent se permettre d'être placés si proches de l'entrée. À la porte de leur propre mausolée, les puissants d'autrefois fixent les passants sous forme de statues bariolées.

Les louves n'auraient jamais pu en faire construire pour Cressa. Même le plus petit d'entre eux leur aurait coûté un prix inimaginable. Victoria et Amara s'éloignent donc de plus en plus de la ville, jusqu'à ce que la route se fasse plus large et les passants plus rares. Elles arrivent non loin d'un groupe endeuillé autour d'une urne en marbre, chacun vêtu de ses plus beaux habits, brûlant des offrandes pour apaiser les morts. Amara songe à ses propres parents, à tout ce qu'elle leur doit mais ne peut leur offrir, et détourne les yeux.

C'est Victoria qui se rappelle où tourner. Un chemin étroit se glisse entre deux monuments. Plus elles s'éloignent de l'allée principale, plus les tombes se font petites. Les sarments nus d'un vignoble dépassent d'un mur de pierre. Pline pourrait-il l'avoir visité durant son séjour dans les environs ? Non, l'endroit n'est sans doute pas assez important pour lui. Amara lève les yeux vers le Vésuve, la montagne dont Pline voulait étudier les plantes. Son pic acéré est plongé dans les nuages.

Elles finissent par atteindre ce qu'elles cherchaient. Le champ des pauvres, une étendue de monticules grossiers, d'empilements de cailloux et de cols d'amphores brisées qui émergent du sol comme des bouches grandes ouvertes. Une odeur infecte flotte dans l'air, issue de la décharge voisine, et Amara se demande si c'est là que Victoria a été trouvée enfant. Elle ne pose pas la question.

— Comment va-t-on faire pour retrouver l'endroit ? murmure Amara comme si les morts en colère pouvaient l'entendre.

Il n'y a personne aux alentours, rien qu'un vieil homme sanglotant au-dessus d'un tas de terre fraîchement retournée.

— Je sais où c'est, répond Victoria qui s'avance d'un pas confiant sur le sol inégal.

Elle s'arrête près d'une petite tombe, rien qu'un bloc de pierre, ce qui est déjà bien plus que la plupart des autres en vue. À sa base, une pile de cailloux. Voilà tout ce qu'il leur reste en souvenir de Cressa. Enfouir une amphore n'aurait pas eu de sens, en l'absence de cendres à y verser. Aucun reste humain pour accueillir leur offrande de vin. Victoria sort le pot rempli par Nicandrus et répand le cru le moins cher du Moineau sur les pierres de Cressa.

— Prendre un verre, ça lui faisait toujours plaisir, dit-elle.

Toutes deux restent là à fixer le tas épars, en songeant à la morte. Amara regarde les pierres empilées et pense aux actes de gentillesse que multipliait Cressa, tout aussi insignifiants, et pourtant si touchants pour ses proches. Elle voudrait oublier les derniers instants de Cressa, debout sur le quai à regarder les vagues.

— C'est combien ?

Toutes deux sursautent en entendant le filet de voix mielleux derrière elle. Un homme se tient là, courbé comme un mendiant. Malgré sa posture, quelque chose dans son regard effraie Amara.

— Nous n'avons pas de vin à vendre, dit-elle en resserrant sa cape.

— Combien pour me sucer ? insiste-t-il en portant une main à son entrejambe.

— Un peu de respect ! s'insurge Victoria en lui faisant signe de déguerpir. Tu ne vois pas qu'on prie ?

— Prenez pitié, gémit l'homme en tendant le bras vers elle.

Victoria se dégage d'une façon qui révèle sa peur à Amara. Elles s'éloignent d'un pas rapide vers la route, en traversant le champ de cendres. L'homme est trop rapide pour elles et les devance comme une flèche.

— Pourquoi vous ne voulez pas me baiser ? supplie-t-il. Baisez-moi ! Je vous en prie !

Elles accélèrent encore le pas en enjambant les bouches mortes des amphores. Le mendiant se rapproche sans cesse ; sa voix, plus forte, plus grave, n'a plus rien d'un gémissement haut perché. Amara appelle le vieil homme toujours courbé près du monticule terreux, mais il les ignore. Il doit avoir entendu l'autre homme réclamer du sexe et n'a clairement aucun désir d'aider quelques putains à repousser un client.

Le mendiant se met à courir. Amara croit d'abord que ses appels à l'aide l'ont mis en fuite, puis elle comprend qu'il est parti leur bloquer la route. D'un côté, le mur de pierre du vignoble, de l'autre un grand mausolée. Il leur sera pratiquement impossible de regagner l'allée. Elles ralentissent en s'approchant. De quel côté forcer le passage ?

— Viens avec moi, dit-il en plantant son regard dans celui d'Amara.

On croirait voir un serpent prêt à frapper. Elle est trop effrayée pour baisser les yeux. Il se jette en avant pour lui agripper le bras, mais elle l'avait vu venir. Victoria attrape la main d'Amara et elles repartent en arrière, en courant vers le vieil homme. Le mendiant les devance à nouveau en les repoussant vers les tombes, vers un autre chemin qu'elles ne connaissent pas. Elles n'ont plus le choix et s'y engagent en courant, l'autre sur leurs talons, de plus en plus loin dans la nécropole. Amara trébuche, ce qui lui fait baisser les yeux. Les pavés sont envahis d'herbes folles. Avec une pointe de terreur, elle comprend que cette voie est non seulement déserte, mais complètement abandonnée. Elles sont piégées. La panique la saisit et elle trébuche de nouveau en ne se rattrapant qu'à peine.

— Ne t'arrête pas ! lui crie Victoria.

Où sont-elles ? Amara n'en a aucune idée. Les tombes se rapprochent. Se frayer un chemin entre elles devient de plus en plus difficile. Elle se retourne et pousse un hurlement : l'homme les a rattrapées. Il la saisit par la taille et la tire en arrière. Elle tombe pesamment au sol et il la chevauche aussitôt, un couteau à la main.

Victoria s'accroche à son bras en hurlant, mais il la repousse si fort qu'elle se cogne la tête contre le mur d'un mausolée et glisse au sol, étourdie.

— Ton maître se croit tout permis, crache l'homme en serrant la gorge d'Amara.

Son souffle court lui brûle le visage. Elle est pétrifiée de terreur.

— Il pensait pouvoir effacer ses traces… Comme si Simon n'allait pas le percer à jour !

Il approche le couteau de son œil.

— Ça, c'est pour Drauca.

Un bruit de poterie qui éclate les fait tous deux sursauter. L'agresseur se retourne juste au moment où Victoria lui enfonce profondément un éclat d'amphore dans le cou. En panique, il tente de l'arracher, ses mains déjà couvertes de sang, mais Amara sait qu'il va mourir, quoi qu'il fasse. Elle fixe l'argile plantée dans sa gorge, puis se dégage fébrilement pour éviter d'être tachée de rouge.

Toutes deux restent en arrière, figées. À leurs pieds, les restes du pot en terre qu'elles avaient rempli de vin pour Cressa.

L'homme, étendu au sol, tremble violemment. Il ne met que peu de temps à mourir. Amara prend la main de Victoria et elles partent en courant.

Chapitre 39

Qui ne sait se protéger ne sait vivre.

Graffiti d'Herculanum.

Toutes deux cachées derrière une tombe, elles tentent de reprendre leur souffle, de remettre de l'ordre dans leurs idées, de comprendre ce qu'il vient de se passer. Victoria est en état de choc et tremble si violemment qu'Amara craint qu'elle ne se brise les dents. Elle la serre contre elle pour lui tenir chaud.

— Il allait me tuer, murmure-t-elle en lui frictionnant les épaules. Tu m'as sauvé la vie.

— Je l'ai tué, souffle Victoria qui sombre peu à peu dans l'horreur de ce qui vient de se produire. Je l'ai tué ! Je suis une meurtrière !

— Personne ne le saura jamais. Personne ne saura rien. Tout ira bien. Pour toi comme pour moi.

Elle songe au corps de l'homme étendu au sol, et une vague de calme l'envahit. Il est mort. Tout ce qui importe désormais est d'éviter les soupçons. Elle inspecte leurs vêtements, examine de près le visage de Victoria, se passe une main sur les joues pour vérifier le bout de ses doigts. Ne pas avoir reçu plus de sang sur le corps est une chance pour elles deux. Amara ramasse de la boue et la frotte sur les taches rouges qu'elle repère sur leurs capes.

— J'en ai sur moi ? demande-t-elle en tournant le visage d'un côté et de l'autre, comme pour laisser Victoria juger son maquillage.

Victoria secoue la tête.

— Bon. Alors, on ferait bien de rentrer.

— Il faut qu'on en parle à Félix, murmure Victoria qui tremble toujours. Tu as entendu ce qu'il a dit ?

— Que Félix avait tué Drauca.

— Tu penses que c'est vrai ?

Il y a du désespoir dans son regard. Soupçonner l'homme qu'on aime de meurtre est une chose, le savoir avec certitude en est une autre.

— Je crois que oui.

Victoria se détourne, trop choquée pour parler. Amara lui prend la main, qu'elle trouve glacée.

— Je te dois tout. Et Félix aussi. Sans toi, il n'y aurait personne pour l'avertir.

— Comment va-t-on faire pour rentrer ? Et si quelqu'un se souvient qu'on était là ?

— Personne ne s'en souviendra. Qui se soucierait de nous ? Il suffit de rentrer lentement, en gardant la tête baissée. Le corps ne sera pas découvert avant des jours. À supposer qu'il le soit jamais.

— J'imagine qu'il y a des avantages à ne compter pour personne…

Victoria se relève, si vacillante qu'il lui faut s'appuyer sur la tombe. Toutes deux traversent la nécropole avec précaution, sans revenir sur leurs pas. Il leur faut un long moment pour retrouver l'allée principale, et cela fait, rentrer leur prend plus longtemps encore. Victoria sursaute au moindre bruit, mais Amara lui tient fermement la main pour l'empêcher de marcher trop vite. Elles ont mis leurs capuches comme pour se protéger du froid, en se cachant à demi le visage. Ni l'une ni l'autre ne dit mot.

Le trajet semble durer une éternité. En arrivant au bordel, toutes deux sont près de s'écrouler de fatigue. Amara tambourine à la porte de Félix, qui ne s'ouvre qu'à peine.

— Quoi ? fait Paris en leur lançant un regard mauvais par l'interstice.

— Ce n'est pas le moment pour tes conneries ! lance Amara en abattant sa main sur le bois. C'est important !

Il recule pour les laisser entrer.

— Mais Félix est avec un client…

— Alors dis-lui qu'on l'attend dans sa chambre.

En écoutant Victoria relater ce qu'il s'est passé, Amara a l'impression de se tenir hors d'elle-même. Elle n'avait encore jamais vu quelqu'un pleurer si fort. Victoria raconte le meurtre en sanglotant tout du long, tandis que Félix, qui la tient dans ses bras, lui embrasse le visage, lui réchauffe les mains. Amara ne l'aurait jamais cru capable d'une telle tendresse. En les regardant, elle sent dans sa poitrine une douleur qu'elle ne saurait nommer. Il ne l'a jamais traitée ainsi, pas même lorsqu'elle lui a rapporté la mort de Cressa, alors qu'elle aurait tout donné pour un peu de réconfort. Personne ne l'a jamais étreinte comme

Félix étreint Victoria, sauf Ménandre. L'idée lui fait horreur. Si Félix est capable d'amour, est-il meilleur que ce qu'elle croyait, ou pire ?

Par-dessus la tête de Victoria, il lui jette un regard empreint de sa froideur habituelle, comme si lui aussi s'était extrait de lui-même afin de lui parler.

— Répète ce qu'il a dit sur Simon ?

— Il a dit que tu ne t'en tirerais pas comme ça... Que tu n'avais pas réussi à effacer tes traces... Simon a découvert ce qui s'était vraiment passé.

Elle s'interrompt, examinant ses souvenirs. Les moments de violence semblent avoir été subis par une autre.

— Il m'a menacé l'œil d'un couteau en disant : « Ça, c'est pour Drauca. »

— Et personne n'a rien vu ?

— Non. Le corps est dans un endroit désert. Il n'y avait qu'un vieil homme dans le champ des pauvres, et on n'est pas reparties par là. J'ai couvert toutes les traces de sang que j'ai pu trouver sur nous. Et qui ferait attention à deux femmes ? conclut-elle en haussant les épaules.

— Ça n'a pas l'air de t'avoir beaucoup choquée, de voir un homme mourir. Tu es vraiment sûre qu'il ne s'en relèvera pas ?

— Elle l'a frappé ici, dit Amara en indiquant son cou. Personne ne survit à ça. Même si je n'avais jamais lu d'ouvrage d'anatomie, je saurais qu'il est mort.

Victoria pousse un nouveau cri de détresse et sanglote contre le torse de Félix. Il la serre contre lui en se balançant d'avant en arrière. Amara les fixe tous deux, incapable de comprendre la culpabilité de

Victoria, irritée de la voir verser tant de larmes pour un homme pareil.

— Il voulait me tuer, mais c'est lui qui s'est fait avoir, poursuit-elle. Je ne vois pas ce qui me choquerait là-dedans.

— Ça te frappera plus tard, dit Félix. Personne n'y échappe, la première fois. Pas même les putains au cœur de pierre.

— Qu'est-ce que tu comptes faire, maintenant ? Nous sommes toutes en danger.

Elle a toujours trop peur de Félix pour exprimer sa colère, ce qui ne l'empêche pas de la ressentir. *Par ta faute*, voudrait-elle ajouter. *Nous sommes en danger par ta faute.*

— D'abord, on ne dit rien à personne. Même pas à Didon. Et si tu tiens à la vie de Victoria, ajoute-t-il en lui frottant à nouveau les épaules, vous n'en parlerez même pas entre vous.

Amara hoche la tête. Elle sait que le meurtre les lie ensemble, tous les trois. Sa dette envers Victoria, le secret qu'ils partagent. Elle ne veut pas de ce lien.

— Quant à Simon, j'en fais mon affaire.

— On ne peut pas se permettre de fermer les yeux.

— Non, on ne peut pas.

— Je ne voulais pas le tuer, dit Victoria en les prenant à témoin d'un air désespéré. Je voulais juste qu'il s'arrête. Je n'ai pas fait exprès !

— Je sais, murmure Félix en lui embrassant le front, les cheveux. Tu as été très courageuse.

Amara fixe son amie qui s'agrippe à leur maître comme une petite fille, méconnaissable, elle d'habitude si forte. Est-ce donc là ce qu'elle est vraiment ? Amara sent sa colère grandir à cette idée.

— Il n'y a pas de quoi pleurer comme ça ! gronde-t-elle. Il méritait bien de crever !

— La ferme ! hurle Félix.

Victoria tressaille devant sa rage, même sans en être la cible. Il s'approche d'Amara à grands pas et lui agrippe les épaules, son visage à un pouce du sien.

— Elle vient de te sauver la vie ! Ça te tuerait, un peu de gratitude ? Ce n'est pas une pute sans cœur comme toi !

Il la relâche puis reprend Victoria dans ses bras comme pour la protéger d'Amara.

Celle-ci n'attend pas qu'il la chasse de la pièce. Une fois dans le couloir, elle se rend compte que ses jambes menacent de céder. Elle parvient à atteindre le débarras et s'effondre sur sa couche de sacs en toile dans le coin de la pièce. Sa sérénité se fracture. Elle songe au pot de Cressa, en morceaux sur le sol. L'éclat de poterie planté dans le cou de l'homme. Le sang. Ses sentiments remontent comme la marée haute, portés par une vague de terreur.

Elle s'agrippe à la toile rugueuse et tente d'imaginer qu'elle enterre sa peur, qu'elle la pousse vers le fond. Elle ne veut pas la ressentir. Elle ne veut rien ressentir. Demain, elle verra Rufus dans la jolie maison de Drusilla. Ils discuteront ensemble du foyer qu'ils partageront bientôt. Elle ne sera pas cette femme qui a failli mourir, impuissante sous le couteau pointé vers son œil. Tout sera comme si rien ne s'était passé.

Son calme lui revient, comme la glace à la surface du bassin chez Balbina. Elle exhale profondément, desserre les mains, lâche les sacs de toile. Personne ne la serre contre lui, mais cela n'a pas d'importance. Elle n'a pas besoin d'être réconfortée par Félix, ni par quiconque. Elle peut dominer toutes ses peurs pourvu qu'elle s'y efforce.

Amara passe le reste de la journée dans le débarras. Elle est désormais censée travailler même les jours où Rufus la paie, mais Félix ne la force pas à descendre. À la nuit tombée, elle est toujours recroquevillée dans son coin. Paris tente de la provoquer en laissant entendre qu'elle doit être jalouse de Victoria qui passe la nuit dans la chambre de Félix – jalouse de sa rivale bénéficiant d'une si grande faveur de la part de leur maître. Mais Amara fixe le vide comme si elle ne pouvait l'entendre. Inexplicablement, elle parvient à s'endormir.

Le lendemain matin lui donne l'impression d'évoluer dans un rêve. Elle se force à descendre, part aux bains avec Didon, l'écoute lui parler de ses angoisses au sujet d'Ipstilla et Téléthusa. Pour la deuxième fois, Egnatius a embauché les Ibères mais pas Didon ni Amara. Amara voit bien que son amie s'inquiète, mais ne peut l'atteindre. Même côte à côte, elle lui semble très loin.

— Qu'est-ce qui t'arrive ? finit par demander Didon. Félix ?

— Oui, répond Amara.

Didon semble si inquiète qu'Amara voudrait lui dire ce qu'il s'est vraiment passé, l'avertir pour qu'elle prenne garde. Mais elle ne peut trahir Victoria. Et puis, ce n'est pas un mensonge : tout est la faute de Félix. S'il n'avait pas tué Drauca, Amara n'aurait jamais été attaquée. Elle implore Didon de rester près de Britannica – en mémoire de Cressa, dit-elle. En réalité, elle espère que la Bretonne sera de taille à les défendre.

Lorsque ses amies partent racoler, Amara retourne se cacher dans le débarras. Elle ne pourrait pas supporter d'aller chercher des hommes aujourd'hui, même si Félix fait payer le double à Rufus en conséquence. L'idée d'aborder des inconnus la ramène à la nécropole, au couteau, aux mains serrant sa gorge. Comment pourrait-elle être certaine que ses clients ne cherchent pas à la tuer ?

Attendre que la journée s'achève est un tel effort que Philos remarque sa détresse en venant la chercher. Une fois loin du bordel, il lui offre son bras.

— Tu veux qu'on s'arrête ? Juste le temps de reprendre tes esprits ?

Elle hoche la tête et ils traversent la rue pour gagner un endroit moins passant. Elle s'adosse au mur.

— Tout va bien, la réconforte-t-il. Je sais que ce n'est pas facile…

— Merci, répond-elle en tentant de relâcher sa peur avec de profondes exhalaisons.

Elle regarde Philos, dont les yeux gris n'expriment que de la gentillesse. Il se tient si près qu'elle sent la chaleur de son corps, réconfortante.

— Je suis si reconnaissante envers Rufus.

— Je sais, dit-il. Et je sais que c'est dur. J'ai connu ça, moi aussi.

Il jette un œil vers l'endroit d'où ils viennent.

— Non que j'aie travaillé dans un bordel, continue-t-il en baissant la voix. Mais je ne pense pas m'être senti en sécurité un seul instant quand j'étais plus jeune.

Amara lui agrippe plus fermement le bras.

— Pas besoin de m'expliquer, dit-elle. Je comprends.

— Quelle vie, hein ? Quand on est jeune, ils nous violent, et quand on vieillit, ils nous baisent.

— Mais Rufus tient à toi.

— Oui, c'est vrai, fait-il en détournant les yeux. Je n'ai plus à me plaindre.

— L'homme qui t'a…

Amara ne prononce pas le mot. Elle ne veut pas l'humilier.

— Ce n'était pas le père de Rufus, si ?

— Hortensius ? Non. Les garçons ne l'intéressent pas. Mais ils intéressaient beaucoup son père à lui.

Amara se demande quel âge il a. Sans doute dix ans de plus qu'elle, peut-être un peu plus. Elle s'aperçoit soudain qu'il est assez beau : elle ne l'avait jamais vraiment considéré sous cet angle. Plus jeune, il devait être sublime. Elle sent sa colère monter en l'imaginant vivant dans la terreur, incapable de se défendre, et l'idée que c'est aux mains du grand-père de Rufus qu'il a souffert, empire les choses.

— Et comment est Hortensius ?

Philos reste muet. Elle comprend soudain qu'il ne veut pas se montrer déloyal.

— Tu peux me faire confiance, lui assure-t-elle. Mais je ne t'en voudrai pas si tu ne veux pas prendre ce risque.

Philos se passe une main sur le visage.

— J'aurais voulu que tu me poses la question plus tôt. Je ne suis pas censé te le dire, mais… Rufus l'a invité ce soir. Pour te rencontrer. C'était une surprise. Hortensius a insisté pour que Rufus ne te dise rien. Il veut te voir « comme tu es vraiment », te prendre au dépourvu.

Voilà qui n'inspire guère Amara.

— Oh, dit-elle. J'imagine qu'il s'inquiète pour son fils.

— Si tu étais *ma* femme, je ne te laisserais pas seule avec lui. Pas si je pouvais l'éviter.

Amara est étonnée de l'entendre parler d'elle en ces termes. Elle s'aperçoit soudain qu'elle lui tient toujours le bras, qu'elle ferait peut-être bien de le lâcher.

— Je serai prudente, dit-elle. Merci.

Hortensius ressemble tellement à son fils qu'Amara doit faire un effort pour ne pas le regarder trop fixement. Même ses manières sont similaires, sa façon de parler avec ses mains. Elle est heureuse que Drusilla soit des leurs, captant l'attention d'Hortensius de temps à autre, ce qui lui offre un peu de répit. Là est la seule différence flagrante entre père et fils : Rufus est si gentil, si naïf, alors qu'Hortensius semble sagace et calculateur.

— Rufus m'a dit que tu avais aidé l'amiral dans ses recherches, dit-il à Amara. Tu dois être très éduquée. Qui t'a enseigné tout cela ? Ton premier maître ?

— C'était mon père, quand j'étais libre. Il était médecin en Attique.

— Je vous ai déjà raconté toute l'histoire ! proteste Rufus, agité.

'Hortensius lève les mains d'un air exaspéré, invitant Amara à se moquer de son fils.

— Tu m'as dit qu'elle avait été concubine à Aphidna !

— Mais après ! insiste Rufus.

— De toute façon, il n'y a aucun mal à être concubine, conclut Hortensius en se tournant vers Drusilla pour lui faire le baisemain.

Drusilla lui sourit, comme sous le charme. Mais Amara la sait si douée pour contrefaire ses émotions qu'elle pourrait très bien souhaiter la mort d'Hortensius sans que celui-ci en sache jamais rien.

— Donc, ton père était médecin. Puis tu as été précipitée dans une destinée tragique, et tu as fini putain au cœur brisé. C'est ça ?

Amara incline la tête. Son sarcasme ne lui plaît guère, même s'il lui parle avec le sourire.

— Tu m'as l'air bien jeune pour que ton maître se soit lassé de toi...

— Son épouse était mécontente.

— Si cet idiot ne savait pas contrôler ses femmes, tu as bien fait de partir, décrète-t-il comme si elle avait eu le choix. Tu sais danser ? Jouer de la musique ? Chanter ?

— Je vous ai déjà dit..., commence Rufus.

— C'est à elle que je pose la question !

— Mon père m'a appris à..., dit Amara.

— Allons ! l'interrompt Hortensius avec un éclat de rire. Tu sais bien que ce n'est pas de ça que je parle. Ça m'étonnerait que ton père t'ait enseigné à te produire devant des hommes ! Pas s'il était médecin comme tu le prétends. Alors, que t'a enseigné ton premier maître ?

Amara ignore qu'il vient de l'accuser de mentir.

— J'ai appris la lyre chez mon père. Puis, en tant que concubine, j'ai appris plusieurs chansons de Sappho et d'autres poètes grecs. J'ai poursuivi mon éducation musicale à Pompéi.

— Ton *éducation musicale* ? répète Hortensius en haussant les sourcils, amusé. Au moins, tu as de l'humour.

— Nous laisseriez-vous jouer pour vous ? demande Drusilla.

Elle se lève dans un bruissement de soie et lui jette un regard en coin, comme si elle le trouvait irrésistible. Hortensius se laisse aller sur sa couche en la regardant fixement.

— Pourquoi pas, répond-il.

Amara n'a pas sa lyre, mais Drusilla lui fait signe de la rejoindre près de la harpe.

— Je vais jouer l'*Hymne à Aphrodite* de Sappho, murmure-t-elle. Et tu chanteras seule.

— Merci, chuchote Amara, heureuse de ne pas avoir à se mesurer à Drusilla dont la voix est plus belle.

Elle se balance en rythme avec la musique, avec les gracieux gestes qu'elle a appris chez Chrémès, et chante avec tout son cœur. En voyant Hortensius la regarder d'un air évaluateur, elle a l'impression d'être repartie en arrière, avant Chrémès, comme si tous les changements de sa vie d'esclave avaient fini par la ramener au point de départ. Elle songe à Philos. *Si tu étais ma femme, je ne te laisserais pas seule avec lui.* Rufus la fixe également, rayonnant de fierté, ce qui ne la rassure pas. Combien de temps leur reste-t-il avant qu'il ne pose sur elle le même regard que son père ?

— Très bien, je l'admets, elle est ravissante, dit Hortensius à son fils une fois la chanson finie. Tu as gagné.

Puis il se retourne vers Amara.

— Mais je ne comprends toujours pas. Pourquoi se fatiguer à louer cet endroit ? Quand il t'aura achetée, tu te joindras à la maisonnée, voilà tout.

— Père, je vous en prie, fait Rufus, écarlate, en jetant un regard anxieux à Amara.

— Bon, bon, profite de ta petite amourette, soupire Hortensius.

Il revient à Drusilla et Amara, en secouant la tête.

— Ah, les garçons ! Je me demande comment vous faites pour les supporter, toutes les deux.

— Jamais je n'avais rencontré d'homme aussi gentil que Rufus, répond Amara.

— Oh, je n'en doute pas, persifle Hortensius. Allons, j'imagine que je ferais bien de vous laisser profiter de votre nuit d'amour.

Tous se lèvent avec lui. Il va embrasser Drusilla.

— Charmé, comme toujours.

Puis il se tourne vers Amara, mais au lieu de l'embrasser également, il fait glisser ses mains sur tout son corps, comme au marché aux esclaves. Elle est si choquée qu'elle en reste muette. Il lui adresse un sourire sans chaleur.

— Très bon investissement, oui.

Personne ne rompt le silence.

— Eh bien, mon garçon, tu ne me raccompagnes pas ?

Rufus sursaute et se hâte de quitter la pièce avec son père. Il ne croise pas le regard d'Amara.

Après leur départ, Drusilla fait un signe pour éloigner le mauvais œil.

— Qu'est-ce qu'il voulait dire ? siffle-t-elle. Tu m'as dit que Rufus allait te libérer !

— C'est ce qu'il m'avait dit…

Amara est tremblante. Drusilla lui pince le bras.

— Ce n'est pas le moment de paniquer ! Reprends-toi ! Réfléchis ! Fais en sorte qu'il lui soit aussi difficile que possible de ne pas tenir sa parole. Sers-toi de sa culpabilité, de tout ce que tu pourras. Tu ne peux pas le laisser croire que tu seras heureuse en tant qu'esclave !

Au retour de Rufus, elle recule avec un sourire serein, comme si Amara et elle ne faisaient que discuter de choses et d'autres.

— Je crois que je suis un peu lasse, dit-elle en bâillant. J'espère que ça ne vous embête pas si je vous abandonne ?

Ils la regardent partir d'une démarche qui semble naturellement languide, alors qu'Amara sait bien que Drusilla n'est pas fatiguée du tout.

— Bon, ça s'est plutôt bien passé, je trouve, fait Rufus en se penchant pour l'embrasser.

Amara le repousse.

— Qu'est-ce qu'il voulait dire par « tu te joindras à la maisonnée » ?

— C'est tout lui, ça… Il sait bien que je t'ai loué une maison. Il finira par entendre raison.

— Il sait que tu comptes me libérer ?

Rufus évite son regard, et elle voit le rouge lui monter aux cheveux.

— Ce serait donc si terrible si je ne le faisais pas ?

Il lui prend les mains, l'attire vers lui.

— Nous serions tout de même ensemble… Tu ne serais plus au bordel, et c'est ça l'important, non ?

— Je n'arrive pas à croire que tu ne comprennes pas la différence ! s'écrie Amara en se dégageant. Combien de fois m'as-tu répété que tu voyais bien à quel point j'avais souffert d'avoir tout perdu à Aphidna ? On m'a arrachée à moi-même quand on m'a vendue ! Pourquoi me garderais-tu esclave puisqu'il est en ton pouvoir de me libérer ? Pourquoi ?

— Les choses ne sont pas si simples, déclare Rufus en s'asseyant lourdement. Mon père n'aime pas cette idée, et je ne sais pas si je peux lui désobéir là-dessus. Si je te libérais, il faudrait que tu prennes notre nom de famille. Ce n'est pas qu'à moi qu'il appartient.

Amara s'assoit à ses côtés. Elle sent encore les mains d'Hortensius sur son corps. Elle songe à Philos, à Chrémès, à ce qui arrive aux esclaves qui deviennent des objets trop familiers dans la maison de leurs maîtres. Rufus l'enlace et lui embrasse le front, la joue, les lèvres, avec douceur.

— Si tu m'appartiens, je te promets que je ne laisserai jamais personne te faire du mal. Je te le promets.

Chapitre 40

Le blasphème est aisé pour qui hait sa vie.

Graffiti de Pompéi.

Victoria et Amara patientent dans la chambre de Félix. Ni l'une ni l'autre ne s'imagine avoir été convoquée pour du sexe. Victoria s'est assise en tailleur sur le lit, comme si elle y avait sa place, mais Amara ne veut pas le toucher, ne veut pas se remémorer la nuit qu'elle a passée là avec Félix. Elle a préféré se percher sur un tabouret.

— Il veut nous parler de Simon, non ? murmure Victoria. Forcément…

— Je croyais qu'il allait s'en occuper lui-même. Je ne vois pas pourquoi il a besoin de nous.

— Il m'a dit que j'avais sauvé sa vie en plus de la tienne… Il ne m'avait jamais parlé comme ça avant.

Elle semble complètement étourdie d'amour, comme incapable d'imaginer que la soudaine dévotion de Félix pourrait tout aussi bien être de la manipulation. De quoi préparer le terrain avant l'horrible tâche qu'il compte à présent leur confier, quelle qu'elle soit.

— Il m'a dit qu'aucune femme ne lui avait encore jamais été aussi loyale…

Amara songe à ses propres secrets – le prêt à Balbina, ses manigances avec Rufus. Impossible d'imaginer pourquoi quiconque voudrait être loyal envers n'importe quel maître, encore moins Félix. Elle tente de maîtriser sa colère face à l'idiotie de Victoria.

— Encore heureux qu'il te soit reconnaissant ! S'il avait un tant soit peu de dignité, il te libérerait pour ce que tu as fait.

Victoria semble défaite, et Amara regrette la dureté de ses mots. Toutes deux savent bien qu'une telle chose n'arrivera jamais.

Félix ouvre la porte. Amara tressaille – a-t-il entendu leur conversation ? – mais il semble ailleurs, et ne perd pas son temps à les saluer.

— On ne peut plus attendre, dit-il en s'asseyant près de Victoria sur le lit. Simon doit avoir compris que son homme de main ne reviendra pas. Il faut frapper maintenant, avant lui, et s'assurer qu'il ne se relèvera pas.

— Dis-nous ce qu'on peut faire, demande Victoria, comme pressée de se mettre en danger.

— Des amis à moi s'occuperont de la taverne de Simon. Et de Simon lui-même. J'ai besoin de vous pour créer une diversion et pour monter la garde.

— Monter la garde sur quoi ? interroge Amara.

— Paris sera là aussi, poursuit Félix en ignorant sa question. Il n'est pas aussi reconnaissable aux yeux de Simon que Thrason ou Gallus.

— Paris sait ce qui s'est passé dans la nécropole ?

— Non. Personne ne sait rien. C'est plus sûr ainsi.

Victoria le fixe avec gratitude, et il pose une main sur son genou.

— Il faudra vous voiler, toutes les deux. Racolez devant la taverne, ça devrait attirer l'attention.

— Tu veux qu'on prenne des clients dans la rue ? dit Amara. Seules, sans protection ?

— Paris sera dans les parages.

— Mais pas pour assurer notre sécurité ! Il sera là pour surveiller la taverne !

— Vous serez deux, je ne vois pas le problème.

— Qu'est-ce que tu manigances ? Je ne veux pas y aller si tu ne nous dis rien.

Félix perd son calme.

— Personne ne te donne le choix ! hurle-t-il. Depuis quand tu me dis quoi faire ? Si je veux te vendre au bordel ou dans la rue, tu n'as pas à discuter !

— Amara, je t'en prie, plaide Victoria. Il le faut. Et si on se faisait encore attaquer par Simon ?

Amara les fixe tous les deux, assis là, unis contre elle comme un couple marié. Elle songe à tout ce qu'elle doit à Victoria. Impossible d'y échapper, même si elle n'était pas liée à Félix. Si bien qu'elle hoche la tête.

— Vous feriez mieux de passer la nuit à l'étage, toutes les deux, dit-il.

Son regard passe d'une femme à l'autre et se fait narquois.

— Tu peux repartir dans le débarras, lance-t-il à Amara. Laisse-nous seuls.

Elle se hâte de quitter la pièce, peu désireuse de voir Félix allonger Victoria sur sa couche, et ferme la porte derrière elle. Paris est sur le balcon et brique le plancher avec bien plus d'énergie qu'à l'ordinaire. Elle s'écarte pour ne pas gâcher son travail, mais il l'arrête, les yeux brillants dans son visage maigre.

— Félix t'a dit ? fait-il en se relevant. Il t'a dit qu'il me confiait une mission ? Pas à Thrason, pas à Gallus. À moi !

Amara hoche la tête. Elle songe à la raison de Félix : Paris est moins distinctif. Il a sans doute aussi moins de valeur. Elle n'a guère d'affection pour son colocataire, mais elle ne peut oublier qu'il sera seul responsable de sa sécurité ce soir. Autant flatter le fils malheureux de Fabia.

— Je t'avais dit qu'il se reposerait de plus en plus sur toi. C'est une mission d'importance qu'il t'a confiée.

Paris semble se demander si elle se moque de lui.

— Il faudra faire ce que je vous dis, toutes les deux, hésite-t-il. C'est moi, l'homme. C'est moi qui décide.

— Bien sûr, répond-elle en inclinant légèrement la tête.

Paris déglutit puis jette un œil nerveux à la porte des appartements de Félix. Il a beau faire le fier, lui aussi a peur. Amara songe à nouveau à Fabia, qui tient tant à son enfant.

— Mais tu n'es pas obligé de faire quelque chose que tu pourrais regretter, poursuit-elle. Pas besoin de te mettre en danger.

Paris se redresse et rejette ses épaules en arrière pour se grandir encore plus.

— Je suis né pour ça ! Tu ne peux pas comprendre. Tu n'es qu'une femme.

La journée semble interminable, mais Amara voudrait qu'elle dure plus longtemps encore, que la nuit ne vienne jamais. Sans savoir exactement ce qu'a prévu Félix, elle se doute qu'il compte tuer Simon. Leur antagonisme ne saurait se résoudre autrement. Amara est presque certaine de quitter bientôt cet endroit pour toujours. Les Saturnales arrivent. Elle ne peut pas mourir maintenant, pas si proche du but. Peut-être pourrait-elle faire parvenir un message à Rufus, ou même à Philos, en suppliant que l'un d'eux vienne la chercher ? Mais à qui confier une missive pareille ? Paris la repérerait si elle tentait de se glisser dehors, et la colère de Félix serait terrible.

Enfin, quelqu'un frappe à la porte du débarras. C'est Victoria, voilée comme une femme mariée. On croirait plutôt voir un linceul, se dit Amara dont le cœur s'emballe. Lorsque Victoria lui tend un tissu, elle refuse de le toucher.

— Je crois que c'est une mauvaise idée, dit-elle. Et si un client de la taverne nous reconnaît ? Et si Maria ou Attice nous voient ?

— Il m'a promis que tout irait bien, rétorque Victoria en la couvrant. De toute façon, on n'a pas le choix. Autant en finir.

— Mais Simon doit surveiller le bordel. L'un de ses hommes risque de nous voir sortir habillées comme ça...

— Paris est à la porte, dit Victoria qui s'assure que le voile est bien en place. Il vérifiera que la voie est libre avant de nous ouvrir. Puis il faudra aller aussi vite que possible au bout de la rue, tourner à l'angle du puits, faire le tour par-derrière, et repartir vers la taverne de Simon. C'est ce qu'a dit Félix.

Amara se demande si Victoria est heureuse qu'il lui confie ainsi ses plans – une idée qui la remplit d'aigreur. Une fois de plus, elle se remémore qu'elle doit la vie à Victoria, même si celle-ci lui demande de se remettre en danger.

Il fait sombre dehors, et avec le tissu qui lui couvre la tête, elle y voit encore moins clair. Elles parcourent la rue à pas traînants, en se guidant le long des murs. Paris est censé les suivre, mais aucun signe de lui ni de sa lampe pour éclairer leur chemin. Un petit groupe s'est rassemblé autour du puits, mais elles parviennent à ne pas attirer l'attention. Puis elles s'enfoncent dans des rues de moins en moins familières.

— Je ne sais même pas où est la taverne ! murmure Amara. Je ne sais pas où on va !

— Félix m'a indiqué le chemin plusieurs fois. Je suis sûre de pouvoir le trouver. De toute façon, on n'est pas vraiment là pour monter la garde. Plutôt pour faire diversion.

— C'est pire, non ?

Victoria ne répond pas.

Le bar de Simon semble ramassé sur lui-même dans une flaque de lumière maladive. Une lampe-Priape en bronze pend à la porte. Simon doit avoir retapé l'endroit après la précédente attaque de Félix. La salle semble pleine : plusieurs clients se tiennent dans la rue malgré le froid. Amara se pétrifie, trop effrayée pour s'approcher davantage.

— Allez ! siffle Victoria en la tirant par le bras. On fait ce qu'on a à faire et on rentre à la maison !

Elles s'abritent sous une arche de l'autre côté de la rue. Vu l'odeur, d'autres putains ont déjà choisi l'endroit pour travailler. Victoria retrousse sa cape et sa toge pour laisser voir ses jambes nues et, après un instant d'hésitation, Amara l'imite. Au début, elles passent inaperçues, puis quelques buveurs les repèrent et les montrent du doigt en riant. Deux d'entre eux traversent la rue.

— C'est quoi, ces voiles ? Trop moches pour vous découvrir ? ricane l'un d'eux.

Amara recule d'un pas. Les deux hommes puent l'alcool.

— Nous sommes mariées, gémit Victoria. Nous n'avons plus de quoi nourrir nos enfants…

— C'est ce qu'elles disent toutes, réplique l'homme en relevant sa cape encore plus haut.

Un troisième s'arrête en passant, intrigué.

— Eh, vous m'en laissez un peu ?

Amara reconnaît sa voix, et plisse les yeux pour le détailler à travers son voile. C'est l'homme à la cicatrice, celui qu'elle a déjà vu deux fois aux côtés de Félix, au Palestre et dans un bar. Il se détourne, traverse la rue, échange quelques mots avec les clients devant la porte, leur indique les femmes, les encourage à aller voir. Amara entend des rires et voit les buveurs s'approcher, jusqu'à les encercler complètement, elle et Victoria, en leur lançant des quolibets et des encouragements. Elle sent la panique monter.

Déjà, l'un d'eux la plaque contre le mur en tirant sur ses vêtements. Elle tente de voir ce qu'il se passe par-dessus son épaule, malgré les visages hilares qui lui bouchent la vue. Tout est grisâtre et déformé par le voile qui lui couvre le visage. L'homme à la cicatrice est resté seul devant le bar. Elle le voit lever la main pour attraper le Priape et s'en servir pour allumer une torche. Il la presse contre les poutres du bâtiment, en prenant son temps pour s'assurer que le feu prenne. Puis il lance la lampe à l'intérieur et part en courant.

Le bruit ne suffit pas à distraire les hommes qui entourent Amara, mais des clients accourent hors de la taverne en feu, en criant et en la pointant du doigt. Les ivrognes prennent enfin conscience de la situation et celui qui l'écrasait contre la pierre est entraîné dans la rue par un ami. D'abord furieux d'être interrompu, il passe bien vite à la panique. Tous les tourmenteurs des deux femmes se dispersent, en ajoutant encore au chaos ambiant.

— Maintenant, on s'en va ! Vite ! lance Amara.

Victoria la retient par le bras.

— Félix m'a demandé de m'assurer que Paris irait jusqu'au bout ! Il ne faut pas que Simon s'en sorte !

Amara se sent piégée, trop angoissée par l'idée de repartir seule et à l'aveugle, mais encore plus terrifiée par l'idée de rester. Elle s'accroche à Victoria et toutes deux se pressent sous l'arche en fixant la taverne. Sous la lumière des flammes, les hommes crient et s'agitent, mais semblent plutôt empirer la situation qu'autre chose. Certains reviennent en courant avec des seaux d'eau tirés du puits, mais ceux-ci ne suffiront pas à sauver l'établissement. Amara repère une autre silhouette familière : l'homme aux airs de fouine mêlé aux affaires de « protection » de Félix. Paris est avec lui. Même encapuchonné, elle reconnaît sa maigre silhouette sans effort. Tous deux traînent près de la porte comme deux passants ébahis. En vérité, ils surveillent ceux qui sortent. La taverne doit être presque vide, désormais. Le ronflement des flammes se fait plus fort, la chaleur presque insupportable même de l'autre côté de la rue.

Amara n'avait encore jamais vu Simon mais l'identifie aussitôt en voyant Paris et l'autre avancer d'un pas. Leur cible est pliée en deux par une quinte de toux sous l'effet de la fumée. Paris l'attrape comme pour l'aider, mais l'instant d'après, Simon s'effondre dans ses bras. Le garçon le dépose au sol, presque avec douceur. D'autres encore se ruent dehors. Paris se recule jusqu'à se retrouver en marge de la foule, puis se détourne et repart à pas rapides vers le puits.

— Il faut qu'on s'en aille ! dit Amara. Il doit l'avoir poignardé. Ça va empirer…

Elles n'osent pas courir mais marchent aussi vite que possible. Les habitants voisins de la taverne commencent à emplir la rue et tentent d'empêcher l'incendie de s'étendre. Une femme hurle depuis l'étage. Des étincelles virevoltent dans l'air et Amara craint que leurs capes ne s'enflamment. Puis un bruit terrible éclate, comme un coup de tonnerre : la bâtisse vient de s'effondrer sur elle-même, et les flammes jaillissent dans la nuit. Amara se retourne vers le brasier, horrifiée. S'il restait des gens à l'intérieur, impossible qu'ils aient survécu.

Victoria la tire en avant. Elles se laissent avaler par l'ombre, abandonnant derrière elles la lumière et les cris.

Chapitre 41

Deux amis étaient là, amis pour toujours !

Graffiti de Pompéi.

Après l'incendie, Félix installe Victoria dans sa chambre, avec lui, à l'étage. Sa récompense pour l'avoir aidé à tuer Simon. C'est à peine s'il reconnaît le rôle qu'a joué Amara dans l'affaire. Elle se répète que ça n'a pas d'importance, que son indifférence ne peut pas la blesser puisqu'elle le hait. Le plus dur est de voir Victoria s'épanouir comme une fleur qui a enfin trouvé le soleil. Amara l'entend chanter pour Félix le matin et songe à ce qu'elle doit ressentir, nichée dans ses bras, plongée dans ses yeux, déversant tout l'amour de son cœur. Cette idée la rend furieuse.

Ne rien dire aux autres de ce qu'il s'est passé est plus facile qu'Amara ne l'aurait cru. Lorsqu'elles vont aux bains ensemble, elle leur raconte qu'elle et Victoria ont servi à amuser des clients dans une taverne, et la rapidité de son propre mensonge la surprend elle-même. Même si elle avait eu plus de difficulté à inventer une histoire, celle-ci aurait vite été oubliée au profit de ragots bien plus intéressants, à savoir le fait que Félix semble avoir pris Victoria pour épouse, faute d'un autre mot.

Lorsque la nouvelle de la mort de Simon leur parvient enfin, de la bouche de Gallus, Amara ne se trahit toujours pas et feint d'être aussi choquée que les autres. Mais si elle peut enfouir ses émotions de jour, elle lutte pour s'endormir la nuit, le cœur battant, toutes les fibres de son être tendues par l'angoisse. Son corps ne cesse de revivre la terreur qui échappe à son esprit. Elle sait que Paris souffre aussi – elle l'entend pleurer dans le noir. Ce qui ne l'empêche pas de refuser d'en parler avec elle chaque matin. Il semble déterminé à réprimer sa culpabilité, quelle qu'en soit l'intensité.

Le troisième jour après les événements, Félix l'envoie chercher. Elle suit Paris jusqu'au bureau de leur maître, patiente pendant qu'il ouvre la porte. À l'intérieur, elle trouve Victoria assise sur les genoux de Félix, ses bras autour de son cou. Elle le relâche dès l'entrée d'Amara, embarrassée, et celle-ci est envahie par une vague de tendresse à l'idée que Victoria ne veut pas qu'elle se sente diminuée.

— Allez, c'est l'heure que tu repartes au bordel, lance Félix.

Amara incline la tête et se tourne pour ressortir, mais Félix l'arrête.

— Non, pas toi. C'est de toi que je parle.

Et il repousse Victoria si soudainement qu'elle doit s'agripper au rebord du bureau pour ne pas s'écraser par terre. L'espace d'un instant, les deux femmes croient encore qu'il plaisante, avant de comprendre qu'il est parfaitement sérieux.

Quelque chose se brise alors en Victoria : Amara le voit sur son visage. Elle ne le supplie pas, ne lui dit même pas au revoir. Elle quitte la pièce, les yeux secs, sans chercher à croiser le regard de quiconque. Après son départ, Amara et Félix restent là, à se fixer.

— Tu m'as manqué, dit-il.

Amara est incapable de répondre. Pour la première fois depuis qu'elle le connaît, elle sent que Félix ne sait pas quoi dire. Il lui désigne la pile de tablettes sur la table où elle s'asseyait autrefois.

— Je n'ai personne d'autre pour m'aider à faire mes comptes.

Elle s'assoit, toujours sans rien dire, et ouvre la première tablette.

À la veille des Saturnales, Rufus ne lui a toujours pas dit quand il compte l'acheter. Attendre dans l'angoisse devient si insupportable qu'Amara craint de s'effondrer et de le supplier la prochaine fois qu'elle le verra. Elle sait qu'elle s'abaisserait à tout pour échapper à Félix, même à une vie passée sous le toit d'Hortensius.

Assise à une table du Moineau, elle boit un verre avec ses amies tout en discutant des cadeaux qu'elles pourront se permettre d'offrir. Toute la ville est en ébullition et les marchands de rue fourmillent sur les trottoirs, tentant tous de vendre quelques colifichets de plus avant le début du festival.

— J'ai si hâte de voir ce que Gallus va me donner ! s'écrie Béronice. Trois jours entiers avec lui ! Rien qu'à cette idée…

Elle a bu bien plus qu'à l'ordinaire, et plaque un baiser sonore sur la joue de Didon.

— Plus qu'une nuit avant de pouvoir prendre une pause dans le travail, soupire celle-ci. Est-ce qu'on achète quelque chose pour Britannica ? Il faudrait…

— Elle rien faire, renifle Ipstilla.

— Ce n'est pas vraiment l'esprit des Saturnales ! la tance Béronice. Je veux bien cotiser, mais je ne sais pas ce qui lui plairait…

Sans doute un couteau, songe Amara sans le dire.

— Et moi, les filles, vous m'offrez quoi ? leur lance Zoskalès depuis le bar.

Il est d'excellente humeur, sans doute à l'idée de prendre une pause dans le travail, lui aussi.

— Un baiser, si tu as de la chance ! répond Béronice d'une voix suraiguë.

Tout le monde éclate de rire, sauf Victoria, ce que remarque Béronice.

— Peut-être que Félix t'offrira quelque chose, dit-elle avec douceur.

Victoria se moquait sans cesse de sa relation avec Gallus, mais Béronice n'a que compassion pour son amie au cœur brisé. *Tu imagines !* a-t-elle lancé à Amara après le retour de Victoria au bordel. *Croire qu'un homme va t'épouser, et se faire jeter du jour au lendemain ! Qu'est-ce qu'on doit se sentir mal… Le salopard !*

— Il nous donne toujours un denier chacune, répond Victoria. De toute façon, je m'en moque. Qu'il aille se faire foutre.

— Comment on s'arrange, du coup ? demande Amara à Béronice. Didon et moi, on pourrait se cotiser pour Victoria, Britannica et toi. Et toi et Victoria pourriez vous cotiser pour nous. Non ? Et vous, les Ibères, vous voulez vous acheter un cadeau l'une à l'autre, ou vous voulez une surprise ?

— On achète nous ! réplique aussitôt Téléthusa.

Vu le regard en coin qu'elle pose sur les perles en bois d'Amara – son faux présent de la part de Rufus –, elle ne fait pas confiance au goût de ses collègues.

— Pas plus de cinq as chacune, dit Béronice. Ne perdons pas le sens des réalités. Et on se partagera la différence à la fin.

Elles prennent le temps de finir leur vin puis se séparent en quête de cadeaux. Amara et Didon s'en vont vers le Forum.

— Mais en vrai, qu'est-ce qui plairait à Britannica ? s'interroge Didon. Des perles, quelque chose de joli, ça ne l'intéressera pas.

— J'ai une idée. Quelqu'un vendait des amulettes de sang de gladiateur pour donner du courage…

Retrouver le vendeur leur prend un long moment – il doit s'être déplacé depuis la dernière fois. Pas facile de progresser dans la foule avec les gens qui jouent des coudes devant les étals, haussent la voix pour marchander. On dirait que tout Pompéi a attendu le dernier moment pour acheter ses cadeaux. Amara finit par repérer l'homme aux trophées morbides, toute une série d'objets imprégnés du sang des gladiateurs tués dans l'arène. Le prix varie en fonction de la célébrité du mort. Amara et Didon ne peuvent s'offrir qu'un combattant inconnu tombé lors de son tout premier combat, malgré les efforts d'Amara pour marchander. L'amulette de cuir décorée d'une épée rudimentaire n'a rien de joli, et plaira sans doute beaucoup à Britannica.

Après avoir cherché si longtemps le vendeur d'amulettes, elles n'ont plus guère d'enthousiasme pour le reste de leurs achats, mais trouver des cadeaux pour les autres est plus facile. Une pince à cheveux pour Victoria, un bracelet de cheville pour Béronice.

— Je suis tellement contente que Rufus compte t'acheter, fait Didon sur le chemin du retour. Mais tu vas vraiment me manquer…

— Je ne sais pas si c'est vraiment prévu. Il ne m'a pas donné de date. Je ne comprends pas pourquoi il ne l'a pas déjà fait, s'il est sincère.

— Peut-être qu'il attend le festival pour organiser son grand moment, dit-elle en lui prenant le bras. Ça lui ressemblerait bien.

Elle est si gentille, à s'efforcer de la rassurer, mais Amara voit bien qu'elle est malheureuse et s'en veut à mort d'avoir été si insensible. Elle aurait dû lui prêter davantage d'attention ces derniers jours. À sa place, elle serait au désespoir.

— Je ferai tout ce que je peux pour te sortir de là, déclare-t-elle. Tout. Je te le promets. Je t'aime tellement. Tu es tout pour moi.

— Moi aussi, je t'aime, répond Didon, au bord des larmes.

Didon est la seule à être au courant des plans d'Amara, mais même elle ne sait pas où se trouve la maison louée par Rufus. Amara s'inquiétait qu'on les suive mais se rend compte que cela laissera Didon incapable de la trouver, de lui faire porter un message.

— Tu veux savoir où elle est ? La maison, je veux

dire, fait-elle à voix basse même s'il serait hautement improbable qu'on les écoute. Comme ça, si Rufus tient parole, tu pourras me rendre visite.

Didon hoche la tête.

Elles traversent la ville l'une derrière l'autre, Amara en tête. Celle-ci se remémore la première fois que Philos l'a menée là-bas. Elle n'avait encore jamais fait le trajet de jour. Même la veille des Saturnales, le quartier est relativement calme. Vivre ici la changera beaucoup des carrefours bruyants qui entourent le bordel. L'idée d'y échapper lui fait à nouveau battre le cœur, et une fois devant le grand bâtiment à la porte dorée, elle se prend à croire que la vie puisse être plus douce. Elle frappe sans s'attendre à recevoir de réponse, mais Philos lui ouvre et semble stupéfait de la voir.

— Entrez, entrez vite ! s'écrie-t-il. Que se passe-t-il ? Tout va bien ?

— Je voulais que Didon sache où me trouver. À supposer que Rufus compte vraiment m'installer ici.

Philos désigne l'atrium derrière lui. Vitalion passe en titubant, courbé sous le poids d'une table.

— Tu vois bien que oui. Il ne t'en a pas reparlé ?

— Je ne voulais pas m'avancer, répond-elle en secouant la tête.

— Pas besoin de t'inquiéter. Il est bien décidé à t'acheter. Ne t'en fais pas.

— Je t'avais dit que tout irait bien, fait Didon en souriant. Quel bel endroit !

Vitalion revient dans l'atrium sans son fardeau et grimace en direction d'Amara.

— On verra bien combien de temps elle dure, celle-là !

Puis il monte les escaliers à grands pas. Amara le regarde partir.

— Qu'est-ce qu'il veut dire par là ?

— Oh, rien… Tu connais Vitalion, toujours de mauvaise humeur.

Philos lui sourit, mais semble mal à l'aise. L'exclamation de Vitalion allait plus loin qu'un simple agacement, et tous en ont conscience.

— Non, il voulait dire quelque chose de précis, insiste Amara nerveusement. De quoi parlait-il ? Je t'en prie, dis-moi…

Philos évite son regard.

— Il fut un temps où Rufus aimait bien la fille de Vitalion…

— Sa fille ? répète Amara. Elle fait partie de la maisonnée ?

Didon lui prend la main pour essayer de l'éloigner, de la calmer, mais Amara se dégage et fixe Philos comme pour lui intimer d'obéir.

— Dis-moi !

En voyant la tristesse dans ses yeux gris, elle se sent frappée de terreur.

— Tu l'as déjà croisée, dit-il. C'est Faustilla, la servante.

Amara ne voit d'abord pas de qui il veut parler. Elle n'a vu qu'une servante là-bas, une jeune fille timide, toujours silencieuse.

— Mais ça ne peut pas être la fille que j'ai vue ! Elle est tellement jeune, insiste-t-elle. Et Rufus ne lui accordait jamais la moindre attention. Elle est même restée une ou deux fois pendant qu'on…

Elle porte une main à sa bouche, trop choquée pour poursuivre. Didon l'enlace et, cette fois, Amara ne la repousse pas.

— Rufus n'est pas différent des autres jeunes hommes de son rang, explique Philos qui semble sur la défensive pour son maître. Tu sais bien qu'ils couchent tous avec leurs esclaves. Ce qui s'est passé entre eux n'a rien à voir avec ses sentiments pour toi.

— Ce n'est pas ça qui me choque ! s'écrie Amara.

Mais c'est un mensonge : elle pensait bel et bien que Rufus était différent. Elle songe à son sourire désarmant, à sa sincérité qui semble toujours si convaincante. Sa façon de lui dire qu'il l'aime.

— C'est la fille, insiste-t-elle. Pas étonnant que Vitalion me déteste ! Sa fille obligée de servir la femme qui a pris sa place ! Elle l'aimait ?

Philos ne répond pas, mais il n'en a pas besoin.

— Bien sûr qu'elle l'aimait ! s'écrie Amara. Elle devait se dire qu'elle n'avait jamais rencontré quelqu'un d'aussi gentil…

Amara songe à la façon dont Félix a traité Victoria, sa cruauté délibérée. Mais Rufus n'est pas moins cruel envers Faustilla, même sans le faire exprès.

— Dis-moi au moins qu'ils avaient déjà rompu quand Rufus m'a rencontrée…

— Amara, dit Philos à voix basse. Rappelle-toi que tu devras composer avec mes réponses. Et moi aussi.

— Il couche encore avec Faustilla, comprend-elle. Bien sûr. Tu dois te dire que je ne suis qu'une idiote.

— Pas du tout, répond Philos.

Mais il a l'expression étudiée de l'esclave habitué à cacher ses sentiments. Elle se remémore ses paroles la dernière fois, lorsqu'ils étaient seuls. *Quand on est jeune, ils nous violent, et quand on vieillit, ils nous baisent.*

— Bon ! s'écrie-t-elle en se retournant vers Didon, avec une fausse gaieté. Il ne lui a pas loué une maison. Donc avec de la chance, il me reste un peu de temps avant de me retrouver à servir sa nouvelle maîtresse !

— Pense à Félix, répond Didon. Tu seras tellement plus en sécurité ici. C'est le paradis, à côté.

— Elle a raison ! approuve Philos qui veut réparer les dommages. Et je suis convaincu qu'il t'aime vraiment. Je ne l'ai jamais vu faire autant pour une autre femme, vraiment rien d'approchant.

Amara songe à Hortensius qui l'a blessée et offensée sans que Rufus dise rien. Elle jette à Philos un regard si amer qu'il tressaille.

— L'amour d'un maître pour son esclave, dit-elle. J'imagine que c'est le mieux qu'on puisse espérer pour construire nos vies.

Chapitre 42

Quel beau jour que celui des Saturnales !

CATULLE, *Poésies*, Poème 14.

Le bureau de Félix est plein à craquer, une maisonnée disparate faite de putains et de brutes, tous installés sur un assortiment de tabourets et de couvertures, comme la famille la plus étrange de Pompéi. Félix lui-même est assis sur son bureau, drôle de patriarche, tandis que Thrason et Gallus apportent des beignets sucrés et du vin à Paris et aux femmes. Pour respecter vraiment l'esprit des Saturnales, il faudrait que ce soit Félix qui assure le service, mais personne ne s'oppose à cette rupture de la tradition.

— J'en veux un autre ! Voire deux autres ! annonce Fabia en pillant le panier de Gallus.

Il soupire mais ne l'empêche pas de se resservir. Paris, en revanche, s'écrie « Ça suffit comme ça ! » si vertement que Fabia tressaille et laisse retomber le cinquième beignet dans le panier.

— Soit gentil avec ta mère, bordel ! gronde Félix. Un seul jour où tu ne te comportes pas comme une petite merde, c'est trop demander ?

Paris, les joues écarlates, rend son beignet à Fabia, puis se lève et part s'asseoir de l'autre côté de la pièce.

— Les cadeaux ! s'écrie Ipstilla en battant des mains. C'est l'heure des cadeaux, oui ?

D'abord, le petit numéro des « cadeaux » de Félix – ils font circuler une bourse dont chacun tire un denier. Leurs remerciements répétés semblent vite l'ennuyer, et il les disperse d'un geste de la main. Le temps que l'argent arrive à Amara, Félix ne regarde même plus la scène. Elle s'est assise dans un coin avec Didon, l'estomac trop serré pour manger des pâtisseries. Elles ont averti Philos que le bordel au grand complet partirait au Forum en fin d'après-midi. Impossible de se détendre. Rufus va-t-il vraiment l'acheter aujourd'hui ? Elle ne cesse d'anticiper un coup à la porte, de redouter qu'il n'arrive jamais.

— Et maintenant, le reste ! s'exclame Béronice en exhibant le petit paquet de cadeaux emballés dans une couverture.

Elle a les joues rouges à force de vin, et semble de loin la plus joyeuse des personnes présentes. Gallus s'est assis à ses côtés, aussi près que possible, enfantin dans son enthousiasme. *Peut-être qu'il l'aime vraiment, finalement*, songe Amara. Ou peut-être qu'il veut son cadeau.

— Pas encore ! Pense un peu aux autres, dit Béronice en l'embrassant.

Amara jette un regard à Félix, mais celui-ci semble complètement indifférent à cette démonstration d'affection. Les paroles de Cressa aux Vinalies lui reviennent : un maître n'aura jamais rien contre un amour qui lui assure l'obéissance de ses esclaves. En songeant à son amie décédée, à sa vie si courte et brutale, Amara sent son cœur se serrer.

— Alors, celui-là, c'est pour toi, Fabia, dit Béronice en lui tendant quelques pièces enveloppées dans un tissu.

Elles sont tombées d'accord sur le fait que la vieille femme désargentée préférerait recevoir directement cinq as plutôt qu'un bibelot hors de prix. Béronice continue à distribuer les cadeaux, heureuse dans son rôle.

— Ça, c'est pour toi, celui-là, pour toi…

Amara déballe son cadeau. Une pince à cheveux, semblable à celle que Didon et elle-même ont choisie pour Victoria. Didon a reçu la même chose. Britannica fixe l'amulette pendant à ses doigts, les sourcils froncés.

— Elle a été trempée dans le sang d'un gladiateur, un guerrier, pour te donner de la force, explique Amara.

Elle sait que Britannica l'a comprise, même si celle-ci ne tourne même pas les yeux vers elle, sans parler de la remercier. La Bretonne enfile l'amulette en la glissant sous sa toge, avant de porter une main à sa poitrine. Puis elle jette un bref regard à Didon et Amara et leur fait un léger signe de tête.

Les hommes se sont tous acheté du vin, plus cher que la variété sucrée servie aux femmes. Thrason fait le service en se versant une rasade particulièrement généreuse. Avec une pointe de remords, Amara se rend compte que tous ont oublié Paris. Il est assis en marge du groupe, ses maigres genoux remontés contre sa poitrine, le visage pincé par la déception. Fabia lui fait signe depuis l'autre côté de la pièce, en lui indiquant qu'elle lui donnera ses cinq as, mais il l'ignore. Comme toujours, ce n'est pas l'attention de sa mère qu'il veut. Gallus pousse le coude de Thrason qui continue à verser le vin, et lui indique l'esclave oublié.

— D'accord, mais est-ce que c'est vraiment un homme ? réplique Thrason. Une des filles aurait pu lui offrir une pince à cheveux, non ?

Il éclate de rire en s'attendant clairement à ce que Félix s'esclaffe également, mais celui-ci ne sourit pas.

— Donne-lui du vin, dit-il. Il l'a bien mérité, cette année.

Gallus se rassoit près de Béronice et lui donne un baiser rapide avant de lui tendre un paquet.

— C'est pour toi…

Elle le prend et il reste très proche, au point de la gêner et presque de le déballer lui-même tant il a hâte de voir sa réaction.

— Mais c'est magnifique ! s'exclame Béronice.

Elle soulève l'objet pour que tous puissent le voir. C'est un pendentif camée. Bien que minuscule, c'est de loin le cadeau le plus cher de la journée.

— Oh, je t'adore ! s'écrie-t-elle en se jetant au cou de Gallus. Et moi qui ne t'ai acheté que de la pommade !

Victoria est coincée près des amants qui s'embrassent à présent à grand bruit. Elle baisse les yeux, les épaules courbées. Après toutes ses moqueries, voilà que Gallus a fait bien plus pour Béronice que quiconque l'aurait cru. Félix s'écarte du bureau et se glisse au sol près d'elle.

— Pour ma putain préférée, dit-il en lui tendant un cadeau.

Elle relève les yeux, pleine d'espoir, puis fait glisser le contenu dans sa main. Des perles de bois. Lorsqu'elle fixe Félix, l'amour dans ses yeux fait mal à voir. Elle sourit à la ronde, fière d'avoir été désignée comme la favorite devant tout le monde. Amara, qui ne veut pas ruiner son bonheur, lui rend son sourire. Béronice croise son regard. Victoria ne soupçonne pas que ses amies ont pitié d'elle, et qu'elles ne voient que de la cruauté là où elle imagine de l'amour.

La journée se poursuit avec toujours plus de vin, sauf pour Amara et Félix. Même pour les Saturnales, ni l'un ni l'autre ne semble disposé à lâcher prise. Elle sent qu'il la regarde et se demande s'il soupçonne quelque chose. Pourtant, il ne peut pas être au courant pour Rufus, ni pour le prêt à Balbina. Elle a été si prudente. Si n'importe qui d'autre la fixait ainsi, elle supposerait que c'est par désir. Mais pas Félix.

Les hommes insistent pour cuisiner le ragoût de haricots eux-mêmes, disant que c'est un jour de congé pour les filles, mais ils s'y prennent si mal – en renversant de la nourriture dans les braises, presque au point de les éteindre – que Téléthusa finit par les repousser pour prendre leur place. Ils éclatent de rire et tentent toujours d'intervenir pendant qu'elle cuisine.

— Vous ruinez nourriture ! crie-t-elle, irritée. Partez de là !

Fabia lui propose de l'aider, mais Téléthusa lui fait signe de rester assise.

— Pas besoin souffrir toutes, dit-elle avec un regard noir vers Thrason.

— Je suis tellement heureuse pour Béronice, confie Didon à Amara. Gallus doit vraiment l'aimer, finalement !

Amara lui sourit, presque trop tendue pour parler.

— Il n'oubliera pas, lui murmure Didon. J'en suis sûre.

Une fois de plus, Amara sent Félix la regarder. Elle prend la main de Didon.

— Je t'aime, chuchote-t-elle en réponse. Je tiendrai toutes mes promesses.

Après le ragoût, une sorte de bouillie brûlée, Félix annonce que c'est le moment de gagner le Forum. Béronice et Gallus rechignent à se séparer. Ils sont dans leur coin depuis un bon moment, sans plus faire semblant de s'intéresser aux autres.

— Tu n'as qu'à rester là pour la baiser, s'exaspère Félix à l'adresse de Gallus. Vous nous rejoindrez quand vous aurez évacué la vapeur.

Ils sortent en bande dans la rue, bien emmitouflés dans leurs capes. Les boutiques sont fermées pour le festival, mais nombre d'autres groupes sont de sortie pour prendre l'air avant qu'il ne fasse trop sombre en fin d'après-midi. Amara prend le bras de Didon et suit les autres dans leur promenade vers le Forum. Tout le monde semble de bonne humeur, même Paris, escortant sa mère qui rayonne comme si c'était le cadeau qu'elle attendait depuis le début des Saturnales. Amara se remémore la façon dont

Paris a aidé Simon à échapper à la taverne en feu, tout cela pour mieux le poignarder. Elle réprime un frisson.

— Tu as froid ? demande Didon en lui pressant le bras.

Amara secoue la tête.

La foule est dense autour du Forum, occupée à boire, à rire, à regarder des artistes de rue, des musiciens. Leur groupe s'arrête près d'un homme aux mains gantées jonglant avec des torches. Amara regarde les flammes monter et descendre.

— J'espérais te croiser aujourd'hui…

Sa voix est comme un souvenir de chez elle. Cela fait des mois qu'elle n'a pas vu Ménandre, mais l'entendre lui donne l'impression de n'avoir quitté son étreinte qu'hier. Elle se retourne. Pour une fois, il semble incertain.

— On avait dit qu'on se verrait aux Saturnales… Je sais que c'était il y a longtemps, dit-il en voyant son trouble. Je ne suis là qu'en tant qu'ami. Je t'ai apporté un cadeau.

Il lui tend un objet enveloppé dans du tissu. Elle le déballe et découvre une magnifique lampe en terre cuite, vernissée de vert, ornée d'une silhouette familière : l'Hélène de Troie d'Aphidna, la statue qu'elle adorait contempler dans son enfance, lorsque son père la lui désignait avec fierté. Ménandre a fait cette lampe pour elle. L'espace d'un instant, elle reste pétrifiée, muette. Puis elle se jette à son cou.

— C'est magnifique… C'est le plus beau cadeau qu'on m'ait jamais fait.

Didon la tire sans ménagement par le bras, et elle lâche prise, mais Ménandre lui attrape la main.

— Je sais que tu as un client, Timarété, je comprends. Mais si j'étais libre, si je gagnais ma liberté, pourrais-tu changer d'avis ?

Amara retire sa main. Elle vient de comprendre ce que Didon avait vu derrière lui.

— Qu'est-ce qui se passe ici ?

Elle n'avait jamais vu Rufus si furieux. Son cœur manque de s'arrêter sous l'effet de la terreur. Elle repousse Ménandre pour atteindre son amant, mais il l'empêche de l'enlacer – l'espace d'un instant, elle craint presque qu'il lève la main sur elle.

— Qui c'est, ça ?

Amara hésite. Pas sur ce qu'elle doit faire – elle le sait très bien, mais elle n'est pas sûre d'en avoir le courage.

— Qui ça ? Lui ? fait-elle en se retournant vers Ménandre comme si elle venait de le remarquer. Personne. Quelqu'un qui voulait m'offrir un cadeau pour les Saturnales parce qu'il me trouvait jolie. Je ne sais même pas comment il s'appelle.

Elle éclate de rire et prend la main de Rufus.

— Mais attends, tu es vraiment en colère ? C'est ridicule ! Tu n'imagines quand même pas qu'il y a de quoi être jaloux. Ce n'est qu'un esclave.

Philos est à côté de son maître, ce dont elle n'a que trop conscience, mais elle l'ignore.

— Regarde, je vais te le prouver, poursuit-elle comme pour faire plaisir à un petit garçon. Je vais lui rendre son cadeau, et il pourra l'offrir à n'importe qui d'autre.

Elle penche la tête, taquine, en battant des cils.

— Enfin, ça me rend un peu triste, tout de même… Il voulait l'offrir à la plus jolie fille des Saturnales, sa lampe. Ce n'est donc pas moi ?

Emportée par sa propre performance, elle n'en sort qu'en se retournant vers Ménandre. Il la dévisage comme s'il ne la connaissait pas. Elle lui tend la lampe en le regardant dans les yeux, en le suppliant mentalement de la comprendre.

— Désolée, je ne peux pas la prendre.

Comme il reste sans bouger, elle s'oblige à approcher, sans cesser de lui tendre l'objet. Ses mains tremblent, et la lampe vernissée lui glisse des doigts pour venir se fracasser aux pieds de Ménandre.

Elle sursaute. Puis Ménandre et elle échangent un regard. En voyant son expression, elle comprend que quels que soient les sentiments qu'il a pu nourrir pour elle, ceux-ci viennent de prendre fin. Elle fixe les éclats de terre cuite à ses pieds. Tout ce travail, porteur de tant d'amour, empreint des souvenirs de chez elle, de celle qu'elle était autrefois – disparu en un instant. Elle se souvient du pot brisé de Cressa dans la nécropole, de l'homme mourant, du sacrifice de Victoria pour lui sauver la vie. Il n'y a jamais qu'un choix à faire, toujours le même : survivre.

— Quelle maladroite ! lance-t-elle à Rufus en se mordant la lèvre, comme si elle avait fait exprès. On dirait bien qu'elle est cassée !

Peut-être est-ce cette grossière insensibilité qui achève de convaincre Rufus. Il s'avance d'un pas assuré pour passer un bras autour de ses épaules, puis sort quelques pièces de sa bourse.

— Désolé, esclave, lance-t-il à Ménandre. Elle n'a pas fait exprès. J'espère que ça te remboursera.

— Merci pour votre générosité, répond Ménandre sans regarder Amara.

Rufus, qui semble avoir hâte d'oublier l'incident, la manœuvre par les épaules pour la ramener vers Philos et Didon.

— Quel idiot je fais, dit-il en l'embrassant. Pardon d'avoir été jaloux.

— Au contraire, ça me flatte, répond-elle, les yeux plongés dans les siens.

Sans le voir, elle sent Ménandre s'en aller.

Lorsqu'ils arrivent à la hauteur de Philos, Amara s'aperçoit que Quintus et Lucius sont également présents. Avec les esclaves qui les escortent, ils forment une sorte de public.

— Mais j'ai moi aussi un petit cadeau pour toi, ma chérie, lance Rufus d'un ton théâtral qui s'adresse aussi bien à ses amis qu'à elle.

L'espoir lui fait battre le cœur. Rufus baisse la voix.

— Où est ton horrible maître ?

Amara sait que Félix ne peut pas être loin et le repère presque aussitôt. Il doit avoir assisté à toute la scène – à la façon dont elle a traité Ménandre. *Tout le monde n'est pas une pute sans cœur comme toi !* Dès qu'elle croise son regard, Félix vient la trouver.

— Un honneur, fait-il en s'inclinant devant Rufus.

Celui-ci a un mouvement de recul. Puis il lève la voix :

— Je veux vous faire une offre !

Les autres du bordel s'approchent pour mieux entendre.

— Je veux acheter cette femme… au nom d'un ami !

— Un ami ? répète Amara, estomaquée.

Rufus lève la main pour la faire taire, et poursuit :

— Je veux acheter cette femme au nom de Gaïus Plinius Secundus, l'amiral de la flotte romaine !

Amara sursaute en entendant ce nom, mais Rufus ne le remarque pas, emporté par son rôle, celui du héros devant la foule.

— L'amiral a considéré son prix et se tient prêt à vous offrir plus que sa valeur. Pas de marchandage : il ne saurait s'y abaisser. L'offre est à prendre ou à laisser.

Sur un geste de Rufus, Philos lui tend un sceau.

— Voici un gage, que vous pouvez garder si vous acceptez la vente, en garantie de paiement. Il vous offre six mille sesterces pour l'esclave connue sous le nom d'Amara.

Deux mille de plus que ce qu'a dépensé Félix pour l'acheter. Amara voit Didon et Victoria accrochées l'une à l'autre, bouche bée, fixant Rufus. Elle dévisage Félix. Impossible d'interpréter son expression. Il ne va tout de même pas refuser ?

Félix s'incline, sans avoir une seule fois tourné les yeux vers elle.

— J'accepte l'offre de l'amiral.

Amara reste muette tandis que son maître signe le contrat de transfert de propriété. Tous le regardent en silence, sidérés par ce qui vient de se produire. Le choc l'a presque entièrement désensibilisée. Rufus tend le sceau à Félix, puis se retourne vers Amara, irradiant son propre pouvoir.

— Amara ! Au nom de l'amiral et en présence de témoins, sous le regard des dieux, je t'accorde ta liberté. Tu es désormais Gaïa Plinia Amara, Liberta.

Amara le fixe sans un mot. Puis elle éclate en sanglots.

Chapitre 43

Beaucoup des favoris de Fortuna
se voient soudain trahis et rejetés par elle.

Graffiti de Pompéi.

Amara ne peut pas s'arrêter de pleurer. Rufus doit l'empêcher physiquement de se jeter à ses pieds tandis qu'elle lui jure une gratitude et un amour éternels entre deux sanglots. Il embrasse ses joues mouillées de larmes, clairement ravi par sa dévotion. Elle serre Didon et Victoria contre elle encore et encore, leur trempe les épaules, leur prend le visage, incapable d'exprimer tout son amour. La douleur de ce qu'elle vient d'infliger à Ménandre et l'extase de la liberté se combinent en un sentiment aussi nouveau qu'indescriptible. Elle éclate de rire avec Quintus et Lucius, déclare son amitié à Ipstilla et Téléthusa – qui semblent fort peu réjouies par sa bonne fortune – et prend Paris dans ses bras, ce qui le surprend tellement qu'il lui rend son étreinte de ses bras osseux. Lorsque vient le tour de Fabia, la vieille femme s'accroche à elle, sanglotante, et Amara s'entend lui promettre toute l'aide dont elle pourrait avoir besoin. Étreindre

Thrason, en revanche, serait aller trop loin. Elle lui fait un signe de tête comme une reine devant un paysan – c'est déjà plus qu'il ne mérite.

Elle n'avait encore jamais vu Félix si sincèrement surpris. Il doit avoir compris que ses histoires de violence à propos de Rufus n'étaient que des mensonges. Peut-être se demande-t-il sur quoi d'autre elle pourrait avoir menti. Elle lui tourne le dos. Qu'il s'interroge ! Il ne peut plus lui faire de mal.

Amara voudrait attendre Béronice, consumée par l'envie de lui apprendre la nouvelle, mais Rufus est moins enthousiaste.

— Mon amour, je crois que j'ai vu assez de maquereaux et de putains pour la journée, même si je suis sûr que ton autre amie est absolument adorable.

Il plisse le nez en regardant ses compagnons du bordel, amis comme ennemis. Quintus et Lucius s'esclaffent. Eux aussi semblent n'avoir aucune envie de s'attarder. Amara tressaille : bien sûr, c'est le revers de la médaille. Des Saturnales sans Didon, sans aucune de celles qu'elle aime. Elle voudrait retourner les prendre dans ses bras une dernière fois, mais Rufus l'entraîne avec fermeté. Il ne lui reste que le temps de croiser une dernière fois le regard de Didon, en espérant lui rappeler ses promesses.

S'éloigner n'a rien d'aisé dans la foule si dense. Philos et les autres esclaves tentent de leur ouvrir la voie, mais nul n'est enclin à la déférence en cette journée de Saturnales. Alors qu'ils luttent pour se frayer un passage, un homme bedonnant déguisé en Prince des Sots s'approche en dansant, tout de rouge vêtu, avec un masque cornu de satyre et des grelots à la main. Bondissant d'un pied sur l'autre, il agite ses grelots devant Amara. Rufus la tire vers lui, protecteur. L'espace d'un instant, l'homme masqué semble vouloir insister, mais Quintus, Lucius et leur phalange d'esclaves opposeraient trop de résistance.

Il s'en va sans cesser de danser, sous les acclamations des badauds qui lui ouvrent spontanément un espace dans la foule. Amara le regarde s'éloigner en s'arrêtant çà et là pour faire rire les uns et les autres – et elle s'aperçoit qu'il ne se déplace pas au hasard. Il s'approche lentement de Félix. Son malaise devient plus acide, se change en terreur.

Elle tire le bras de Rufus en le forçant à s'arrêter. Victoria se tient près de son maître. Amara tente de l'avertir, mais le brouhaha de la foule absorbe ses cris. Félix a déjà vu le danger. À l'approche du satyre écarlate, il sort son couteau, et le satyre fait de même. Il est deux fois plus massif que Félix mais n'a sans doute rien de sa vitesse ni de son agilité. Il se jette sur l'ancien maître d'Amara, mais feinte, et sa lame part si loin qu'elle manque de toucher Victoria. Celle-ci recule précipitamment et se perd dans la foule, à l'abri.

Les deux hommes tentent mutuellement de s'atteindre. On pourrait les croire engagés dans une danse, n'était l'éclat menaçant de leurs lames. Ceux qui les entourent ne semblent pas comprendre ce qui se produit, à moins qu'ils ne prennent l'affrontement pour une mise en scène du jour des fous. Ils ouvrent un espace pour les combattants et leur crient des encouragements.

— On ferait mieux d'y aller, dit Rufus. Ce qui

lui arrive n'a plus aucune importance pour toi, maintenant.

— Où est Didon ? Je ne la vois pas ! Où est-elle ?

— Les autres s'occuperont d'elle ! s'agace Rufus. Tu n'as rien à faire ici !

Trop effrayée pour lui obéir, elle se retourne à nouveau pour regarder derrière elle. Elle voit qu'Ipstilla et Téléthusa ont réussi à s'éloigner, en se tenant par le bras.

— La voilà ! s'écrie Amara. Là-bas !

Didon est piégée : seule, incapable de se fondre dans la foule comme Victoria, contrainte de regarder Félix et le satyre se battre, si près d'eux qu'Amara sent son estomac se retourner. Un ivrogne lui a attrapé le bras et tente de l'embrasser, inconscient du danger qu'ils courent tous deux. Thrason se tient non loin de Félix, sans oser intervenir de peur de causer sa mort. Amara repère Britannica de l'autre côté du cercle formé par la foule, posant sur l'affrontement un regard avide, sans s'apercevoir de la détresse de Didon. Paris et Fabia ont disparu.

Amara lance un regard désespéré vers Lucius, l'homme qui a promis de retrouver la famille de Didon, qui a passé tant de nuits avec elle chez Drusilla.

— Aidez-la ! S'il vous plaît !

Lucius semble mal à l'aise mais ne répond rien, et sa lâcheté fait enfler la colère d'Amara. Elle force Rufus à la lâcher et retourne vers le combat en jouant des coudes.

— Britannica ! hurle-t-elle. Britannica, aide-moi !

L'espace d'un moment, elle craint de sombrer dans un océan de bras et de coudes, écrasée dans la confusion, puis l'immense femme apparaît et la repêche par l'arrière de sa toge.

— Didon ! crie Amara en désignant l'endroit où elle est piégée.

Les yeux de Britannica s'agrandissent. Elle lâche Amara et écarte brutalement un homme de son chemin, en lui décochant un coup de poing à la gorge. Mais ses efforts pour charger au travers de la foule restent vains : sa force ne suffit pas contre tant de gens. Amara la voit lutter, encerclée. L'espace laissé aux combattants se réduit toujours plus, en poussant Didon vers la violence en son centre. De plus en plus de gens viennent remplir le Forum. Amara tente d'atteindre Didon elle-même, mais les badauds sont trop ivres ou indifférents pour la laisser passer. Elle se laisse tomber à quatre pattes et avance ainsi, presque paralysée par la peur de se faire piétiner. Enfin, elle atteint la limite de la foule, si proche de l'affrontement que le satyre manque de lui écraser les doigts, mais elle est trop bas pour prendre un coup de couteau. Elle voit Britannica, hurlante, retenue par un groupe d'hommes avinés et furieux. À quelques pas de là, Didon se débat, tournant le dos à Amara, luttant pour se frayer un chemin dans la foule, loin des couteaux, malgré l'ivrogne qui la tient toujours par la taille.

Félix et son adversaire n'ont presque plus de place pour se battre. Amara pourrait tendre le bras et le toucher. Aucune peur sur son visage, mais son corps semble bien plus exposé que celui du satyre dans son lourd costume, pareil à une armure. Amara les regarde, priant pour que Félix le tue et mette fin au combat. Mais Félix se retourne, trébuche sur le pied de quelqu'un, s'écrase presque sur Didon. Le satyre écarlate, en le voyant perdre l'équilibre, saisit sa chance et abat son couteau. Félix s'écarte d'un bond et le satyre poignarde Didon dans le dos, en enfonçant profondément sa lame entre les omoplates.

L'ivrogne qui la tenait la relâche, choqué. Maintenant qu'il est trop tard, les gens se reculent pour la laisser passer. Elle fait un pas, puis deux, puis s'effondre.

Un hurlement s'élève, vite repris par d'autres. Le public s'aperçoit enfin qu'il ne s'agissait pas d'une performance. Quelques hommes se jettent sur le satyre et lui arrachent son masque. Son visage est familier. C'est Balbus, l'affranchi de Simon. Il disparaît dans une frénésie de coups de poings et de pieds, le visage déformé par l'effroi. La foule se clairsème : certains s'approchent pour le voir mourir, d'autres fuient cette scène de violence. Amara atteint enfin son amie. Britannica est déjà là, Didon dans les bras.

— Je suis là ! crie Amara en se laissant tomber près d'elle pour lui prendre la main. Tout le monde est là. Tu ne risques plus rien.

Didon ne répond pas. Elle crache du sang. Lorsque ses yeux se posent sur Amara, ils sont remplis de douleur et de terreur.

Elles ont tant l'habitude de communiquer par leur seul regard qu'Amara sait qu'elle ne pourra pas dissimuler son propre désespoir. Elle embrasse Didon sur le front. Dans sa tête résonne la voix de son père. *Personne ne devrait mourir dans la peur.*

— J'ai vu des gens survivre à bien pire, dit-elle.

Tous ces patients chez mon père… Tu vas te remettre, j'en suis sûre.

La main de Didon est si froide qu'elle la presse contre son corps pour la réchauffer.

— Ça va aller, je te le promets.

Victoria surgit, hors d'haleine, et s'assoit près d'elle.

— Regarde, Victoria est là, maintenant ! Quand Béronice arrivera, elle pourra envoyer Gallus chercher un docteur.

— On est avec toi, dit Victoria. Tu n'es pas toute seule. On est avec toi.

Didon ferme les yeux.

— Tu peux te reposer, continue Amara. Tu as raison, repose-toi.

Elle touche la joue de Didon pour que son amie puisse la sentir, même sans la voir. Elle n'enlève pas sa main, alors même qu'elle sait que Didon est morte depuis plusieurs minutes.

— C'est fini, fait Britannica.

Personne ne s'étonne de l'entendre parler. Amara ne veut pas abandonner Didon.

— Laissez-moi encore un moment. Pas encore, ce n'est pas encore fini…

— Elle est morte, mon Ama, dit Victoria en posant une main sur son genou. C'est fini.

Amara ne voit plus rien à travers ses larmes. Victoria lui prend le bras, le passe sur ses propres épaules, et la relève. Amara se rend compte qu'un homme les regarde : Félix.

— C'est ta faute ! hurle-t-elle.

Dans sa douleur, dans sa rage, elle sait qu'elle

pourrait le tuer, le réduire en morceaux de ses mains, mais Victoria la retient, l'en empêche.

— C'est toi qui aurais dû prendre ce coup de couteau ! Tu l'as tuée ! Tu l'as tuée !

Félix ne dit rien. Amara hurle sa haine et ses menaces jusqu'à se briser la voix.

Puis quelqu'un la soulève, la prend sur son épaule et l'emporte. Rufus, sans doute, et elle lui martèle le dos en lui ordonnant de la reposer entre deux sanglots, de la laisser repartir. Puis elle abandonne et s'effondre contre lui. Ce n'est qu'en arrivant en marge du Forum qu'elle voit Rufus et qu'elle comprend qui la porte : Philos.

Chapitre 44

Nous nous sommes mis à resserrer dans une prison des animaux à qui la nature avait assigné le ciel.

PLINE l'ANCIEN, *Histoire naturelle*, X, 72.

Les Saturnales sont finies. Amara est assise à son bureau, vêtue de noir. Depuis cette pièce, elle ne peut entendre la fontaine, mais elle sait que celle-ci murmure doucement dans le jardin en contrebas. Elle est libre, en sécurité dans la maison à la porte dorée. Libre, et le cœur brisé.

La boîte en bois n'est plus cachée sous le lit de Rufus, mais posée devant elle. Elle l'ouvre et trouve, pliée sur les bijoux, une lettre de Pline. En la dépliant, des mots lui sautent aux yeux : « On vante surtout l'attagen d'Ionie : cet oiseau, qui a de la voix, devient muet en captivité… » Ainsi se poursuit la missive, sans presque aucune mention d'Amara. Pline a construit son argumentation pour la libérer en faisant appel à une multitude d'oiseaux : peut-être lui était-il plus facile de présenter les choses en termes abstraits. Elle sait cependant quel cadeau il lui a fait – non seulement l'argent de sa liberté, mais aussi son propre nom.

C'est le nom, et non l'argent, qui a représenté l'élément décisif. Pris entre le refus de son père et le désespoir d'Amara, Rufus a écrit à l'amiral en lui demandant conseil. C'était Pline qui lui avait présenté Amara : sans doute saurait-il quoi faire ? Pline lui a répondu avec une générosité inimaginable. *Je ne lui avais pas demandé d'argent !* ne cesse de répéter Rufus. *Et j'ai payé la moitié, donc ce n'est pas comme si tu ne m'avais rien coûté !* Amara soupçonne que, pour Rufus, le plaisir d'ouvrir les mains pour laisser s'envoler l'oiseau sera toujours moins satisfaisant que de sentir sa fragilité entre ses doigts.

La douleur d'Amara après la mort de Didon ne lui a pas plu. Ce n'étaient pas de jolies larmes qu'il pouvait chasser par des baisers, mais un deuil frénétique, hystérique, qui étouffait la gratitude d'Amara et la gloire de son sauveur. Il a laissé Philos la ramener à la maison le temps qu'elle reprenne ses esprits. Elle a passé les deux premiers jours des Saturnales seule, en dehors de quelques esclaves, tous « prêtés » par Rufus. Philos est le seul qu'elle connaisse.

Elle a presque tout oublié de cette première nuit, hormis sa souffrance, mais la journée suivante restera toujours gravée dans sa mémoire. Philos lui a apporté du vin chaud alors qu'elle était roulée en boule dans cette même pièce, sous une pile de couvertures. Il n'avait pas d'autre réconfort qu'un verre à lui offrir. Il est resté près du mur, sans trop s'approcher – plus rien à voir avec l'homme qui lui avait un jour offert son bras dans la rue. Comme si elle lui faisait peur.

— Il ne faut pas qu'il te trouve comme ça, a-t-il dit sans la regarder en face. Ça faisait des semaines qu'il préparait la nuit dernière en s'attendant à de la joie, de l'adulation. À la place, il n'a eu qu'un deuil, qu'une déception. Je sais que tu aimais ton amie. Mais Rufus ne comprendra jamais. Ce n'était qu'une jolie esclave à ses yeux. Il faut que tu la pleures en privé.

Trop bouleversée, Amara n'a rien répondu. Depuis, elle évite Philos, même si elle a suivi ses conseils. Au retour de Rufus, elle était en robe blanche. Elle l'a couvert d'affection, lui a juré une fidélité éternelle, s'est répandue en compliments sur la maison. Elle s'est même excusée pour sa propre douleur, craignant d'avoir entaché tout ce qu'il avait fait pour elle. Rufus l'a rassurée de bonne grâce, disant qu'il comprenait. Il n'a pas prononcé le nom de Didon, et elle non plus.

Amara n'a pas à la nommer pour songer à elle. Lorsqu'elle est seule, elle passe son temps debout, dans l'atrium, là où Didon s'est un jour tenue, tentant de trouver un peu de réconfort à l'idée qu'elle était là, dans cette même maison, qu'elle l'a vue, l'a touchée. Amara se remémore leurs conversations, la gentillesse de Didon, sa surprenante audace sur la scène, la grâce sans pareille de son chant. Mais la nuit, elle ne peut repousser son dernier souvenir d'elle, le sang sur son visage, la souffrance et l'horreur.

Amara se rend compte que ses mains tremblent et range la lettre de Pline. Didon mérite mieux qu'un deuil caché. Du tiroir de son bureau, Amara sort une statuette de bois grossièrement taillée : la déesse Diane, avec son arc de chasse. Elle emballe l'objet dans un bout de tissu et y attache l'étiquette écrite de sa main. *Je suis un cadeau de Gaïa Plinia Amara, Liberta.*

Elle se lève, descend l'escalier et contemple l'extérieur. Dans les jardins, des peintres seront bientôt à l'ouvrage sur une grande fresque. Rufus y a vu un signe de son enthousiasme pour la maison, ravi à l'idée qu'elle veuille la décorer pour eux deux, en faire un endroit où il pourrait séjourner. En revanche, le mythe qu'elle a choisi l'a moins emballé : Actéon changé en cerf, dévoré par ses propres chiens. N'aurait-elle pas préféré des scènes tirées des légendes de Vénus plutôt que de Diane ? La déesse vierge n'est peut-être pas tout à fait appropriée pour un nid d'amour… Mais Amara lui a gentiment ri au nez. *On pourra mettre Vénus dans la chambre à coucher !*

Elle descend dans l'atrium. En voyant une jeune femme qui attend près du bassin, elle presse le pas. Sa visiteuse est en avance et Amara sait qu'elle n'a que très peu de temps libre. C'est Pitane, la serveuse de l'Éléphant, celle qui doit une faveur à Amara pour son avortement.

— C'est magnifique, dit Pitane en regardant autour d'elle. Tu t'en es vraiment bien tirée ! Incroyable !

— Je suis désolée que tu ne puisses pas rester plus longtemps ou prendre un verre avec moi. Mais je sais ce que c'est. Merci d'avoir pris le temps de venir.

— Pas de problème. Ils m'ont envoyé faire les courses, ils n'en sauront jamais rien.

Amara lui tend la statuette en bois cachée dans le tissu.

— Tu voudrais bien donner ça à Paris de ma part, s'il te plaît ? C'est pour son maître. Il faudra lui dire que je m'excuse du retard pour son cadeau des

Saturnales, mais qu'il n'en est pas moins sincère. Tu t'en souviendras ?

— Bien sûr, dit Pitane en hochant la tête. Je dois dire que tu es bien plus gentille que moi. Si un nouveau maître me donnait ma liberté, je n'enverrais pas de cadeaux à ce salopard de Sittius !

Sur ces mots, elle se glisse hors de l'atrium par la lourde porte en bois. Amara, restée seule, frissonne légèrement sous la brise. Quel silence en ce lieu. Elle s'imagine Pitane regagnant le bruit et la fureur des rues de Pompéi, sa Diane avec elle dans sa traversée de la ville. Elle sait qu'en recevant son cadeau, Félix comprendra ce qu'il veut dire.

PAPIER CERTIFIÉ

Le Livre de Poche s'engage pour l'environnement en réduisant l'empreinte carbone de ses livres. Celle de cet exemplaire est de :
250 g éq. CO_2
Rendez-vous sur
www.livredepoche-durable.fr

Composition réalisée par NORD COMPO

Achevé d'imprimer en mai 2023 en France par
MAURY IMPRIMEUR – 45330 Malesherbes
Dépôt légal 1re publication : juin 2023
N° d'impression : 270015
LIBRAIRIE GÉNÉRALE FRANÇAISE
21, rue du Montparnasse – 75298 Paris Cedex 06

29/5586/6